Después de la muerte

Dean Koontz

Después de la muerte

Traducido del inglés
por Inmaculada C. Pérez Parra

ALIANZA EDITORIAL

Título original: *After Death*

Diseño de cubierta: Elsa Suárez Girard / www.elsasuarez.com
Fotografía de cubierta: © David Wall / Arcangel Images

PAPEL DE FIBRA
CERTIFICADA

Text Copyright © 2023 The Koontz Living Trust. All Rights Reserved.
© de la traducción: Inmaculada Pérez Parra, 2024
© Alianza Editorial, S. A., Madrid, 2024
    Calle Valentín Beato, 21
    28037 Madrid
    www.alianzaeditorial.es

    ISBN: 978-84-1148-786-3
    Depósito legal: M. 15.856-2024
    Printed in Spain

SI QUIERE RECIBIR INFORMACIÓN PERIÓDICA SOBRE LAS NOVEDADES DE
ALIANZA EDITORIAL, ENVÍE UN CORREO ELECTRÓNICO A LA DIRECCIÓN:

alianzaeditorial@anaya.es

*A David y Robin Gaulke,
con admiración y afecto*

Manteneos, pues, firmes y no os sujetéis
de nuevo al yugo de la servidumbre

PABLO DE TARSO

Uno: Michael en movimiento

UN TRABAJITO NOCTURNO

Las estrellas se han extinguido y la luna ahogada flota por debajo de la superficie de un lago translúcido de nubes.

Las ratas crían en las copas de las palmeras datileras, intrusas atormentadas por las pulgas que casi no salen de sus altos nidos y rara vez son vistas en esta ilustre comunidad, donde los maestros del arte y de la industria viven recluidos en fincas vigiladas, negadas a las alimañas.

A las tres y diez de la madrugada, mientras Michael Mace atraviesa a paso ligero el elegante barrio residencial, una rata rechoncha de larga cola se queda petrificada en mitad de su descenso por el tronco de una palmera, los ojos como aceite derramado, cubiertos por el reflejo amarillento de la luz de la farola. Michael no es una amenaza para la criatura, aunque ella decida lo contrario y se retire veloz hacia la cascada de hojas de palma desde la que se había aventurado.

A menos de dieciséis kilómetros al sur, las calles, que en otro tiempo eran igual de majestuosas que esta, ahora son tan peligrosas para las ratas como para los hombres. No se puede transitar por algunas zonas de las sucias aceras y los parques están obstaculizados por los campamentos destartalados de los drogadictos y los enfermos mentales que le dan una fama inmerecida a ese menor número de personas sobrias, cuerdas y realmente sin hogar cuyas necesidades ignoran las autoridades. Los distritos más alejados están repletos de gatos salvajes que saben dónde encontrar roedores, cucarachas y otras delicias en abundancia.

Por otro lado, esta comunidad adinerada no tolera semejantes bacanales lúgubres. En los últimos tiempos, el ayuntamiento ha incorporado agentes al departamento de policía para responder al brusco aumento de los delitos, que se desbordan hasta cruzar los límites de las jurisdicciones adyacentes, en las que los que pertenecen a la clase gobernante se precian de su propia tolerancia y de su progresismo.

Un Dodge Charger, el coche elegido por la policía de esta ciudad, dobla la esquina a media manzana de distancia. Las sombras se expanden y se mueven trazando arcos para luego contraerse cuando las farolas barren la avenida por la que antes el tráfico era frecuente a cualquier hora; ahora los carriles están desiertos. Las aceras alojan a un solo peatón.

Iluminado, Michael ni busca el refugio de la sombra ni interrumpe su paso. Tiene ante sí una tarea urgente, una tarea que quizá siga siendo urgente durante toda su estancia en la Tierra.

Pasada la medianoche, es inevitable que un hombre a pie, solo, se convierta en objeto de interés para los cuerpos de seguridad de una ciudad tan encostrada de riqueza como esta. No obstante, la sirena del techo del coche patrulla permanece apagada. El vehículo gana velocidad conforme se va acercando a Michael.

Quizá el hombre que va al volante esté distraído y somnoliento porque le falta poco para terminar su turno. O quizá haya recibido una llamada para asistir de inmediato a un compañero. A la luz del terminal del ordenador del coche y de la impresora portátil térmica, cuando el coche patrulla pasa como un rayo, el conductor parece una aparición, menos hecho que forma, la cara como un óvalo pálido, espectral y sin rasgos.

Dos manzanas más adelante, Michael llega a un distrito comercial. Se alza el ruido del motor de los camiones y de otros vehículos que no se ven y que se reflejan de forma perversa a través de las hileras de los altos edificios, de manera que parecen provenir de una misteriosa maquinaria salida de las profundidades subterráneas.

En este lado no han encendido las farolas. La ciudad obtiene la energía de una compañía eléctrica regional que, en esta época de desabastecimiento, ha restringido el uso, por un lado, a base de sanciones y, por otro, elevando los precios. En aras de suprimir los hurtos en las casas y los robos con allanamiento, la iluminación exterior queda reservada en gran medida a los barrios residenciales. En estas señoriales calles llenas de restaurantes y tiendas de alta gama que ofrecen productos de lujo, los establecimientos que en otro tiempo resplandecían desde que se ponía el sol hasta que amanecía ahora se quedan a oscuras después de la hora de cierre.

La plaga de robos con alunizaje se ha remediado en gran parte gracias a la instalación de escaparates y puertas de cristal antibalas, reforzadas con persianas ocultas de acero inoxidable que se cierran de golpe con fuerza neumática si el cristal empieza a ceder ante un ataque. Las persianas son capaces de detener hasta los vehículos que usan a modo de ariete. Cuando los clientes potenciales están todavía en la acera, se los escanea en busca de armas —pistolas, cuchillos, martillos, lo que sea—antes de que se acerquen a las puertas, que se bloquean de manera automática si se detecta alguna amenaza. Los estimados compradores habituales y los clientes no son conscientes de que se los identifica mediante programas de reconocimiento facial y que por eso los dejan entrar, librándose de la humillación de tener que dar explicaciones en caso de llevar armas de fuego para defensa propia. Gracias a estas precauciones, las tiendas con las mercancías más caras pueden sostener las apariencias del *glamour* atemporal y del privilegio sin riesgos.

En un callejón pavimentado con unas baldosas de limpieza sorprendente están las entradas traseras y los muelles de recepción de mercancías, que son tan seguras como una puerta de entrada a un búnker lleno de municiones y tienen esa presencia de sencilla elegancia que rara vez se encuentra en las calles laterales de los distritos comerciales. Hasta los contenedores están en buen estado, recién pintados y discretos.

En la penumbra, que poco alivia la luna velada, prefiriendo la luz, pero adaptándose bien a la oscuridad, Michael avanza hacia un edificio de ladrillo de cinco plantas situado a su derecha, con una puerta grande y una puerta de garaje de doble anchura pintada de color negro mate, sin número de calle ni nombre comercial.

Michael tiene que desbloquear una cerradura electrónica y sortear la videovigilancia del sistema de seguridad para entrar en un vestíbulo poco iluminado y cerrar la puerta sin hacer ruido. Le resulta tan nueva esta vida y los recursos de que dispone que se sigue asombrando a sí mismo.

El propietario del edificio es el bufete de abogados Woodbine, Kravitz, Benedetto & Spackman, que ocupa las cinco plantas superiores completas y tiene sesenta y un empleados. A la izquierda de Michael hay una puerta que conduce al aparcamiento subterráneo de dos plantas.

Michael empuja una puerta batiente que tiene directamente enfrente y sigue por un pasillo de la planta baja, dejando atrás las salas de archivos y los despachos de algunos miembros del personal de apoyo jurídico. Al final del pasillo vuelve a cruzar otra puerta batiente más.

La riqueza y el poder del bufete se dejan ver en la enormidad cavernosa de espacio improductivo consagrado al vestíbulo, que a esas horas tardías solo desvela una luz suave e indirecta. Suelos de granito negro. Revestimiento en tono miel de madera de mukali cortada por hilos encontrados. Un techo abovedado y festoneado con pan de oro blanco. Millones de dólares en enormes e impresionantes —y en opinión de Michael, aburridos— cuadros de Jackson Pollock que presentan marañas de color sin sentido y distraen de la lustrosa elegancia del revestimiento de madera tratado con un barniz de acabado piano.

Hay dos ascensores con puertas de acero de discreto diseño *art déco*. Por motivos de seguridad, solo se puede acceder a ellos si se introducen cinco dígitos en un teclado. Todas las personas que trabajan aquí tienen un código de acceso único. Durante el horario de oficina, uno de los dos recepcionistas escolta a los clientes y a los visitantes hasta los ascensores. Aunque no tiene código, Michael lo puede obtener de cualquiera que trabaje allí y utilizar un ascensor si lo desea, pero, aunque el sistema neumático de raíles fuera silencioso, el sonido pondría sobre aviso a las personas que va a visitar.

En caso de incendio, es necesaria una escalera de emergencia. Viene una detallada en los planos que están en el archivo del departamento municipal de urbanismo y a los que a Michael le ha sido fácil acceder. Los escalones están disimulados detrás del revestimiento de madera donde cuelga una obra grande de Pollock en formato vertical que representa y celebra, de manera convincente, el caos mental del alcoholismo extremo. Con el pestillo a presión que hay oculto en el marco de la pintura, Michael desbloquea la cerradura y una puerta secreta se abre de golpe.

Las escaleras en zigzag son de hormigón, no de metal, y las huellas están acolchadas con caucho acanalado para minimizar el riesgo de una querella por caída en caso de que alguien se resbale. Los apliques de la pared con luces LED, colocados a intervalos regulares, funcionan las veinticuatro horas del día, siete días a la semana.

En el descansillo de la quinta planta, Michael se queda escuchando su propio aliento, inhalando y exhalando, un sonido tan suave que lo que oye bien podría ser interno, el rítmico ondearse y aplacarse de sus pulmones. Para un observador externo, su calma podría sugerir que es un cadáver puesto en pie, aunque Michael no esté muerto.

En este lado, la puerta no está oculta y la cerradura electrónica se abre mediante un simple picaporte. Michael entra en una habitación revestida de madera de mukali. El suelo, en lugar de baldosas más baratas, es aquí de cuarcita blanca reluciente, cortada en losas de dos metros por uno. El mostrador de recepción es una maravilla de acero cepillado formando curvas, como si estuviera derretido y se desparramara, con una tapa de cuarcita de color celadón. Hay dispuestos ocho confortables sillones para acomodar a los visitantes, a quienes se hará esperar el tiempo suficiente como para dejarles bien claro que son menos importantes que el hombre cuya asesoría legal han venido buscando.

En este momento, la iluminación proviene tan solo de un par de apliques de alabastro que flanquean la puerta que hay al otro lado de la habitación.

A la izquierda, a continuación de una pared de vidrio en la que hay grabado un paisaje urbano, una sala de conferencias espera en la penumbra: veinte sillones vacíos alrededor de una larga mesa. A la derecha, las ventanas dan a calles pobres en luz y ricas en amenazas.

Michael rodea el mostrador y se dirige a la puerta disimulada que da a la oficina de Carter Woodbine, fundador de Woodbine, Kravitz, Benedetto & Spackman.

Por lo general, Woodbine programa sus citas solamente entre las diez de la mañana y las cuatro de la tarde. En esta ocasión, sin embargo, no va a encontrarse con clientes ordinarios, y hasta el hombre más influyente es capaz de levantarse antes del amanecer si el asunto que requiere su atención le resulta lo suficientemente provechoso.

Al igual que los espacios públicos del edificio, la oficina de Woodbine se presenta bajo el riguroso y meticuloso emparejamiento de dramatismo exagerado y buen gusto. El escritorio, de gran tamaño, es un Ruhlmann de alrededor de 1932. La lámpara que hay sobre la mesa no proviene de Office Depot, sino que lleva iluminando desde los tiempos de los antiguos estudios de Louis Comfort Tiffany; su motivo de libélulas, realizado en gran parte en vidrio dorado con insectos de un azul vívido, la convierte en un raro ejemplar y es indudable que a Woodbine le resulta atractivo porque sugiere misterio y poder, las dos capas con las que se ha sabido envolver a lo largo de su carrera.

Aunque el abogado es el dueño de una residencia de mil cuatrocientos metros cuadrados en una finca de casi una hectárea situada a media hora en coche de la oficina, mantiene también un apartamento aquí, en la quinta planta. Además de sala de estar, comedor, cocina profesional, un dormitorio, un baño y gimnasio, hay en ella una sala secreta capaz de soportar cualquier ataque. Su tercera mujer, Vanessa, de cuarenta años, veintidós menos que Woodbine, vive con él en la mansión, pero no tiene acceso a este otro apartamento, que ella supone —o finge suponer— que es de tamaño modesto y que su marido utiliza exclusivamente cuando está tan desbordado por las exigencias de la ley que no tiene tiempo siquiera para realizar ese corto trayecto hasta casa. Esto le permite a Woodbine tener una vida paralela de discreto, pero intenso, desenfreno que no se corresponde con su imagen pública.

La entrada al apartamento queda oculta por el revestimiento de la oficina, detrás de un cuadro cubista enorme y de una pretenciosidad insoportable que puede que sea de Picasso o de Braque, o puede que sea de algún barbero que les cortaba el pelo. La cerradura responde a la señal que una llave electrónica manda cuando se la acerca a un triángulo azul del cuadro; un lector de código detrás del lienzo confirma la señal y permite el paso.

Michael no tiene llave ni la necesita para desbloquear el lector de código. La puerta se abre y él penetra en un pequeño vestíbulo, avanzando desde allí hasta la sala de estar.

El sistema de seguridad del apartamento rastrea a todos los ocupantes por su huella térmica y los localiza en un plano de la planta que se muestra en una gran pantalla en la sala secreta. Así, durante una crisis, refugiado detrás del acero laminado y el hormigón, Woodbine podría permanecer al tanto de dónde encontrar a cada uno de los intrusos y de esa manera coordinarse por teléfono con las fuerzas especiales de la policía para facilitarles la labor, localizar a los culpables y asegurar las instalaciones.

Ahora Michael aparece representado por una señal roja que parpadea en la pantalla de la sala, donde en ese momento no hay nadie para verlo. También hay otras tres señales parpadeando.

Aunque Michael preferiría ser un hombre normal y corriente, es alguien único desde cualquier punto de vista, y su regreso a una vida normal y corriente es imposible. Sigue avanzando.

Los tres hombres están reunidos en la isla de la cocina, sobre la que hay apilados paquetes de billetes de cien dólares. El grosor de los paquetes sugiere que cada uno contiene diez mil dólares. Juntas, las pilas ordenadas deben ascender al menos a tres o cuatro millones. Alto y bien parecido, con el pelo blanco, Carter Woodbine viste una bata de seda azul noche sobre un pijama a juego. Sus socios, Rudy Santana y Delman Harris, que acaban de llegar de la calle, han vaciado el efectivo que llevaban en sus bolsas de deporte.

Están convencidos de que es imposible violar el sistema de seguridad del edificio sin que se dispare alguna alarma, igual que están seguros de que nadie más sabe de esta reunión.

Cuando Michael entra en la habitación, el asombro de los tres hombres es tan grande que les impide reaccionar de inmediato. Vuelven las cabezas en perfecta sincronía, con una expresión tan espantada como si hubiesen asesinado a Michael y hubiera regresado de la tumba, aunque, de hecho, para ellos sea un completo desconocido.

Harris es el primero en lograr liberarse del momento hipnótico. Saca una pistola Heckler & Koch 45 de una sobaquera que lleva bajo la americana de cuero gris. Rudy Santana lleva abierto un chaquetón vaquero negro que le llega a medio muslo y saca una pistola de la cartuchera que lleva en la cadera.

Como Michael no lleva armas en las manos y entra sonriendo, en apariencia tan seguro de sí mismo como si no estuviera en sus cabales, los matones se quedan indecisos —con la mirada feroz y los labios apretados—, aunque desconcertados al mismo tiempo, y se preguntan si acaso desenfundar las armas no ha resultado una estupidez.

—Vengo desarmado y solo. Preferiría no tener que hacerle daño a nadie. Lo único que necesito es el dinero. Dadme medio millón y os podéis quedar con el resto —dice Michael.

UNA CONVERSACIÓN EN LA COCINA

Si la definición de asesinato requiere que el acusado haya apretado el gatillo, clavado el cuchillo o blandido el machete, entonces de los tres hombres reunidos alrededor de la isla de la cocina, Rudy Santana es, con creces, el perpetrador de homicidios más prodigioso de los tres. Si el significado de asesinato se amplía para que incluya a cualquiera que financie actividades ilegales que por su naturaleza combinen rivalidades comerciales y violencia letal, entonces los laureles serían para Carter Woodbine. Durante treinta años, el abogado ha aportado el capital inicial para nuevas bandas recién escindidas de otras tradicionales organizaciones criminales y ha utilizado su influencia política para evitarle a sus socios visitas de la fiscalía. Ejerce presión política para mantener abierta la frontera sur de Estados Unidos, de modo que se facilite el transporte de estupefacientes y el tráfico de personas, lo que le asegura un suministro constante de mujeres jóvenes forzadas a trabajar en burdeles para pagar sus deudas y también de adorables niños para los hombres que deseen poseerlos.

Incluso con todas las fuentes de información de las que dispone Michael, no es capaz de atribuir un número exacto de asesinatos a cada hombre. Además, la cuenta no deja de aumentar sin cesar: por meses en el caso de Santana, por semanas para Woodbine.

Los logros de Delman Harris son más fáciles de calcular. Michael está bastante seguro de que el señor Harris ha cometido entre siete y diez asesinatos, apenas una fracción de las muertes que se les pueden imputar tanto a Woodbine como a Santana. Quizá el insignificante reguero de cadáveres que Harris ha ido dejando a su paso lo avergüence, quizá lo haga sentirse inferior a los otros dos hombres; eso explicaría por qué es él, y no Santana, quien no solo saca su pistola, sino que apunta con ella a Michael de manera temeraria, con el brazo rígido y el dedo en el gatillo, y le pregunta:

—¿Tú quién coño eres?

—No soy nadie.

—Alguien serás —discrepa Woodbine, con calma.

—No soy poli —les asegura Michael.

—No parece ser colega de nadie —dice Santana.

—Mierda —dice Harris—, parece un puto.

—Un maricón —concuerda Santana.

—Has entrado sin más —dice Woodbine.

Michael se encoge de hombros.

—Deberías ponerle una reclamación a tu empresa de seguridad.

—Este cabrón no va a salir, así sin más —promete Harris.

Santana parece perplejo.

—¿Qué dices? ¿Empresa de seguridad?

—Vale ya. Dejaos de mierdas —les dice Woodbine, recurriendo a su lengua más vernácula—. Rudy, averigua si es verdad que ha venido solo.

Rudy Santana fulmina a Michael con la mirada. Está furioso, pero aun así consigue contenerse. Sale de la cocina, a la caza.

Harris está nervioso. Quiere que Michael se fije en el cañón de su pistola y es en eso en lo que piensa. La mano del arma se le crispa un poco. Su respiración es demasiado rápida y superficial.

Woodbine mantiene la calma, no está fingiendo. Está allí parado, con las manos metidas en los bolsillos de la bata, estudiando a su inesperado huésped. No parece preocupado. Como nunca le ha pasado nada verdaderamente malo, da por sentado que no le va a pasar. Esta nueva versión de la realidad, fruto de la mayor concentración de poder de la historia, se está convirtiendo en un mundo que engendra narcisistas con unos delirios de inmortalidad como el género humano no ha visto nunca y a los que es probable que no logre sobrevivir.

La ausencia de Santana pone nervioso a Harris, como si pensara que su compañero no fuera a volver.

—Menudo imbécil… ¡mira que entrar aquí y soltarnos que le apartemos medio millón! ¿Cuánta nieve te has esnifado?

—Espérate a que vuelva Rudy —le dice Woodbine.

Pasan tres minutos en silencio. Santana regresa.

—Todo bien. El apartamento y la oficina están despejados. Los ascensores, cerrados. Si este malnacido hubiese venido con alguien más no estarían pasando el rato abajo esperando a que los invitasen.

—Cachéalo —dice Woodbine.

—Tú dame un motivo… —le advierte Santana a Michael.

—No he venido a hacerle daño a nadie —le recuerda Michael, y se somete a la búsqueda, rápida pero exhaustiva, que hace Santana para comprobar si va armado.

—Está limpio —le dice Santana a Woodbine—. Y no lleva identificación.

Michael, que se había quedado justo al lado de la puerta, avanza hacia la isla.

—Señor Harris, me quedaría más tranquilo si bajara el arma. Esos temblores suyos me están poniendo nervioso.

—Lo que te va a poner más nervioso —dice Harris— es una bala del cuarenta y cinco a quemarropa en la cara.

Woodbine le hace señas a Harris para que baje el arma.

—Esta conversación es entre tú y yo —le dice a Michael.

—Me parece lo mejor.

—¿Quién eres?

—Ya lo he dicho.

—Nadie.

—Eso es.

—Podría entintarte las manos y hacer que investigaran tus huellas.

—No te serviría de nada.

—Lo digo en serio, puedo conseguir un informe del FBI en menos de una hora. Nadie salvo el contacto que tengo allí se enteraría de que lo he pedido o de que me lo han mandado.

—Ya sé que puedes. Hay muchas cosas podridas en el sistema y tú tienes buen olfato para la putrefacción. Pero nadie tiene mis huellas.

—Tendrás un pasado.

—Borrado.

—Eso no es posible.

—A lo mejor para ti no lo es.

—Habrá fotografías y archivos que te hayas saltado.

—Ninguno.

—Podemos dejarte aquí retenido mientras los buscamos.

—Solo si me matáis.

—¿Y por qué no íbamos a hacerlo?

—Porque no os lo permitiré.

Harris murmura por lo bajo una maldición y Santana pone una mueca de burla.

Woodbine parece más entretenido que preocupado. Es un tipo sumamente confiado.

—¿Qué andas buscando?

—Ya te lo he dicho.

—Medio millón de dólares.

—Me alegra ver que el Alzheimer no te ha afectado.

—¿Y por qué iba a darte medio millón?

—Porque no puedes hacer otra cosa.

—Si no quiero que me hagas daño.

—Exacto.

—¿Te das cuenta de cómo suena lo que estás diciendo?

—¿Suena a que estoy loco?

—Completamente.

—Tú mete mi dinero en la bolsa y quédate con todo lo demás.

—¿Tu dinero?

—No estaría aquí si no me hiciese falta de verdad.

Santana y Harris están inquietos. Están deseando cometer algún pequeño acto de violencia para poder calmar sus nervios.

Woodbine saca las manos de los bolsillos de la bata y se ve que no están estropeadas de trabajar ni la piel tiene manchas de la edad. Lleva hecha la manicura, rematada con un esmalte brillante.

—¿Cómo te has enterado de la verdad? —pregunta.

—¿Sobre ti? Soy todo un mago de la investigación.

—Soy discreto. Tomo todas las precauciones posibles.

—¿Me permites que te lo explique con una metáfora? Digamos que internet es una densa jungla de información con billones de pistas con miles de millones de secretos. Y cada uno de vosotros deja un rastro, tanto si intentáis borrar vuestras huellas como si no. Y yo estoy directamente sacado de Kipling.

—Rudyard Kipling…

—Vaya, se ve que algo has aprendido en Harvard. Mira, me conozco la selva de internet mejor que Mowgli la selva de verdad. A mis ojos, vas dejando un rastro tan claro como el de una manada de elefantes.

—Déjate de metáforas. Ponme un ejemplo.

—Utilizas móviles prepago con estos dos retrasados y con otros —dice Michael, señalando a Santana y a Harris.

—Uso unos doscientos prepago al año. Los destruyo todos. Y no los compro yo mismo.

—Ya lo sé. El tío del señor Santana, don Ignacio el sacerdote, los compra para él y luego Santana te da tu parte.

Santana está echando humo.

—Mi tío es un santo, un hombre de Dios. No andes jodiendo con el tío Ignacio, trozo de mierda.

—¿Cómo sabes tú eso? —le pregunta Woodbine a Michael después de mandar callar a Santana con un gesto.

—Usáis los móviles prepago con funciones limitadas para llamaros los unos a los otros, pero además utilizáis *smartphones* para los mensajes de texto.

—Todos nuestros mensajes de texto están encriptados. Extremadamente encriptados.

—Sí. Lo sé. La mejor encriptación del mundo, desarrollada en Moscú, que es la que utiliza el primer ministro ruso. Ni siquiera la CIA ha logrado descifrarla aún.

—¿Pero tú sí?

—Digamos que he creado una puerta trasera en el sistema informático del equivalente ruso de la CIA y digamos también que he instalado un *rootkit* para poder entrar y salir y pasar inadvertido.

—¿Un *rootkit*?

—Es jerga de piratas informáticos, aunque en realidad yo no trabajo como ellos. No soy un pirata informático, pero quería decirlo con términos que pudieras entender.

—O sea, que nos has pinchado los teléfonos de alguna forma y te puedes saltar la encriptación para leer nuestros mensajes de texto. Así es como has sabido que íbamos a estar aquí ahora.

Michael se encoge de hombros.

—Siempre me puedes denunciar.

—Y quieres que me crea que le has dejado pruebas incriminatorias a algún amigo tuyo y que si no vuelves se las entregará a las autoridades, como en las películas.

—No, para nada. ¿De qué me iba a servir eso, teniendo en cuenta que puedes comprar a políticos, jueces, mandamases de la fiscalía y periodistas importantes?

Woodbine se queda mirándolo fijamente un buen rato.

—Me tienes asombrado —dice por fin.

—Gracias. Aunque ese no es el propósito de mi visita.
—Pone delante de él la bolsa de deporte y empieza a meter paquetes de billetes de cien dólares en ella.

—Carter, pero ¿qué demonios? —dice Santana, esperando órdenes.

Harris lleva el teléfono en un bolsillo interior de la americana, Santana el suyo en el bolsillo trasero izquierdo de los vaqueros y Woodbine el suyo en uno de los bolsillos de la bata. Aunque ninguno de los dispositivos está en modo vibrador, todos empiezan a moverse con el triple de la intensidad normal. Al mismo tiempo, un lamento escalofriante emana de ellos también al triple de su volumen, una estridencia ululante que haría pensar en el alarido airado de un infame insecto monstruoso. Las baterías se sobrecalientan en un instante. Los tres hombres están tan sorprendidos que durante un momento se quedan confundidos. Santana grita «¿Qué, qué, qué...?», Harris maldice y a Woodbine se le salen las zapatillas cuando se tambalea hacia atrás, apartándose de la isla, y los tres se agarran de las ropas para conjurar la amenaza que ha aparecido en ellas. En los primeros tres segundos, mientras Rudy Santana se saca el teléfono del bolsillo de atrás, chamuscándose los dedos —«¡Mierda, mierda, mierda!»—, Michael le da un puñetazo en la cara que le rompe la nariz; Santana se cae y Michael le pisa la muñeca de la mano con la que empuña la pistola, forzando a Santana a abrir los dedos con un espasmo, lo que le permite a Michael encorvarse para agarrar la pistola por el cañón. En los siguientes tres segundos, Michael gira sobre Harris, que ha dejado la 45 sobre la isla y se retuerce frenéticamente para quitarse el abrigo, que ha empezado a echar humo; Michael le golpea con la culata de la pistola de Santana, justo con la fuerza suficiente como para dejarlo inconsciente durante unos cuantos minutos.

Carter Woodbine aprieta la espalda contra el frigorífico mientras se chupa el pulgar y el índice de la mano derecha, en los que le han salido ampollas al sacar del bolsillo el teléfono ardiente y arrojarlo al otro lado de la cocina. En mitad de la agonía de su reacción ha sacado el brazo izquierdo de la manga, así que ahora la bata abierta le cuelga del hombro derecho. Allí descalzo, con el pijama desaliñado, su aspecto impresiona tanto como el de un niño gordito al que hubiesen pillado con la mano en el bote de las galletas pasada la medianoche.

Los teléfonos humeantes se han quedado en silencio.

—No me pongáis a prueba —dice Michael después de dejar caer la pistola de Santana en la bolsa de deporte y mientras sostiene la 45 de Harris con la mano derecha.

—No soy estúpido —dice Woodbine, sacándose el pulgar y el índice húmedos de la boca.

—A falta de pruebas, te tomaré la palabra.

En el suelo, sosteniendo contra el pecho la muñeca lesionada con la mano buena, con la sangre burbujeándole en el cartílago deformado de las fosas nasales, Santana respira por la boca, mientras escupe maldiciones entre inhalación e inhalación.

Michael mete manojos de billetes en la bolsa de deporte con la mano izquierda.

—¿Cómo has hecho eso? —pregunta Woodbine.

—¿Cómo he hecho el qué?

—Ya sabes qué. Lo de los teléfonos.

—Secreto profesional.

—Te crees muy gracioso.

—Eso mismo pensó siempre mi madre, pero a mí no me lo ha parecido nunca.

—Te encontraré.

—Haz lo que quieras.

—Estás muerto.

—Ya he estado muerto antes; lo probé y no me gustó —Michael ha recogido quizá el diez por ciento del dinero que hay sobre la isla de la cocina. La bolsa ahora pesa—. Debería pegarle fuego a lo demás sabiendo cómo lo has conseguido y, lo que es peor, sabiendo lo que vas a hacer con él.

Ante la perspectiva de perderlo todo, Woodbine decide que la mejor respuesta es un silencio respetuoso.

—¿Qué le pasa a la gente como tú? —dice Michael mientras cierra la cremallera de la bolsa.

La rabia reprimida obliga a Woodbine a hablar con los dientes apretados.

—¿A qué gente te refieres?

—A esa gente que ha tenido todas las ventajas, pero se ha vuelto mala.

—No existen ni el mal ni el bien.

—Y entonces ¿qué existe?

—Las oportunidades. Las aprovechas o no.

—¿Qué nombre le dais a esa filosofía en Harvard?

—Nihilismo. Funciona. Parece que tú también te guías por ella.

—Yo solo le robo a los nihilistas. Eso no me convierte en uno.

—Conque te sientes virtuoso.

—No. Solo me convierte en una clase diferente de ladrón.

Michael retrocede para salir de la cocina con la pistola del 45 en la mano derecha y la bolsa de deporte suspendida en su mano izquierda.

Por consideración a la Heckler & Koch, Carter Woodbine tarda en seguirlo. Es probable que intente usar un teléfono fijo para hacer una llamada. No funcionará.

Michael sale del vestíbulo del apartamento a la oficina para el público de Woodbine y cierra la puerta, que queda oculta por el cuadro cubista. Lleva la firma de Picasso. Michael se queda estudiando la obra un minuto, el doble de lo que haría falta.

Cruza la habitación y está a punto de entrar en la sala de recepción cuando oye a Woodbine forcejeando con la puerta del Picasso. La cerradura electrónica está bloqueada y así se quedará hasta que Michael decida permitir que funcione de nuevo, quizá dentro de una hora o dos.

Sigue las escaleras ocultas hasta el vestíbulo de la planta baja, entra en el pasillo que lleva a la parte trasera del edificio y atraviesa una puerta que da al nivel superior del garaje de dos plantas reservado para los empleados y clientes, donde enciende las luces. El Bentley de color blanco del abogado está aparcado en el espacio más cómodo. Hay una oficina con las paredes de cristal dispuesta para el aparcacoches, que está de servicio durante las horas de oficina con el único cometido de llevar y traer los vehículos de los cuatro socios del bufete de abogados hasta la entrada delantera, para que no les haga falta molestarse sorteando el callejón. Este cubículo está protegido por una cerradura electrónica integrada en el sistema de seguridad del edificio. Michael la desbloquea sin hacer saltar la alarma, entra, localiza la llave del Bentley colgada de un gancho en un tablero y cierra la puerta tras él.

Por lo general, le gusta caminar. Los que atraviesan los días a gran velocidad, siempre encerrados en un vehículo, no ven los intrincados detalles del mundo natural o de ese otro mundo que la humanidad ha construido para sí. Cuanto menos ven, menos entienden, y más probable es que vivan en una burbuja de irrealidad.

En esta ocasión, sin embargo, tiene muchos kilómetros que recorrer y una promesa que espera cumplir antes de que amanezca.

DIEZ DÍAS ANTES: INVESTIGACIÓN SOBRE EL EMBELLECIMIENTO

La comida de la cafetería sabe peor que las raciones K del ejército, pero por lo menos el ambiente es mejor que en las calles derruidas y llenas de socavones de cualquier ciudad perdida en el culo del mundo en la que lo más probable es que la comida se vea interrumpida por un tiroteo. Teniendo en cuenta que estas instalaciones son fruto de la colaboración entre la Agencia de Seguridad Nacional y dos empresas de tecnología, cada una valorada en más de un billón de dólares, es una pena que el servicio de restauración corra a cargo del gobierno y no de la división de recursos humanos de alguna de las empresas tecnológicas, que algo más sabría sobre la nutrición y el sabor. A los empleados no les queda otra opción que almorzar allí, ya que antes de salir de las instalaciones deben someterse a una descontaminación de setenta y cinco minutos que a nadie le apetece padecer dos veces en un solo día. Llevar el almuerzo en una fiambrera está prohibido por motivos que solo conocen los burócratas que han concebido los protocolos y que trabajan en una madriguera a cuatro mil ochocientos kilómetros de distancia, donde nadie puede establecer contacto con ellos.

Michael está sentado en una mesa del rincón con su mejor amigo, Shelby Shrewsberry, quien quizá sea el único inmunólogo de Estados Unidos que también es especialista en la actividad cerebrovascular y en la barrera hematoencefálica. Mide un metro noventa y cinco, pesa ciento cinco kilos y es afroamericano. Shelby, un genio, logró su primer título de medicina cuando apenas tenía veintidós años, mientras que Michael posee una inteligencia tan solo un poquito superior a la media. Shelby toca el piano, el violín y el saxofón. Michael ha conseguido dominar la armónica. Shelby tiene cara de estrella de cine, Michael no tanto. Hace treinta y ocho años que son los mejores amigos, desde que tenían seis años y sus familias vivían en un vecindario de clase media baja en el que, por distintos motivos, los demás niños consideraban a Michael y Shelby unos empollones.

Shelby, el biólogo de más alto rango de la empresa, tiene la misma autoridad que el doctor Simon Bistoury, que ejerce de experto rey en tecnología. Bistoury es un verdadero creyente en lo que hacen aquí, en lo que recibe el nombre engañoso y absurdo de Proyecto de Investigación sobre el Embellecimiento. Shelby, sin embargo, siente un profundo escepticismo en cuanto a la sensatez y moralidad de este trabajo, un punto de vista que oculta para poder hacerlo público y hacer saltar por los aires todo el plan en caso de que sea necesario. Si lo hiciera, se arriesgaría a la ruina económica y a la cárcel, igual que Michael, a quien Shelby se ha traído a la empresa para que ocupe el puesto de jefe de su equipo de seguridad. En esta época, en la que los frutos de la corrupción y la búsqueda del poder a toda costa parecen motivar a demasiada de la gente que ocupa los más altos escalafones de la sociedad, Shelby y Michael no resultan menos marginales que cuando eran niños; la mayoría de los que forman parte de la élite dirigente actual los desestimarían por necios si supieran los principios que los guían.

Nunca hablan de su calidad de delatores en potencia; por el momento, allí en la cafetería, están hablando del anhelo romántico que siente Shelby por una mujer, Nina, a quien ha visto solo tres veces y a quien todavía no le ha pedido salir. Se ha encontrado con esta joya porque ella ejerce de contable, a cargo de las nóminas y los impuestos de su primo Carl, que es propietario de tres lavanderías. A Shelby le ha cautivado no solo su aspecto, sino también su inteligencia, su agudeza y su diligencia.

—Entonces —dice Michael—, en vez de pedirle salir... la vas a contratar como contable. No estoy seguro de si es más ingenioso que estúpido, o más estúpido que ingenioso, o si directamente es cero ingenioso.

Shelby tiene la costumbre inconsciente de poner los ojos en blanco para reconocer sus errores y carencias.

—Sí, bueno, nunca he manejado bien el rechazo. Me hago una bola y me quedo chupándome el pulgar.

—Eres alto, moreno, guapo, triunfador, divertido y tienes fama de inteligente. Ninguna mujer te va a rechazar.

—Me rechazaron muchas veces antes de que conociera a Tanya y me casara con ella.

—En aquella época solo eras alto, moreno, guapo, divertido y con fama de inteligente. No habías triunfado todavía.

—Era demasiado alto, ancho como un camión, con las manos grandes como un estrangulador a sueldo y tenía tendencia a andar por ahí frunciendo el ceño. Y sigo siendo todas esas cosas.

—Tú sonríe, que se te ilumina la cara, adorable como un gatito.

Shelby pone los ojos tan en blanco como si fuera una de esas muñecas de adorno cuyos ojos se mueven.

—Es que es eso. Cuando estoy con Nina, me preocupo tanto por causarle buena impresión que me olvido de sonreír. Estoy tan nervioso y serio que mi aspecto da miedo.

Apartando su plato, en el que todavía quedan una tostada de pan integral con ternera ahumada y bechamel a medio comer, unas zanahorias y ensalada de remolacha, Michael mueve la cabeza de un lado a otro.

—Es un misterio cómo te las has arreglado para tener dos hijos con Tanya.

—Tanya no solo era guapísima. Tenía una perspicacia asombrosa. Dos minutos después de encontrarnos ya me conocía mejor que yo a mí mismo.

—A lo mejor esta Nina también te conoce mejor de lo que crees y sabe perfectamente que eres un príncipe entre los hombres.

Shelby se traga un bocado de ensalada de remolacha y hace un mohín. Baja la ensalada con té helado y hace otro mohín.

—¿No te parece que eso sería tener más suerte de la que debería esperar ningún hombre, conocer a dos mujeres que entienden a la perfección quién es él en el fondo de su corazón?

—¿En serio hay estranguladores a sueldo? —dice Michael, después de fingir que se lo está pensando.

—En este mundo nuestro, cada vez más oscuro, ¿por qué no iba a haberlos?

—¿Usan sus propias manos o un cable de alambre?

—Las manos, alambre, cuerda, bufandas, trozos de tubos de goma... Tienen que ir cambiando, si no el trabajo se les vuelve aburrido. Otra cosa es la diferencia de edad. Yo tengo cuarenta y cuatro y Nina treinta.

—Humbert Humbert babeando por Lolita. Mi deber como ciudadano debería ser detenerte.

—A ti a lo mejor te hace gracia, pero es un asunto importante. Cuando Nina tenga sesenta y cinco, yo tendré setenta y nueve.

—Sí, tienes razón. Y cuando ella tenga ciento diez, tú tendrás ciento veinticuatro. Ten cuidado, que se te van a poner los ojos tan en blanco que se te van a salir de la cabeza.

Shelby le da otro sorbo al té helado.

—Creo que los que fabrican esta cosa también hacen el brebaje ese que hay que tomarse antes de una colonoscopia.

—¿Sabes lo que creo yo? Que aunque hace ya ocho años que el cáncer se llevó a Tanya, a ti te parece que ir en serio con Nina sería como engañar a Tanya.

—No, no, no es nada de eso.

—Traicionarla.

—No puedes traicionar a alguien que ha muerto.

—Deshonrar su memoria.

Shelby suspira.

—Eres implacable. Habrías sido un excelente fiscal en la Inquisición española.

—Tus hijos son mayores y echas de menos tenerlos en casa.

—¿Y eso qué tiene que ver?

—Vives solo. No eres de esa clase de tíos que saben vivir solos. Ahora mismo, eres un estilita solitario, melancólico y patético. Podrías ser feliz si te permitieras llamar a Nina.

—«Estilita». ¿Has estado leyendo otra cosa que no sean tus tebeos de siempre?

—Me has contado que su hijo era especial.

El ceño fruncido de Shelby se suaviza y se convierte en un gesto dulce.

—John. Es un buen chico. Es de esos niños que son la esperanza del mundo.

—Así que, si Nina sale contigo y si le falta el juicio suficiente como para enamorarse de ti, y si después resulta ser lo bastante tonta como para casarse contigo, no tendrás solo una mujer, sino una pequeña familia, un nuevo hijo adoptivo a quien aconsejar e inspirar y volverlo tan neurótico como tú.

Shelby suspira.

—Es un sueño que merece la pena tener, ¿no?

—Pues convierte el sueño en realidad.

—Me parece que a lo mejor lo hago.

—No pienses, hazlo sin más. Nadie sabe cuánto tiempo le queda, amigo. La semana que viene podríamos estar muertos. El destino no favorece a nadie, y menos a un estrangulador en potencia, demasiado alto, ancho como un camión y con el ceño fruncido como tú.

—¿Qué está haciendo aquí nuestro doctor SOB? —masculla Shelby, mirando por encima de Michael hacia la entrada de la cafetería.

Se trata del doctor Simon O. Bistoury, el codirector del proyecto: experto en tecnología y tocapelotas de primera. El noventa y cinco por ciento de las veces hace que le suban el almuerzo a su oficina. En las raras ocasiones en las que aparece por allí no es por la comida, sino por la oportunidad de lamentarse con alguien, con quien sea, sobre lo que sea que lo lleve por la calle de la amargura en ese momento. Simon Bistoury no es un hombre feliz.

Michael da un golpecito en la bandeja del almuerzo de Shelby.

—Date prisa y termina.

—Quiero postre. No voy a renunciar al postre, aunque eso signifique tener que escuchar a Simon. El postre es lo único que merece la pena comerse en este sitio.

—Es probable que esté cabreado porque se ha enterado de que los perros robots asesinos han logrado algún éxito importante.

Aunque Bistoury cree en el trabajo que están haciendo, piensa que les hacen falta cinco años más para tener éxito. El puesto que de verdad desearía ocupar es el de director de proyecto en unas instalaciones que hay al norte de San Diego, en las que se están gastando muchos miles de millones para crear soldados robots de cuatro patas con IA y una potencia de fuego significativa, basados en la estructura esquelética y en la columna vertebral, extremadamente flexible, de los perros. No parecen perros: parecen algo salido del infierno. Nadie querría acariciarlos. No obstante, Bistoury está convencido de que se podrían diseñar, producir y dejar listos para el combate mucho antes de que haya posibilidades de que se haga algún avance aquí, en la Investigación sobre el Embellecimiento. El doctor Bistoury es un científico, pero está más interesado en el éxito que en la ciencia. En el éxito y la gloria.

—Maldita sea —dice Shelby—, se ha pedido un café y está viniendo para acá.

Michael suspira.

—¿No acabo de decirte que nadie sabe cuánto tiempo le queda?

Simon Bistoury llega y los mira desde arriba, mientras los ojos le echan chispas.

—Los bastardos de Encinitas la han sacado del estadio.

—Yo es que no sigo el béisbol —dice Shelby.

—Tienen a sus robots con forma de perro. Con IA autónoma limitada o por control remoto, capaz de acción integrada en el modo autónomo.

—Y yo tengo un amigo cuyo perro puede meterse tres pelotas de tenis en la boca al mismo tiempo —dice Michael.

—Su presupuesto es el doble que el nuestro. ¿Qué se supone que vamos a poder hacer nosotros con dos mil cochinos millones al año?

LA CASA AZUL

Incluso a esta hora, cuando los demonios del mundo real se acaban de ir a dormir hace un rato y los únicos que andan preparándose para el bendito trabajo son las personas trabajadoras y honradas, Michael no puede dejar aparcado el Bentley de Carter Woodbine delante de la casa de Nina Dozier: eso la haría incluso más interesante de lo que ya es, si cabe, para los pandilleros que llevan un tiempo acosándola.

Michael deja el coche en el aparcamiento de la consulta de un dentista, donde chocan el mayor desorden del barrio de Nina y el menor desorden del vecindario colindante. Por el camino se había parado a apartar cien mil dólares del medio millón que llevaba y había ocultado los diez paquetes en el hueco para la rueda de repuesto del maletero del coche. Ahora se coloca la correa de la bolsa de deporte sobre el hombro derecho, mete la mano en la abertura superior de la bolsa, empuña relajadamente la pistola de Santana y se dispone a caminar ocho manzanas.

Aunque es una zona plagada de delincuencia, Michael no cree que sea inevitable o probable siquiera encontrarse con algún problema. A pesar de todos sus peligros, este barrio no es una sucursal del infierno. No obstante, no hay vecindario realmente seguro en estos tiempos, y a cualquier chaval callejero que tenga viva la imaginación le podría interesar una bolsa de deporte tanto como el brillo de un Rolex de oro macizo.

Se trata de un barrio residencial donde en plena época de escasez todavía está permitida la valiosa iluminación; sin embargo, las farolas son viejas y su luz insuficiente: las esferas lechosas de la parte superior de varias de ellas se han roto a disparos o a pedradas. Los árboles de las calles son casi tan viejos como la ciudad misma, y hace décadas que no los mantienen de manera adecuada; a través del intrincado techado de ramas, el brillo velado de la luna, al oeste, se reduce a un punteado de luz gris sobre la acera, por lo demás sumida en la oscuridad.

Cuando algún vehículo que se aproxima desde atrás ralentiza la marcha, Michael se tensa esperando que se detenga, que se produzca una confrontación. Todos circulan hacia el este, hacia un resplandor ceniciento que se levanta a lo largo del borde oriental del mundo, como si el continente perdido de la Atlántida estuviese emergiendo lentamente en el mar de la noche.

La mayoría de las casas son bungalós de estuco o de listones de madera en parcelas pequeñas. Algunas se mantienen en un orgulloso buen estado. Otras tantas se desmoronan, camino de la ruina, con el césped que lleva mucho tiempo sin cuidar. Tal vez el diez por ciento están abandonadas. Esta zona es territorio de los Vig, una banda tan peligrosa como los Bloods o los Crips; su nombre es una abreviación de «vigoroso», para dar a entender que tienen empuje, fortaleza y fuerza.

El bungaló de Nina Dozier está en buen estado; parece no tener color en estos últimos minutos de oscuridad, aunque a la luz del día es de color azul pálido con las molduras blancas. Dos dormitorios pequeños, un baño, un salón que también sirve como oficina casera y una cocina con zona de comedor. Puede que unos sesenta y cinco metros cuadrados en total. La casa perteneció a su madre y su padre. La heredó, junto con la hipoteca, cuando los atropellaron y mataron en un paso de cebra mientras volvían del mercado con las bolsas de la compra.

El conductor que se dio a la fuga, al que más tarde atraparon, era un colgado de la metanfetamina con una larga lista de antecedentes, y hacía poco que había salido bajo fianza después de haber sido acusado de robar coches. Aquel día iba conduciendo un Lincoln Aviator robado que destrozó entonces, sin sufrir ninguna lesión.

Dado que el hijo de Nina estará durmiendo a esta hora, Michael rodea el bungaló para entrar por detrás, como habían acordado. Nina está sentada ante la mesa de la cocina con una taza de café, delgada y con aspecto saludable; es una de esas mujeres que parecen demasiado pequeñas para soportar las tormentas de este mundo, pero ella las atraviesa todas sin doblegarse, una madona de caoba.

Michael da un golpecito suave en uno de los cuatro paneles de la mitad superior de la puerta y Nina levanta la vista. A pesar de las pruebas que Michael le había proporcionado, está claro que le asombra que haya aparecido, tal como prometió. Su sorpresa no va acompañada de alivio; está acostumbrada a que la gente y el destino la decepcionen justo cuando sus expectativas son más altas.

Nina corre los dos cerrojos de seguridad y abre la puerta. Michael entra en esa casa humilde, en la que vive la esperanza del mundo.

UN PUENTE SOBRE AGUAS
TURBULENTAS

Nina llena de café una pesada taza de porcelana blanca para Michael, rellena la suya y se sienta a la mesa frente a él. Necesita la cafeína, ya que no ha dormido nada esa noche. De hecho, desde que Michael la visitó antes de ayer ha estado tan expectante que le ha resultado difícil concentrarse en su trabajo ni hacer nada más.

Con treinta años, después de pagarse la universidad, lleva seis años ejerciendo como contable titulada. Sus clientes son los propietarios de los pequeños negocios del barrio. Nina les lleva los libros de contabilidad, les prepara las declaraciones de impuestos y revisa que cumplan con las leyes estatales relativas a los empleados. Ninguno se está haciendo rico y tampoco ella, aunque considera un logro, casi un triunfo, poder mantenerse, sacar adelante a su hijo e ir aumentando sus ahorros de modo que, con el tiempo, pueda darle al niño la oportunidad de tener una vida mejor que la que se ha labrado ella. En este mundo duro y cada vez más oscuro, está orgullosa de lo que ha conseguido y agradecida porque es más sensata de lo que fue en otra época y no necesita depender de nadie.

Cuando tenía dieciséis años cometió un tremendo error de juicio. Se llamaba Aleem Sutter. Era un seductor con carisma, un mentiroso capaz de hacer creer a cualquier muchacha que era sincero hasta la médula. La dejó embarazada y luego se largó. Todo el mundo le decía a Nina que no debía seguir adelante con el embarazo, pero ella lo hizo de todos modos. Esperaba que cuando Aleem se enterase de que tenía un hijo le ayudaría a mantenerlo. Eso no pasó. Sin embargo, casi desde el día que nació el bebé, aunque debería de haber sido una carga, fue una alegría: nunca quisquilloso, siempre sonriente, curioso e inquisitivo desde el principio, aprendía rápido, y más cada año. Tiene ahora trece, buen corazón, es digno de confianza y honrado... todo lo que su padre no fue nunca y seguía sin ser. Como cualquier madre, Nina cree que su hijo es especial, aunque no se hubiera imaginado nunca que un día un desconocido, un extraño que la asombraría con sus extraordinarios poderes, acabaría llamando a su puerta para decirle que Shelby Shrewsberry albergaba la creencia de que un chico como John podía ser la última esperanza del mundo. Pero entonces apareció Michael. Durante trece años, Nina se ha desvivido por su hijo, y ahora con más amor y esperanza que nunca, a pesar de que hay riesgos, peligros.

Las habilidades que le ha demostrado Michael parecen mágicas, pero Nina entiende que esos dones provienen de una extraña confluencia entre la ciencia y la más loca de las suertes. La probabilidad de que algo tan maravilloso floreciera de entre el horror y la tragedia es incalculable. A Nina le parece un milagro, pero a Michael no. Él insiste en que no es ni un mesías ni un redentor ungido, que es tan solo un tipo que estaba en el sitio equivocado en el momento equivocado cuando, en mitad de la catástrofe, hubo algo que salió bien. Reconoce la naturaleza corruptora del poder y también que hace falta humildad para evitar convertirse en un monstruo más del lado de aquellos que condenarían a la mayor parte de la humanidad a la esclavitud.

De la bolsa de deporte que ha dejado en el suelo, junto a su silla, retira un fajo de billetes de cien dólares sujetos con una goma y lo pone sobre la mesa.

—Tal y como te prometí. Este es uno de cuarenta.

Aunque Nina cree en él, duda si tocar lo que le ofrece. Como John está durmiendo en una habitación de la parte delantera de la casa habla bajito, igual que Michael.

—¿De dónde has sacado todo esto?

—Se lo he quitado a unos hombres malos.

—¿Cómo de malos?

—Drogas y tráfico de personas.

—Dinero sucio —dice Nina.

—El uso que le habrían dado solo lo habría vuelto más sucio. Tú lo usarás bien. Lo dejarás limpio otra vez.

—Tanto...

—Tal vez me haga falta un año o más para entender cómo usar mejor este loco poder mío antes de que me atreva a hacer lo que hace falta hacer. Pero durante ese tiempo, por Shelby, quiero asegurarme de que John y tú estáis bien. Era mi mejor amigo. Se lo debo. No puedo hacer nada más por él.

Michael quiere que Nina venda la casa y se mude a otro sitio en el que los tiroteos desde los coches sean raros, en el que los pandilleros no gobiernen las calles. Donde no puedan encontrarlos a John y a ella, donde estén a salvo.

Hace un mes, Aleem Sutter volvió a la vida de Nina. Ahora Aleem es el jefe de los Vigs del condado. El que un hijo suyo, que tiene edad para estar en una banda, lleve una vida honrada es toda una vergüenza para él, algo que hace creer a sus compinches que Aleem se anda doblegando ante la voluntad de una mujer. Así que ahora anda husmeando por las fronteras de sus vidas, recelando a Nina, pero se está volviendo cada vez más atrevido.

—Si renuncio a la contabilidad, ¿cómo digo que he ganado ese dinero?

—Deja de usar la tarjeta de crédito: cuando pagas en efectivo, la riqueza se vuelve invisible.

—Algunas cosas solo se pueden pagar con un cheque o algo así.

—Ve depositando cada mes en tu cuenta el efectivo que necesites.

—En Hacienda se olerán la discrepancia tarde o temprano.

—No vas a tener que volver a preocuparte por Hacienda nunca más.

—Eso sí que sería un sueño precioso.

—He dejado configurados los registros computerizados de Hacienda de modo que aparezca que pagas trimestralmente y que presentas la declaración todos los años, pero no volverás a pagar nunca más.

—¿Y qué les digo cuando me hagan una inspección?

—Lo he configurado para que no lo hagan nunca.

—Lo has configurado...

—Ya has visto lo que soy capaz de hacer.

—Sí, vale, pero... Dios santo.

—He codificado tu archivo de Hacienda para que rechace las auditorías de forma automática.

—Pero ¿cómo es eso posible?

—Unos cuantos cientos de personas del gobierno son tan poderosas que se han eximido de las auditorías. Y yo te he metido entre ellas.

—¿Cómo pueden salirse con la suya?

—Se trata de un secreto muy bien guardado. Además, quienes les dicen que no pueden hacer algo acaban topándose con graves desgracias.

—Corrupción por todas partes.

—Estamos jugando a su mismo juego, pero solo para poder llevarlos ante la justicia.

Nina se queda mirando su taza. Los ojos reflejados en el oscuro brebaje se hinchan y se encogen de manera extraña con el movimiento del líquido, como si alguna fuerza que hablara solo mediante símbolos e insinuaciones le estuviera advirtiendo de que lo que hace acabará por deformarle la imaginación y el alma.

—Aleem ha ido a ver a un abogado —dice Michael.

—¿Qué quieres decir?

—Puedo acceder al registro del GPS de su Cadillac Escalade. Ayer, Aleem aparcó durante cuarenta y siete minutos en el edificio que ocupa Bucklin & Aimes, un bufete de abogados que defiende con vehemencia a pandilleros como él. Hoy tiene otra cita allí.

—¿Y tiene eso algo que ver conmigo?

—El señor Bucklin mete las notas que toma en las reuniones en su portátil. En este caso no voy a respetar el secreto profesional entre abogado y cliente: he estado fisgoneando. Aleem estaba allí para preguntar sobre qué derechos de paternidad tiene sobre John.

A Nina se le acelera el corazón.

—¿Derechos? Ninguno. No tiene ningún derecho. ¿Alguna vez me ha dado siquiera una sola moneda? ¿Le ha traído a John algún regalo por su cumpleaños? Ninguno. Ni siquiera ha hablado nunca con el niño.

—No es tan sencillo: la ley no siempre va en línea recta del punto A al punto B. De hecho, suele seguir una ruta larga y retorcida.

Nina tiene la boca seca. Se la humedece con café. El borde de la taza le repiquetea contra los dientes un momento.

—Cuando John va al colegio privado, yo lo llevo y lo traigo de Saint Anthony, no lo pierdo de vista. Pero no me parecería bien convertirlo en un prisionero. Sale a jugar a la pelota con sus amigos, va a cualquier lado… me preocupa que Aleem se lo lleve, pero no se me había ocurrido pensar en abogados —dice Nina.

—En última instancia, dudo que Aleem tenga bastante paciencia para recurrir a la ley. Tienes razón al preocuparte por si secuestra a John.

—Ando dando vueltas desde que viniste la primera vez.

—Si fuera a juicio, ¿sabes cuánto tardaría la ley en resolver la situación a tu favor?

—Demasiado tiempo. Y si Aleem se lleva a John, lo negará. Aleem lo esconderá y fingirá no saber nada.

—¿Y tú? ¿Qué pasaría contigo?

Los ojos de Nina se encuentran con los de Michael. Nina ve amabilidad en ellos. O es lo que quiere ver. Desde la muerte de sus padres ha habido poca amabilidad en su vida.

—Aleem no me dará la oportunidad de que recupere a John. Lo hará parecer de manera que dirán que soy una adicta cuando me encuentren tiesa de una sobredosis. Sé que tengo que alejarme de él, pero...

La voz de Michael se suaviza hasta convertirse en un susurro compasivo.

—Es difícil abandonar una vida que funciona.

—Estaba funcionando. Ahora... no sé.

—Entiendo más de lo que crees, Nina. Estás pensando que Aleem quiere a tu hijo y que yo quiero a tu hijo y que es la misma cosa.

—¿Lo es?

—Él quiere convertir al niño en un pandillero. Yo quiero verlo desarrollar todo su potencial. Y quiero que esté siempre contigo.

—Parece todo sacado de *La dimensión desconocida*. Hacer esto es una mierda muy grande.

—Enorme —concuerda Michael.

—Pero no dejo de pensar en que me has contado la verdad sobre de dónde proviene el dinero. Que no lo has conseguido limpiamente.

—No miento nunca. No desde que morí. Antes, mentía a veces. Pero desde entonces no.

—¿Eres tú mi puente? ¿Mi puente sobre aguas turbulentas?

—Lo seré si me lo permites.

—Por Shelby Shrewsberry.

—Sí. Y por tu hijo.

—Ojalá Shelby me hubiese dicho lo que sentía. Parecía... parecía ser un hombre muy bueno.

—Era lo más parecido que he conocido a un santo. No solo era mi mejor amigo… quizá fuera el único.

—No es que en mi camino se hayan cruzado hombres buenos, por lo general.

—Pues toma este nuevo camino. Quizá eso suponga la diferencia.

EL NIÑO

El cielo está nublado y la luz de la mañana es sombría, pero después de la decisión de Nina, la cocina se ha llenado de un espíritu de tranquila esperanza, como si lo que hubiera empezado aquí fuera la redención de un mundo que está roto... y ese sería exactamente el caso si las intenciones de Michael se cumpliesen.

Nina mete en la despensa la bolsa de deporte llena de dinero y le da a Michael una bolsa de plástico opaca con cierre ajustable que usa ella para hacer la compra. Michael guarda las dos pistolas en la bolsa, menos preocupado por llevar una a mano ahora que su caminata de ocho manzanas será a la luz del día.

—Te puedo llevar en coche —dice Nina.

—Gracias, pero prefiero ir andando. —Mientras camina, Michael puede estar en dos sitios al mismo tiempo con más facilidad.

—Pondré la casa hoy a la venta con un agente, la venderé amueblada. Avisaré a mis clientes de que cierro el negocio, les devolveré todos sus datos. No hay mucho que guardar salvo la ropa y los recuerdos. Podemos salir de aquí dentro de a lo mejor cuatro días.

—Si puede ser antes, mejor. ¿Qué harás si sale algo mal y necesitas ayuda?

—Haré exactamente lo que me has dicho.

—Solo quiero oírtelo decir.

—Mantendré abierta la página web de mi empresa. Si te necesito pondré un aviso que diga «La novena hora». Pero ¿con qué frecuencia lo vas a comprobar?

—Me enteraré en el mismo momento en que lo subas.

—Ah, sí. Todavía no me entra en la cabeza.

—Algunos días a mí tampoco.

La puerta batiente cruje al abrirse. El niño descalzo entra por el pasillo y se queda allí con su pijama arrugado, apretándose los ojos con los nudillos para quitarse los rastros del sueño. Se despierta del todo al ver a Michael.

—Tú eres ese.

En su primera visita a la casa, Michael había pretendido ser un nuevo cliente potencial interesado en los servicios de contable de Nina. John estaba en clase en Saint Anthony.

—Encantado de conocerte, John.

—Mamá me ha hablado de ti, pero no me lo ha contado todo.

—Tu madre estaba esperando a ver si yo cumplía una promesa que le hice. Creo que ahora te contará el resto.

John es bien parecido, con grandes ojos castaños color brandy que parecen iluminarse desde dentro. Michael no es capaz de leer la mente ni es capaz de discernir la calidad del carácter de nadie con una varita mágica, pero juzgando por lo que ha dicho Nina y lo que han escrito sobre su alumno los profesores del colegio Saint Anthony en sus informes, cree que es un chico inteligente y serio, un buen hombre en ciernes. La postura de John, la inclinación de la cabeza, su voz tranquila y su actitud indecisa sugieren una saludable vulnerabilidad que lo vacunará contra el grado psicótico de autoestima que acaba por convertir a otros chicos en mafiosos como Aleem.

A Michael le recuerda a Shelby.

—Eres más joven de lo que pensaba —dice John.

Según la matemática, Michael tiene cuarenta y cuatro años, aunque en otro sentido solo tenga cuatro días.

—Y yo sospecho que eres mayor de los años que tienes —le dice al chico.

—Así es, efectivamente —confirma Nina, y el niño agacha la cabeza, rehuyendo el elogio.

—No será fácil dejar a tus amigos.

—¿Qué amigos? —pregunta el niño.

—Sé que los tienes.

—Te refieres a mis amigos del colegio.

—Es algo difícil para la mayoría de los niños.

—Los amigos del colegio no son para siempre. Todo el mundo se hace mayor y sigue adelante. Las cosas son como son.

—Sé que ayudarás a tu madre en el proceso —dice Michael, impresionado.

Si John es capaz alguna vez de mirar a su madre sin que quede patente su inmenso amor, esta no es una de esas veces. Está claro que la adora.

—Siempre estamos bien.

—Siempre —dice ella.

—Quédate en casa y no vayas al colegio —aconseja Michael.

—No tengo miedo —dice el niño.

—No se trata de tener miedo. Se trata de ser listo.

—Puedes ayudarme a recoger, cariño.

—Así que nos vamos.

—Si nos damos prisa de verdad —dice Nina—, podremos salir de aquí mañana por la tarde.

—¿Adónde?

—Cuanto antes mejor —le recuerda Michael.

Le sonríe a John y el niño responde a la sonrisa con una expresión sobria que indica que lleva la mayoría de su vida siendo consciente de lo que está en juego.

EL BRAZO DEL ESTADO

El propósito que declara cumplir la Agencia de Seguridad Nacional, en plena expansión, es buscar, descubrir, controlar y eliminar todas las amenazas que surjan dentro de sus fronteras y, de hecho, algo de eso hace. Conforme ha ido evolucionando, sin embargo, sus propósitos principales han acabado siendo garantizar que se perpetúa la burocracia laberíntica y no elegida mediante sufragio que dirige el país en realidad, asegurar las prerrogativas de la clase dominante y controlar que solo las personas de la clase adecuada se atiborren en el abrevadero de lo público. Con decenas de miles de millones de dólares de presupuesto anual, la ASN es un vasto nido de avispas capaz de despachar enjambres de agentes a todas las crisis reales, fabricadas e imaginadas.

De entre esos avispones ocupados de la ley, Durand Calaphas es único: mientras que otros candidatos quizá estén entregados a su trabajo, Calaphas está obsesionado con él. No tiene mujer ni hijos ni pareja. Su madre y su padre están vivos, pero le parecen demasiado tediosos como para merecer su atención. Su CI es de 178, muy por encima del índice que lo calificaría como genio. James Bond tiene licencia para matar, pero teniendo en cuenta la importancia de los casos que le asignan a Calaphas, él no solo tiene licencia para matar, sino que más bien se le exige que mate con frecuencia. No tiene ningún reparo en matar, ya esté justificado o no. La facilidad con la que comete actos de violencia letal le ha valido el récord de casos cerrados de la organización. En consecuencia, mientras otros agentes trabajan por parejas o en unidades mayores, el deseo de Calaphas de trabajar solo se respeta, para gran alivio de los numerosos agentes a los que les daría miedo que los emparejasen con él.

Seis días después de la catástrofe acaecida al norte de la ciudad, Calaphas está acampado en la oficina del difunto Simon Bistoury, codirector de las instalaciones en las que perecieron cincuenta y cuatro personas y una más desapareció. Se ha pasado seis horas bebiendo botellas de té verde endulzado con miel mientras revisaba el vídeo de seguridad en alta resolución en una pantalla LED de cincuenta y cinco pulgadas. Su obsesión se concentra en cuarenta y seis segundos de vídeo grabados por las cámaras en el depósito de cadáveres improvisado que se organizó en el edificio después de la catástrofe.

En apariencia, las instalaciones eran una iniciativa privada, la división de investigación de una empresa de productos de belleza encargada de desarrollar fórmulas para cremas hidratantes, antiarrugas, exfoliantes, maquillaje, barras de labios y otros productos. Pero, en realidad, se trataba de un proyecto ultrasecreto cofinanciado por el gobierno federal y dos empresas de tecnología punta cuyos nombres son más conocidos por los estadounidenses que los nombres de sus propios senadores.

Los microorganismos que se estaban desarrollando allí no eran ni virus ni bacterias, sino un híbrido de nanomáquinas y arqueas, las primeras fabricadas por científicos humanos, las segundas por la naturaleza. Hasta 1978, se creía que las arqueas eran bacterias, pero son bastante diferentes; las bacterias son organismos con enlaces tipo éster, mientras que las arqueas tienen enlaces tipo éter y son las más estables de las dos. Como ni las nanomáquinas ni las arqueas provocan infecciones, nadie había previsto que fuera necesario llevar a cabo las investigaciones en un laboratorio de aislamiento de nivel cuatro, en el que los protocolos de seguridad habrían sido más estrictos, pero al menos, gracias a la construcción del edificio, se mantuvo un sello hermético efectivo al 99,65%. Cuando la última versión del microbio híbrido invadió los pulmones y luego la corriente sanguínea del personal, aquellos hombres y mujeres no se infectaron en el sentido clásico del término, pero perecieron en cuestión de minutos.

Uno de los fallecidos —nadie sabe todavía quién— demostró ser lo suficientemente valiente y perspicaz como para activar el bloqueo antes de que nadie pudiera huir y llevarse al mundo exterior aquel misterioso contagio. Múltiples cámaras cubren todas las posibles salidas, ninguna de ellas ha grabado la salida de ningún prófugo.

Sin embargo, de los cincuenta y cinco que había trabajando, hay uno desaparecido, como si se hubiera desvanecido. Todas las pruebas sugieren que ha muerto con todos los demás. Sin embargo, su cadáver no se encuentra entre los muertos.

Tres horas después del acontecimiento, cuando una inspección remota de las instalaciones mediante las cámaras de seguridad no mostró a ningún superviviente, los especialistas de la ASN aprovecharon el sello hermético de las instalaciones para llenar el edificio de una serie de gases que destruyeron todos los microorganismos y corroyeron todas las nanopartículas de manufactura humana. La esterilización y la limpieza fagocitaria se consideraron completas después de seis horas, tras lo cual los agentes entraron en el edificio con trajes de plástico hinchable y cascos herméticos, respirando el oxígeno de las botellas que llevaban sujetas con correas a la espalda. Durante seis horas comprobaron las superficies de todos los laboratorios y demás habitaciones buscando pruebas, por si los organismos letales habían sobrevivido a los gases purgantes. Más tarde, dieciséis horas después de la alarma inicial, el edificio fue anegado con aire purificado y ventilado con mucha agresividad para asegurarse de que no quedaban bolsas de gas en la estructura; esto requirió dos horas. Sin llevar ya los trajes, los agentes pasaron las siguientes ocho horas foto-grafiando de forma exhaustiva a todos los fallecido *in situ* y trasladaron los cadáveres a una cámara más grande que había sido la cafetería, pero que habían transformado en una morgue temporal en la que filas de mesas plegables hacían las veces de catafalcos. Unos refrigeradores portáti-les mantenían la temperatura entre uno y dos grados. Fin del primer día.

A última hora de la tarde del segundo día, la ASN ha-bía localizado a cuatro forenses militares que cumplían los requisitos para obtener autorizaciones de seguridad sobre los asuntos más sensibles y que no tuvieron reparos en fir-mar unos acuerdos de confidencialidad tan inflexibles que cualquier violación significaría para ellos la cárcel y la ruina económica de por vida.

Estos cuatro forenses fueron trasladados al lugar del si-niestro, donde el laboratorio de mayor tamaño había sido convertido en cuatro puestos completamente equipados para realizar autopsias. Durante cuatro días, aquellos ex-perimentadísimos patólogos forenses aplicaron sus conoci-mientos a los cincuenta y cuatro cadáveres refrigerados en el antiguo comedor.

Ahora, en la suite del director del proyecto, Durand Ca-laphas está sentado en una cómoda silla de oficina de Her-man Miller que ha llevado rodando hasta quedar a menos de un metro de la enorme pantalla colgada en la pared. Utiliza el sistema de control Crestron para volver a estudiar esos enigmáticos cuarenta y seis segundos de vídeo una y otra vez, seleccionando a veces cuadrantes de la imagen para ampliarlos a pantalla completa, a veces viendo la secuencia en el mismo formato en el que fue filmado.

En la pantalla, la marca temporal certifica que el vídeo se grabó cuarenta horas después del acontecimiento fatal. Hace cuatro días. Para entonces, ya habían traído a los patólogos forenses. A esa hora, estaban en un laboratorio cercano equipado con puestos para hacer autopsias, recibiendo instrucciones antes de ponerse a trabajar.

La escena sucede en la cafetería reconvertida en depósito de cadáveres. Hay tres paneles de luces de techo que funcionan de forma independiente. Para no poner a prueba los límites de los refrigeradores portátiles añadiendo más fuentes de calor de las necesarias, solo está encendido uno de los paneles de luces, el más pequeño de los tres, sobre la larga barra de servicio con sus cubetas para la comida vacías. El resto de la habitación está débilmente iluminada, aunque no completamente a oscuras. Quizá la lente de la cámara tenga algún fallo que hace que la escena parezca estar bajo el agua y la naturaleza de la luz recuerda a la que emana de un acuario iluminado que no se ha limpiado todo lo debido. Aunque siguen llevando la ropa con la que murieron, las víctimas yacen bajo sábanas sobre cincuenta y cinco mesas. Nadie está velando a los muertos.

El primer acontecimiento inexplicable ocurre en una mesa que está en mitad de una fila de cinco. La cámara que graba el momento está instalada en el techo, es una de las tres que hay en la habitación. La silueta de debajo del sudario es como todas las siluetas de las otras cincuenta y cuatro mesas. De repente, la sábana se levanta, como si el cuerpo bajo ella hubiese intentado incorporarse. La mortaja de algodón blanco cae deslizándose hasta el suelo, revelando… nada. Es como si el resucitado se hubiese desvanecido durante el acto mismo de levantarse. Si no resultase obvio que la sábana estaba cubriendo algo, Calaphas podría haber llegado a pensar que una corriente de aire y la gravedad se habían confabulado para imitar una presencia fantasmal. Pero la sábana no estaba estirada y plana sobre una mesa vacía: debajo había un cuerpo.

El segundo acontecimiento inexplicable ocurre diez segundos más tarde, en una mesa a solo unos pasos de la primera. Al parecer, increíblemente y por sus propios medios, una sábana se aparta de la cara y del torso de una víctima, una mujer de cuarenta y tantos años que mira fijamente con los ojos ciegos. Tiene la boca abierta en un grito silencioso. Después de tres segundos, el sudario vuelve flotando a su sitio y cubre de nuevo a la mujer. Es como si un hombre invisible quisiera confirmar la naturaleza del lugar en el que se encuentra y, después de hacerlo, cubriera respetuosamente a la fallecida.

El tercer acontecimiento inexplicable comienza treinta y siete segundos después del primero, cuando la puerta de la habitación cede hacia dentro, permitiendo el paso de una estrecha rendija de luz desde el pasillo. Nadie entra. Después de tres segundos, la puerta se abre más. El vestíbulo parece desierto. Quizá la puerta no estuviera bien cerrada y se ha abierto de golpe por su propio peso. No. Ahora se cierra de pronto y se queda cerrada. Durand Calaphas no es un hombre supersticioso —nada más lejos de su carácter— pero le parece que un espectro ha abierto la puerta, ha echado un vistazo desde dentro para asegurarse de que no había nadie en el pasillo y, después, ha salido con rapidez del improvisado depósito de cadáveres.

Como persona convencida de que este mundo no alberga grandeza ni significado alguno, de que la Tierra es poco más que un matadero para el disfrute de los aficionados a los deportes sangrientos, estos sucesos fantasmagóricos no hacen que Calaphas reconsidere su filosofía. Intrigado, vuelve a reproducir hasta la extenuación los cuarenta y seis segundos, esforzándose por encontrar una explicación, hasta que por fin ve una cuarta cosa que ha pasado por alto repetidas veces.

Debido a la mala iluminación y quizá porque esa cámara en particular produce vídeo de menor calidad que las otras, ha necesitado revisar las pruebas muchas veces antes de notar tres momentos en la secuencia en los que aparecen de la nada unos penachos tenues y pálidos que se disipan con rapidez. Durante unos cuantos minutos lo dejan desconcertado, pero justo cuando está dispuesto a atribuir aquellas extrañas manifestaciones a fallos en la transmisión digital de vídeo, recuerda que el depósito de cadáveres está refrigerado a entre uno y dos grados: los penachos deben ser exhalaciones del resucitado, que por algún motivo sigue siendo invisible para la cámara.

Los fantasmas no respiran. Tampoco puede existir un hombre invisible.

Suena el teléfono de Calaphas. Es una llamada de Hugo Schummer, uno de los agentes que protegen los archivos de investigación y supervisan a los patólogos que están llevando a cabo las autopsias. Los cincuenta y cuatro cadáveres han sido identificados. El único miembro del personal del proyecto que estaba en la plantilla que queda por verificar es el director de seguridad: Michael Mace.

TOMARSE UN RESPIRO

Las nubes se espesan y forman una llanura gris que se pliega en algunas zonas y se convierte en estrechos valles tectónicos en los que la negrura acumulada va adquiriendo de forma gradual un poder que agrietará el cielo y desatará el diluvio. En el estado de ánimo actual de Michael, mientras su pensamiento da vueltas en torno a Shelby Shrewsberry y al final prematuro que le sobrevino a aquel buen hombre, se pregunta si las señales actuales del Armagedón harán que el mundo despierte a la realidad. También se pregunta si será capaz de retrasar el advenimiento de esa oscuridad definitiva con su don. O quizá, en vez de eso, se convierta en el agente involuntario de la gran guerra final y del ulterior apocalipsis.

Se dirige hacia el sur en el Bentley de Carter Woodbine por la autopista de la costa del Pacífico. El elegante coche no está todavía en la lista de vehículos robados del Centro Nacional de Información de Delitos. Michael ha instalado un desencadenador de datos en el sistema informático que lo avisará cuando el número de la matrícula del Bentley aparezca en el registro; entonces lo eliminará inmediatamente y después rastreará su origen para borrarlo de los archivos de la ciudad, del condado o de los cuerpos de seguridad del Estado que se lo hayan proporcionado al CNID. Ningún poli haciendo la ronda ni ningún agente de tráfico buscará jamás este coche. Además, tampoco es probable que el abogado corrupto denuncie el robo y se arriesgue a que Michael, si lo detienen, explique de dónde ha sacado los cuatrocientos mil dólares que tiene en su poder.

Michael es capaz, asimismo, de reemplazar el nombre de Woodbine por el suyo propio en los registros del Departamento de Tráfico, atribuyéndose la propiedad del coche. Si su propósito fuese el robo, borraría la cadena de titularidad irrumpiendo en los registros del concesionario de automóviles donde se compró el Bentley y reemplazaría el nombre de Woodbine por el suyo como comprador; después de eso, sería necesario que ingresara en los archivos del banco a través del cual el abogado emitió el pago al concesionario y borrar las pruebas de la transacción. Todos esos esfuerzos le llevarían unos pocos minutos, pero sería una pérdida de tiempo. Dentro de poco, Michael no estará viviendo bajo su propio nombre, sino bajo una larga serie de identidades falsas creadas con tanta meticulosidad que no las podrán rebatir. Ha tomado prestado el Bentley solo para un día o dos.

A la derecha de la autopista se extienden los aparcamientos vacíos que dan servicio a una amplia playa desierta. La arena se levanta apenas solo dos o tres grados con respecto a un mar que adquiere su color del cielo, como siempre hace; es ahora gris ceniza, sin la gracia de la espuma en las crestas. Un viento llega del norte para arremolinar la arena fina y los restos de papel y convertirlos en fantasmas con túnicas y capuchas pálidas que rondan durante el día como espíritus de monjes que le han jurado lealtad a alguna fe extraña, serpenteando hacia el sur en errática peregrinación.

Michael sigue hacia Newport Beach, conduciendo a lo largo del legendario puerto deportivo, por delante de los restaurantes con vistas al mar a la derecha y de los concesionarios de coches de lujo y varaderos a la izquierda. Más hacia el sur, en ese vecindario de Newport conocido como Corona del Mar, un bullicioso lugar con tiendas concurridas, gira a la derecha para salir de la carretera de la costa y entrar en un pueblo de calles flanqueadas por árboles, en el que las pintorescas casas de una sola planta han sido reemplazadas en su mayor parte por casas grandes en un revoltijo arquitectónico.

El Ocean Boulevard sigue por un acantilado muy por encima de una playa abierta al público. En el lado de la calle que no da al mar, residencias que cuestan varios millones de dólares se amontonan unas sobre otras en parcelas estrechas. Del lado del mar, hay un parque cubierto de hierba interrumpido aquí y allá por caminos de acceso a casas fijadas al acantilado mediante pilares de acero y hormigón. Michael dirige el Bentley hacia una de ellas, sin necesidad de consultar el sistema de navegación del coche.

La casa es ultramoderna. No impresiona desde la calle: hacia ella solo presenta un oscuro tejado de pizarra, una elegante pared revestida con losas de cuarcita blanca, ventanas muy tintadas y tres portones de garaje de acero inoxidable pulido. Después de haber accedido a los registros informatizados de una empresa que facilita la reserva de casas privadas para turistas de todo el mundo, Michael sabe que los propietarios de este lugar, Frederico y Jessica Columbia, están ahora mismo disfrutando del espacioso apartamento de otra persona en París, donde permanecerán todo el mes. La familia de París, en este momento de vacaciones en Brasil, llegará para ocupar esta casa dentro de seis días. Dentro de cinco días, un servicio de limpieza dejará preparadas las instalaciones antes de que lleguen los huéspedes franceses. Durante los otros cuatro días, el lugar le servirá de refugio a Michael.

Aparca en el camino de entrada, camina hacia la puerta principal y abre la tapa abatible del enorme buzón decorativo. Frederico y Jessica han suspendido la entrega de correo durante tres semanas, mientras están fuera del país. Michael ha anulado esa orden en internet y deberían empezar a entregar el correo a partir de ese día. Por el momento, el buzón está vacío.

Aunque está seguro de que no hay nadie en la residencia, llama al timbre, espera y vuelve a llamar.

La cerradura de seguridad está automatizada. Michael no tiene la llave electrónica, pero también hay un teclado numérico para que lo usen los familiares, las gobernantas o los administradores de la finca; para cada uno de ellos se expide un código personal. Los códigos están programados en el ordenador del sistema de seguridad de la casa, que está siempre en línea y al que se puede acceder a través de Vigilant Eagle, la empresa de seguridad que presta servicio a la casa. Después de bucear en las profundidades del mar de datos del ordenador de Vigilant Eagle, Michael sabe esos códigos. Introduce los cinco dígitos asignados a la empresa que administra la propiedad, lo que desbloquea la puerta y apaga la alarma antirrobo al mismo tiempo.

La residencia tiene cuatro plantas que descienden por la cara del acantilado. Michael entra en un imponente recibidor de seis metros de lado con suelo de granito negro y techo de cristal azul. El espacio está revestido con paneles de acero inoxidable en los que han grabado una escena en un bosque de 360 grados con ciervos fantasmales entre árboles plateados, iluminada de manera tan ingeniosa que la fuente de luz no se ve directamente.

Este nivel superior también dispone de una piscina cubierta que se extiende tras una puerta oculta que hay a la izquierda y los garajes, hasta los que se puede llegar a través de un vestíbulo al que se accede por otra puerta oculta a la derecha. Justo enfrente, las puertas del ascensor y la puerta de acceso a la escalera están integradas en la onírica escena del bosque.

Michael se dirige al garaje, donde ha aparcado delante del primer espacio. Como no tiene control remoto, tiene que ir hasta allí y levantar la puerta con el interruptor de la pared. Mete el Bentley, baja la puerta segmentada, vuelve al recibidor y baja en el ascensor hasta el siguiente nivel.

La planta superior de la casa está asentada en tierra firme, pero la planta de abajo está clavada a la cara del acantilado, lo que proporciona a sus habitaciones principales unas vistas panorámicas del océano Pacífico. El ascensor y las escaleras en espiral se abren a un hueco en la parte de fuera del salón. Además, este nivel dispone de un comedor y una cocina completa a la izquierda; a la derecha hay una biblioteca, dos aseos y un dormitorio de invitados de generosas proporciones.

Las restantes plantas inferiores que dan al acantilado contienen el dormitorio principal con un baño, otros tres dormitorios para la familia, un gimnasio totalmente equipado y una sala de cine con diez asientos.

Aquí en la planta principal, la biblioteca de sicomoro decolorado, blanca y moderna, incluye un bar con una pared colorida de cristal artístico iluminada desde atrás. Bajo la encimera, un frigorífico contiene un surtido de cervezas y quesos. En una nevera para vinos hay guardados chardonnays, pinot grigios y champanes, mientras que la otra se reserva para magníficos cabernet sauvignons. En distintos armarios del bar, Michael encuentra una selección de cosas para picar —frutos secos en lata, lazos salados, galletitas de varios tipos—, así como cristalería, vajilla, bandejas y diversas servilletas de tela.

Abre una lata de almendras. Otra de nueces de macadamia. Prepara un plato de quesos rodeados de galletas saladas. Después de poner la comida sobre una mesa, junto a un sillón orientado hacia las vistas, abre una botella de cabernet de la bodega Caymus. Se sirve generosamente en una copa Riedel, vuelve al sillón, deja la botella en la mesa junto al queso y se sienta, acercándose la copa de cristal a la nariz para disfrutar del aroma antes de tomar un sorbo.

—Por Shelby, ni caerá en el olvido ni quedará sin vengar —dice, con la intención de emborracharse de forma agradable.

No sabe si sigue siendo capaz de emborracharse después de haberse levantado de aquella mesa en el improvisado depósito de cadáveres… pero maldita sea si no está decidido a intentarlo.

Con el ajetreo de los últimos cuatro días, el sueño se le ha escapado. No parece necesitarlo más, como si las horas que ha pasado en la muerte —o algo así— le hubieran proporcionado ya todo el sueño que pueda necesitar de ahora en adelante.

Se pregunta por qué, de entre las cincuenta y cinco víctimas, solo él ha vuelto a la vida. Sospecha que hay algo único en su genoma que le ha brindado protección. Sin embargo, como cuenta con que seguramente habrá toda clase de fuerzas desplegadas en su contra, el motivo de su resurrección no supone ahora su principal preocupación.

Dos: los hombres huecos

MICHAEL MULTITAREA

El viento llega con presteza desde el norte y el cielo se desvanece bajo y preñado, con la lluvia pronta a derramarse. El mar es un misterio gris en el que la variada población de ese mundo, que se cuenta por miles de millones, nada por sus llanuras y sus valles, repta por sus suelos sin luz y por las pendientes de sus montañas sumergidas, sin ser vista e indiferente a quienes, nacidos sobre la tierra, construyen grandes ciudades y armas con las que destruirlas.

En su sillón, frente a los grandes ventanales de la biblioteca, Michael saborea las austeras vistas panorámicas y el cabernet sauvignon y los quesos, mientras rastrea los artículos que espera recibir por correo esta tarde.

Cuatro días antes, veinte minutos después de haberse escapado de la sede de la Investigación sobre el Embellecimiento, se había sentado en un banco de un parque a seis manzanas de las instalaciones, adaptándose con una velocidad asombrosa a su reanimación y al extraño poder que conllevaba. No podía volver a su casa. No se atrevía. No tenía dinero, no tenía teléfono, solo la ropa que llevaba puesta. Sin embargo, debido a lo que se había convertido, cualquier cosa que necesitara en cualquier momento la podría obtener con el mínimo riesgo y esfuerzo.

Seis horas después de levantarse de la mesa de la cafetería donde lo habían colocado en espera de la autopsia se había refugiado en una casa de un barrio de Beverly Hills. Los propietarios, Roger y Mary Pullman, estaban de vacaciones en Austria después de intercambiar su casa con una pareja austriaca, Heinz y Erika Gurlitzer; era fácil acceder a los detalles de su acuerdo en los registros de la empresa que les proporcionaba el servicio. Después de su primera semana en California, los Gurlitzer se habían trasladado a otra preciosa residencia propiedad de los Pullman, con vistas al campo de golf de Pebble Beach y al océano, al norte de Carmel. Michael descubrió que la ropa de Roger Pullman le venía bien y que el frigorífico estaba bien surtido.

En su primer día en casa de Roger y Mary había estado explorando internet a lo largo y ancho e indagando en las profundidades de numerosos sistemas informáticos, incluidos varios que eran los más seguros del mundo. Por prudencia, primero identificó su próximo refugio —la casa colgada en el acantilado en Corona del Mar donde ahora disfruta del vino y del queso— y navegó por la red y la *deep web* buscando alguna fuente de financiación ilegítima de la que poder adueñarse sin consecuencias legales o morales; es así como había averiguado la desagradable verdad sobre Carter Woodbine, abogado y financiero del narcotráfico.

También en ese primer día de su nueva vida había estado haciendo espeleología por las cavernas sombrías del anticuado y mal diseñado sistema del Departamento de Tráfico de California. En menos de veinte minutos entendió el proceso mediante el que se crea un permiso de conducir y consiguió los nombres de las empresas del sector privado que contrataba el Estado para producirlos y enviarlos por correo. Pudo transferir la foto que había en su permiso ya existente a la plantilla en blanco con la que se daba formato a todos los permisos, introdujo un nombre inventado y registró su propia altura, peso, color de ojos y de pelo. Decidió ser cuatro años más joven de lo que de verdad era —¿por qué no?— y eligió el 4 de julio como fecha de nacimiento. Como dirección, proporcionó la de la casa de Corona del Mar que ocuparía después. Una vez introducidos todos los datos necesarios, después de solicitar la condición de nuevo residente en el Estado, el sistema le asignó de manera automática un número de permiso de conducir. Luego repitió el proceso dos veces más, utilizando nombres diferentes.

Una solicitud del permiso de conducir tardaba normalmente un mes o incluso seis semanas en procesarse en la máquina sin engrasar de Rube Goldberg de la increíblemente extensa e infernal burocracia, hasta que el preciado carné plastificado con sus detalles holográficos a prueba de falsificaciones llegaba desde el Departamento de Tráfico. No obstante, a Michael le había resultado fácil derivar los permisos que había creado hasta lo más alto del sistema de fabricación y expedición y guiarlos después cuidadosamente hasta el canal apropiado de envío prioritario. Debían llegarle hoy tres comprobantes de identidad que resistirían el más intenso escrutinio, en caso de que necesitase utilizarlos.

Observa la primera lluvia arrastrada por el viento entrar inclinada desde el norte, las madejas de cuentas relucientes que se desenmarañan una vez pasado el lado de la casa que da al acantilado sin mojar los cristales, que están protegidos por el tejado de la terraza exterior. Da sorbos al cabernet y a la vez examina los archivos de datos del escáner de direcciones de la oficina de correos local, en el que descubre que han clasificado nueve envíos postales con ese número de la calle durante la noche y que están ahora a bordo de la furgoneta de reparto que presta servicio al barrio. Al mismo tiempo, admira un escuadrón de pelícanos que se desliza en formación hacia el sur, en camino para protegerse de la tormenta.

Como tiene acceso inmediato y sin restricciones a todos los rincones del universo digital, sin necesidad de ordenador de mesa o de portátil, sin tableta ni teléfono inteligente ni ningún otro dispositivo, Michael se siente un poco como se sentía en su temprana adolescencia, cuando tenía a veces sueños estimulantes en los que podía volar sin esfuerzo, como los pelícanos que van planeando.

PERSIGUIENDO A UN FANTASMA

Unos torrentes repentinos golpean las ventanas de los tres paneles herméticamente sellados de la oficina del difunto Simon Bistoury. La lluvia racheada que cae sin truenos ni pirotecnia, con la cualidad particular de la luz plomiza del día y un volumen intenso, evoca un preciado recuerdo y llena a Calaphas de nostalgia. No es una cuestión sentimental, no es ni sensiblería ni melancolía en lo más mínimo. Es un anhelo de una variedad más afilada, un profundo deseo de revivir un momento de triunfo, combinado con la esperanza ferviente de que un día experimentará algo igual de profundamente satisfactorio que el momento mejor de su pasado. Gira el sillón para observar la lluvia plateada que surca la mañana gris. Aunque la tarea de ahora requiere su atención del modo más urgente, se permite dos o tres minutos para imaginarse a sí mismo hace cuatro años, en un encargo que lo llevó hasta un inesperado enemigo del Estado: la espléndida casa al estilo de Nantucket con el tejado de tablillas en el muelle; las cristaleras llenas de una luz suave, una promesa de calidez bajo la fría lluvia; la esposa vislumbrada en la ventana, ocupada horneando; el patio encharcado amueblado con sillas y mesas de teca. El muelle, la pasarela, el atracadero, el yate de aguas costeras de diecisiete metros de eslora resguardado en el único amarradero. La luz en los pórticos debajo de la cubierta. El repiqueteo de la lluvia enmascara los pequeños ruidos que hace cuando aborda el barco y desciende por la escalerilla en espiral. Gifford está trabajando en la cocina, preparándose para usar un limpiador de metales en el fregadero de acero inoxidable. Levanta la mirada, sorprendido.

—Felicia no me ha dicho que fueras a venir —dice.

Sigue una corta conversación. Sin embargo, Durand no ha visitado a Gifford para escuchar sus excusas o su confesión. Se baja la cremallera del impermeable y lo abre como para quitárselo, saca una pistola de dardos somníferos y le dispara un impacto directo a Gifford en el cuello. El hombre se derrumba, inconsciente. Calaphas lo arrastra hasta el único camarote del navío, que está amueblado con armarios empotrados, una cama y un sillón. Aúpa a Gifford hasta el sillón. Hay una caja fuerte para armas sujeta a uno de los rieles del somier; el código numérico para abrirla es el cumpleaños de Gifford. Calaphas recupera la pistola, le mete el cañón a Gifford en la boca y le vuela la parte trasera del cráneo. Coloca el arma sobre el regazo del hombre. La Agencia de Seguridad Nacional (ASN) se asegurará de que la investigación venidera sea superficial. En ese momento, Calaphas sabe que es un gigante entre los hombres. Tiene el valor y la fortaleza de hacer cualquier cosa que se requiera de él, absolutamente todo; está destinado a la grandeza. En esta época en que la mayoría de la gente tiene una columna vertebral tan endeble que es un milagro que puedan mantenerse en pie, es excepcional un individuo capaz, ante la llamada del deber y sin remordimientos, de matar a su hermano.

El recuerdo no es dulce. Calaphas no es el tipo de hombre que se recrearía en un recuerdo así. No es un sociópata. Simplemente es obediente y realista sobre un futuro que se presenta inevitable ante él. En este mundo pronto dejarán de ser importantes la familia, los amigos y la fe: ese mundo se está desvaneciendo con rapidez. El destino de la humanidad depende inmensamente de que limitemos nuestra lealtad solo al sistema que nos sostiene y a determinados visionarios que, a su vez, sostienen al sistema. Calaphas no puede recrearse en un recuerdo así, pero puede sentir una profunda satisfacción por el hecho de que matar a Gifford demuestre que su compromiso con la Nueva Verdad es total y que no se convertirá en un reaccionario que busca aunque sea un momento de consuelo en un pasado viejo e imperfecto.

Aparta el sillón de la ventana y vuelve a concentrarse en el ordenador.

Todos los expedientes de los empleados de Investigación sobre el Embellecimiento incluyen una fotografía, salvo uno. La primera pantalla del expediente del director de seguridad, Michael Mace —sin segundo nombre—, presenta un espacio en blanco donde debería ir la foto. No hay problema: el Departamento de Tráfico tiene una foto.

Entre los datos contenidos en el expediente está el número de permiso de conducir de Mace. Como Durand Calaphas es un agente veterano de la ASN puede acceder de manera fácil y completa a todos los sistemas informáticos del gobierno a nivel federal, estatal y local sin necesidad de solicitar una orden judicial o presentar siquiera una petición basándose en la ley por la libertad de la información. Cuando defiende al país de amenazas internas, nunca se ve amenazado por la Declaración de los Derechos Humanos. Es consciente de que algunos días, la misma ASN es la mayor amenaza interna para Estados Unidos; por supuesto, aquellos que dicen cosas de ese estilo son precisamente los sospechosos a los que la agencia vigila más intensamente. En ese momento, usando el ordenador de la oficina de Simon Bistoury para entrar en el del Departamento de Tráfico de California a través de una puerta trasera, introduce el número de matrícula del expediente del empleado y se inquieta cuando aparecen en la pantalla las palabras *número incorrecto, por favor, vuelva a introducirlo*. Calaphas consulta el expediente de Mace y vuelve a introducir los datos con el mismo resultado.

Cuando introduce el nombre de Michael Mace obtiene dos resultados. Ambos hombres tienen un segundo nombre. Michael David Mace tiene ochenta y cuatro años. Michael Morley Mace, de treinta y dos, es un hombre pequeño, mide un metro treinta. Calaphas está buscando a un hombre de cuarenta y cuatro años que mide un metro ochenta y tres.

Para que lo contrataran para este proyecto, Mace ha tenido que recibir el más alto nivel de autorización de seguridad del Departamento de Defensa. Nadie en el Departamento sabe que la ASN ha instalado un *rootkit* en su sistema que permite que los agentes veteranos curioseen los documentos de todos los servicios sin ser detectados, claro que por supuesto el ejército y el Congreso son algunas de las instituciones a las que hay que vigilar más de cerca en busca de pruebas de sus intenciones sediciosas. El expediente de Michael Mace ya no existe en el sistema del Departamento de Defensa.

En cuanto la Agencia de Inteligencia de Defensa llevó a cabo una profunda investigación sobre Michael Mace para su autorización de seguridad tanto la ASN como el FBI, la CIA, la NSA y Seguridad Nacional habrían tenido que darse cuenta y habrían emprendido sus propias investigaciones exhaustivas acerca de su pasado: todos deberían tener fotografías suyas. A Calaphas le hacen falta otros setenta y cinco minutos para descubrir que ninguno de esos organismos conserva ya un expediente sobre Mace. Es evidente que alguien los ha borrado todos.

FUERA DE LA TORMENTA

Un diluvio así era garantía de que aquel no iba a ser un año de sequía en California. La tormenta es algo bueno, que se recibe con gratitud, pero Nina Dozier siempre se preocupa ante la más leve llovizna, comprueba el techo con frecuencia, cuarto por cuarto, para ver si aparece la primera señal de que se haya mojado la placa de escayola. El tejado es viejo y, cuando empiece a fallar, unos cuantos parches no bastarán para arreglarlo. Incluso en una casa pequeña como la suya, un tejado nuevo puede resultar caro. En esta ocasión, sin embargo, lo que la inquieta no son las goteras ni los estragos provocados por el agua: al estar en posesión de cuatrocientos mil dólares con los que empezar una nueva vida, puede contemplar la tormenta desde el mismo punto de vista que la gente de Beverly Hills… como un mero cambio del clima.

Como estuvo con su hijo tres días en Disneyland para celebrar su décimo cumpleaños, hace tres años que John tiene maleta. No todas sus cosas van a caber en un solo bolso, así que Nina ha juntado dos de las cajas de cartón que utiliza para almacenar los expedientes de las empresas. Después de poner a John a que empiece a guardar cosas, sale de su dormitorio y sigue por el corto pasillo hasta el salón, de camino a la cocina.

—Chavala… se te ve muy bien todavía, en serio —le dice Aleem Sutter desde un sillón, con sus zapatillas de deporte Common Projects apoyadas en un escabel.

Nina se para en seco, balanceándose un poco sobre los talones, como si se hubiera chocado con una puerta de cristal.

—El tiempo no pasa por ti. ¿Cómo es que pareces tan a estrenar como siempre? —dice Aleem.

Nina no dice nada. Está pensando en la pistola adherida al somier de la cama, en su dormitorio.

—No he venido hasta aquí por ti, pero ahora que te estoy viendo de cerca, maldita sea si no me han vuelto los sentimientos.

—Vete.

—No tengo sitio mejor al que ir. —Baja los pies de la otomana, pero sigue en el sillón, relajado e insolente—. En aquellos tiempos, no había nada que te gustara más que darte una vuelta en la máquina de Aleem. A mí me gustan las que llevan falditas de uniforme, pero si quieres volver a montarte en mi máquina no te costará ni siquiera una moneda.

—Eres un cerdo asqueroso.

La suave risa de Aleem es cálida, pero sus ojos desmienten su fingida diversión.

—Siempre has llevado un fuego dentro.

—Esta es mi casa.

—Un sitio de mierda, demasiado pequeño para criar a un niño.

—Te he dicho que te largues.

—Has dicho «Vete». Pregúntale a un abogado, que te explicará que «el mensaje impreciso no es más que un aviso. Para conseguir una condena, utiliza la frase buena». He aprendido bastante de leyes desde aquella época en la que estabas fabricándome al niño.

—Que te largues, joder, Aleem.

Aleem se levanta del sillón y se estira de manera exagerada, con los brazos extendidos como si estuviera clavado en una cruz, girando la cabeza para aflojar los músculos del cuello.

—Lo que acabas de hacer ahora mismo es desautorizar tu condición de víctima —dice después de soltar un bostezo—. Con cada palabra que digas tienes que pensar que a lo mejor te estás cargando tu preciada condición de víctima. Si una chica guapa dice palabrotas, un hombre puede pensar que se le está tirando encima, así que lo que él haga no cuenta como delito.

—Voy a llamar a la policía.

En la voz de él ahora hay un dejo de burla.

—¿Por qué vas a hacer eso en vez de cortar conmigo sin más? Tenemos algo muy bonito: tú entiendes bien lo que necesito y yo entiendo lo que necesitas tú, lo bien que nos llenamos el uno al otro. Nuestra antigua llama vuelve a brillar. Pero, oye, si te quieres poner hormonal conmigo y me dices que me coja la puerta… te respeto tanto, cariño, que me voy, sin discutir. R-E-S-P-E-T-O.

La temperatura de la casa es cálida, pero Nina siente el frío en la carne y en los huesos. Frío, pero calma. No le va a dar la satisfacción de verla temblar.

—Todas estas chorradas demenciales que dices no me asustan.

Aleem finge asombro.

—¿Demencial? No hay nada demencial en el amor, cariño. Es lo que mueve el mundo.

Cuando da otro paso por delante del escabel, Nina no retrocede. Cualquier indicio de debilidad motivará a Aleem.

—Y nada demuestra nuestro amor más que esto —dice, mientras saca algo de un bolsillo de la chaqueta, una chaqueta de la marca Our Legacy que cuesta sabe Dios cuánto.

Una llave. Así es como ha entrado.

—¿De dónde la has sacado?

—¿Que de dónde la he sacado? ¿No te acuerdas?

—No digas que yo te la he dado.

—Ya me conoces, muñeca. Solo digo la verdad.

—No digas que es mía.

—¿Quieres que te la devuelva?

—La quiero. No hay ninguna devolución.

—¿Quieres la otra también?

Nina no dice nada.

—¿Te acuerdas? Me diste una segunda llave, por si acaso perdía esta.

—No te vas a quedar con él.

—¿Con él? Una llave no es un él.

—Maldito seas.

—Y yo que creía que eras de ir a la iglesia.

—Deja las dos llaves en aquella mesa.

—¿Quieres la tercera? ¿La cuarta? —Da un paso hacia ella, después otro. Están a metro y medio de distancia. Aleem vuelve a meterse la llave en el bolsillo de la chaqueta—. Me he buscado a un chico del barrio que trabajaba antes para un cerrajero. Si quieres, puede venir a cambiarte las cerraduras para que te sientas más segura.

John sale del pasillo y entra en el salón. Ha recogido la pistola del dormitorio de su madre. La lleva sujeta con las dos manos, apuntando hacia el suelo.

—¿Vas a pegarme un tiro, chaval? —dice Aleem.

John mira a su madre.

Ella le dice que suelte el arma, pero él no lo hace.

—¿Sabes lo que significa eso, pegar un tiro? —pregunta Aleem.

—No —dice John.

—Significa dispararle a alguien. ¿Vas a dispararle a alguien, chaval?

—No le metas en esto, Aleem.

—No puedo no meterlo en algo que ya se trata de él.

—John, vete a tu cuarto —dice Nina.

Dedicándole una sonrisa de cobra, Aleem adopta un tono dulce que no concuerda con sus palabras.

—Cariño, por mucho que te quiera, a veces eres una zorra estúpida. Esto va a ir mucho mejor si mantienes la boquita cerrada mientras hablo con mi hijo. ¿Puedes hacer eso, cariño mío?

Nina ha tenido protegido a John, lo ha mantenido a salvo de todas las influencias de la calle. Es un buen chico, pero le faltan experiencias difíciles. No es imprudente, desde luego no es impulsivo, pero no hay forma de saber lo que podría llegar a hacer si Aleem le pegara a su madre. Podría interpretar una bofetada como preludio a la violencia homicida. Aunque solo hiriese a Aleem, ¿qué le pasaría entonces? No iría a un centro de detención de menores, pero algo ocurriría. Se lo llevarían los servicios sociales para hacerle una evaluación psicológica, lo separarían de ella durante días, quizá más, quizá mucho más. A veces a los niños les pasan cosas malas mientras están bajo la custodia del Estado. Nina se siente como si estuviera en un alambre sobre un abismo.

—¿No te enseñan nada más que mierdas de ignorantes en ese colegio de Saint Anthony? —le dice Aleem a John.

El niño se queda mirando la pistola que tiene en la mano.

—Si apuntas a un tío con una pistola tienes que estar dispuesto a usarla, porque él te va a apuntar con la suya, a menos que sea tu padre.

Desde el momento en que Aleem le habló por primera vez, Nina ha dejado de oír la lluvia golpeando sobre el tejado. Para ella, la casa ha estado sumida en la quietud de alguna espantosa potencialidad. De repente, vuelve a percibir el repiqueteo del agua, un sonido que la llena de temor, como si un destino doloroso e imparable avanzara retumbante hacia ellos sobre unos raíles de los que no puede descarrilar.

—¿Te enseñan los curas que es justo pegarle un tiro a tu propio padre?, ¿que esa es una buena manera de ir al cielo a ver a Jesús? —dice Aleem.

John está concentrado en el arma que tiene agarrada.

—El único futuro que importa, chaval, está aquí en este mundo. ¿Has visto tu futuro, Johnny? —Aleem espera y John no responde, y Aleem dice—: ¿Qué clase de monaguillo no tiene la educación de contestarle a su propio papi? Dímelo ahora mismo, ¿has visto tu futuro?

—No.

—Bueno, pues yo lo he visto claramente. Si te tragas el veneno de Jesús en el colegio y te vas afeminando aquí en esta casa, que es un antro de mala muerte, después el resto de tu vida todos los tíos con dos pelotas te van a aplastar y te van a machacar hasta que no puedas más, hasta que termines fumando *crack;* a lo mejor uno con el que andes esnifando pasta base, a lo mejor uno que esté del lado que importa de una puta recortada, te hará chupar balines y te quitará esa vida que no va a ninguna parte. ¿Me oyes?

—Sí.

—¿Me crees?

—No lo sé —dice John, después de dudar un momento.

—No lo sabes.

—No lo sé.

—Será mejor que lo pienses. Piénsalo con ganas. Será mejor que te pongas a trabajarte lo tuyo igual que yo me he trabajado lo mío. Yo tengo sometido a este condado entero, chaval, lo tengo bien agarrado. Tengo poder para colarte en el grupo, que espabiles, convertirte en un Vig. Para cuando tengas dieciséis años estarás volando alto, haciendo caja a lo loco.

John levanta la cabeza y mira a su madre. Está avergonzado por él mismo, por ella.

—Mírame, chaval.

John lo mira.

—No seas un gallina. No seas mariquita. Dime que no lo serás.

—Vale.

—Dímelo. Dilo. Venga, chaval, que yo lo oiga.

—No seré un gallina.

—Dilo todo.

—No seré un mariquita.

—¿Sabes lo que es un mariquita?

—Creo que sí.

—Un mariquita es un falso y una nenaza.

John se muerde el labio inferior.

—Ningún hijo mío va a mear sentado ni a ponerse de rodillas por nadie.

—Basta —dice Nina.

La cara que Aleem vuelve hacia Nina no es ya la suya, sino la de algo que yace enroscado eternamente al fondo del pozo del mundo, esperando a que llegue su hora de devorar. Tal furia, tal malevolencia, tal sed de poder, tal apetito de violencia, nunca antes habían agudizado tanto su mirada y clarificado sus rasgos.

—Si quieres conservar los dientes, cierra la puta boca.

—Lo dice en serio. Le hará mucho daño a Nina.

John emite un sonido tenue que es puro tormento. Aunque sigue apuntando con la pistola al suelo, se balancea hacia atrás y hacia adelante como el péndulo de un reloj de pared, como si estuviera contando los segundos que faltan para un momento que no olvidará ni del que nunca se redimirá.

—Eres de mi propia sangre. No me queda más remedio que querer a mi propia sangre. ¿Tú sabes cuánto te quiero? —le dice Aleem al chico. John sigue haciendo ese sonido de dolor—. Te quiero tanto que no permitiré nunca que ningún aspirante a Cristo o a Oprah te humille, que te conviertan en un gallina cortador de césped o en un esclavo asalariado que anda con la cabeza gacha. Antes te mato que verte convertido en un arrastrado patético que me avergüence delante de todo el mundo, en vez de en un hombre hecho y derecho. Trece años son bastantes como para que te hagas un nombre, para que estés en el cotarro, que hagas tú las normas en vez de vivir siguiendo las normas de los demás, que te tires a una guarra cuando quieras. Te estoy preparando un buen puesto. Te lo estoy preparando bien preparado. Así que será mejor que estés listo.

John no dice nada.

—Te vas preparando, chaval. ¿Me oyes?

—Sí.

—¿Me oyes?

—Sí. Está bien.

—¿El qué?

—Salir de este sitio.

—Es un antro de mierda, ¿a que sí?

—Es aburrido —dice John—. Aquí nunca pasa nada emocionante.

—Y no pasará nunca —le asegura Aleem—. Aquí, no.

—He oído hablar de ti.

—Es todo mentira.

—No me refiero a lo que dice ella. Me refiero a que he oído hablar de ti en la calle. Eres alguien.

—Más que alguien, hijo. Ya lo verás. Cuando llegue el momento, serás alguien. Ya no serás John Dozier, John Sutter. Si quieres, te inventaremos un nombre nuevo, algo bien de la calle, un nombre que conozca todo el mundo y ante el que harán reverencias algún día.

John le dirige una mirada desafiante a su madre. Nina se teme que vaya a sobreactuar. Reza para que no diga nada más, ni una sola palabra. Si su padre percibe el engaño, podría decidir llevárselo ahora.

Victorioso, Aleem se vuelve hacia Nina, contemplándola con el mismo desprecio glacial que siente por todas las mujeres.

—Sabías que este día llegaría. Solo era tuyo hasta que fuera lo bastante mayor como para ser mío.

La reacción de ella es poco más que un susurro feroz.

—Te odio.

—Eso está bien. El odio te da algo a lo que agarrarte, impide que te derrumbes. Lo que hace girar al mundo no ha sido nunca el amor verdadero: el odio hace que gire el mundo. Tú acuérdate de cuál de los dos, si tú o yo, es el que sabe odiar mejor. Ahora que sé lo que tiene el chaval en la cabeza, le allanaré el camino al grupo, haré que mi banda se acostumbre a la idea, estaré listo para recibirlo en unos días. Ni te pienses que te lo puedes llevar y salir corriendo. No hay ningún sitio donde no te pueda encontrar. Ninguna ley te va a ayudar. La ley es la que me permite ser lo que soy. Ya no hay ninguna ley real. Y cuando te haya encontrado, ¿qué vas a hacer con tu vida? Nadie va a querer contratar a una contable ciega.

—De todas formas, no se vendría conmigo —miente Nina—. Se parece mucho a ti. Me he pasado trece años intentando cambiarlo a base de consejos, pero lo lleva en la sangre.

Aleem se va como vino, por la puerta principal. Usa su llave y luego hace sonar el pomo de la puerta para asegurarse de que el pestillo está echado, para dejar claro que los ha dejado encerrados en todos los sentidos de la palabra.

RUINAS CONVENIENTES

Solo en un coche de la agencia, Durand Calaphas maniobra para cruzar las intersecciones inundadas, rodeando ramas de árboles desprendidas y arrojadas sobre el pavimento como por la mano de algún gigante enfurecido, compitiendo con automovilistas incompetentes que no están acostumbrados a conducir bajo la fuerte lluvia hostigada por el viento o a quienes las drogas de turno les han nublado el cerebro. Atraviesa barrios de las afueras con nombres románticos que en tiempos encendieron la imaginación estadounidense con palmeras exuberantes y muchachas como aquellas bellezas bronceadas a las que cantaban los Beach Boys. Todo ha cambiado. Ni las lluvias más torrenciales pueden lavar la miseria. Pasa por delante de tiendas tapiadas. Por delante de un campamento metastatizado de adictos que se han desterrado a sí mismos de la civilización y se han arrojado contra sus murallas desmoronadas.

Cuando faltan seis kilómetros para su destino ralentiza su marcha hasta casi detenerse, intrigado por un vagabundo de pelo largo y barba, vestido con unas ropas tan harapientas y sucias como las hilachas andrajosas de la mortaja de una momia antigua. El hombre yace boca arriba en la acera, sin ser consciente de la tormenta o recibiéndola con los brazos abiertos como si fuera la manera que ha elegido para bañarse… o morir.

Es la última de estas posibilidades la que induce a Calaphas a parar junto al bordillo para mirarlo más de cerca. En esta época, a la gente que antes se moría con discreción se la encuentra ahora en parques y en otros lugares públicos cuando sucumben a las sobredosis o a la violencia. Su padre, Ivor, es director de pompas fúnebres y propietario de tres prósperas funerarias; encima de la más grande de las tres, el viejo sigue viviendo con la madre de Durand. Durante su infancia y adolescencia, Durand tuvo muchas experiencias con los cadáveres, a los que Ivor se refería como a «nuestros callados y respetados huéspedes». Durand lleva fascinado —por no decir obsesionado— con los muertos desde que tenía al menos siete años, cuando una vez que faltaba un cuarto de hora para la medianoche de Halloween, mientras estaba solo con un cadáver en la cámara de frío adyacente a la sala de embalsamamiento en el sótano de la funeraria, un hombre de ochenta y cinco años, caído aquella misma noche por un infarto cerebral, le habló.

El vagabundo de la acera se incorpora de manera repentina y estudia desconcertado el día barrido por la lluvia, como si su recuerdo más reciente fuera irse a la cama en la suite de un hotel de cuatro estrellas. Calaphas enseguida pierde interés en el hombre y se aleja, metiéndose entre el tráfico.

El difunto —y al parecer resucitado— Michael Mace vive en un barrio menos corrupto que otros bajo la órbita de la ciudad. Es uno de esos lugares llamados «ciudad dormitorio», un término con el que pretenden definirlos como lugares soporíferos e insulsos y sin alma aquellos que piensan que toda la acción, el espíritu y la sabiduría se concentran solamente en las grandes ciudades. En realidad, es una ciudad agradable, bastante bien conservada, con calles bordeadas de árboles y parece estar gobernada por quienes tienen el valor de defender su manera de vivir contra aquellos que reivindican el cambio por el cambio.

El sistema de navegación del coche lleva a Calaphas hasta una dirección en mitad de la manzana, donde parece que un tornado consciente y con intenciones muy específicas hubiese tomado tierra para provocar efectos catastróficos.

Por muy bonita que haya sido la residencia de Mace, ahora es un montículo de deshechos, de escombros de mampostería y ennegrecidas estructuras derrumbadas, su contenido reducido a ruinas y cenizas.

Calaphas sale del coche, lo cierra, se levanta la capucha del impermeable y sigue por el sendero de la entrada. Los cristales rotos de las ventanas crujen bajo sus pies. El incendio debe de haber sido intenso. Todo lo que se ha podido quemar ha quedado reducido a una escoria que la lluvia ha convertido en fango carbonoso. Los tubos de metal se han fundido formando serpientes barbudas y otras formas fantásticas.

A pesar de la ferocidad del fuego, las casas vecinas permanecen intactas. Aunque las parcelas de este barrio de las afueras son amplias, es curioso que el fuego no haya conseguido tener el más mínimo efecto más allá de los límites de la propiedad.

Pisando con cautela, Calaphas rodea las ruinas para estudiar la escena desde múltiples ángulos. Los muebles del jardín están tirados por todo el patio trasero embaldosado —seis sillas, dos tumbonas, mesitas—. Las estructuras metálicas están intactas, los cojines desperdigados están muy chamuscados y con manchas de hollín. La piscina es una ciénaga. Después de haber dado la vuelta completa hasta el sendero de entrada, está convencido de que ni siquiera con un equipo experto de excavadores forenses encontrará lo que deseaba encontrar al venir aquí, una fotografía de Michael Mace.

INCLINÁNDONOS JUNTOS, TOCADOS LLENO DE PAJA

Quizá porque Nina sabe que él suele conducir un Cadillac Escalade negro, Aleem viaja en un SUV blanco conducido por su compinche, Kuba Franklin. Kuba ha aparcado antes a dos manzanas de distancia de la casa de mierda de Nina y Aleem ha llegado hasta ella andando.

Ahora que Aleem ha vuelto al Lexus de copiloto, Kuba va hasta la manzana de Nina y aparca al otro lado de la calle, a cierta distancia, aunque con la casa a la vista, para tener una perspectiva clara de lo que pueda pasar. Deja el motor encendido para seguir con la calefacción puesta, pero apaga el limpiaparabrisas para no resultar demasiado obvio.

—Me estás mojando toda la tapicería —dice Kuba.

—La puta aplicación del tiempo decía que no iba a llover hasta las cuatro. Como se me estropee la chaqueta, voy a denunciar a esos mamones.

—A mí lo que me hace querer matar a alguien es mi aplicación de salud.

—¿Tienes una aplicación de salud?

—Demasiados datos, tío. Demasiado fastidio. Te dice que comas esto, luego te dice que si te lo comes te entra cáncer.

—¿Tienes una aplicación de salud?

—Me manda una alerta diciendo que puedo controlar mi ciclo menstrual, predecir cuándo será mi siguiente periodo. ¿Se creen que me he vuelto trans o qué?

—Los confundes escribiendo Cuba con K, como haría una chavala. ¿Qué sentido tiene que unos macarras como nosotros tengamos una aplicación de salud?

—Cuando llegue a los sesenta y cinco quiero que me funcionen bien el cerebro y las pelotas.

—¿Sesenta y cinco?

—Quiero disfrutar de mi jubilación.

—¿Cuántos años tienes, colega? ¿Veintiocho, veintinueve?

—Veintisiete.

—La única manera en que vas a llegar hasta los cincuenta es si Jesucristo lleva a cabo un milagro.

—Creo en el pensamiento positivo.

—¿Conque sí, eh?

—Pues sí.

—Imagínate que un coche lleno de Crips o de Bloods armados hasta los dientes que están dando una vuelta se para a nuestro lado, de repente.

—Estamos en lo más profundo del territorio de los Vigs.

—No hay ningún sitio lo bastante profundo. Llevan una pipa totalmente automática con un cargador de diez.

—Tienes que poner el peor de los casos para demostrar tu postura.

—Acaban con nosotros a través de la ventanilla. ¿En qué cambiarían las cosas con el pensamiento positivo?

—Es mejor que el pensamiento negativo.

—¿Conque sí, eh?

—Joder, sí.

—¿En qué es mejor?

—Si te preocupas por una cosa, estás provocando que te pase.

—¿Esa es tu filosofía?

—Una parte de mi filosofía, sí.

—Entonces ahora me voy a preocupar por si una puta que encima sea guapa llama a esta ventanilla y me hace la mejor mamada de mi vida. Espero que no falte mucho para que pase.

Kuba se ríe.

—Ya ves el error de tu filosofía —dice Aleem.

—Ni hablar. Me río a mi pesar. No significa que seas Sócrates.

—No importa cuánto tiempo vivas, colega. Lo que importa es que consigas lo que quieres cuando lo quieres. Lo que importa es que jodas a los demás en vez de que te jodan ellos a ti. Lo que importa es que nadie tenga tantas ganas de morir como para faltarte al respeto.

Se quedan sentados un momento sin hablar, envueltos en el clamor del aguacero, que para Aleem es el sonido y la promesa del poder y que se corresponde con su clamor interior, más silencioso, aunque más persistente, con su poder interior para imponer su voluntad mediante la violencia y ser conocido como el dios de la guerra callejera.

—¿Qué ha hecho la señorita Nina cuando le has dicho cómo van a ser las cosas? —dice Kuba.

—¿Qué va a hacer que no sea lo que ha hecho? Agachar la cabeza, decir «sí, señor». Ya sabe que no le conviene ponerse insolente conmigo.

—Pero no te fías de ella.

—¿Has conocido alguna vez a algún culito que fuera de fiar?

—Ni a mi madre siquiera.

—Pues ahí lo tienes.

—¿Cuánto tiempo vamos a estar aquí?

—Si la he asustado bien, se largará después de que anochezca. Si no, aguantará un día, dos a lo mejor, hasta que consiga vender.

—¿Estás seguro de que ha puesto la casa en venta?

—Clarise, esa guarra fea que vende las porquerías del barrio, sabía que si no me lo contaba más le valía que su tiendita tuviera seguro contra incendios.

—Podríamos llevarnos al chaval ahora.

—¿Y el hermano al que hay que convencer? ¿Qué pasa con él?

—Lo hacemos sin más historia, Antoine ya se avendrá después.

—O no. No vale la pena arriesgarse. Antoine tiene ambiciones.

—¿Y quién no? —dice Kuba.

—Antoine las tiene a lo grande. Por ahora.

—¿Por ahora?

—No tendrá tantas pasado mañana.

Kuba se queda pensando en eso.

—¿Antoine va a alcanzar la iluminación?

—Va a recibir una educación repentina.

Kuba se queda un rato pensando en eso y luego dice:

—Alguien podría tener la oportunidad de ascender pasado mañana.

—¿Tienes a alguien en mente?

—A lo mejor.

Aleem sonríe.

—Si estás listo para hacerme una recomendación, la valoraré mucho. Muchísimo.

La tarde se va oscureciendo lentamente y la lluvia cae con tanta fuerza que haría flotar un arca que fuese lo bastante grande como para salvar de la extinción a todas las especies del mundo.

UN VIAJE VIRTUAL

Consciente de que el GPS del vehículo de la oficina de correos indica que está delante de la casa, Michael deja su copa de vino, sube una planta en el ascensor y cruza el recibidor, en el que el bosque grabado sobre el acero sigue sin clima y la quieta y callada mirada del ciervo observa perpetuamente a los que van y vienen. Michael sale bajo la lluvia justo cuando el camión de correos se está alejando del bordillo. Saca nueve sobres del buzón que está al lado de la puerta delantera, vuelve a la casa, deja seis sobres en el suelo del recibidor y desciende a la biblioteca con tres envíos postales, todos del Departamento de Tráfico. Los permisos de conducir, cada uno con su foto, aunque con un nombre diferente, deberían bastarle para el año que viene.

Sin embargo, no tardará en ser el fugitivo más buscado de la historia. Conforme los que lo persiguen vayan siendo más conscientes de sus capacidades, adoptarán estrategias y tácticas que lo obliguen a cambiar de identidad con tanta frecuencia como un camaleón cambia de color mientras huye corriendo por la vibrante paleta de la selva tropical.

Como se ha bebido dos generosas copas de cabernet, concluye que los cambios que han sufrido sus procesos metabólicos lo han vuelto inmune al efecto embriagador del alcohol —lo que es una decepción—, aunque sí se siente un poco relajado. Le encanta poder beberse un vino tan bueno como el Caymus solamente por su sabor, y se sirve una tercera copa.

En el sillón, Michael se queda mirando el Pacífico, donde poco antes se había destacado en la distancia la Isla Catalina y los buques cargueros habían estado bamboleándose sobre sus anclas en la larga fila de espera para entrar al puerto de Long Beach. En ese momento, todo es informe: la lluvia torrencial, la niebla ondulante, el océano como una amorfia gris de crestas y valles de olas y espuma flotante.

Está conectado a internet en todo momento mediante ondas electromagnéticas producidas y gestionadas por su propia fisiología, extrañamente alterada. Sin necesidad de un ordenador, por lo general puede entrar en cualquier página web o cualquier archivo digitalizado que le resulten conocidos, leer con detenimiento su contenido y acceder a cualquier información que necesite en segundos, mientras sigue completamente consciente —y activo— en el mundo real. Además, si instala un desencadenador de datos dentro de un sistema recibirá una notificación al instante cuando el acontecimiento que haya determinado suceda de verdad; la alerta le llegará en la forma de un breve mensaje de texto, creado por el desencadenador, y aparecerá en su mente con fluorescentes letras azules, como si fuera un vidente que recibe una visión.

Algunas veces, cuando está intentando reunir y comprender una cadena compleja de información, o cuando sabe qué buscar, pero no tiene claro dónde buscarlo, no le queda más remedio que entrar en un laberinto lleno de espejos que es como un reflejo de este mundo con infinitos pasajes fractales, y sumergirse en él en vez de solo entrar en él. En esos casos, mientras duran sus exploraciones, pierde toda la conciencia del lugar real en el que sigue existiendo físicamente.

Cierra los ojos y se prepara para entrar en las maravillas de ese mundo alternativo construido con unos y ceros, que parece tan fluido y caótico como cualquier momento de cualquier tormenta. Ha aprendido que sortear una megacomplejidad de canales es más fácil si se visualiza a sí mismo avanzando en algún medio de transporte, como un coche que acelera a través de un laberinto de múltiples capas de carreteras o una elegante lancha deportiva que atraviesa a toda velocidad un planeta de interminables canales venecianos. Esta vez, se imagina al volante de un Tesla con piloto automático, avanzando a toda velocidad hacia el destino que le indica en voz alta a la inteligencia artificial que lo conduce. Su cuerpo permanece relajado en el sillón mientras el Tesla lo proyecta desde lo real a lo virtual. Aunque sabe que su cuerpo reposa en la biblioteca, ya no ve la habitación; tampoco puede ni oír ni ver el océano agitado por la tormenta al otro lado de las ventanas.

Como la inmersión total en ese mundo abstracto de datos codificados en ondas electromagnéticas confundiría los sentidos y sería tan desorientador que cualquier momento de pánico descontrolado podría degenerar rápidamente en locura, las arquea-nanopartículas híbridas que han invadido el cerebro de Michael le proporcionan la capacidad de convertir, instantáneamente, esos datos en imágenes que concuerdan con el medio de transporte que se ha imaginado. En este caso, el Tesla sin conductor viajando por un sistema de autopistas tan fantásticas como el que crearían Christopher Nolan y George Lucas si colaborasen para hacer una película de ciencia ficción basada en una idea de Jorge Luis Borges. Según los percibe Michael, los carriles son una salvaje confusión que serpentea a través de una vasta oscuridad, iluminados con señales de salida que irradian un brillo inquietante. Atraviesa a gran velocidad los pasos subterráneos, desciende bocabajo por tramos en bucle, entra en unos carriles de acceso con forma de sacacorchos que lo dejan caer en vertical a través de incontables capas horizontales de autopistas y desciende por una rampa de salida marcada con una señal que dice «Investigación sobre el Embellecimiento». Sin ninguna consecuencia por el impacto, atraviesa una pared de la versión virtual del edificio en el que murió y termina deteniéndose.

A continuación, en el parabrisas del Tesla aparece la información que quería descubrir y por la que ha emprendido este viaje mental, como si apareciera en la pantalla de un ordenador. De los archivos de vídeo proporcionados por múltiples cámaras de seguridad de alta definición, revisa las actividades de los investigadores que entraron en el recinto después de que lo descontaminaran. Algunos llevan chaquetas negras estampadas con las siglas ASN escritas con letras blancas y llamativas. De la multitud de agentes de la ASN que pululan por el edificio, uno parece andar apartado de los demás y no relacionarse nunca con el resto, salvo brevemente, mientras recorre las instalaciones. Pasa el tiempo solo en la oficina de Shelby Shrewsberry y después procede a acampar en la oficina del doctor Simon Bistoury. Lleva la cabeza afeitada, tiene los rasgos marcados, su perfil parece el de una antigua moneda romana.

Desde el interior del Tesla imaginario, por medio de su avatar, Michael observa ahora los archivos de vídeo de la oficina de Bistoury en la que el agente de la ASN observaba antes las videograbaciones de la cafetería reconvertida en depósito de cadáveres improvisado. Rebobina y observa el vídeo del agente mientras este a su vez rebobina repetidas veces y observa una secuencia en el depósito de cadáveres. El Michael resucitado ve al agente descubrir el momento en el que la sábana sobre el Michael muerto se levanta y luego se resbala hacia el suelo.

* * *

Michael se había despertado de la muerte una hora antes de resurgir de su pose de cadáver. Durante unos minutos, consciente de que seguía siendo él mismo, aunque también algo más de lo que había sido hasta entonces, se quedó allí tumbado, procesando lo imposible. No se atrevió a moverse hasta que comprendió su estado. Al principio, no le latía el corazón; tampoco respiraba. Mien-

tras escuchaba el silencio mortal de su cuerpo, un miedo doble lo invadió: el horror de que la oscuridad volviera a llevárselo y que esta vez fuera para siempre, así como el temor del futuro que quizá le aguardase, más allá de toda comprensión humana. Si un terror total se hubiera apoderado de él, habría saltado inmediatamente de aquel improvisado catafalco. Sin embargo, era conocedor de mucho del trabajo que se realizaba en Investigación sobre el Embellecimiento y entendía que, incluso siendo todo lo peligroso que era, de él podrían surgir con la misma facilidad tanto el bien como el mal. Se dio cuenta de que el emparejamiento de las arqueas vivas con la nanorrobótica había tenido éxito de alguna manera que ni los científicos del equipo biológico ni los del equipo técnico habían sido capaces de prever. La ralentización de la que había salido en primer lugar iba abandonando ahora el control de su cuerpo: tres minutos después de recuperar la consciencia, sintió que volvía a latirle el corazón y que estaba respirando.

Durante cincuenta y siete minutos más permaneció inmóvil, sumido en el asombro del autodescubrimiento, conectándose al mundo más allá de este mundo, al mundo codificado que nace de este mundo, pero no es patente ni tangible, al mundo de internet y la nube y todo lo virtual; una sombra de realidad que, sin embargo, tiene el poder de conformar esa verdad de la que no es más que un oscuro reflejo. No tardó en darse cuenta de que ya no era tan solo un usuario de internet y de todos los portales y sistemas enlazados por él, sino que también era capaz de hacerlo suyo no ya solo como un pez pertenece al medio en el que nada, sino más bien como el agua misma pertenece al río. No le hacía falta ordenador alguno para sumergirse en las corrientes de datos. En aquel gélido depósito de cadáveres, tumbado bajo aquella sábana, había revisado el vídeo de seguridad y otros archivos de las instalaciones para averiguar cómo se había infectado el personal de la Investigación sobre el Embellecimiento y presenciar lo deprisa que habían fallecido. Se vio a sí mismo caer muerto. Sospechaba que su caso podía ser singular, el único de entre los fallecidos que se convirtiera en un Lázaro. Si eso acababa siendo cierto, el gobierno y las empresas de tecnología que se habían asociado en aquel proyecto lo mirarían como si fuese una rata de laboratorio, transformada como por un milagro, a la que tendrían que estudiar con más detenimiento, y también como si fuese un posible delator que podría exponerlos al escándalo público y a una investigación del Congreso, como fuente de una probable demanda que podría vaciarles las cuentas bancarias y como una amenaza capaz de retar su poder gracias a los suyos propios. No lo considerarían, eso sí, como otra cosa: como un ser humano igual que ellos, con derechos inalienables otorgados por Dios y dotado de la herencia de la libertad.

Mientras se levantaba por fin de la mesa de la cafetería y la sábana se le deslizaba del cuerpo, había buscado la transmisión de vídeo recogida desde la cámara y reemplazado los píxeles que componían su imagen. Segundo a segundo, mientras salía de la habitación y del edificio después, fue borrando el registro virtual de su escapada. Sabía que terminarían descubriendo que había desaparecido: solo esperaba ganar algo de tiempo para entender mejor ese poder que le había sido otorgado y cuál sería la mejor manera de utilizarlo.

Podría haber ganado más tiempo borrando todos los vídeos de todas las cámaras; no siempre había sido capaz de pensar con claridad durante las primeras horas que siguieron a su resurrección. No obstante, comprendió la ventaja que le otorgaba ir dejando que descubriesen de forma gradual en qué se había convertido. Si les daba tiempo para sopesar sus asombrosas habilidades, tendrían cada vez más miedo y se irían separando en facciones, cada una con una visión diferente de cómo encontrarlo y capturarlo. Un fugitivo está más a salvo cuando el pelotón que lo persigue está asustado y dividido.

* * *

Ahora, en la extraña nueva vida de Michael, su avatar está sentado en el sillón delantero del Tesla del metaverso, donde los archivos de vídeo de aquel mismo día se reproducen en el parabrisas, mostrando al agente sin nombre que mira repetidas veces el vídeo grabado en el depósito de cadáveres cuatro días antes.

Michael señala un nuevo destino con la voz: el sistema informático de la Agencia de Seguridad Nacional. En un instante se encuentra atravesando como un cohete el fantástico laberinto de autopistas, como si fuera un niño jugando con un scalextric a tamaño real y de una complejidad infinita. En unos segundos, el Tesla imaginario penetra en el centro de datos de la ASN, tan estrechamente vigilado, que en el mundo real se encuentra en Utah. En esos archivos, Michael busca y encuentra enseguida la orden de enviar a un equipo de agentes a la Investigación sobre el Embellecimiento después de la catástrofe que ha ocurrido allí. Uno a uno, hojea los expedientes de los agentes, que incluyen una foto y un nombre, hasta que encuentra al hombre con los rasgos de romano orgulloso, con el mismo aspecto noble de un Julio César, pero cuyos ojos hacen pensar más bien en el Nerón que provocaba incendios por placer y se deleitaba con el sufrimiento ajeno: Durand Calaphas.

JEFE DE BOMBEROS

A Durand Calaphas la mayoría de la gente le resulta indiferente. Sus vidas no tienen interés para él. En su opinión, la gente por lo general alberga creencias estúpidas y pasiones tediosas. No tienen otro destino más que trabajar, pagar impuestos, consumir y morir; todo ello, preferiblemente, sin provocar muchas molestias. En un mundo diseñado siguiendo un plan mucho más inteligente habría menos miembros de esa especie, lo que es una doctrina básica de la Nueva Verdad. Durand los llama «extras», porque para él son como esos aspirantes a actor que abarrotan las escenas multitudinarias de las películas, a los que no les dan diálogos y cuyo talento no justifica que les den papel alguno.

Calaphas pone de su parte para corregir ese exceso de población tan problemático. Las únicas personas por las que siente algo más que un interés pasajero son aquellas a las que está autorizado a matar. A diferencia de los meros extras, las personas que se ganan el finiquito son al menos figuras con algo de sustancia, aunque solo sea porque han hecho algo como para ganarse la sentencia de muerte y, por lo tanto, se convierten en parte del destino de Calaphas, que es un destino de grandeza.

De vez en cuando, se cruza con alguien que no aparece en su lista negra, pero que tampoco le resulta indiferente, sino que le inspira una inmediata e intensa antipatía. Nolan Freeman, el jefe de bomberos de este condado, es uno de ellos.

Lo primero que ve Calaphas cuando entra en la oficina de Freeman, en la planta superior de un parque de bomberos de tres plantas, es un mural conmemorativo con los bomberos que han muerto en acto de servicio en esta jurisdicción. Cada uno de ellos está representado en una pequeña placa fijada en un expositor más grande con espacio para añadir más; debajo de la foto está el nombre, el tiempo de servicio y la fecha de la muerte. En lo alto de este cuadro de honor, en el centro de su anchura, está escrita la frase «Héroes de Estados Unidos» con letras adornadas. Coronándolo todo, hay una bandera fijada a la pared, plana. Calaphas odia la idea de los héroes: cree que no es más que una herramienta con la que se manipula a los crédulos para que hagan todo el trabajo sucio y peligroso de la sociedad a cambio de salarios escasos y de que renuncien a sus vidas insignificantes por una causa perdida. Desprecia la bandera y a los Estados Unidos, que no tardarán en ser arrastrados por la Nueva Verdad. Interpreta el mural conmemorativo bien como la obra de un idiota que cree en el deber, el sacrificio, la justicia, la libertad y el valor sagrado de la vida, o bien como la de un farsante que calcula cada palabra y cada acción para hacerse pasar por brillante ante sus superiores.

Teniendo en cuenta los inflexibles principios que sigue Calaphas en su vida, le parece difícil sonreírle a Nolan Freeman y darle la mano. Preferiría matar a ese desgraciado, amputarle los genitales y clavarlos en el mural conmemorativo. Sin embargo, está buscando información relacionada con Michael Mace que resulte esencial para comprender y encontrar al fugitivo; tiene que interpretar el papel de entregado funcionario público que cree en todas esas patrañas que valoran o fingen valorar los hombres como el jefe de bomberos.

Detrás de su escritorio, Freeman está sentado en posición de firmes, con la columna recta, los hombros hacia atrás y la barbilla levantada, como si tuviera un orgullo perpetuo por haber ascendido desde las filas del parque de bomberos a su puesto actual… o como si tuviera hemorroides.

—Este caso clama a gritos incendio provocado, aunque no puedo demostrarlo. Hay algo muy raro en el incendio de esa casa. Podría analizar mejor las pruebas si supiese algo más sobre Michael Mace: por qué se ha dado a la fuga, como usted dice, y cómo es que está en busca y captura.

En la silla de las visitas, Calaphas se divierte remedando la postura de Freeman, como una manera sutil de faltarle al respeto a aquel hombre, mientras aparenta ser un miembro comprometido de la clase dirigente.

—Nada me gustaría más que ayudarle, jefe Freeman, pero lo único que puedo decirle es que Mace es un terrorista buscado por la muerte de más de cincuenta patriotas estadounidenses. Todo lo demás es clasificado, un asunto de seguridad nacional.

Cuando Calaphas menciona a las cincuenta víctimas, los rasgos carnosos del jefe de bomberos se ensanchan, la cara oscura se contrae de indignación. No hay duda de que se considera a sí mismo como alguien cuya rabia es siempre justa, una desaprobación impersonal y desinteresada ante hechos indignos, algo que no hay que lamentar nunca y de lo que no es necesario arrepentirse. Gifford, el hermano difunto de Durand, había albergado esa misma certeza de ser alguien que carece de capacidad de resentimiento y de deseos de venganza.

—La carga combustible de esa casa —dice Freeman— debería haber provocado que el fuego se propagara más despacio de lo que lo hizo.

—¿La carga combustible?

—Es el peso de toda la materia inflamable de la estructura más los contenidos inflamables multiplicado por las BTU, que son las unidades térmicas británicas, que produce cada tipo de material. Un kilo de madera, dependiendo de la especie de árbol de la que provenga, produce entre 16.000 y 18.000 BTU: la madera aceitosa de pino produce más que la de roble. Los plásticos producen el doble que la madera.

Y luego está la tasa de emisión de calor, que es la rapidez con la se quema un material en concreto, que se mide en BTU por segundo. Cuanto mayor sean la velocidad y el calor con las que se quema el combustible, mayor será la rapidez con la que se propague el fuego. Este fuego no tuvo una fase de arder: atravesó con furia la casa desde el momento de la ignición —la fase de combustión libre— en un tiempo récord hasta la fase de combustión súbita generalizada.

—¿Gasolina, queroseno? —pregunta Calaphas.

—No hemos encontrado rastro de ningún líquido inflamable. El incendio lo arrasó todo, pero aun así quedarían rastros si se hubiera utilizado un acelerador. Una de las cosas raras que había era la conductividad extrema.

—¿Conductividad?

—Conductividad. Cuando algunas cosas se queman retienen gran parte del calor, mientras que otras sustancias difunden el calor rápidamente a los materiales que tienen cerca. El papel, la mayoría de las telas, las alfombras, el relleno de los colchones... Son grandes conductores. El aire mismo es un gran conductor. La mayoría de los fuegos se propagan por convección, por medio del aire sobrecalentado que circula por el edificio.

Son más detalles de lo que a Calaphas le parecen necesarios. Freeman está alardeando, disfrutando de la oportunidad de demostrar que alguien como él puede escalar de la nada hasta ese nivel de competencia. Sin embargo, Calaphas se inclina hacia delante como si estuviera fascinado.

—¿El aire? Pero el aire no se quema.

—Aaahhh, pero sí que se quema, agente Calaphas. Debe entender que el aire es rico en oxígeno. Las llamas consisten simplemente en gases que arden. Cuando cualquier material combustiona, se oxida produciendo gas inflamable. Cuanto más aire circula por un edificio, más rápido arde. El fuego busca el aire: por eso las llamas arden hacia arriba.

Freeman se vanagloria de su formación superior, como si la naturaleza del fuego fuera con mucho el conocimiento más importante del mundo. A Calaphas le ofende sobre todo esa palabra, ese «Aaahhh» que Freeman parece haber seleccionado y emitido con un deje de burla, y por las palabras «debe entender», que sospecha que significan lo mismo que si Freeman lo hubiese llamado idiota ignorante. Su antipatía hacia el jefe de bomberos se ha vuelto tan intensa que va a matar a este bastardo solo por una cuestión de principios. No aquí y ahora, pero sí dentro de una semana o de un mes, cuando el asunto de Michael Mace se haya resuelto y tenga tiempo para planear y ejecutar un final espléndidamente satisfactorio para este mago del fuego.

—En este incendio —sigue diciendo Freeman—, la casa fue ventilada de manera activa justo antes de la ignición.

A Calaphas le irrita que el jefe de bomberos vaya haciendo pausas para esperar a que su alumno le solicite más información.

—Lo siento. ¿Qué quiere decir «ventilada de manera activa»? —dice, reprimiendo su hostilidad.

—La casa de Mace tenía cuatro puertas exteriores. Tres en la planta baja: una en la parte delantera, otra detrás y otra en el lado este. La cuarta estaba en el dormitorio principal y daba a un balcón sobre el patio trasero. Justo antes de la ignición, esas cuatro puertas fueron desbloqueadas y abiertas de golpe de forma simultánea.

—¿Y cómo puede saber que fue de forma simultánea?

El jefe de bomberos adopta una expresión de sabio y asiente como si estuviera aceptando elogios por lo exhaustiva que ha sido su investigación.

—Según los antecedentes que hemos podido recopilar, el señor Mace lleva mucho tiempo siendo un experto en seguridad. Su casa estaba equipada con cerraduras electrónicas que se pueden controlar desde el teléfono, que se cerraban y abrían cuando él lo deseaba. Según la señora de la limpieza, Mace prefería no confiarle la llave a nadie, aunque ella tenía su propio código para abrir la puerta delantera. La empresa de seguridad que Mace fundó hace diecinueve años y que vendió, pero en la que todavía conserva una participación, vigilaba y archivaba toda la actividad del sistema de esa casa: los registros muestran que las puertas fueron abiertas de forma remota y simultánea un minuto antes de que se declarase el incendio.

—Ha dicho que las puertas se abrieron de golpe.

—Eran a prueba de robo, con bisagras neumáticas ocultas que permitían abrirlas de forma remota, cerrarlas ante un intruso o abrirlas para la policía si alguien conseguía entrar de alguna manera y atrincherarse allí dentro.

—«De forma remota». Entonces Mace no se encontraba en la casa cuando pasó todo.

—Es evidente que no.

—Entonces ¿cómo empezó el incendio? ¿Quién lo empezó?

—Las pruebas indican que había tres focos primarios de ignición. Chimeneas. Una en el dormitorio principal en la planta de arriba. Dos en la planta de abajo, en el salón y en la sala de estar. Todas equipadas con troncos cerámicos, gas natural e interruptores de encendido electrónicos. La válvula que regulaba el flujo de gas hacia la casa no limitó la presión a un nivel seguro y, en cuanto se encendieron las chimeneas, parece que ese flujo se incrementó de forma comedida, aunque rápida, hasta que las llamas salieron a borbotones de esas tres cajas de fuego, a través del suelo y subieron por las paredes.

—¿Cómo pudo fallar la válvula?

Freeman arquea las cejas.

—Cuando arresten al señor Mace nos gustaría tener la oportunidad de preguntarle eso y unas cuantas cosas más.

—La casa... ¿no era lo bastante grande como para requerir extintores de incendios?

—Sí, pero el sistema de extintores no funcionó. Creemos que la tubería hidrante reaccionó a una orden de mantenimiento y se drenó de agua, vaciando también todas las tuberías más pequeñas.

—¿Poco antes del incendio?

—Nada que se pueda demostrar ante un tribunal.

Calaphas empieza a notar el rugido de la lluvia sobre el tejado, un sonido que durante un rato había desaparecido por completo de su consciencia. Mira hacia una ventana, detrás de la que el mundo parece estar licuándose, como si se encaminara al derretimiento de esta civilización —o simulación— hacia una nulidad gris que no proporciona ningún material con el que elaborar ni el objeto más sencillo. En su infancia, hasta que tuvo quince años, había experimentado noches en las que, incapaz de dormir, le sobrecogía la percepción de que la oscuridad que había al otro lado de las ventanas era un vacío, que él era —y que siempre había sido— la única persona real en el drama de su vida, que todo lo demás había sido un producto de su imaginación, que ahora empezaba a fallarle. En aquellas ocasiones, esa percepción a veces se endurecía hasta convertirse en convicción, y él se quedaba tumbado, atrapado en un pánico paralizante, hasta que el agotamiento lo superaba y la oscuridad más profunda del exterior entraba inundando la habitación oscura y se derramaba sobre sus ojos hasta hacerlo caer en el refugio de un sueño ciego y sin sueños. Sin embargo, la creencia de que eres la única persona real de la Tierra es una enfermedad llamada solipsismo, y Calaphas ha terminado comprendiendo que su situación no es tan desoladora: su situación es más asombrosa todavía y su destino es magnífico.

—¿Está usted bien? —pregunta Freeman.

Calaphas deja de prestarle atención al día lluvioso.

—¿Perdone? —Freeman mira por la ventana y después otra vez a Calaphas.

—Se ha puesto pálido como un fantasma.

—Parece como si Michael Mace le hubiera prendido fuego a su propia casa mediante un control remoto de tecnología punta —dice Calaphas, después de tomarse un momento para recomponerse.

—Sí, ¿no es verdad? Pero ¿por qué? Dados sus antecedentes como experto en seguridad, habrá sabido que él mismo sería el primer sospechoso. Teniendo en cuenta las circunstancias, cualquier compañía de seguros responsable de la póliza de esa casa tomaría medidas extremas para evitar pagarla.

—Está huyendo de la ley —dice Calaphas—. No hay manera de que pueda cobrar el seguro, de todas formas. Mace provocó el incendio para destruir pruebas.

—Si esa era su intención —dice Freeman—, ha hecho el trabajo condenadamente bien.

FUERA DE AQUÍ

Con las cortinas de las ventanas cerradas, la luz de la lámpara baja y la lluvia retumbando, la casita parece una claustrofóbica madriguera a prueba de bombas debajo de una ciudad que está siendo atacada. Nina y John se dan prisa para hacer las tareas que tienen asignadas con la cabeza baja y los hombros agachados, como si les preocupara que se les fuera a caer el techo encima.

Solo puede imaginarse un motivo por el que Aleem no se haya llevado al niño ya: para cometer un secuestro, aunque sea de su propio hijo, necesita la aprobación de algún superior o de alguien de su mismo nivel en la escala de autoridad de la banda. Puede que reciba el permiso esa noche. O que, irritado ante cualquier restricción, algo que siempre ha sido parte de su naturaleza, decida arrebatarle al niño sin haber conseguido el consentimiento antes.

La ley no le ofrece a Nina ninguna ayuda. La policía carece de fondos y está desmoralizada. Hay figuras clave en el gobierno que protegen a las bandas y que sacan tajada del tráfico de drogas.

La pistola de Nina era de su padre. Venía con una cartuchera para el cinturón. Su padre no tenía permiso para llevar armas ocultas, pero a veces la llevaba de todas formas. Como los criminales no respetan a la autoridad legítima, la ley solo se le aplica a quienes la cumplen, esperando que vayan por ahí indefensos en nombre del orden social. Nina se ajusta la cartuchera en el cinturón y mete la pistola dentro.

Con el equipaje ya cargado en su viejo Ford Explorer, después de que John y ella se hayan puesto los impermeables, Nina saca la bolsa de deporte de la despensa y la pone en la mesa de la cocina. Aparta cuatro paquetes de billetes de cien, cuarenta mil dólares, y empuja dos de ellos hacia John.

—Veinte mil cada uno. Son nuestros fondos de la desesperación, por si acaso le pasara algo a la bolsa de deporte o por si nos la quitan.

—Cuarenta mil.

—Mi hijo, el genio de las matemáticas.

—Es un montón.

—No tanto, si tenemos que fabricarnos una vida nueva.

John saca un billete de cien de un paquete y lo estudia con algo parecido al asombro.

—Es de verdad.

—He dejado de falsificar billetes.

—¿Cuánto hay en la bolsa? —pregunta John.

—Otros trescientos sesenta mil.

—¿Lo dices en serio?

—¿Cuándo no hablo en serio?

—¿De dónde lo has sacado?

—Ha sido un regalo —dice Nina.

—¿Quién le regala a nadie cuatrocientos mil dólares?

—Más vale que le des las gracias a Dios porque alguien nos los haya regalado. Tu chaqueta tiene cremalleras en los bolsillos. Guárdate esos dos fajos, mantenlos secos.

John se mete el billete suelto en un bolsillo de fuera.

—Es como un penique de la suerte. Un penique de la suerte salvo que vale diez mil veces más. —Se mete los fajos de billetes en los bolsillos interiores—. Ha sido el tipo ese, Michael.

—Bueno, desde luego a Aleem no le ha crecido la conciencia de repente.

—¿Por qué te da tanto dinero ese tipo?

—¿Te acuerdas de Shelby Shrewsberry? —dice Nina, guardándose sus dos fajos de dinero.

—El tipo ese tan alto, cliente tuyo.

—Michael está haciendo esto por él.

—¿Qué tiene que ver Shrewsberry con esto?

—Michael te lo podrá explicar mejor que yo.

—¿Cuándo?

—Cuando llegue el momento. Lleva la bolsa por mí.

John coge la bolsa de deporte y la sigue hasta el garaje.

—¿Michael es rico?

—Es algo mejor que rico: es un milagro. Pon la bolsa delante del asiento, apoya los pies encima. Tenemos que guardarla donde podamos acceder a ella rápidamente.

Cuando están en el Explorer, mientras Nina sube la puerta del garaje con un mando a distancia, el niño dice:

—Nos hemos dejado las luces encendidas. Voy a volver.

—Quieto ahí. Nos largamos de aquí. Es mejor dejar las luces por si los colegas de Aleem pasan en coche por delante de la casa —dice Nina, aunque siempre es ahorrativa.

Nina sale en coche del garaje, baja la puerta y gira a la izquierda. En un alarde de fanfarrón, como si fuera un gánster, el viento se vanagloria en voz alta, golpeando la lluvia contra el parabrisas y haciendo rodar un cubo de basura vacío por la calle. El agua sucia circula por las alcantarillas y se desprende de los neumáticos cuando el Explorer atraviesa una intersección inundada.

—Es blanco —dice John.

—¿Quién es blanco?

—Ese tipo, Michael.

—¿Tienes algún problema con que sea blanco?

—No.

—Más vale que no. En esta casa no miramos el color.

—Ya sé que no.

—Más vale que lo sepas.

—Solo me preguntaba…

—Dime.

—Bueno, ya sabes.

—Sí, cariño, ya lo sé.

—¿Hace falta que lo diga?

—Dilo para hacerte cargo.

—¿Estáis él y tú...?

—No. Es guapo. Es listo. A lo mejor algún día, cuando haya tenido tiempo suficiente como para estudiarlo, él y yo... Pero no se trata de eso.

—Solo estoy intentando entender.

—Yo también. Es una locura, pero es de verdad. Hasta que tenga la oportunidad de explicártelo, piensa en él solo como si fuera, no sé... Moisés.

—¿Moisés Gompers, el vecino de enfrente?

—No. Moisés el fumeta, no. Moisés. Es como si Michael hubiera visto la zarza que arde sin quemarse. Ha bajado de la montaña con un poder en su interior, con la manera de arreglar el mundo.

—Me estás asustando un poco —dice John.

—Bueno, yo misma estoy un poco asustada.

—Tú no te asustas. Nunca te habías asustado antes.

—No que tú supieras.

Dirigiéndose hacia el sur por la autopista, gira a la derecha. Tras ella ha aparecido un SUV blanco segundos después de que saliera del garaje. Sigue detrás de ella. A lo mejor es un problema. A lo mejor no.

—Cariño, saca mi teléfono del bolso y enciéndelo. Estate preparado para hacer una llamada cuando yo te lo diga.

—¿A quién vamos a llamar?

—A Michael. Es lo más parecido que tenemos a los Cazafantasmas.

PARA QUE CONSTE

Ahora que puedo ver las formas vagas del futuro, que es más de lo que llega a ver la mayoría de la gente, y ahora que conozco al hombre que pretende localizarme y matarme, he llegado a la conclusión de que tengo que pasar mis momentos de ocio grabando algunos datos fundamentales y archivándolos en la nube, en un sitio que solo otros como yo puedan descubrir, si es que alguna vez hay alguien más como yo. Quizá aprendan de mis errores, si alguien termina asesinándome.

El conocimiento absoluto es el poder absoluto. Después de mi contagio, muerte evidente y resurrección, todo lo que se puede saber lo puedo descubrir con poco esfuerzo. Los datos llegan a mi cabeza en megabytes por minuto: los absorbo, los entiendo. Dicen que el poder absoluto corrompe de manera absoluta. No me considero incorruptible, pero creo que me han vacunado de alguna manera contra el deseo por el poder y la inclinación a abusar de él, vacunado por la virtud inherente a ese camino estrecho y a medio desmoronarse que tuve que seguir a lo largo del acantilado de mi infancia, que es una historia para una grabación posterior. No deseo el poder; los acontecimientos me lo han conferido. Me parece que por cómo pretendo usar este poder, conseguiré que el mundo sea mejor; sin embargo, soy consciente de que, como cualquier ser humano, soy capaz de caer en engaños y, en nombre de la justicia o de la equidad o de la miríada de los demás propósitos nobles, de convertirme en un monstruo que conduzca a las multitudes hasta una ciénaga de miseria. Lo único que puedo esperar es que ser consciente de ese riesgo me ayude a evitarlo.

Si se financiara generosamente a cien psicólogos para que estudiaran al agente Durand Calaphas presentarían cincuenta metros de estantería de informes describiéndolo como un producto de los defectos y las equivocaciones de sus padres, o como a un alma inocente empujada al crimen y a la violencia por las injusticias de una sociedad perversa, o como el vástago de unas fuerzas históricas tan vagamente definidas como imposibles de abordar en retrospectiva. La Agencia de Seguridad Nacional, cuyos registros he estudiado a fondo, descartaría esos cientos de informes por disparatados y los tiraría a la trituradora de papel. Lo han identificado como «sociópata manipulable», algo que consideran un regalo de la naturaleza. La ciencia más avanzada que tenemos indica que los sociópatas se distribuyen por igual entre todas las razas, todos los grupos étnicos y todas las clases económicas, y que representan quizá hasta el diez por ciento de la población. Debido a su capacidad para hacerse pasar por gente normal, la agencia los considera un recurso inestimable y está encantada de disponer de Calaphas porque su «absoluta falta de conciencia y el placer que siente al aplicar la fuerza extrema» lo convierten en un activo valioso. Los que dirigen la ASN son hombres y mujeres duros. Ambiciosos y entregados a su ideología, creen que los medios justifican los fines, que las malas acciones autorizadas en nombre de sus intenciones secretas no son solo defendibles, sino también valientes. Sus expedientes secretos revelan que su mundo es un oscuro lugar fantástico de engaño fariseo, crueldad, violencia y atrocidades cometidas con la misma naturalidad con la que Onán sembró el suelo de Judea.

El doctor Gifford Calaphas, hermano mayor de Durand, era un virólogo famoso y muy admirado, cuyas investigaciones estaban financiadas en parte por el Instituto Nacional de Salud. A juzgar por todas las pruebas, creo que era un hombre bueno y honesto. Consiguió pruebas de que un alto funcionario del INS se había llevado, a lo largo de los años, decenas de millones en sobornos de numerosos científicos que recibían las subvenciones del instituto. Le envió la información al FBI, desde donde se filtró a un senador, cuñado del funcionario del INS, que compartía los sobornos. El senador era un ardiente protector de la Agencia de Seguridad Nacional y le garantizaba a esta una financiación cada vez mayor. Cuando *informaron a Durand Calaphas de que Gifford era un traidor y una amenaza para la seguridad nacional solo le proporcionaron las pruebas más superficiales —y falsas—, pero al asesino no le hizo falta nada más.*

Si vuelvo a terminar muerto, esta vez de manera permanente, y si para entonces alguien más como yo, de alguna forma, aparece para seguir mis pasos, ese otro serás tú, la persona que ahora lee esto. Quizá entiendas, como hago yo, que el mal es real y que la perversidad de tu enemigo no tiene límites, pero si todavía albergas alguna duda, párate a pensar durante un momento en Durand Calaphas y en la gente que lo mandó tras Gifford, y después asimila los demás archivos de sus casos. No debes ser nunca como ellos, sino que debes intentar siempre pensar como ellos para evitar subestimar la profundidad de la malevolencia a la que son capaces de rebajarse.

VOCES TAN SIN SENTIDO COMO EL VIENTO EN LA HIERBA SECA

Por encima de la tormenta, el sol se aleja de esta mitad del planeta. Aquí, en la tempestad, todos los cobardes con sus nóminas van camino de la hora feliz a tomarse unas cuantas copas de lo que sea que les suavice las arrugas de la mente. Los peregrinos de la autopista que no pueden permitirse varios cócteles se arrastran hasta sus casas insignificantes para rezar una oración antes de cenar las habichuelas y el arroz que Dios les ha puesto sobre la mesa, su jornada ha terminado y no les queda ya nada que hacer salvo ver una película y prepararse para lamerle el culo a su jefe otra vez al día siguiente.

Para Aleem Sutter, la jornada habitual dura tres horas, como mucho cuatro, treinta minutos aquí y quince allá, de ir pinchando a los camellos para que cumplan su promesa de suministrar el producto, de asegurarse de que las mulas no se olvidan de lo mala que va a ser la paliza que les van a dar si el peso de un cargamento baja aunque sean veinte gramos durante el transporte, de empujar a los camellos para que cumplan sus cuotas, de mantener motivados a los pandilleros con broncas y muchos billetes de cien dólares. Aleem no necesita trabajar las cuarenta horas completas porque tiene muchas abejas obreras que trabajan por él. Justo ahora, a dos manzanas de donde se encuentra, cuatro putas que en otro tiempo fueron sexis, ahora demasiado viejas y venidas a menos como para poder venderle el culo ni siquiera a los amantes de las maduritas, se pasan ocho horas desempaquetando barbitúricos al por mayor y dividiéndolos en bolsas de cincuenta céntimos. Efectivo libre de impuestos para complementar los cheques del gobierno que llevan recibiendo ilegalmente desde que cumplieron los cincuenta.

Cuando no está trabajando, como ahora, Aleem suele pasar el rato con sus compinches o siguiendo a alguien, o haciendo lo que él llama «aventurarse», que es intentar meterse en algún lío solo para ver si sigue teniendo suficiente seso y pelotas como para conseguir salir de él. Ahora mismo, de copiloto en el SUV Lexus de Kuba, se está ocupando de unos asuntos domésticos, asegurándose de que se respetan sus derechos como padre, siguiendo el Explorer de Nina e intentando decidir si esa puta traicionera solo ha salido a buscar un litro de leche o si está intentando escaparse.

—Odio esta mierda —dice Kuba.

—¿Qué mierda?

—Este clima.

—Pero si hay sequía.

—No, esta noche no.

—Hace falta que llueva, hermano.

—Ya tenemos el océano.

—El agua del océano no se puede beber.

—Porque los putos surferos se mean en ella.

—Es por la sal —dice Aleem.

—Yo le pongo sal a todo.

—Si bebes agua salada te explotan las tripas.

—Te explotan, ¿eh?

—Explotan.

—Tú mandas, Aleem.

—Efectivamente.

—Tú eres el jefe y yo te respeto, pero joder...

—¿Cómo?

—Que la sal no explota.

—Cómete un bote de sal a ver qué pasa.

—La sal no es un bloque de C-4.

—Pues prueba a ver qué pasa.

—Aleem, ¿de dónde te sacas esas ideas?

—¿Tú has ido al colegio alguna vez, Kuba?

—Siete años, hasta que me cargué a aquel profe.

—Me había olvidado de eso.

—Tuve que dejarlo, cambiarme de nombre, meterme en la banda.

—Lo mejor que has hecho nunca.

—Estoy de acuerdo con eso —concuerda Kuba.

—Tenías cuántos, ¿trece años?

—Doce. El profe siempre andaba soltando sus grandes teorías.

—Algunos tienen más ideas que cabeza.

—Estaba machacándome todo el tiempo con mi futuro, tenía una gran teoría sobre quién podía llegar a ser yo.

—¿Quién podías llegar a ser?

—Si no fuera quien era.

—¿Y a quién tenía en mente?

—¿En mente para qué?

—¿Quién se creía que podías llegar a ser?

—Pues el típico imbécil con pajarita y pantalones con la raya planchada que lo único que hace es leer libros.

—¿Y qué clase de futuro es ese?

—De ninguna clase. Eh, tío, tu señora está haciendo maniobras.

Aleem se inclina hacia delante, entrecierra los ojos para mirar a través del parabrisas manchado de lluvia, entre los limpiaparabrisas batientes.

—Está acelerando.

—Y no deja de cambiar de carril, se esconde para desaparecer de nuestra vista. A lo mejor nos ha visto.

—Déjale espacio. Deja que la puta esa se crea que se ha escapado.

Baja la mirada a su teléfono, en el que la aplicación de rastreo reduce a Nina, a John y al Explorer a una señal parpadeante. Cuatro días antes, cuando el niño estaba en el colegio y Nina se estaba peinando en un salón de peluquería a dos manzanas de su casa, Aleem fue a su casa, usó su llave y colocó un dispositivo GPS, que había fabricado él mismo, en el Ford.

—Es tecnología de puta madre calibre 45, no de alguna marca de mierda del 22. No puede ir a ningún sitio donde no podamos encontrarla. Está cogiendo velocidad.

—Ya no la veo —dice Kuba.

—No está yendo al Cheesecake Factory a por la cena. La puta se está largando a alguna parte —dice Aleem, frunciendo el ceño mientras mira la pantalla.

—Mira que llevarse a tu chaval como si no le hiciera falta que lo educaras. ¿Qué le pasa a una mujer así?

—Era una niña, su familia la echó a perder. Se lo tiene muy creído —diagnostica Aleem—. Es una ingrata.

—¿Qué pasa si falla el GPS?

—No va a fallar.

—¿Qué pasa si se deshace del Explorer?

—Se supone que tú eras el del pensamiento positivo.

—Puedo ser positivo y realista.

—No tiene bastante pasta como para andar de un lado para otro cambiando de coche.

—Es contable, tío. Ha hecho mucha pasta. Los contables tienen maletas llenas de billetes de cien.

Aleem no cree que eso sea verdad, aunque podría serlo. La posibilidad de que Nina tenga dinero para cambiar de vehículo es inquietante. Por suerte, Aleem es un emprendedor y siempre toma medidas que le ayudan a encarar los acontecimientos inesperados. Tres de sus mejores amigos, los que mejor pueden guardarle las espaldas y con los que tiene más confianza, llevan la aplicación de rastreo en los teléfonos y pueden seguir el GPS escondido en el SUV de Nina. Cada uno de ellos tiene también un móvil prepago, igual que Aleem, que ahora lo usa para llamarlos uno a uno y meterlos en el caso. Cada uno de los tres va en pareja con su propio lugarteniente. A lo mejor Nina puede quitarse a un perseguidor de encima, pero no podrá quitarse de encima a cuatro vehículos y ocho colegas. No obstante, tienen que moverse deprisa, antes de que se les adelante demasiado, aparque el Explorer, salga andando y encuentre otro coche.

—Tendría que haberme dado cuenta de en qué me estaba metiendo con ella. Esa puta siempre me ha dado problemas —dice Aleem, mientras deja de lado el teléfono prepago y se queda mirando la pantalla de su iPhone.

Kuba asiente, aspirando entre dientes.

—Todas dan problemas, antes o después. Por lo menos esta está buena —dice.

—Estaba todavía más buena antes. Así es como te pillan.

—Incluso si están buenas —dice Kuba— es como la pesca con mosca. Las mujeres son el anzuelo escondido entre plumas bonitas y nosotros somos los peces, no tenemos escapatoria.

—Has dicho el evangelio —dice Aleem—. Pesca con mosca. No tenemos más escapatoria que un yonqui que quiere dejarlo, pero que sigue cargándose el botiquín de *China white*. Llevo mucho tiempo siendo adicto.

No por primera vez, Kuba lo malinterpreta.

—¿Adicto? Y una mierda eres drogadicto. Nunca te he visto meterte una raya y ni siquiera fumas maría.

—Adicto a los coños —aclara Aleem—. Me llamo Aleem y soy coñoadicto.

—Un hombre pierde el juicio ante su presencia —concuerda Kuba.

Aleem suspira.

—Pierde el sentido común. Si no lo tienes, no puedes dormir, no puedes comer, no puedes hacer negocios con la cabeza despejada. Así que te la tiras, nunca ha estado tan satisfecha, te llama amor mío, te llama Supermán. Y luego, trece años después, te insulta, se escapa con tu hijo, te descarrila la vida, te toma por tonto.

El tema molesta a Kuba.

—Es una tragedia, eso es lo que es —dice.

—Es más que una tragedia.

—Una tragedia y un crimen.

—Es todo eso. Peor… es una afrenta —dice Aleem.

—¿La frente de qué?

—Una afrenta. Un insulto, tío. Me está escupiendo en la cara.

—Si una mujer le habla mal a un hombre, aunque sea poco, el hombre tiene que enseñarle lo que es el arrepentimiento. Que te escupa en la cara debe tener consecuencias.

—Me duele pensar en cómo le estará rompiendo el alma a mi chaval.

—Si se saliera con la suya —dice Kuba—, el chaval bailaría *ballet* y se pondría maquillaje.

—Eso no va a pasar nunca.

—Si se lo quitas, ella no se va a quedar ahí parada sin más. Ella no.

Aleem se queda callado, mirando fijamente la señal parpadeante, mientras Kuba los conduce a través de los azotes de la lluvia.

—Vale, así es como va a ir la cosa—dice Aleem después de un minuto o dos—. Nuestro grupo la bloquea, esa puta no tiene adónde ir. Hakeem y Carlisle se llevan al chaval a mi casa, lo instalan allí. Los otros cuatro colegas se vuelven a lo suyo. Tú y yo nos aseguramos bien asegurados de que Nina no le vuelva a echar el anzuelo a nadie nunca.

—¿Qué va a decir Antoine?

—Antoine ya no es relevante. No se lo contamos a Antoine. Dejo al chaval escondido. Pasado mañana no importará lo que Antoine quiera. Ya no le dará más órdenes a nadie en ninguna parte sobre nada. Nunca jamás.

A Kuba le gusta tanto el plan que se pone a asentir como un muñeco cabezón.

—¿Qué tenías pensado hacer con Nina? —dice Kuba cuando deja de asentir.

—¿Tú cómo lo ves? —pregunta Aleem.

—No quiero hacerte ninguna afrenta.

—Eres mi hermano, Kuba. Habla con libertad.

—Me refiero a que era tu mujer.

—Ahora ya no es nada mío, más que un dolor de huevos.

—Estaba pensando que sería una oportunidad perdida meterle una bala del 38 en la cabeza.

—¿Qué oportunidad?

—Si no hubiera sido tu mujer, hace tiempo que habría ido a por ella.

—¿Quieres arrancarle un trozo antes de que le peguemos un tiro?

—Estoy seguro de que sería algo para recordar cuando sea viejo.

Aleem es consciente de las preferencias de Kuba por la acción pura y dura. Cada vez que alguna fresca a la que están chuleando se pasa de la raya hasta el punto de que no se la puede rehabilitar para el mercado, Kuba se reserva un día entero para destrozarla tanto que nadie quiera volver a mirarla y mucho menos tocarla. Aleem nunca ha estado presente en una de esas sesiones, pero ha visto los resultados. Siente intriga. Nina ha sido una amenaza tal para su reputación y es tan engreída con su actitud eclesiástica que se merece lo que le pase.

—A mí tampoco me importaría guardarme algún recuerdo para mí —dice Aleem. La sonrisa de Kuba es tan dulce que poca gente se imaginaría lo que esconde—. Vamos a volver a alcanzarla.

Kuba acelera adentrándose en el viento, la lluvia, la noche y la promesa de una pasión para la que no hay tarjeta de San Valentín.

EN EL REINO DEL CREPÚSCULO

En una mesa de una esquina con vistas panorámicas a la elegante sala, Durand Calaphas pide una botella de vino de cuatrocientos dólares que quizá se terminará o quizá no. No tiene prisa. Más tarde, se tomará el *filet mignon* que figura en la carta por setenta y seis dólares, con la guarnición aparte, que dentro de un mes es probable que cueste ochenta y dos. A su puesto le corresponde una cuenta de gastos tan generosa que nunca le han cuestionado ninguna de sus compras, y su tarjeta de crédito, emitida por la agencia, no tiene límite, que él sepa. Esta es la audaz nueva era de la Moderna Teoría Monetaria, que sostiene que el exceso no tiene consecuencias porque el gobierno puede gravar la economía para que prospere y que Hacienda no tiene fondo... o algo así.

El restaurante está a la vuelta de la esquina de la calle más lujosa de entre todas las calles, en este barrio al que llevan viniendo desde hace décadas los millonarios y multimillonarios para comprar productos a precios exorbitados, y en el que seguirán haciendo sus compras mientras sigan existiendo la vanidad y el orden social. La primera nunca corre peligro de agotarse, pero el segundo resulta cada vez menos cierto en un país donde muchos de los que se encuentran en los escalafones más altos del poder parecen anhelar una anarquía al estilo de la némesis de Batman, el Joker: por el desorden y el autoritarismo brutal que le seguirán. Calaphas aprueba de todo corazón este descenso controlado de la democracia hacia la anarquía y una suave tiranía.

Los manteles son de algodón de gran calidad, elaborados y confeccionados con tanto mimo que ofrecen la misma caída que una seda gruesa, con suaves pliegues que le recuerdan a la nieve en polvo que se tamiza cuando hay una ausencia total de viento. La iluminación es suave, las estratégicas sombras parecen esculpidas y el brillo de las velas centellea sobre la cristalería abrillantada, sobre el servicio de mesa de acero inoxidable, sobre los elementos arquitectónicos revestidos de láminas de oro blanco y sobre las joyas de las deslumbrantes mujeres que creen que la ostentación es una virtud.

Mientras Calaphas saborea su primera copa de vino y contempla la lista de aperitivos de la carta aparece Julian Grantworth y se sienta en una de las sillas que hay en su mesa sin que él lo invite. Julian es el director adjunto de la ASN; ahora mismo está en esta costa del país debido a la catástrofe acaecida en la Investigación sobre el Embellecimiento. Tiene cuarenta y tantos años, es alto, esbelto como un galgo, tiene los ojos azules, la nariz que corresponde a su clase social y, por lo demás, los rasgos enjutos de quien sufre de estreñimiento crónico. Es uno de los afortunados hijos del dinero viejo de Filadelfia, producto de colegios privados y de Princeton. Cuando no le resulta posible viajar a Londres un par de veces al año para visitar a los sastres de Savile Row, son ellos los que acuden a él en primavera y otoño.

Aunque Julian es el superior de Calaphas, siempre trata a su subordinado con deferencia porque le teme.

—Siento interrumpirte la cena, Durand, pero me temo que ha habido un pequeño problema con el caso.

—Un pequeño problema —dice Calaphas, haciendo todo lo posible para pronunciar las palabras de manera que expresen un sutil divertimento, y un desprecio todavía más sutil, que pongan a Grantworth en un aprieto. El poder de Calaphas, que es como un departamento de un solo hombre dentro de la ASN, proviene de su disposición para hacer el trabajo más sucio de entre los trabajos más sucios, además de que ni siquiera se toma la molestia de protegerse de las consecuencias legales de sus actos. Sabe que tienen controlado su teléfono y monitorizadas sus actividades en internet, que investigan todo lo que hace para determinar si se está guardando pruebas que los puedan incriminar para poder usarlas en su contra después, cosa que no hace. Nadie en la ASN pondría en peligro su libertad y sus privilegios con la misma despreocupación. Algunos lo llaman —como ha hecho alguna vez Julian Grantworth, aunque nunca a la cara— *monstre sans souci,* el monstruo sin preocupaciones. Calaphas no solo resulta inestimable para la agencia, sino que también ha adquirido el estatus de mito fundacional, como si fuera fundamental para la constitución de la ASN y para el alma perenne de esa máquina letal. Sus inferiores lo contemplan con algo parecido a un temor reverencial, toda una póliza de seguro para que nadie se atreva a intentar reemplazarlo.

—¿Y cuál es ese pequeño problema?

En ese momento, las mesas más cercanas no están ocupadas. Grantworth despide con la mano al camarero que se estaba acercando y habla en voz baja.

—Esta madrugada ha habido un incidente a las tres y media. —Consulta su reloj de pulsera, probablemente con el único propósito de asegurarse de que Calaphas puede contemplar su Rolex Daytona clásico, que quizá valga doscientos mil dólares—. Hace catorce horas y media. A solo un par de manzanas de aquí.

—¿Qué incidente?

—A uno de nuestros amigos de fuera de la agencia, un hombre que cree en la Nueva Verdad y tiene contactos de enorme valor para nosotros, le han robado medio millón en efectivo.

—¿Cómo? ¿Usa una carretilla en vez de una billetera?

—Es abogado, pero es algo más que eso.

—¿Cocaína o fentanilo?

—Digamos que representa a varios intereses de Centroamérica y China.

—Digámoslo.

—Estaba en su oficina con dos socios…

—A las tres y media de la mañana.

—Es todo un adicto al trabajo. El edificio es una auténtica fortaleza: cerraduras electrónicas, puertas ocultas con núcleos de acero, sistemas de seguridad de alto nivel, un apartamento interior secreto. Y el ladrón entró como si estuviera de paseo.

—¿Un solo tipo?

—Y ni siquiera iba armado.

—¿Tres contra uno, y aun así no está muerto?

—Lo mejor será que nuestro amigo te cuente lo demás. Carter Woodbine. —Grantworth desliza la tarjeta del abogado por encima de la mesa—. Woodbine está cabreado y ha recurrido a la relación que tiene con nosotros para que encontremos al ladrón.

—¿Como si fuéramos su policía personal?

—Como he dicho, Woodbine es un activo valioso para nosotros.

—Para nosotros, pero no para mí. Yo no le debo nada.

—Woodbine y sus aliados se encargan de que las drogas pasen la frontera al volumen que necesitamos. La ASN se creó para fomentar un cambio social para el que unos niveles masivos de adicción resultan clave. El caos y la violencia que provoca la pujante subcultura de la droga, los marginados que se vuelven locos y no pueden trabajar… Todo eso no hace sino allanarle el camino a la Nueva Verdad. —Grantworth le da golpecitos a la tarjeta de visita que Calaphas no ha cogido—. Te verá en su oficina a las nueve en punto de esta noche, suponiendo que te venga bien.

—Encárgaselo a otro. Yo estoy persiguiendo algo mucho mayor que nada de lo que ese Woodbine puede aspirar a ser.

La sonrisa de Grantworth en tan fina como una línea marcada con un cuchillo en una pieza de Cheddar blanco.

—Está conectado con tu caso. Uno de los socios de Woodbine, que estaba presente cuando tuvo lugar el robo, es un hombre llamado Rudy Santana. Hace seis años pasó tres días en la sala de un tribunal, como espectador, dándole apoyo moral a un acusado que era socio suyo.

—Últimamente, todo el mundo tiene socios. Más bien estaría echándole el ojo al acusado para asegurarse de que no delataba a sus compinches.

Grantworth se encoge de hombros.

—En cualquier caso, Santana dice que el hombre que se llevó el medio millón era el mismo que había sido testigo en aquel caso de hace seis años, un experto en seguridad que testificó para la acusación. No se acordaba del nombre. Eso fue antes de que vendiera su empresa y antes de que Shelby Shrewsberry lo contratara para la Investigación sobre el Embellecimiento.

—Ese abogado, ¿tiene alguna grabación de seguridad de Mace? —dice Calaphas, después de darle vueltas en la boca a un sorbo de vino.

—No. Es un fantasma, igual que en el laboratorio del valle. Pero Santana tiene una foto suya de la época del juicio. Te la ha imprimido. Y hay otra cosa de la que Woodbine quiere hablar contigo, algo que no está dispuesto a compartir con nadie más, ni siquiera conmigo.

—¿Sabéis lo que ha pasado en ese laboratorio? ¿Y lo que le ha pasado a Mace?

—Nos hacemos una idea bastante clara.

Calaphas se figura que una «idea bastante clara» quiere decir que esos idiotas del nivel ejecutivo, que tantos estudios tienen, como mucho han averiguado la mitad.

—Los magos de la tecnología más convencidos llevan prediciendo esto desde hace a lo mejor treinta años —dice Calaphas—, aunque no lo han pensado lo suficiente: cómo iba a ser, qué poder y habilidades conllevaría. Y ahora, gracias a las arqueas, está pasando.

Las arqueas, una forma de vida microbiana que antes se creía que eran bacterias, pueden transferir sus genes horizontalmente, transmitir material genético de un individuo a otro y de una especie a otra. En la naturaleza, ese proceso es aleatorio y quizá tenga una utilidad evolutiva, aunque también quizá puede que tenga poco efecto. En la Investigación sobre el Embellecimiento, los científicos habían realizado experimentos para determinar si era posible adaptar las arqueas para que transportaran nanomáquinas complejas hasta el interior de las células humanas, con la esperanza de combinar el conocimiento y los talentos del cerebro humano con la mayor capacidad de almacenamiento de datos, la velocidad de procesamiento y la fluidez en el intercambio de conocimientos de los ordenadores. Los miembros multimillonarios de la secta tecnológica creen que es algo inevitable y que dará lugar a una raza humana muy mejorada, millones de veces más inteligente: a esta revolución la llaman la «Singularidad». Se atreven a creer que vivirán lo suficiente como para que la tecnología avance hasta el punto de que puedan trascender sus limitaciones biológicas y convertirse en cíborgs inmortales. A Calaphas le ha tocado hacer la limpieza del lío que los científicos financiados por la realeza de la tecnología y el gobierno han dejado tras de sí.

—Como la élite que son —dice—, quieren ser los primeros en beneficiarse de la Singularidad. Una sociedad de jefes supremos semejantes a los dioses.

—Tu valoración de sus motivos es muy poco generosa —protesta Grantworth—. Se consideran a sí mismos benefactores de toda la humanidad.

Calaphas sonríe.

—Qué humilde por su parte. —Calaphas hace una pausa para disfrutar de un poco más de vino—. El acontecimiento transformador ha acabado siendo el resultado de un accidente. Cincuenta y cuatro muertos, solo un... trascendido. Michael Mace representa la totalidad de la Singularidad. ¿Os dais cuenta de eso?

La incomodidad de Grantworth parece profunda.

—Se han empezado a hacer algunas especulaciones al respecto.

—La ironía —dice Calaphas— es que no sabemos qué lo hace tan especial. ¿Por qué él y no los otros cincuenta y cuatro? Se ha producido un gran avance, pero no sabemos por qué y no se puede replicar.

—Sí se puede replicar —discrepa Grantworth—. Si encontramos a Mace y lo estudiamos.

El cabernet tiene un soberbio buqué del que Calaphas disfruta mientras se queda mirando al director adjunto por encima del borde de la copa de vino.

—¿Qué? —dice Grantworth por fin, intimidado por su mirada.

—Capturar a ese hombre es tan poco probable como encontrar y arrestar a Bigfoot.

—Si no te ves capaz de hacerlo...

Calaphas deja la copa de vino y lo interrumpe, describiéndole de forma sucinta lo que él cree que son solo algunas de las destrezas extraordinarias que el accidente del laboratorio le ha conferido a Michael Mace.

Para cuando Calaphas termina de hablar y coge su copa de vino, Julian Grantworth no solo ha empalidecido, sino que se ha quedado blanco.

—Ningún hombre debería tener nunca un poder semejante.

Calaphas levanta su copa como si fuera a brindar.

—Ah, una iluminación repentina. Más vale tarde que nunca.

—Tengo que consultarlo con el director inmediatamente —dice Grantworth, empujando hacia atrás la silla para apartarse de la mesa.

—Ve a consultarlo. Montad un comité de expertos. Que diseñen una estrategia. Eso siempre funciona.

Grantworth odia a su subordinado casi tanto como lo teme. Se pone de pie y parece estar juntando el valor para reprender a Calaphas por su insolencia o incluso apartarlo del caso, pero no es capaz de reunir el coraje suficiente para actuar. Su pecho en expansión se desinfla, aunque la arteria hinchada de su sien izquierda late con más rapidez, de manera más visible. Lo único que emite es una declaración que es, de hecho, una pregunta.

—Te quedas con el caso.

—Después de que haya cenado.

—Woodbine y Santana a las nueve en punto.

—No me lo perdería por nada del mundo. Una cosa...

—¿Qué?

Las otras mesas de este cuadrante del restaurante siguen vacías, pero Calaphas baja la voz hasta dejarla en un susurro.

—Será casi imposible capturar a Mace y muy difícil encontrarlo. Pero si logro encontrarlo, podré matarlo.

—Quizá el director tenga otros planes.

—Es un hombre de grandes planes.

—No tomes medidas ejecutivas hasta de que recibas instrucciones.

—«Medidas ejecutivas». Cómo te gustan los eufemismos.

Grantworth se muerde el labio inferior, sopesando una respuesta contundente, pero una vez más carece de la fortaleza para hacer lo que sabe que debería hacer. No hay duda de que está pensando en su segunda mujer, la despampanante Giselle, cuya gran belleza lo convierte en la envidia de otros hombres, y en su primera mujer, Martha, cuyo aspecto era tan corriente como el de su marido y quien murió en un trágico accidente que no solo liberó a Julian, sino que también lo volvió rico gracias a su herencia de treinta y dos millones de dólares. Tanto Calaphas como Grantworth saben a quién le debe su buena fortuna, aunque nunca han hablado del asunto; Calaphas está dispuesto a contar la verdad sobre lo que le pasó a Martha, pero su viudo no se atreve a sacar el tema.

Grantworth levanta la barbilla, se le abren las fosas nasales como si fueran las de un caballo de exhibición entrando en una competición de doma clásica y baja los ojos para mirar a Calaphas con lo que se imagina que es un desprecio fulminante.

—Woodbine y Santana a las nueve en punto.

Se da la vuelta y se abre camino por el restaurante. Es alto, delgado, con la postura forzada de un guardia del Palacio de Buckingham; su traje, confeccionado de manera exquisita, es su recapitulación. Cree que sabe jugar al juego, pero no entiende las reglas de la simulación dentro de la que existen.

DESENCADENADOR

En la biblioteca con vistas al océano de la casa de Corona del Mar, todos los libros son tan blancos como las estanterías de sicomoro blanqueado en las que se ordenan. Los lomos no llevan título, ni el nombre del autor, ni los logotipos de las editoriales. Michael examina varios y descubre que se han reemplazado las cubiertas originales con vitela blanca, gruesa pero flexible, cortada para ajustarse con precisión a cada volumen. Las novelas de suspense de Janet Evanovich y David Baldacci, las novelas de John Irving y Don DeLillo, las novelas de amor de Nora Roberts y los libros de no ficción de temas variados están todos colocados en las estanterías sin tener en cuenta el tema o el género. Parece que los han comprado al peso en una librería de libros usados no para ser leídos, sino para que representen el concepto de libro. Estado sin forma. Tono sin color. Es la idea de una biblioteca tal y como sería en el mundo virtual de un videojuego tipo *shooter* en el que los avatares están demasiado ocupados matando y siendo matados como para detenerse a leer, en el que el único propósito de la biblioteca es servir de escenario para violentos encuentros durante los que toda la decoración completamente blanca se verá vívidamente salpicada de sangre.

Uno de los desencadenadores de datos que Michael ha instalado en diversos sistemas conectados a internet está en la ASN. Le manda una notificación cada vez que su nombre y el de Durand Calaphas aparecen a menos de doscientos caracteres de distancia en informes escritos o a menos de treinta segundos en declaraciones grabadas o en conversaciones. Como ahora. El fluorescente azul fluye a través de su mente y le proporciona una localización en los archivos de la ASN. De pie con un libro en la mano, desenreda mentalmente hacia sí la luz azul, como si estuviera recogiendo un pez con un sedal. Abre un archivo de audio de la conversación entre Calaphas y Julian Grantworth, el director adjunto de la ASN, que ha tenido lugar apenas minutos antes y que Grantworth está transmitiéndole justo ahora al único superior que tiene en la agencia. Si hubiera otros presentes en la biblioteca no escucharían lo que oye Michael.

—*Siento interrumpirte la cena, Durand, pero me temo que ha habido un pequeño problema en el caso.*

—*Un pequeño problema. ¿Cuál es el pequeño problema?*

—*Esta madrugada ha habido un incidente a las tres y media...*

Michael devuelve la biografía con la cubierta blanca a la estantería. Al final, todos los libros son libros blancos: los sabios y los estúpidos, cubiertas blancas y páginas blancas. El mundo lee, pero no recuerda por mucho tiempo, y cualquier verdad que se encuentre en los libros suele acabar descartada por irrelevante. El género humano, como dijo el poeta, no puede soportar tanta realidad. Prefiere los engaños, los engaños y el consuelo de la realidad virtual.

—*Woodbine está cabreado y ha recurrido a la relación que tiene con nosotros para que encontremos al ladrón.*

—*¿Como si fuéramos su policía personal?*

—*Como he dicho, es un activo valioso para nosotros.*

Michael camina hacia la ventana. La tormenta y el mar creciente cuentan una verdad que no ha sido inventada por hombre ni mujer alguna y que no puede quedar obsoleta por esas Nuevas Verdades por las que tanto fervor sienten. El metaverso no es un universo, sino solo una sombra vaga y distorsionada —una caricatura— de la majestuosidad del espacio-tiempo. Hasta su diseño más intrincado, las realidades virtuales —ya sean las que esos hombres y mujeres inventan para sí o las que se sacan de la manga los magos de la tecnología—, siempre serán solo vacíos en los que las almas atormentadas se vuelcan.

—*Como sea, Santana dice que el hombre que se llevó el medio millón fue testigo del caso de hace seis años, un experto en seguridad que testificó para la acusación... Michael Mace.*

Los hombres y las mujeres de cierta clase, esa élite autocomplaciente que sabe mucho de lo que se considera importante ahora, pero que apenas comprende su propia naturaleza humana, sueñan con convertirse en inmortales mediante una autoevolución rápida al cíborg, con acceder de forma instantánea a todos los conocimientos sin tener que esforzarse en estudiar: un poder semejante al de los dioses. Ese es otro vacío más, la última versión de esa fantasía de autoridad absoluta que ha destruido a tantas civilizaciones a lo largo de milenios. Michael es la encarnación de la Singularidad, aunque no pretende emplear su poder como esos soñadores sueñan con usar el suyo. Al contrario, quiere vivir lo suficiente para devolverle al mundo su realidad antes de que se hunda en el delirio de forma irremediable.

—*Ese abogado, ¿tiene algún vídeo de seguridad de Mace?*

—*No. Es un fantasma, igual que en el laboratorio del valle. Pero Santana tiene una foto suya de la época del juicio.*

Rudy Santana tiene una fotografía. Quizá la tuviese en su teléfono, donde Michael la podría haber encontrado y borrado. Pero ahora Santana la ha imprimido.

Michael ha borrado todas sus fotos de todas las páginas web, de todos los archivos y dispositivos conectados a internet. Quemó los vínculos con su pasado incinerando su casa y todo lo que contenía. Como experto en seguridad que es, lleva mucho tiempo siguiendo el consejo que le da a sus clientes ricos de ocultarse ante las cámaras, aunque es probable que existan unas cuantas fotos impresas suyas. Sin embargo, se ha imaginado que la ASN, a pesar de sus vastos recursos, necesitaría semanas para encontrar una imagen suya que les permitiera realizar una búsqueda a nivel nacional.

Esas semanas le darían tiempo para esconderse en alguna parte y prepararse para hacer lo que siente que está destinado a hacer. Pero ahora, dependiendo de la calidad de la imagen que tenga Santana, Michael quizá tan solo disponga de un día o dos antes de que la ASN la comparta con miles de agentes mediante el anticuado recurso de repartir hojas y carteles de «se busca», impresos con tecnología obsoleta y repartidos luego a mano.

Al caer en la cuenta de algo se aparta de la ventana: ahora que lo han conectado de manera tan inesperada y fortuita con Carter Woodbine sabrán que ha huido de Beverly Hills en el Bentley del abogado. Así que ahora pueden vigilar su señal exclusiva de GPS y rastrearlo rápidamente hasta su ubicación actual, el garaje en la planta de arriba. De hecho, ya deberían estar bloqueando la calle, rodeando la casa.

Como ya se ha muerto una vez, Michael no tiene duda de que podría volver a morir. Aunque ha resucitado, la siguiente muerte será la definitiva, porque será tan violenta que eliminará toda posibilidad de resurrección. De eso se encargarán sus enemigos. Él es la Singularidad, pero la fusión de hombre y máquina no proporciona la inmortalidad; no se puede reparar una máquina si se la deja reducida a fusión radiactiva y a desechos desperdigados de metal.

Durante sus visitas previas al sistema informático de la ASN, Michael se grabó en la memoria todo el expediente de la agencia de Durand Calaphas, incluido el número de su iPhone. Mientras sale de la biblioteca, cruza el salón y sube por las escaleras a la planta de arriba, también entra en internet, ese mar sin fondo de microondas que transportan datos. Como ya conoce el número y la señal de GPS del teléfono del agente Calaphas, lo encuentra enseguida en un restaurante de Beverly Hills. Rápidamente, entra en el teléfono, repasa la lista de contactos y localiza el número de

Grantworth. Para cuando llega al recibidor está metido en el teléfono del director adjunto, donde accede a sus contactos y recoge el número de la directora de la ASN, Katherine Ormond-Wattley.

Mientras cruza el recibidor y entra en el vestíbulo que lleva al garaje entra mentalmente en el teléfono de Ormond-Wattley en plena conversación encriptada con el consejero de seguridad nacional del presidente, Pierce Leyton. Michael oye lo que dice Katherine Ormond-Wattley y también oye lo que ella escucha después de que las transmisiones encriptadas de Leyton se traduzcan a un inglés normal, o tan normal al menos como el que Leyton es capaz de hablar. Están hablando sobre un presentador de un programa de máxima audiencia de una televisión por cable al que Pierce quiere destrozar profesionalmente, siempre y cuando pueda hacerse sin que parezca que él está detrás de las mentiras que se puedan inventar y documentar mediante pruebas falsas.

Cuando Michael entra en el garaje y enciende las luces, baja por la lista de contactos del teléfono de la directora Kathy y encuentra el número de Carter Woodbine. Se mete en los archivos de audio de la agencia y escucha la primera conversación del abogado con el director.

Le había quitado el medio millón a Woodbine poco después de las tres de la mañana, pero el abogado no llamó a Ormond-Wattley hasta la una y treinta y cinco de la tarde, unas diez horas más tarde. Extraño. En la llamada de teléfono, Woodbine solicita la ayuda de la ASN no solo para recuperar el dinero, sino también para encontrar a Michael y averiguar cómo se ha infiltrado en la fortaleza de cinco plantas que alberga las oficinas del bufete de Woodbine, Kravitz, Benedetto & Spackman. Lo más extraño es que, durante la conversación, no menciona en ningún momento que le hayan robado el Bentley, de lo que se habría tenido que enterar horas antes.

El abogado quiere que encuentren a Michael y que encuentren el dinero, quiere que asen a la parrilla al ladrón hasta que largue todos sus secretos... pero no quiere que busquen el Bentley.

Michael le da la vuelta a la parte trasera del coche. El nombre del concesionario Bentley y la ciudad en la que se encuentra están en el marco de adorno que rodea la matrícula.

Se acomoda en el asiento del copiloto y cierra la puerta. Abre la guantera, rebusca en ella y extrae un sobre que contiene el permiso de circulación emitido por el Departamento de Tráfico.

Es una de esas ocasiones en las que busca una cadena compleja de información y no sabe dónde encontrar exactamente todo lo que necesita. Tiene que ir a explorar. En vez de evocar en su mente un Tesla sin conductor, se imagina que el Bentley navega por las conexiones de microondas y por el flujo de datos de internet, simbolizado mediante capas laberínticas de superautopistas, calles y callejones. No le hace falta arrancar el motor o ponerse el cinturón, ya que ni el coche ni él saldrán de la casa. El garaje se desvanece. Michael acelera dentro de la realidad virtual de la *World Wide Web*. En cuestión de segundos, el coche toma una rampa de salida y se detiene dentro del ordenador del concesionario, hablando en sentido figurado.

Michael extrae el expediente de Woodbine de entre los registros de los clientes y aparece en el parabrisas como si fuera una pantalla. En los últimos dieciséis años, el abogado ha comprado dos Rolls-Royces y tres Bentleys en ese concesionario. El tercer Bentley lo pagó en metálico hace catorce meses. No recogió la entrega él mismo, sino que hizo que le enviaran el coche directamente a un tuneador de alta gama, Classic Wheels, en Oxnard, California.

Un Bentley no es un coche al que se le quite el techo, se le pongan canalizados, se lo adorne con detalles chulos y se lo convierta en un *street rod*. Además, el Bentley más reciente de Woodbine tiene el mismo aspecto que tenía en la sala de exposición del concesionario.

Unos segundos después, Michael está en el ordenador de Classic Wheels, en Oxnard. Los datos visualizados en el parabrisas no son tan profesionales como los del concesionario de Rolls y Bentley, pero encuentra lo que necesita.

En todos los vehículos con sistema de navegación con un GPS, el transpondedor emite una señal única cuando se comunica con los satélites. Esa señal es la identificación del coche —y, por tanto, del dueño— conocida por el Departamento de Tráfico. Las fuerzas del orden quizá obtengan la identificación de navegación de un automóvil para revisar la historia archivada de sus viajes o para rastrearlo sin descanso en tiempo real. La policía estatal y la local, por lo general, se toman la molestia de conseguir una orden judicial para hacerlo, aunque ha habido casos en los últimos años en que la mentalidad de ciertos organismos federales ha sido la de que la protección de la Constitución no se le aplica a todo el mundo por igual. Carter Woodbine ha hecho modificar el sistema de navegación del Bentley de modo que puede, a su conveniencia, tenerlo funcionando cuando anda de un lado para otro en asuntos honestos… o puede, accionando un interruptor, anular el transpondedor y eliminar el seguimiento por satélite del vehículo. En ese mismo instante cae fuera del radar y ya no se lo puede rastrear.

Otra alteración consiste en una ingeniosa reestructuración de la parte trasera del habitáculo y del maletero. Michael estudia la orden de trabajo y los planos mecánicos hasta que está seguro de entender los cambios que se han hecho.

Como afectan de manera considerable al funcionamiento del coche y pueden plantear problemas de seguridad, son cambios que hay que comunicar al Departamento de Tráfico, según exige la ley. Es responsabilidad del dueño, no del tuneador. Desde Classic Wheels en Oxnard, Michael hace un recorrido rápido hasta el ordenador del Departamento de Tráfico en Sacramento y consulta sus registros usando las diecisiete letras y números del permiso de circulación del vehículo, y confirma que Woodbine ha incumplido dicho requisito.

El abogado ha alterado el Bentley para que le sirva como coche de huida, en caso de necesitarlo. Teniendo en cuenta sus conexiones con la estructura de poder del país, no parece probable que vaya a tener que huir de la ley, pero el hecho de estar siempre preparado para cualquier eventualidad es el motivo por el que ha logrado prosperar en este peligroso negocio.

Las autopistas virtuales, iluminadas de manera siniestra y precipitándose en picado por la oscuridad infinita, se desvanecen ahora y la realidad del garaje se aglutina alrededor de Michael. Devuelve a la guantera del Bentley el permiso de circulación, sale del coche y da la vuelta hasta el lado del conductor. Se instala al volante y enciende el motor.

Apaga el elevalunas de la portezuela del conductor, apaga el elevalunas de la portezuela del copiloto, levanta la tapa del compartimento guardaobjetos, enciende el elevalunas de la portezuela del copiloto, enciende el elevalunas de la portezuela del conductor y cierra la tapa del compartimento guardaobjetos, sin demorarse entre cada acción. Como ha aprendido en los archivos de Classic Wheels, esta combinación de seis pasos activa la función personalizada del habitáculo de los pasajeros; una parte motorizada del asiento trasero retrocede hacia el maletero con un suave ronroneo.

Michael sale del coche y abre el portón trasero. El respaldo permanece en su sitio, pero donde antes estaba el asiento con tapizado de lujo se revela ahora un compartimento secreto de quince centímetros de profundidad que recorre el vehículo casi a todo lo ancho y mide unos cuarenta y seis centímetros de principio a fin. Contiene un rifle AR-15 con cuatro cargadores de repuesto y fajos de billetes de cien

dólares envueltos en plástico. No está dispuesto a contar
este alijo para el apocalipsis, pero no serán menos de dos
millones de dólares.

Carter Woodbine seguro que tendrá cuentas en bancos
extranjeros que asciendan a decenas de millones de dólares
ocultas en paraísos fiscales que no tienen tratados de extra-
dición con Estados Unidos. Sin embargo, si ocurriese alguna
catástrofe y se quedase sin sus contactos políticos, pasaría,
repentinamente, de ser un valioso amigo de los grandes y los
poderosos a ser un paria. De darse el caso, necesitará estos
fondos para salir del país, perderse en lo más profundo de
América Central —o incluso de América del Sur—, comprarse de un día para otro una nacionalidad con un nombre
nuevo en algún agujero infernal gobernado por una dicta-
dura y después alquilar un jet apropiado que lo transporte a algún principado montañoso o a algún estado insular
donde esté guardada, de forma segura, al menos una parte
significativa de su fortuna.

Michael le ha arrebatado a Woodbine no solo los quinientos mil dólares, sino quizá incluso hasta tres millones de
dólares, si le añade al botín el valor del Bentley y de su caja
fuerte. Al servicio del furioso abogado estarán buscando el
coche, a lo largo y ancho de todo el sur de California, hombres extremadamente peligrosos, quizá en gran número y a
la espera de una generosa recompensa. Pero, al menos por
ahora, no lo estará buscando ningún policía o agente federal.

Michael vuelve a la casa, a la biblioteca, al vino, al queso
y a las galletas saladas, a las impresionantes vistas de la tormenta, reconfortante y plena de realidad, llena de texturas.
A pesar de las capacidades sobrehumanas que le han sido
otorgadas, sigue sin ser consciente de que en menos de una
hora será expulsado de este refugio y conducido a una situación desesperada.

Tres: enterrar a los vivos

EDÉN

Mientras sigue la carretera de tres carriles, Nina sabe bien lo que la lluvia y la noche ocultan. Hay colinas cubiertas de hierba al este y al otro lado de las colinas se encuentra el desierto menor y, más allá del primer desierto, aguarda el verdadero y más árido desierto. Al oeste se extiende una maraña de pequeñas ciudades y suburbios que abarrotan la costa, lejos de Los Ángeles, rebosantes del ajetreo del comercio y la compulsión, el éxtasis y el horror, la gracia y la crueldad. En ellos, la mayoría de la gente está más estropeada por el tiempo y más agotada de lo que se imagina.

Este valle ancho y fértil yace entre esos dos mundos, es un refugio tranquilo. Nina estuvo aquí una vez, hace ocho años, cuando John tenía cinco años y a sus padres les faltaba un año para toparse con el conductor que los atropellaría y se daría a la fuga. Los cuatro disfrutaron de unas excepcionales vacaciones en familia, tres días en un motel familiar con piscina. El pueblo al extremo sur del valle al que se dirigen John y ella en ese momento es una mezcla pintoresca de arquitectura victoriana y española, con numerosas galerías de arte y tiendas de artesanía, en parte comunidad agrícola —con campos de manzanos y nogales— y en parte destino turístico discreto gracias a la historia local y a sus dos festivales anuales.

Su padre lo llamaba el Edén. Comparado con el barrio en el que se había criado, es lo más parecido al Edén que Nina ha visto jamás. A veces sueña despierta con irse allí cuando se jubile. Sería mucho mejor empezar una nueva vida en ese valle no dentro de treinta años, sino ahora mismo.

Cuando hay alguna curva en la carretera, los faros atraviesan los huertos. Los campos con árboles frutales están más al sur. En el extremo norte del valle, los campos extensos de árboles se han ido muriendo en los últimos años y todavía no los han cortado, una consecuencia de la estúpida política estatal de riegos que también ha destruido en el Valle Central decenas de miles de hectáreas de tierras de cultivo que antes eran fértiles. En ese momento, hay lluvia en abundancia, pero California es un lugar con sequías periódicas que requiere de los preparativos adecuados. Iluminados por los destellos, los árboles sin hojas se erizan y sus ramas marchitas, con el viento, tiemblan como inquietas colonias de arácnidos salidas de un sueño infestado de tarántulas.

En esta región la gente se va temprano a la cama; los que trabajan duro para ganarse la vida se levantan antes del alba. Este mal tiempo desalienta todavía más a los viajeros. El espejo retrovisor desvela los carriles oscuros, vacíos. Han pasado horas desde que Nina tuvo motivos para sospechar que la seguían. Ahora aparecen detrás de ella unos faros delanteros, a la altura de lo que podría ser una ranchera con neumáticos de gran tamaño. Se imagina que es algún adolescente con su cita dándose prisa para llegar a casa de ella antes del toque de queda que sus padres le hayan impuesto.

Sin embargo, al girar en una curva, un par de SUV puestos en ángulo, dos enormes Lincoln Aviators, bloquean la recta que tiene delante. Cuando levanta el pie del acelerador observa que, en realidad, el vehículo detrás de ella resultan ser dos. Se acercan con rapidez, uno junto a otro.

Como ha visto la doble persecución por el espejo lateral del lado del copiloto, John se inclina hacia delante, entrecerrando los ojos para mirar los descomunales Aviators a través del parabrisas.

—No son polis.

—No —concuerda Nina explorando el terreno a izquierda y derecha, desesperada, mientras ellos van reduciendo la velocidad.

—¿Aleem? —dice John—. ¿Aleem tan lejos?

Hasta aquí tan lejos porque tienen la intención de llevarse al niño. Hasta aquí tan lejos porque tienen la intención de acabar con ella.

—Nos han rastreado —dice Nina.

Aunque Aleem y su banda no pueden haber sabido hacia dónde se dirigía, estarán encantados de que los haya conducido hasta cientos de hectáreas de pomares abandonados, en la soledad de la fuerte lluvia y el viento feroz: un lugar ideal para secuestrar a un niño y conducirlo a una vida de crimen y violencia, para asesinar a una mujer y enterrarla en un lugar donde su cuerpo no será encontrado hasta dentro de años, si es que alguna vez lo encuentran.

—El teléfono —dice Nina, y John lo saca del portavasos para hacer lo que le había dicho su madre previamente—. Sube la publicación.

La profundidad de la zanja de drenaje que corre a lo largo de la carretera no se puede apreciar por toda el agua que corre por ella, pero medirá un metro de ancho. La tierra se inclina más o menos un metro veinte en ángulo ascendiente desde la zanja hasta el pomar, pero si la zanja no midiera solo treinta centímetros de profundidad, si llegara a un metro, el chasis del Ford podría quedarse colgado al caer las ruedas delanteras. El Explorer es un todoterreno, está hecho para viajar por terrenos irregulares, pero Nina solo lo ha conducido por carreteras pavimentadas. Desconoce todo el alcance de sus capacidades y limitaciones.

Se van acercando en punto muerto al bloqueo, mientras los otros dos vehículos se aproximan por detrás con rapidez. Una luz blanca entra a raudales a través de la ventana trasera levadiza y llena el Ford como si fuera una presencia sobrenatural.

Más adelante, el agua sucia que sube se desvanece en una alcantarilla sobre la que un camino de acceso al pomar seco ofrece una salida de la trampa que se cierra sobre ellos, aunque no un escape seguro. Nina frena. Los neumáticos van a trompicones sobre el pavimento resbaladizo, Nina tira fuerte del volante hacia la derecha y el Ford se inclina hacia la curva, por lo que Nina contiene el aliento y piensa «Por favor».

Después salen de la carretera, en dirección oeste. Los estériles manzanos se alzan muy juntos como si fueran un regimiento, lo que impide que Nina conduzca entre ellos; sin embargo, los senderos que separan una hilera de árboles de otra los hicieron lo bastante anchos como para que los cosechadores pudieran pasar con sus máquinas y camiones. Años de poca lluvia y mucho sol arduo han endurecido la tierra y la han convertido en un caliche que los torrentes de ahora no han ablandado mucho. Se han formado charcos, espejos oscuros que los rayos de luz de los faros atraviesan rebotando, y el Explorer levanta repetidas alas de agua que destellan hacia el pomar.

—Subido —declara John. Iluminada por el brillo del iPhone, su cara es como una aparición en una sesión de espiritismo—. Pero ¿qué significa «La novena hora»?

—Es un código, una llamada de auxilio que no lo parecerá para nadie que no sea Michael.

—Pero ¿qué puede hacer él cuando está... donde sea que esté?

Los senderos a la izquierda y a la derecha se enrojecen de pronto con una luz que dibuja la silueta de los árboles cadavéricos y transmuta el gris plomo de la lluvia en plata, mientras que el escuadrón de SUV entra en el huerto corriendo para quitarle a Nina la mayoría de sus opciones.

EL POMAR ENCANTADO

Kuba sigue a Nina, acortando distancia con ella, mientras que sus compinches en el otro SUV la flanquean por senderos paralelos.

—¿Qué mierda es este sitio con todos esos árboles espeluznantes? —dice Kuba.

—Es una especie de huerto con árboles —dice Aleem.

—No veo ninguna fruta.

—Es un huerto seco.

—¿Qué sentido tiene?

—¿Qué sentido de qué?

—¿Qué sentido tiene un huerto seco?

—No tiene sentido. Los árboles se han muerto y punto.

—¿Y por qué no los talan?

—Será muy caro, seguramente —teoriza Aleem.

—Aquí hay un montón de leña.

—No puedes vender una madera podrida de termitas. Los cortarán cuando se les ocurra algo mejor que hacer con la tierra.

La mayoría de los senderos entre las filas apretadas de árboles corren de este a oeste, pero de vez en cuando hay uno que va de norte a sur. De repente, las luces de freno del Explorer se iluminan de rojo y Nina saca rápidamente el vehículo hacia la izquierda y se dirige hacia el sur.

Sorprendido, Kuba pasa rápidamente por encima de la intersección. Pisa los frenos con fuerza y mete la marcha atrás. Los neumáticos giran, desprendiendo gotas de barro. Se dirigen hacia el sur tras la estela de la puta. Ahora, en vez de paredes de troncos sin hojas que los flanqueen, están los finales de los surcos separados por senderos para recolectar que corren de este a oeste.

—Malditos árboles espeluznantes —dice Kuba.

—Pues vuelve en tu tiempo libre a cortarlos.

—¿Qué cultivan aquí?

—¿Y yo qué sé? Melocotones, manzanas, sandías.

—Las sandías no crecen en los árboles.

—¿Entonces dónde? ¿Crecen en los mostradores del mercado?

—Crecen en parras —dice Kuba.

—Como racimos gigantes de uvas, ¿eh?

—Las he visto una vez.

—Estabas colocado. Lo que viste fue aquella película, la de las vainas extraterrestres en las que criaban imitaciones de personas. Colega, sigue detrás de esa puta antes de que se largue.

—Estoy cerca. La tengo. —Kuba le lanza una mirada al espejo retrovisor—. Mierda. Lo que tenemos ahora es una caravana de cinco coches.

Aleem comprueba el retrovisor lateral y ve que los otros tres SUV del escuadrón se han metido en el mismo sendero que va hacia el sur.

—Como no se pongan en paralelo muy rápido —dice Kuba—, Nina va a poder irse a cualquier lado.

No ha terminado de hablar todavía cuando los tres vehículos perseguidores se despegan para meterse en los senderos de intersección, dos hacia el este y uno hacia el oeste; los conductores están buscando urgentemente otros senderos orientados de norte a sur por los que ponerse en paralelo al Explorer.

—Es un laberinto —dice Aleem.

—Es un cementerio —dice Kuba—. Son como tumbas de madera. Me espantan.

—Aquí no hay nada muerto salvo los árboles.

—Dicen que los árboles tienen espíritus.

—¿Cómo espíritus?

—Como almas.

—¿Quién dice eso?

—La gente.

—Puteros que se esnifan medio kilo de cocaína todos los días —dice Aleem con desdén.

—No, gente lista. En el *podcast* ese.

—¿Tienes una aplicación de salud y encima escuchas *podcasts*?

—Solo un *podcast*.

—¿Cuándo vas a ir a la universidad, sacarte una carrera, ponerte un traje, ser un hornólogo y enseñarle a todo el mundo cosas sobre los árboles?

—«Hornólogo» no es la palabra.

—Entonces ¿cuál es la palabra, profesor?

—Lo único que digo es que, si los árboles tienen alma, este puto sitio está completamente embrujado.

—No te sabes la palabra. Olvídate de las almas. Tú sube la marcha y embiste a esa puta.

—¿No sientes las sacudidas? El terreno se está poniendo resbaladizo como si fuera de hielo. Como le meta un poco más a esta cosa se pondrá a girar como un trompo.

—Métele —insiste Aleem.

—No puede volar, no debería llamarse «Aviator».

La preocupación de Kuba acaba revelándose como toda una premonición. Delante de ellos, el Explorer derrapa a la derecha, a la izquierda, a la derecha, las sombras de los árboles brincan como espíritus que intentaran escaparse de la madera muerta en la que llevan prisioneros mucho tiempo. El guardabarros trasero del lado del pasajero se engancha en el tronco de un árbol.

—¡Embiste a esa puta! —grita Aleem—. ¡Embístela, EMBÍSTELA!

CONTROL REMOTO

La hora de la cena hace ya mucho que ha pasado y ya es noche cerrada. Michael está estudiando el contenido de los compartimentos de los congeladores de los dos enormes frigoríficos marca Sub-Zero, ya que necesita algo más que queso y galletitas, cuando las palabras «La novena hora», de color azul fluorescente, se transmiten en su mente.

Cierra el cajón del congelador, se vuelve hacia la isla de la cocina y coloca las palmas de las manos sobre la encimera de granito, que es fría y dura y real. Entra en la red de telecomunicaciones de Verizon con la misma facilidad con la que abriría una puerta, traduce el número de teléfono de Nina a código binario, lo proyecta en el sistema y John contesta al primer toque, todo en siete segundos.

John y su madre tienen problemas graves, pero el niño está tranquilo.

—Nos persiguen cuatro SUV. No sé cuántos pandilleros son, como un ejército entero. Estamos en el condado de San Diego…

—Lo sé —dice Michael, porque ha entrado en la aplicación de navegación del teléfono de Nina. El mapa que aparece en su mente muestra la señal parpadeante que los representa a doscientos metros de la carretera asfaltada más cercana, una carretera estatal, y se mueve deprisa. Enciende la función de altavoz del teléfono para que Nina pueda escucharlo—. Sé dónde estáis, pero ¿por qué os habéis salido de la carretera?

—La carretera estaba bloqueada —dice John—. Nos hemos metido en un pomar. Un puto pomar, enorme y muerto. Acabamos de darle de refilón a un árbol, pero estamos bien.

—Deben de habernos rastreado. Nos rodean por todas partes, están intentando atajarnos —dice Nina.

—Intenta conservar la calma —le aconseja Michael.

Michael trae a su mente una segunda pantalla, que brilla con luz suave al lado de la primera, del sistema de rastreo internacional por GPS, donde se enmarca la misma parcela que cruza Nina a la carrera. Por suerte, el territorio está muy desierto, no se ve una multitud confusa de símbolos parpadeantes, solo trece. Su vehículo —de hecho, su iPhone— emite solo uno; el Explorer es demasiado viejo para tener sistema de navegación. Los otros SUV emiten tres señales. En todos los casos, un número de identificación en la pantalla es el del vehículo y los otros dos representan a los teléfonos que llevan sus ocupantes.

Aleem ha llamado a filas a siete de sus compinches para que lo ayuden a secuestrar a John y a hacerle dios sabe qué a Nina. Lo más probable es que ambos, madre e hijo, terminen muertos, porque el niño no se dejará coger con facilidad ni dejará que le hagan daño a Nina sin salir en su defensa.

—Aleem y siete más —les dice Michael—. Seguid adelante mientras me encargo de esto. Seguid adelante o estáis acabados.

El gobierno de Estados Unidos —y la mayoría de los otros gobiernos en esta época que va resbalando hacia la tiranía universal— ha instituido un proyecto clandestino para controlar a los vehículos que, como todo lo demás, ya no es un secreto para Michael Mace desde que ha resucitado. Años antes, cuando se reconoció que pronto existiría una tecnología para equipar cada coche y camión nuevo con un interruptor que pudiese desactivar el motor mediante una orden remota, transmitida por microondas y vinculada al identificador del GPS de cada vehículo, hubo una vehemente protesta por parte de los defensores de la libertad. Todos los políticos que querían aparentar ser honestos juraron que semejante ultraje no se cometería jamás mientras ellos vivieran. Hay quien sigue ignorando que finalmente se llevó a cabo bajo los auspicios de la Agencia de Protección Medioambiental, mientras que otros sí lo saben y se sienten reconfortados al saberlo. Este poder de «restringir la movilidad» no se revela —y no se revelará— por culpa de ningún procedimiento legal cotidiano, como el de frustrar el robo de un coche, el atraco a un banco o el de detener a un secuestrador de niños que se dé a la fuga con su presa. Tiene que permanecer en secreto por si el país sufre alguna vez una insurrección grave, para poder tomar por sorpresa y dejar desamparados a los rebeldes cuando los coches de los que dependen dejen de moverse.

En este caso, en el caso de Aleem Sutter y su equipo, Michael no siente remordimientos al violar el derecho que creían tener: el derecho a secuestrar y asesinar a su antojo.

VAMOS A VER AL MAGO

Durand Calaphas deja el coche de su agencia en el aparcamiento del restaurante para pasar a buscarlo luego. Con la capucha del impermeable echada para garantizarse el anonimato, se encamina a la reunión. La entrada trasera del bufete de Woodbine, Kravitz, Benedetto & Spackman, abogados y ávidos financiadores de muertes por heroína y fentanilo, está a dos manzanas, pero Durand recorre cinco para llegar hasta allí y evitar que las cámaras de tráfico que hay en los cruces capten la imagen de un hombre que camina directamente desde el restaurante al bufete. La puerta seccional está levantada, como le dijeron que estaría. Dentro, fuera del alcance de la lluvia, hay un hombre delgado con vaqueros negros, chaqueta vaquera negra y camiseta roja. Cuando Calaphas llega, este espécimen perturbado expresa su impaciencia con obscenidades. Lleva la nariz vendada y unos moratones se le extienden bajo los ojos.

—¿Dónde demonios está tu coche? Nadie me ha dicho que fueras a venir andando.

—He cenado por aquí cerca. Este tipo de clima me estimula.

—Se suponía que ibas a estar aquí a las nueve en punto.

—¿No son las nueve? —pregunta Calaphas.

—Llegas veinticinco minutos tarde.

—¿En serio? ¿Tanto?

—Ni siquiera has llamado.

—Como ya te he dicho, estaba cenando.

—¿No tienes reloj?

—Uno bastante bueno —dice Calaphas, subiéndose la manga del abrigo para descubrir un Rolex de oro—. Era de mi hermano. Su viuda quería que lo tuviera yo, como recuerdo suyo.

El hombre le responde con una mirada adusta, como si hubiera matado a gente por menos que llegar tarde a una cita.

—Nos has tenido esperando.

—Después del postre y del café me he tomado un buen oporto. Ya sabes cómo es lo del oporto, a uno le gusta saborearlo. No te lo tragas sin más.

—Nos has tenido esperando —repite el hombre, exasperado.

—¿Y tú quién eres?

—Santana. Woodbine está cabreado en su apartamento. Harris también. Llevan aquí desde las ocho y media.

—Entonces ¿por qué estamos charlando y haciéndolos esperar todavía más?

—¿Pero a ti qué te pasa? —dice Santana, después de quedarse un momento estudiando a Calaphas.

—¿Qué quieres decir?

—¿Qué quiero decir?

—Si me estás preguntando si estoy enfermo, la respuesta es no. Si me estás preguntando si he bebido mucho, la respuesta es no. Pero a lo mejor estás dando a entender otra cosa.

—Ya veo —dice Santana después de otro silencio.

—¿Sí?

—Muy claro.

—Porque podría hacerte un examen de la vista.

Mientras Santana va hacia el cuadro de control encajado en la pared y baja la puerta seccional, Durand se queda mirando un cubículo de paredes de vidrio que tiene un cartel sobre la puerta en el que dice *Aparcacoches*. Contra la pared posterior de ese espacio hay un tablero con ganchos en los que cuelgan solo unas cuantas llaves electrónicas. Como jugador experimentado, suele notar cosas que parecen prosaicas, pero que terminan demostrando ser esenciales para la estrategia que le dé la victoria.

Santana abre una puerta interior y Calaphas lo sigue hasta un vestíbulo.

—Deja el impermeable. No vayas soltando agua por todas partes.

Mientras avanzan por un pasillo hacia el vestíbulo de la parte delantera del edificio, Santana pronuncia un nombre.

—¿Sabes quién es? —dice.

—Es un senador.

Santana menciona otro nombre.

—El jefe de un fondo de inversiones. Supervisa billones —dice Calaphas.

El tercer nombre es Katherine Ormond-Wattley, la directora de la ASN, ante quien responde Calaphas, si es que responde ante alguien.

—Esos tres —dice Santana— son tan íntimos de Woodbine que son como sus gemelos siameses.

—Cuatro gemelos.

—¿Entiendes lo que te estoy diciendo?

—Con cierto esfuerzo.

—Quítate de la cabeza que Woodbine no es más que un picapleitos al que puedes tener esperando mientras bebes oporto. Yo no trabajo para ningún flojo don nadie. Ese hombre está en el escalafón, y no solo en el escalafón, sino en lo más alto.

—Bien por él. Bien por ti. Mira, lo siento. Ha sido un día largo, eso es todo.

Aunque de un estilo diferente al de la Francia del siglo XVII, el vestíbulo compite con la Galería de los Espejos del Palacio de Versalles, para intentar inculcarles a los plebeyos que el que allí reside tiene unos bolsillos más profundos que el mar.

Se accede al ascensor con un código que Santana introduce en un teclado. La cabina sube en silencio, con tanta suavidad que no parecen estar moviéndose.

—Hay que tener respeto —dice Santana.

—No te dejaré en evidencia —le asegura Calaphas.

Esta reunión va a ser mucho más interesante de lo que Calaphas se esperaba. Pero esa revelación no le llega como una premonición externa: ahora es intención suya volverla interesante.

PUNTOS DE VISTA

A veces, Aleem se entusiasma más de lo que le conviene. Lo sabe. Se conoce muy bien a sí mismo. Es un tipo resolutivo, que no tiene paciencia para los impedimentos que le pone el mundo. El peor impedimento es la gente, y Aleem ha matado a más gente de la que debería. No se arrepiente de los asesinatos desmedidos ni piensa que sea inmoral. No hay nada inmoral a no ser que te lo creas... y si crees que algo es inmoral, te equivocas: esa es la filosofía de Aleem Sutter. Cuando admite haber matado a más gente de la que debía solo reconoce que, a veces, liquidar a un caraculo traicionero no vale el riesgo que conlleva. Si controlara mejor su entusiasmo se habría contentado en algunas ocasiones con dejar al tipo lisiado de por vida, y si el impedimento le tiene amor a su madre, sería mejor que Aleem dejara a esa perra desfigurada o que amenazara con cargársela para mantener a raya al niñito de mamá. El éxtasis, esa exaltación abrumadora que siente al dispararle a la cara a un adversario o al hacer que se le desparramen las tripas sobre los zapatos, se convierte, si Aleem no tiene cuidado, rápidamente en un frenesí, en una emoción tan delirante que le puede llevar a cometer un gran error. Sabe que debe tener cuidado para que su sano entusiasmo no degenere en frenesí. Tiene más conciencia de sí mismo que nadie que haya conocido.

En ese momento, mientras urge a Kuba para que embista al Explorer, sabe que su inquina contra Nina ha crecido convirtiéndose en rabia, y que esa rabia puede agriarle el entusiasmo hasta convertirse en la más violenta y menos prudente de las intenciones. Pero lo que siente no es culpa suya: es ella quien lo está haciendo sentir así. Se lleva al chaval y huye, y luego no se rinde al encontrarse la barricada en la carretera como debería haber hecho, y ahora los está obligando a que la persigan a través de este bosque zombi. Es como si, delante de sus colegas, le estuviera diciendo una y otra vez que le va a cortar el pito o como si creyera que ya se lo hubiese cortado, para humillarlo.

Empeora todavía más la situación que conduzca el Explorer como si hubiese ido a un curso de conducción de riesgo para especialistas de Hollywood y hubiese terminado la primera de la clase. Salvo porque se le ha enganchado el guardabarros trasero derecho en el tronco de un árbol, va dándole al coche con tanta destreza que Kuba no solo no consigue alcanzarla, sino que está empezando a quedarse cada vez más rezagado.

—No permitas que pase esto —le advierte Aleem.

—Es lo que hay, jefe.

Ese «es lo que hay» no es buena señal, y el hecho de que Kuba lo llame «jefe» es una prueba de que el muy lameculos lo sabe perfectamente.

—Si quieres pillar cacho de esa mujerzuela —dice Aleem—, más vale que la agarremos pronto. Cuanto más tardemos, más probable es que le rompa el cuello antes de que te dé tiempo a quitarle la ropa.

—Estoy dispuesto —dice Kuba.

—¿Dispuesto? ¿Dispuesto a qué?

—Haz lo que tengas que hacer, después haré yo lo mío, así seguirá todavía caliente.

—Tío, eres más siniestro que los árboles muertos esos.

—Tengo mis recursos —admite Kuba, sonriendo.

* * *

En el asiento del copiloto, John va erguido; el teléfono es un rectángulo de luz en sus manos.

—¿Qué está haciendo Michael?

—Salvarnos.

—¿Cómo puedes estar tan segura?

—Ya lo verás.

—No está pasando nada.

—Solo ha pasado un minuto desde que contestó a la publicación.

—«La novena hora».

—Exacto.

El amplio pomar parece ocupar un mundo calcinado; los árboles negros y consumidos con su tortuoso entramado de ramas en zigzag sirviendo de monumentos a la muerte de la humanidad en la guerra final de todos contra todos, los SUV de los pandilleros como flagelos robóticos que merodeasen por los despojos para erradicar a los supervivientes que quedan. Nina nunca ha estado tan aterrorizada como en ese momento. Estos bosques áridos pero ordenados le evocan terrores tan diversos como escenas de una película de James Cameron y el Gólgota cayendo en la oscuridad en pleno mediodía. Aun en el peligro, como también en la derrota y el dolor, percibe, como siempre hace, momentos de extraña belleza. Un barrido de luz platea el agua que baja por las negras cortezas. El aire, durante un breve pero espléndido instante, se llena de los diamantes de las gotas de lluvia agitadas por el viento. Durante un momento, las ramas enlazadas iluminadas desde atrás parecen formar logogramas flotando en el aire con un significado místico, como si fueran mensajes reconfortantes en algún idioma que ella recordase de una vida anterior y que sabrá reconocer de nuevo en la próxima vida. Hay quien podría decir que es un defecto —aunque ella piensa que es un don— ver la belleza y la esperanza que esta representa incluso en los momentos más feos de la vida.

Nada es más desesperante, nada tiene más potencial para el horror, que los persigan Aleem y siete de sus bárbaros de mirada glacial alardeando de sus adornos de oro, cada uno con dos cuchillos y más cirugías letales en su haber que el médico de un campo de exterminio. Si se llevan a John, aplicarán su formidable poder de persuasión e intimidación, así como todas las tentaciones de la carne para convertirlo, deformarlo, corromperlo. John resistirá. Es un buen chico. Pero no es más que un chico. Y si se resiste hasta el punto en el que les haga acabar perdiendo la paciencia, terminará en una tumba sin nombre. Esos hombres tan trastornados se burlan de la virtud, pero en realidad la temen, y no toleran estar en su presencia por mucho tiempo. Como jefe de la banda, Aleem no se puede permitir que sus legiones lleguen a la conclusión de que de su semilla ha brotado un jovencito lleno de integridad y rectitud. Ese mismo día le había dicho: «Te mataré antes de verte convertido en un arrastrado patético que me avergüence delante de todo el mundo en vez de en un hombre hecho y derecho». No ha sido mera palabrería. Lo ha dicho en serio. Del mismo modo, Nina no se hace ilusiones sobre su propio destino si la atrapan; tantos de ellos como quieran la violarán en grupo y, cuando hayan terminado, la matarán de la peor manera y la meterán, desnuda, en algún profundo agujero.

El Explorer es el único vehículo que ha tenido y le ha metido doscientos veinticinco mil kilómetros, así que es casi como una extensión de sí misma cuando lleva a cabo maniobras evasivas a través del laberinto de manzanos, mientras espera que Michael obre un milagro. A pesar de la antigüedad del Explorer, no le preocupa tanto que el coche falle como que el pomar la sorprenda con un árbol muerto cuyas raíces asomen del suelo empapado y se choque con él. Un momento antes ha virado bruscamente para esquivar un árbol caído que medio bloqueaba una intersección. Ha pasado por encima de varias ramas podadas por el viento que han retumbado contra el chasis, pero como estaban podridas o muy quebradas no han producido daños. No es probable que siga teniendo esa suerte.

Empieza a oírse un traqueteo en la parte posterior del Explorer, en el lado de estribor. Quizá se esté soltando el guardabarros dañado.

Nina no se atreve a bajar la velocidad. Los malvados con sus coches lujosos han encontrado otros senderos orientados de norte a sur. Aceleran de forma temeraria para volver a ponerse en paralelo.

Sea lo que sea que pueda hacer Michael, Nina tiene que escapar del pomar. A pesar de las filas ordenadas, es un terreno impredecible que le terminará planteando alguna sorpresa desagradable tarde o temprano.

Además, es necesario que adelante lo suficiente a sus perseguidores como para tener unos cuantos minutos de margen que le permitan pararse a buscar en el vehículo el localizador que le han colocado. Si no lo encuentra deprisa, John y ella tendrán que continuar a pie a partir de ahí.

El ruido del traqueteo va aumentando hasta que se transforma en un golpe violento.

* * *

Kuba tiene su filosofía —piensa en positivo; si te preocupas por las cosas malas, las atraerás—, que Aleem descarta con un término que oyó una vez en una película que empezó a ver porque no podía dormir: *pensamiento mágico*. Las reseñas decían que la peli era graciosísima, pero era tan divertida como unas hemorroides. En ella, un actor idiota acusaba a otro idiota de tener «pensamiento mágico», concepto que Aleem supo reconocer inmediatamente que era verdadero e importante. La mayor parte de la gente que conoce tiene pensamiento mágico en mayor o menor grado; están convencidos de que si se creen que algo es verdad, se convierte, de hecho, en verdad. Hay muchas formas de usar a las personas que van por la vida inventándose su propia verdad; una vez te enteras de cuál es la fantasía en la que viven, se vuelven fáciles de motivar y manipular.

La filosofía de Aleem es simplemente lo que le ha enseñado la calle: las cosas son lo que son y la gente es lo que es, y a muchos de ellos se los puede comprar con dinero, mediante la culpa o el miedo. Así es como consigue que sus compinches y él no entren en la cárcel —por lo general—, aunque para guardar los antecedentes penales de todos ellos juntos haría falta una carpeta de anillas. Si algún político o fiscal del distrito se quiere creer que eres una víctima del sistema, te haces la víctima y fabricas pruebas convincentes contra tu acusador o contra el policía que te arrestó; si los del pensamiento mágico se quieren creer que eres un defensor contra las injusticias, hablas de manera grandilocuente y donas dinero u horas de tu tiempo personal a los verdaderos creyentes, los grupos comunitarios de activistas. Por otro lado, si son unos débiles y se quieren creer que eres todopoderoso y que enfrentarse a ti es demasiado peligroso, refuerzas su valoración siguiendo el ejemplo de *El padrino* y les metes cabezas de caballo cercenadas en la cama. En realidad, no se trata nunca de una cabeza de caballo ni de una cama. A veces es que partan a trozos a la mascota de tu familia y te la metan en el frigorífico, o que tu querida hermana pase una velada inesperada con un hombre corpulento que dedique ocho horas a explicarle con calma y paciencia lo que será su vida cuando acabe ciega y parapléjica, o que la casa de tu vecino arda con la familia dentro y en su funeral un asistente a quien no conoces venga a decirte lo tristísimo que se pondría si os pasara algo así a ti y a tus hijos.

Bien, como a Aleem no le va el pensamiento mágico, porque él es más de ser auténtico y enfrentarse a todos los desafíos con valentía y conseguir lo que quiere, saca su Heckler & Koch Mark 23, que pesa más de un kilo y tiene un cargador con diez balas encamisadas del calibre 45, la clase de arma seria que anuncia a todo el mundo que no la llevas solo para pegarles tiros a las ratas en el vertedero municipal.

—Maldita sea, Kuba, me da igual que hagamos trompos por el hielo. Coge a esa puta. Embístela ahora o atente a las consecuencias.

—¿Consecuencias?

—¿Qué he dicho?

La frente de Kuba brilla de pronto.

—Por dios, Aleem.

—No me vengas con *pordioses*.

—Bueno.

—¡Que no me vengas con *pordioses*!

—Lo capto. Lo he captado.

—¡Empotra a esa perra!

—Eso hago —dice Kuba mientras acelera.

—Detenla ya.

Aunque un tipo sea tu colega y tu mejor amigo es necesario que en el fondo te tenga miedo, es necesario que sepa que tienes la mecha corta y siempre encendida. A veces, tienes que sacar al Joe Pesci que llevas dentro, ser como el chalado al que interpretaba en *Uno de los nuestros*. Si no, hasta tu hombre de mayor confianza puede empezar a preguntarse si la corona no le quedaría mejor a él que a ti. Como todo el mundo, Aleem necesita amigos, pero nunca se olvida de que tu mejor amigo es tu peor enemigo en potencia. La menor muestra de flaqueza, y no la luna llena, es lo que puede provocar que tu colega se convierta en hombre lobo contra ti.

Kuba pisa el acelerador y el Aviator se dispara hacia delante. Todas las hojas, los frutos y las cortezas que el pomar ha arrojado en su larga muerte —un fango podrido y los hongos que se alimentan de él— salpican contra el bastidor y salen chorreando desde debajo de los neumáticos. La parte delantera del vehículo cae y se levanta, y el chasis tiembla y la parte trasera hace amago de derrapar, pero Kuba, sudoroso, agarra con firmeza el volante que se retuerce. Se acercan con rapidez al viejo Explorer, que tiene un motor más pequeño que el Lincoln y no puede correr más deprisa. Se acercan más y más rápido. Aleem siente que se ruboriza de la emoción al imaginarse que el Explorer se queda parado y choca con un árbol, se imagina que abre la puerta del conductor de un tirón y saca a Nina a rastras del volante y la tira al fango. Cuando el chaval lo vea sabrá quién manda en la familia, quién tiene el poder y siempre lo tendrá.

Les faltan tan solo unos segundos para embestir al Ford cuando de pronto el motor del Aviator falla. El Lincoln no se ahoga, sino que simplemente se detiene. El Ford se aleja. El Lincoln pierde impulso entre el barro pantanoso y el arbolado del bosque y se detiene rápidamente.

—¿Qué es esta mierda? —pregunta Aleem.

—No he sido yo —dice Kuba, dándole al estárter.

—Ponlo en marcha.

—Se ha muerto.

—Y una mierda. Inténtalo otra vez.

—Muerto. Está muerto. Aparta eso.

—Que aparte el qué.

—La pistola que tienes en la mano. Yo no he hecho nada.

—Tenemos luces, limpiaparabrisas...

—La batería no se ha muerto.

—No me digas.

—Solo el motor. Yo no he sido.

Las luces traseras del Explorer menguan y se pierden en la tormenta.

Aleem se gira para asomarse por la ventanilla del pasajero. En senderos paralelos, los tres juegos de faros delanteros están tamizados por los árboles muertos y la lluvia torrencial, pero todos se ven lo bastante bien como para que Aleem distinga que se han quedado inmóviles. El único que sigue moviéndose es el Explorer.

Kuba también ve la situación.

—¿Cómo hacen eso?

—¿Quiénes?

—Tienen que ser los polis.

—¿Qué polis? ¿Tú ves polis?

—Estamos jodidos si son polis.

—No hay polis.

—Algo hay, eso seguro.

Aleem mira por el parabrisas justo cuando el Explorer se queda a oscuras. Los haces de luz no se desvanecen noche adentro; de repente, parpadean. El Explorer está cerca del límite de visibilidad en la tormenta, una pequeña masa gris apenas reconocible como todoterreno que ha dejado de empequeñecerse.

—A ella también la han parado.

—Ni siquiera tiene luces —dice Kuba.

Aleem mete la pistola en la cartuchera.

—Vamos.

—Se ha muerto.

—Nosotros no —Aleem se levanta la capucha de la chaqueta y abre la puerta.

* * *

El Aviator que está dando alcance a Nina se queda atrás de repente, igual que los SUV que la flanquean por los senderos orientados de norte a sur. Parecen haberse detenido de pronto.

—Michael —dice Nina, y a John se le escapa una pequeña risa de alivio.

El alivio del terror es breve. Algo sucede que tiene que ver con el impacto con el árbol, que había parecido de poca importancia. El traqueteo se convierte en golpes más fuertes. El golpeteo estalla convirtiéndose en un sonido de tres notas, como el de una campana de hierro. El Explorer tiembla con violencia. El salpicadero se ilumina con un despliegue de luces de advertencia, algunas de las cuales Nina no había visto nunca, y el indicador de combustible cae a cero. El Explorer sigue rodando hasta detenerse: el motor está muerto.

Nina apaga los faros delanteros. Espera estar lo bastante lejos de Aleem y los demás como para que parezca que han seguido circulando y se han perdido de vista. Pero no puede contar con eso.

—A partir de aquí seguimos a pie —dice Nina, quitándole el teléfono a John—. Trae la bolsa.

—¿Qué pasa con nuestras maletas y las cosas del maletero?

—Déjalo todo. Trae la linterna Tac Light que está en la guantera, pero no la enciendas.

Mientras abre la puerta y la lluvia rompe sobre ella, la voz de Michael sale del teléfono.

—¿Por qué te has parado?

—Avería —dice Nina—. Le he dado a un árbol, se ha roto el depósito de gasolina. No sé qué más. Tenemos que huir corriendo.

—Apaga el teléfono y poneros a salvo. Ahorra batería. Os localizaré a través de ella. Estaré allí dentro de poco, a lo mejor dos horas.

Nina apaga el teléfono, se sube la capucha y sale del coche hacia la noche llena de aullidos; cierra la puerta y mira hacia el distante Aviator. No es más que un SUV, una especie de furgoneta más elegante, oscurecido casi del todo por los faros y la tormenta, aunque parece misterioso, como si lo hubieran fabricado en un mundo lejano criaturas incognoscibles y hubiese venido desde más allá de la luna y bajado atravesando la noche hasta este pomar con un propósito demasiado extraño como para que la razón humana pueda comprenderlo.

Se encuentra con John delante del Ford —«No te alejes»— y en medio de la oscuridad lo saca del sendero orientado al sur y viran hacia el oeste, vadeando un terreno empapado en agua para el que no llevan buenos zapatos. No está ciega, pero el paisaje descolorido es negro y de varios tonos de gris granulado, como la imagen de un TAC, y hace que solo pueda verla como vería esa imagen, sin la capacidad de interpretarla correcta y rápidamente que tendría un radiólogo. Los árboles son siluetas sin forma, aunque de un tono más oscuro que el cielo, y gracias a eso definen el sendero de la cosecha, aunque lo traicionero del terreno le impide a Nina ir tan deprisa como quisiera. No se atreve a usar la Tac Light por no revelar su posición. No quiere moverse por entre los árboles hasta que se le acostumbren a la oscuridad los ojos un poco, cuando pueda distinguir mejor las ramas bajas que cuelgan para evitarlas y los trozos de madera de manzano caídos como trampas con las que se podrían tropezar, o los tallos irregulares de las ramas rotas con los que podrían sacarse un ojo.

Han avanzado cincuenta o sesenta metros cuando, de repente, su temor madura para convertirse en miedo, lo que Nina interpreta como una advertencia de su propia intuición ante un encuentro inminente y letal. Se para, detiene a John y mira hacia el norte para inspeccionar la noche solitaria de oeste a este. Antes eran visibles las luces de cuatro vehículos, filtradas a través de los árboles, pero ahora todo es oscuridad. Los faros se han apagado. Aleem y sus siete colegas no se han ido. Están viniendo a por John y a por ella y, aunque a ellos la oscuridad los entorpece tanto como a ella, tienen ocho veces más armas y sabe dios cuántas navajas. Y más importante aún que las armas: tienen una confianza inquebrantable nacida de esa autoestima desmesurada que parecen compartir todos estos pandilleros sociópatas. No se detendrán nunca, del mismo modo que unos lobos, electrificados por el olor de la presa, jamás cederían en la caza.

Desde que nació John y Nina vio su dulce rostro por primera vez, lo único que ha deseado ha sido la libertad de poder hacer algo con su vida y mantener a su hijo, la libertad de criarlo para que fuera más sensato de lo que ella fue algunas veces y para que se convierta una bendición para los demás. Pero en este mundo, en el que los poderosos no suelen ver la humanidad de quienes son más débiles que ellos e intentan gobernarlos mediante el miedo, la libertad es algo frágil y lo único que la sostiene son el sacrificio y la más feroz determinación.

Ha apretado inconscientemente la mano derecha contra la cintura de su chaqueta, bajo la que siente la pistola en la cartuchera del cinturón. No quiere verse obligada a usar el arma, pero si debe hacerlo, lo hará. A los hombres que la buscan no puedes volverles la otra mejilla sin provocar en ellos el deseo de responder a su sometimiento con una bala en la cabeza.

Aunque no se le han aclimatado los ojos del todo a la oscuridad, conduce a John al sendero de árboles desgarbados que repiquetean con el viento a lo largo del flanco sur del sendero. Pasando ese terraplén de leña muerta llegan a otro sendero para la recolección con orientación este-oeste, lo cruzan deprisa y entran en otra zona con más árboles, como si supieran que allí hay un lugar seguro… aunque no lo sepan.

EL DOLOR DE VIVIR
Y LA DROGA DE LOS SUEÑOS

Cuando Calaphas y Santana llegan al apartamento de la quinta planta, Carter Woodbine y Delman Harris están cara a cara en lados opuestos de la isla de la cocina, callados y solemnes, como si el bloque de granito fuese un altar en el que van a sacrificar a alguien a medianoche, si no antes. El abogado está vestido de Dior Homme —traje negro, camisa blanca y corbata a rayas— por valor de unos seis mil dólares, queriendo proyectar la imagen de alguien conservador y confiable. La cazadora con cremallera de Hermès que lleva Harris, con un atrevido estampado verde, gris y negro, cuesta casi tanto como un Toyota; lleva además una camiseta negra, pantalones negros de Berluti y zapatillas Converse, cuatro o cinco brazaletes coloridos de alutex gris marca Montecarlo en la muñeca derecha y un reloj Cartier Drive en la izquierda. Es obvio que está convencido de estar por encima de la ley, teniendo en cuenta que cualquier policía que haya trabajado alguna vez en el departamento de narcóticos lo identificaría, nada más verlo, como un pez gordo del tráfico de drogas. Los dos tienen aspecto de haberse ataviado con modelos sacados del mismo número de GQ, sin que ninguno de los dos se haya fijado en las páginas que le gustaban más al otro. Les une la bebida, un *scotch* Macallan solo, y cuánto les ha ofendido la falta de puntualidad de Calaphas, cosa que no expresan con palabras, sino apretando los labios y afilando la mirada como si fuera un picahielos.

Calaphas no les ofrece ninguna disculpa por su tardanza. Ni siquiera la reconoce. Tiene su propio plan, como siempre.

—¿Tenéis una foto de Mace?

Está boca abajo sobre la isla. Sin decir una palabra, impresa en papel fotográfico con brillo. Woodbine le da la vuelta. A Calaphas no le impresiona nada la apariencia de Michael Mace. El tipo parece uno de esos presentadores de concursos de la televisión cuya sonrisa y agradable charla con los concursantes ayudan a que la gente solitaria, los parados y quienes viven recluidos en sus casas sobrevivan al dolor de la existencia.

—Puede que Julian Grantworth le haya contado ya que vamos detrás de ese hombre. La foto le ayudará.

—¿Qué ha hecho Mace para que vayan tras él? —dice Woodbine.

—No puedo decírselo.

—No soy un ciudadano cualquiera, señor Calaphas.

—Sí, soy consciente de eso.

—Su agencia y yo tenemos intereses comunes.

—Pero esto —dice Calaphas— es un asunto de seguridad nacional.

Woodbine asiente y se queda mirando el *scotch*, sin llevárselo a los labios.

—Seguridad nacional. Entonces, hablemos en privado.

—Seguirá siendo un asunto de seguridad nacional aunque vayamos a otra habitación.

—Venga conmigo —insiste Woodbine.

Calaphas recuerda lo que le dijo Grantworth en el restaurante: «Hay otra cosa de la que Woodbine quiere hablar contigo, algo que prefiere no compartir con nadie más, ni siquiera conmigo».

Dejando a Santana y a Harris sin un blanco al que dirigir su amarga exasperación, Calaphas sigue al abogado por el apartamento, amueblado con mucho glamur, hasta el gimnasio. La habitación medirá unos seis metros por seis. No contiene aparatos para hacer ejercicios.

—Antes estaba llena de máquinas para hacer un circuito de entrenamiento —dice Woodbine—, pero tengo una edad en la que todo eso me aburre. Hice que las quitaran.

Los aparatos para hacer deporte han sido reemplazados por un solo objeto, un diván tapizado con una tela con estampado de leopardo.

Mientras Calaphas reflexiona sobre el mobiliario, Woodbine siente la necesidad de explicarse.

—Ahora es una habitación para meditar.

Las paredes están revestidas con espejos de suelo a techo, como la puerta por la que han entrado. Si hay alguna ventana, la han ocultado con un espejo. Un reflejo refleja a otro, convirtiendo esta reunión de dos hombres en una multitud, y el techo refleja todo lo que tiene debajo.

Aunque siente curiosidad por la naturaleza de las sesiones de meditación del abogado, Calaphas se abstiene de preguntar, porque no le apetece que se le amargue la excelente cena que tiene en el estómago.

—Ese tipo, Mace, y las locuras que puede hacer... Soy consciente de que es un asunto de seguridad nacional. Usted no puede contármelo y yo no quiero saberlo. Sin embargo, hay algo que es una oportunidad para ambos y de la que quiero hablar con usted —dice Woodbine.

Se miran fijamente a los ojos.

Woodbine debe de haber visto algo que necesitaba ver, porque continúa hablando.

—Para algunos de nosotros, va a haber más oportunidades en los nuevos Estados Unidos de las que hemos soñado jamás.

—Por eso me he embarcado.

—Es consciente de que su agencia y yo somos socios.

—Me lo han indicado, sí.

—Es un negocio lucrativo, hay bastantes beneficios como para repartir; además, la agencia y yo compartimos ciertos objetivos ideológicos.

—La Nueva Verdad —dice Calaphas.

—No habría diferencia entre hacer negocios conmigo o con su directora, Katherine Ormond-Wattley, o si fuera un asunto del director adjunto conmigo, cosa que de hecho sucede. Todo queda en familia.

—La agencia es la única familia que tengo ahora mismo —dice Calaphas después de un silencio durante el que parece reflexionar sobre una serie de profundas pérdidas personales.

El abogado hace aparecer una expresión de simpatía de las que usa en la sala del juicio.

—Lamento escuchar eso.

Calaphas se encoge de hombros.

—No me va mal.

El abogado se lleva la mano a la boca, como si estuviera decidiendo si atreverse a decir lo que quiere decir, y mira el techo cubierto de espejos, desde donde su cara vuelta hacia arriba mira hacia abajo, un alma indecisa que es su propio y único dios. Decide proseguir.

—No se lo he contado a Grantworth, pero Mace se largó en mi Bentley.

—Buen coche.

—Quiero que me lo devuelva.

—¿Por qué no se lo ha contado a Grantworth?

—El Bentley está tuneado.

—Me imagino que lo que le ha puesto no será solo un alerón trasero.

—Puedo apagar el transpondedor cuando no estoy usando el sistema de navegación.

—Así no le pueden rastrear. Eso no es ilegal. Todavía no.

—El tuneador también ha encastrado un compartimento secreto. No es para drogas. Contiene un AR-15 sin registrar y tres millones en efectivo.

—Dinero para salir corriendo —conjetura Calaphas.

—No es probable que me haga falta, pero duermo mejor sabiendo que lo tengo localizado y listo. Preferiría que la

ASN no supiera que he hecho esos... preparativos. Podría hacer pensar que la agencia no cuenta con mi total confianza, cuando en realidad no es así.

Se miden el uno al otro de forma indirecta. Woodbine gira la cabeza hacia la derecha y Calaphas gira la suya hacia la derecha, que es la izquierda del abogado, de modo que están mirando cada uno a una pared forrada de espejos opuesta a la que mira el otro, en las que sus reflejos se curvan hasta perderse en el infinito.

—¿Y cuál era esa oportunidad que ha mencionado?

—Si encuentra el Bentley, puede quedarse con los tres millones. Me trae usted el coche y estamos en paz.

Vuelven a mirarse el uno al otro.

—Sí que ha debido quedar usted satisfecho con ese coche, la verdad —dice Calaphas.

—No es por el coche.

—Ya me lo imaginaba.

—Es por el rifle, el AR-15.

—Ha sido usado para algo.

—Hubo un incidente. Cuatro muertos.

—Veo que usted es un abogado *activista* —dice Calaphas con aprobación—. Y siendo que el arma ya tiene una historia, ¿por qué no se ha deshecho de ella?

—Esa era mi intención, en cuanto tuviera otra para sustituirla —dice Woodbine frunciendo la boca y soltando un gruñido—. Entonces apareció el puto Michael Mace.

El abogado es un mentiroso con mucha experiencia, pero Calaphas es un polígrafo viviente. Los detalles sobre el Bentley tuneado son ciertos y los millones de dólares son ciertos, pero la afirmación de que se ha asesinado a cuatro personas con esa arma es mentira. El gruñido es una expresión que le sale de forma natural a un hombre que se ha pasado la vida mostrando una apariencia seria y autoritaria en las salas de juicios. El uso de esa palabrota que empieza por p, cuando ese tipo de lenguaje no es su estilo, es un énfasis calculado con el que pretende vender su indignación al mismo tiempo que su historia. Quiere el Bentley más que los tres millones, pero el motivo por el que lo desea no tiene nada que ver ni con el vehículo ni con el rifle.

—Tres millones es un número más que correcto. Pero si el transpondedor del sistema de navegación está apagado, ¿cómo se supone que voy a encontrar yo su coche? —dice Calaphas.

—Los tres millones están casi todos en billetes de cien, pero hay una parte que está en fajos de billetes de veinte, de ocho centímetros de alto. Uno de esos fajos está hueco para que quepa dentro otro transpondedor.

—Que informa a su iPhone.

—Sí. Pero a lo mejor se ha apagado. O a lo mejor el radio de transmisión tiene un límite y Mace se puso fuera de alcance antes de que nos diésemos cuenta de que se había llevado el Bentley. No sé cómo controló el sistema de seguridad de aquí, pero nos dejó encerrados y nos bloqueó los teléfonos durante horas después de haberse marchado.

—Entonces, ¿de qué me sirve a mí el transpondedor?

—Me imagino que es un problema para el que usted —con toda la tecnología de la agencia a su alcance— será capaz de encontrar una solución. A mí me supera, aunque seguramente a usted no. Aunque deberá ser… discreto. Esto queda entre usted y no. Nada de terceros.

Calaphas frunce el ceño y mira al suelo, como si estuviera dándole vueltas a las torsiones de algún nudo gordiano.

—¿Cómo se explica que no salga Mace en los vídeos de seguridad?

—De alguna manera se habrá hecho con el control del sistema, dejar congeladas las cámaras y pasar por delante de ellas tan tranquilo.

—¿Qué dice su empresa de seguridad?

—Dicen que es imposible, así que los he despedido.

Calaphas levanta la mirada del suelo.

—¿Despedido?

—¿Cómo iba a confiar en ellos? Los he echado y les he dicho que cierren el servicio de inmediato. Katherine me ha recomendado otra empresa.

—¿Katherine Ormond-Wattley?

—Sí. Una empresa vinculada a la ASN, un contratista militar que tiene mejor tecnología que la empresa que yo utilizaba. Lo instalarán todo mañana.

—¿No tiene seguridad ahora mismo?

—No hay vídeo, no hay alarmas, pero nadie puede atravesar nuestras cerraduras electrónicas.

—Michael Mace pudo.

—No creo que Mace vaya a volver —dice Woodbine—. Ojalá volviese, así tendríamos la oportunidad de pegarle un tiro.

Calaphas no necesita burlar las cerraduras electrónicas. Ya está dentro.

Mirando más allá del abogado, se queda sopesando el engaño de los espejos opuestos de reflejos infinitos. Un Durand Calaphas infinito supone en realidad la más perfecta expresión de su destino, pero las verdaderas expectativas de Woodbine no son lo que parecen predecir esos espejos.

—Entonces ¿sí o no? —pregunta el abogado.

—¿Sí o no qué?

—Si tenemos un trato.

—Por supuesto. Y no se arrepentirá de haber confiado en mí. Pero también está el asunto de Rudy Santana. Le ha parecido que le he faltado a usted al respeto por llegar tarde. Ha hecho una estupidez para impresionarme.

La expresión de Woodbine tiene una textura maravillosa —un leve y desconsolado desasosiego— que el más perspicaz de los jurados podría confundir con sinceridad.

—Necesito hombres que hagan de intermediarios entre los animales de la calle, que mueven la mercancía, y yo. Santana y Harris no son perfectos, pero son los mejores que he encontrado.

—Lo entiendo. Pero creo que debería saber que Santana ha mencionado tres nombres para demostrar lo alto que está usted en el escalafón. —Mientras Calaphas repite los nombres, el abogado arquea las cejas—. Por su propio bien, señor Woodbine, debería usted dedicarle a Santana unas palabras para darle una lección de discreción.

—Lo haré —declara Woodbine—. Hablaré con él en cuanto usted se haya ido.

—Por otro lado, ese transpondedor está conectado con su teléfono.

—Con uno de ellos. Uno que reservo exclusivamente para ese fin.

—Lo voy a necesitar.

—Está en la encimera de la cocina —dice el abogado, apartándose; detrás del diván estampado, sus reflejos multiplicados ofrecen acomodos infinitos en los que tumbarse para contemplar con concentración Dios sabe qué.

El antiguo gimnasio y actual sala de meditación está abarrotado de réplicas de Calaphas y Woodbine yendo hacia la salida desde una miríada de direcciones, incorporándose y desplegándose de los rincones de la habitación con gran flexibilidad, se las ve alejándose de la puerta incluso aunque se están acercando a ella. Aunque esas imágenes caleidoscópicas sean desorientadoras, Calaphas no se siente confundido siguiendo a Woodbine, ya que está concentrando su atención en la acción que debe llevar a cabo. Al mismo tiempo, el caos reglamentado de abogado y asaltante con todas sus interacciones dificulta que el objetivo reconozca que el peligro es inminente. Calaphas se saca del bolsillo un pequeño bote de aerosol con cloroformo.

—Ah, me olvidaba de una cosa —dice Calaphas.

Woodbine se vuelve y Calaphas le rocía la cara a su anfitrión. Todos los Woodbines que hay en la habitación —sea cual sea su tamaño, ya estén yendo o viniendo— se desploman en el suelo.

El apreciado socio de Kravitz, Benedetto & Spackman —que están en otra parte, metidos en actividades delictivas— no está muerto, solo inconsciente en el suelo de la sala de meditación. De momento, así es como su asaltante lo quiere.

Cuando Calaphas entra en la cocina, Rudy Santana y Harris están bebiendo *whisky* escocés y mirando una televisión que ha salido de la isla en un elevador motorizado. Están embelesados con el escote de una actriz y enfrascados en una animada conversación sobre si sus espléndidos senos son más grandes que los de otra actriz a la que admiran y a la que les gustaría tirarse. Durante un momento no se dan cuenta de que Calaphas está allí.

Ninguna vida es un viaje tranquilo desde la cuna hasta la tumba. Pobres y ricos, sabios y estúpidos, listos y tontos, guapos y feos… todos sufren de vez en cuando en sus andaduras por el mundo. El dolor físico, la angustia mental, las preocupaciones y los fracasos, la soledad y la melancolía nos visitan a todos, aunque no sea en la misma medida. Calaphas ha llegado a la conclusión de que soportamos el dolor de vivir refugiándonos en los sueños. Soñamos con hacernos ricos, con enamorarnos de un compañero ideal —y que se enamore de nosotros—, con que nos aplaudan el talento que tengamos, con beneficiarnos a una actriz con un escote épico. En opinión de Calaphas, esos sueños son drogas tanto como lo son la marihuana, la cocaína y la heroína, y todas menos una pueden provocarte la muerte si no las usas con moderación. El único sueño auténtico que proporciona un placer genuino y ahorra el sufrimiento que puede causarte la gente es el sueño de ejercer un poder absoluto sobre los demás, pero solo si ese sueño se hace real.

Como Santana y Harris tardan en apartar la mirada del escote en el que se ha detenido la cámara, con los vasos de Macallan en la mano, Calaphas lleva a la práctica su sueño.

Le mete a Santana una bala encamisada y a quemarropa en la cara, otra a Harris en la garganta, y le da la vuelta a la esquina de la isla mirando hacia abajo, donde han caído sobre salpicaduras de sangre, sesos y *whisky* escocés derramado. Rudy está muerto, la arquitectura de su cara se ha remodelado más allá de cualquier cosa que pudiera haberse imaginado Picasso. A Harris se le escapa un ruido ronco junto con la sangre que le sale a chorros de entre los dedos de la mano con la que se ha agarrado la garganta.

—La chaqueta de Hermès es de alta costura, pero ir a la moda es un sueño muy superficial —dice Calaphas y lo perfora con otro disparo.

UN POCO DE MÚSICA NOCTURNA

A Aleem no le gusta el mal tiempo. Nieve es la cocaína que él vende, pero la nieve de verdad no tiene atractivo para él. La ropa de esquiar hace que cualquier tipo que la lleve tenga pinta de salir en un anuncio de pastillas para imbéciles. Si uno quiere llegar a aprender los entresijos de las pistas de esquí tiene que caerse y quedar en ridículo unos cuantos cientos de veces, y Aleem siente demasiado amor propio como para eso. Los únicos hombres que chapotean por ahí cuando llueve son los que no tienen elección, ya sea porque son esclavos que tienen que trabajar cuando está todo mojado, o porque una mujer los tiene comiendo de su mano mandándolos a hacer los recados que ella no hará a no ser que brille el sol y canten los pájaros, o porque son enfermos mentales que tarde o temprano se van a ahogar como los pavos, bajo la lluvia con la boca abierta. Según la manera de pensar de Aleem, cuando cae mierda del cielo, los únicos sitios donde hay que estar son una sala de billar, una partida de póquer en algún cuarto trasero, un casino con camareras que tengan escotes que valga la pena mirar si no vale la pena mirar tus cartas o en la cama con un par de fulanas. Cuando hace mal tiempo pasan cosas malas. La gente se resbala y se cae y termina en silla de ruedas, o le cae un rayo, o coge una pulmonía y se pasa semanas tosiendo sangre o lo que sea que hace la gente cuando coge una pulmonía, porque la madre naturaleza es una mala puta. Sin embargo, ahí está, en mitad de la tormenta, avanzando trabajosamente por el fango, con los zapatos ya echados a perder, todo lo que lleva puesto destinado al contenedor de basura. ¿Y por qué? Porque hace catorce años, Nina Dozier lo deseó tanto que lo engañó para montárselo con ella hasta tener un hijo suyo y ahora quiere quedarse al chaval, como si lo hubiera fabricado ella sola, como si lo hubiera tallado en madera y le hubiese insuflado vida como a Pinocho. Aleem está empapado, tiene frío, se siente abatido. Está tan cabreado con Nina que ha perdido todo el interés en tirársela a medias con Kuba; solo quiere matarla violenta pero lentamente, si es que se la pueden llevar a algún sitio que esté seco. Está tan enfadado que no es capaz de imaginarse ningún acontecimiento capaz de intensificar todavía más su rabia, cuando Kuba y él se convierten de pronto en gramolas humanas.

Lleva el iPhone a salvo y seco en un bolsillo interior con cremallera de la chaqueta cuando la música estalla a un volumen mucho más alto de lo que ha producido nunca el aparato. Se queda tan sorprendido que se tropieza, se resbala y casi se cae en el fango, y Kuba grita, como si una mano fría y fantasmal le hubiera agarrado el escroto. La música está tan fuerte que el teléfono vibra en el bolsillo de Aleem y se va calentando rápidamente. Han estado acechando a Nina, escuchando atentamente para ver si oyen cualquier ruido que hagan ella o el niño que se transmita a través del silbido del viento y el tamborileo de la lluvia, y ella, sin duda, habrá estado escuchando también para ver si oye cualquier ruido que hagan ellos, y si esto les está pasando a Kuba y a él, es probable que también les esté pasando a sus seis compinches. Ahora está furioso, como cuando solo la sangre lo calma, no solo porque algún informático bromista les está tomando el pelo, sino porque la música es, de entre todas las cosas, *La Macarena* de Los del Río, una mierda de música de baile que quizá sea la canción que más tiempo ha estado en las listas de la historia y que no tiene nada de dura ni de la calle, está incluso seis escalones por debajo de los Bee Gees.

Por si no fuera ya bastante malo que la música esté delatando su posición, encima da vergüenza.

Aleem se abre la cremallera de la chaqueta y la del bolsillo y saca el teléfono e intenta apagarlo, pero no puede. El teléfono no se calla y no lo deja salir de la aplicación de música. Y en ella se ve un vídeo patético, una horterada pura de baja calidad, con unos españoles idiotas con traje bailando y sonriendo, retorciéndose por una sala de baile como si estuvieran echando espuma por la boca. Pulsa el control deslizador del volumen y lo mueve hacia abajo, pero la música sigue resonando en la noche.

Kuba grita obscenidades mientras sacude el teléfono como si así fuera a expulsar de su interior a Los del Río, igual que la sal de un salero. Frustrado, lo tira al fango y levanta un pie, pero no se atreve a pisotearlo, no solo, probablemente, porque no se trata de un cacharro barato, sino quizá también porque en sus contactos están los números de diez o veinte fulanas, y no se sabe ninguno de ellos de memoria. Además, guarda en él fotos suyas de algunos de sus mejores momentos, selfis de la parte de su cuerpo de la que está más orgulloso, tomadas justo cuando estaba llegando al despegue, recuerdos atesorados que detestaría perder.

No hay manera de salvar los teléfonos, pero sería un error romperlos. Para dar ejemplo, Aleem tira el suyo al lado del de Kuba y se da la vuelta. Se aleja arrastrando los pies hacia el viento y la lluvia, hacia la sección del pomar donde es más probable que encuentren a Nina y al niño. Quizá Nina suponga que siguen donde suena *La Macarena,* cuando, de hecho, se estarán acercando a ella desde otra dirección.

Después de un momento, Kuba lo alcanza, encorvado y con la capucha puesta.

—¿Te veías venir todo eso?

—¿Que si veía venir el qué?

—Toda esta mierda rara.

—¿Yo quién soy, Nostradamus?

—¿Cómo ha hecho eso Nina?

—Lo de los teléfonos no ha sido Nina. Ni tampoco lo del Aviator.

—¿Cómo lo sabes?

—Es una simple contable, no un genio de la piratería informática.

Aleem tiembla. Tiene la camisa mojada. Se ha olvidado de cerrarse la chaqueta después de sacar el teléfono. Se sube la cremallera.

—Entonces ¿será el chaval? —dice Kuba levantando la voz para competir contra el viento.

—El chaval no tiene equipo como para hacer un truco así.

—¿Cómo lo sabes?

—Nadie tiene equipo como para eso.

—Alguien lo tendrá. ¿Has visto ese vídeo? Tío, vaya mierda.

—Es para quedarse ciego y sordo —concuerda Aleem.

Están lo bastante lejos de sus teléfonos como para escuchar *La Macarena* sonando al otro lado del pomar.

—Se están burlando de nosotros —dice Kuba—. Cuando averigüemos quién es le haré una autopsia en vivo.

—Nina tiene que saber quién es —dice Aleem.

—Tío, esa música te consume el alma —dice Kuba.

—Podría ser peor.

—¿Cómo?

—Podría ser Abba.

—Joder, podría ser *Dancin' Queen*.

—Lo que yo te diga.

EN ROUTE

Mientras va hacia el sur a toda velocidad en el Bentley, haciendo zigzag entre un carril y otro en medio de un tráfico que circula con fluidez, aunque más despacio de lo que puede soportar, Michael Mace murmura con frustración ante la discrepancia entre los asombrosos poderes mentales de su vida de resucitado y las limitaciones físicas tan humanas a las que sigue sujeto. Cuando lo desea, puede percibir los miles de millones de ondas electromagnéticas —ondas portadoras— de datos que fluyen a través de las redes de cables y fibras de vidrio que ha tejido la civilización, que también traspasan el aire de un transmisor a otro a receptores sin fin, atravesando edificios, personas y árboles sin efecto alguno, programas de televisión y conferencias de zoom que son invisibles mientras están en tránsito, transmisiones de música y conversaciones de teléfonos móviles que no se pueden oír hasta que se traducen desde el código digital a tonos audibles. Todos los torrentes de datos lo arrastrarán rápidamente a un ordenador o una red de ordenadores, la mayoría de ellos son esclusas que lo vuelcan dentro de internet. Puede estar en Nueva York en cuestión de pocos segundos, en Washington o en París o en Pekín o en un satélite de vigilancia en órbita sobre la Tierra. Todos los secretos que el mundo guarda con tanto celo no están escondidos a su mirada. Pero, sin embargo, para poder ayudar a Nina y a John en ese maldito pomar necesita estar allí en carne y hueso.

Se pregunta si eso será realmente cierto, si podría —si debería— a distancia haber hecho algo más que utilizar el interruptor secreto de apagado del gobierno para desactivar los motores de los cuatro SUV, algo más que convertir los teléfonos de los maleantes en un localizador que, gracias a *La Macarena*, revelase sus posiciones a Nina y les impidiera coordinar la persecución. Un teléfono es un ordenador portátil. Se puede piratear. Si puede teclear en Spotify que transmita la música que él quiere que suene, aumentar el volumen de los altavoces y magnificar la función de vibrador, quizá incluso haya alguna manera de alimentar la batería de litio del teléfono para que se sobrecargue rápidamente y provocar no solo que se caliente muchísimo, sino que explote y hiera a quien lleva el teléfono. Si se puede hacer, le falta el ingenio para averiguar cómo hacerlo.

Los que llevan tiempo prediciendo la Singularidad se han imaginado que la integración física del hombre y la máquina conducirá a todo tipo de poderes asombrosos, así como a una ampliación radical del intelecto que volverá a los seres humanos cientos o miles —o incluso millones— de veces más inteligentes de lo que son ahora. Esa expectativa suya de obtener poderes extraordinarios parece haberse visto más o menos confirmada, pero Michael puede dar fe de que la teoría del über genio es más bien una ilusión, una ilusión más propia de lectores de cómics que de hombres de ciencia. Sigue procesando los acontecimientos con el mismo cerebro —uno apenas un poco mejor que el cerebro de la media— que lo ha sacado adelante durante cuarenta y cuatro años de vida y un día más o menos de muerte.

Quizá sus reflejos sean mejores, incluso notablemente mejores, de lo que eran cuando tenía veinte años, porque a pesar de la lluvia y del estado de la carretera conduce con habilidad el Bentley a través del tráfico, que por lo general va a entre noventa y cinco y ciento diez kilómetros por hora, mientras que él se mantiene entre ciento treinta y ciento sesenta. No necesita el sistema de navegación que Woodbine ha dejado apagado. Sabe adónde está yendo, ya que se ha metido en el teléfono de Nina y ha confirmado la ubicación mediante la señal de su GPS.

No es de esperar que haya ningún coche de la policía de tráfico aparcado en ninguna cuneta, con un cono y un radar expuestos bajo la lluvia: en una noche en la que ya habrá tres veces más accidentes de lo habitual debido al clima, la policía evita distraer de más a los conductores y elige no dar caza a los infractores flagrantes. De hecho, no es un radar trampa lo que lo pone en peligro: después de adelantar a la carrera a un camión de dieciocho ruedas a ciento cuarenta kilómetros por hora, pasa volando a un coche negro y blanco de la Patrulla de Carretera de California, un Dodge Charger, que circula a velocidad constante veinte metros por delante del camión grande. Reducir la velocidad ahora no tiene sentido. Para cuando vuela alejándose del coche patrulla ya lo han fichado. La sirena del techo brilla y suena.

Su conciencia de las transmisiones de ondas electromagnéticas que transportan datos a su alrededor y a través de él no es constante, no las ve, no las oye, no las huele, no las saborea, no las siente en el sentido habitual. La poderosa nanotecnología que le han transmitido las arqueas a todas las células de su cerebro y de su cuerpo le proporcionan un sexto sentido que es difícil de comprender en términos humanos. Su sexto sentido es como una personalidad en la sombra. Ese carácter cibernético, su propia sombra, está atento continuamente a todas las frecuencias, es capaz de identificar los sistemas y usarlos para la transmisión y «leer» al instante su contenido. Los miles de millones de células que constituyen a Michael también conforman el transmisor y el receptor de datos más sofisticado del mundo. Contiene miles de millones de condensadores de ajuste convencionales en paralelo con pequeños condensadores de capacidad variable, lo que permite que su personalidad en la sombra escanee el espectro entero de frecuencias y sintonice con precisión cualquiera que desee en cada momento. No es activamente consciente de su personalidad en la sombra hasta que emplea sus servicios. Y cuando lo hace solo necesita pensar en el flujo de datos en el que desea entrar, momento en el que puede ver-oír-entender la información que transporta. Más importante, sin embargo, es su capacidad para controlar ese flujo de datos e insertar instrucciones en él. Esa es la manera primitiva en la que comprende cómo funcionan el Michael de siempre y el Michael en la sombra, y que, de hecho, no sabe precisar mejor que la explicación que daría sobre cómo un pianista prodigio de cinco años, habiendo escuchado una sonata de Mozart tan solo vez, fuese capaz de tocar la pieza de manera impecable y con una pasión impropia de su edad.

Aunque Michael solo tiene que pensar lo que quiere de su personalidad en la sombra, suele verbalizar la petición, porque la costumbre, construida a lo largo de toda una vida, de vocalizar no se pierde en unos pocos días. Igual que la Alexa de Amazon, que muchas veces traduce una petición de búsqueda un poco inexacta y proporciona la información que se necesita, el Michael en la sombra sabe lo que quiere Michael incluso cuando su solicitud no describe con precisión el asunto. Después de volver a la vida y salir sigilosamente de la Investigación sobre el Embellecimiento, a lo largo de los días que ha pasado en la casa de Beverly Hills de Roger Pullman, cuya ropa sigue llevando, la comprensión que tiene de su extraño poder ha evolucionado rápidamente porque parte de la función de la personalidad nanotécnica en la sombra es instruirlo con tutoriales, que se desplegaron ante él como vívidas ensoñaciones.

—Insértame en el sistema de la Patrulla de Carretera de California, en el de las terminales de ordenador de los coches patrulla y en el de las impresoras portátiles térmicas que llevan. En la unidad móvil más cercana —dice Michael, huyendo mientras el coche patrulla lo persigue.

Retiene la conciencia de la autopista que tiene delante, así como una hábil comprensión de los desafíos que el tráfico y el clima presentan, pero otra escena aparece en el cuadrante superior derecho de su rango de visión, más bien como una pantalla secundaria dentro de la pantalla de un televisor. La imagen recién insertada proviene de la cámara del ordenador del coche patrulla que lo persigue. Puede verle la mitad de la cara al conductor: la mandíbula cuadrada, la nariz rota más de una vez, un ojo situado en las profundidades, bajo una ceja formidable.

El oficial termina hablando al micrófono de la radio de la policía y un operador empieza a contestarle, pero Michael cierra esa vía de comunicación. Controla el ordenador del coche patrulla y el equipo asociado a él. Extingue la barra de luz intermitente del techo del coche. Silencia la sirena. Enciende el altavoz exterior que el oficial utiliza para dar instrucciones a los conductores, sube el volumen al máximo, saca del aire una señal de la radio por satélite Sirius y comienza a transmitir *Proud Mary* de la Creedence Clearwater Revival a un volumen tan atronador que puede oírse desde el Bentley. El coche negro y blanco pierde velocidad y se queda rezagado. Desde el ordenador se puede colar en el sistema electrónico del coche, así que abre la maneta de la puerta del maletero y apaga los focos delanteros. Pone la calefacción y el ventilador a la máxima potencia, dándole al policía un poco de desierto de Mojave en mitad del chaparrón que ha inundado los limpiaparabrisas, que han quedado apagados y bloqueados.

En el cuadrante superior derecho de su visión, Michael ve al frenético oficial, que está prácticamente cegado, sin focos delanteros ni limpiaparabrisas, conduciendo su vehículo invalidado hasta detenerse en el arcén de la autopista. El policía tendrá un teléfono móvil al que llamar para pedir ayuda, pero con ese clima y bajo esas circunstancias es probable que no haya tenido la oportunidad de leer el número de matrícula del Bentley. Y antes de que Michael saliera del ordenador del coche patrulla ha borrado el vídeo grabado por sus cámaras delantera y trasera. Si informan de la matrícula al Centro Nacional de Información de Delitos, Michael recibirá un aviso azul fluorescente en su mente y podrá borrar el anuncio, o bien cambiar algunos de los números para confundir a las autoridades.

La lluvia cae, la oscuridad se hace más profunda y Michael acelera hacia el sur hasta una salida interestatal, hasta una solitaria carretera estatal, un valle tranquilo y un pomar muerto en el que Nina y su hijo necesitan una ayuda que él puede proporcionarles solo gracias al AR-15. Antes lo ha recogido del compartimento de debajo del asiento trasero. Ahora lo lleva encajado entre el asiento del pasajero y el salpicadero. Ha insertado en el rifle un cargador para balas suplementarias con veinte balas. Los tres cargadores de repuesto están en el asiento. Como especialista en seguridad y guardaespaldas con licencia, ha recibido entrenamiento para utilizar distintas armas de fuego, incluyendo esta. Pero nunca le ha disparado a nadie. Nunca ha matado a nadie. Tiene mucha experiencia con el AR-15 y sabe de sobra que Aleem y su banda son unos asesinos cuya única aportación al mundo son miserias y penas. Pero nunca ha matado a nadie.

ESTAR PREPARADO

El diván no se levanta a mucha altura del suelo y eso hace más fácil dejar al abogado inconsciente en él. Se queda allí yaciendo boca arriba, en el centro del antiguo gimnasio, así como en incontables reflejos de reflejos, como un ejército de clones dormidos. Los brazos le cuelgan del mueble, las palmas de las manos descansan sobre el suelo. Tiene las muñecas amarradas a las patas del diván con unas bridas largas de plástico. Está murmurando, susurrando, faltan pocos minutos para que recobre la conciencia.

Calaphas nunca sale sin su pistola de intervención táctica Springfield Armory 45, sin una segunda pistola que no deja rastros que puedan llevar hasta él, sin un bote de aerosol con cloroformo que le ha proporcionado la agencia ni un cuchillo de combate con la hoja plegable. También lleva siempre cuatro bridas. A lo largo de su vida, el mundo se ha ido convirtiendo en un lugar en el que esos convenientes instrumentos de retención le resultan cada vez más esenciales para llevar a cabo sus asuntos.

Desde su infancia, Durand Calaphas ha creído conveniente estar preparado para las ocasiones inesperadas. Tenía trece años cuando empezó a llevar una navaja, una automática sencilla. Una semana después de su decimoquinto cumpleaños la usó para algo interesante. Ese mes de julio se quedó con su abuela, Jane Jones, en una zona rural de Ohio. Jane era un cliché: los ojos chispeantes, el pelo blanco, horneaba galletas, hacía pasteles y llevaba delantal. Su invariable y tediosa rutina diaria confirmaba lo que Calaphas creía a veces en aquella época: que él era la única persona real en el mundo y que todos los demás eran producto de su imaginación. Su abuela vivía en una casa victoriana con mucha carpintería ornamental, un reloj de pared que hacía oscilar su péndulo en el vestíbulo de entrada, los brazos y los reposacabezas de los muebles protegidos con antimacasares tejidos por ella a ganchillo y adorables aforismos reproducidos a punto de cruz enmarcados en las paredes. La parte de atrás de la casa daba a un bosque en el que Calaphas, durante una de sus excursiones, se encontró con un muchacho de dieciséis años, Bill Smith, que no tenía más profundidad que un personaje secundario sin consistencia en el guion de una serie de la televisión, igual que la abuela Jane. Bill llevaba calzado robusto de senderismo, calcetines hasta la rodilla, pantalones caqui cortos con bolsillos de parche, una camiseta blanca manchada de sudor, aparatos en los dientes y gafas con montura de carey. Llevaba consigo un libro sobre setas con ilustraciones a todo color de ciento setenta variedades comunes. Le dijo que iba a ser micólogo, un biólogo especializado en hongos. No era solo que le interesaran las setas, es que estaba fascinado por ellas. Creyó que Calaphas también estaba obsesionado con ellas, como si no existiera otro motivo para estar en el bosque. Calaphas siguió al aspirante a micólogo durante más de una hora, esperando que aquel príncipe de los nerdos se volviera semitransparente y así demostrara ser solo una presencia soñada en un mundo soñado, imaginado dentro de aquella escena para mantener entretenido a Calaphas. Cuando Bill encontró una colonia de *cortinarius alboviolaceus*, una variedad comestible que según él estaba deliciosa, empezó a recolectarlas metiéndolas en una bolsa de plástico, y fue entonces cuando a Calaphas se le ocurrió la idea de comprobar cuán real era el Hongo Bill, recolectándolo a él. Aunque tenía un año menos que el micólogo aficionado, Calaphas era con mucho el más fuerte de los dos. Sacó su navaja y cayó sobre el sorprendido muchacho, le rajó la garganta de una furiosa tajada y después le clavó la cuchilla entre las costillas, directa al corazón del nerdo. Se sentó junto al cadáver un rato, esperando a ver si se desvanecía, pero no lo hizo.

En ese momento empezó a reconsiderar su creencia de ser la única persona real del mundo. Si Bill Smith era real, entonces también podría serlo quien encontrase su cuerpo y la policía que investigara el asesinato. Un muchacho de quince años como Durand no sería el primer sospechoso en un caso semejante. No obstante, tomó medidas para asegurarse de no caer bajo sospecha en absoluto. Le arrancó a Bill Smith las bermudas caqui y la ropa interior, cortó la prueba principal de que el nerdo era varón, se llevó el conjunto amputado a las profundidades del bosque y lo dejó caer por el hueco de una formación de rocas, dentro de la inaccesible gruta de debajo. Ahora las autoridades buscarían a algún adulto pervertido con una colección macabra de genitales en el congelador de su casa o guardados en botes con formaldehído. Un muchacho con cara de recién llegado de Colorado no despertaría ningún interés. Como se había metido en el bosque con el torso desnudo, zapatillas de deporte y vaqueros cortados, tenía que hacer algo con la sangre con la que se había manchado. Un arroyo atravesaba los árboles y alimentaba una poza que había a su paso. Calaphas se bañó en aquellas frías aguas con olor a verdín y se sentó en un prado hasta que el sol le secó el pelo y la ropa. A pesar del golpe que le habían asestado aquellos acontecimientos a su filosofía de vida, cuando volvió a la casa victoriana, su abuela le seguía pareciendo un personaje inconsistente de una patética serie dramática de televisión.

Después de todos estos años, el Bill más reciente —Carter Woodbine, señor don— gruñe, abre los ojos y gira la cabeza de un lado a otro en el diván. La nariz maltratada por el cloroformo emite una secreción clara y acuosa. Intenta moverse, pero las manos atadas con bridas le impiden incorporarse.

De pie junto al diván, Calaphas espera hasta que el cautivo se despierta y verbaliza su indignación con una avalancha de vituperios. Centra la atención de Woodbine dándole golpecitos en la frente como si fuera una puerta.

—¿Hay alguien en casa?

La naturaleza frívola de su insolencia por fin sobresalta al abogado, tan seguro de sí mismo, y su expresión retorcida de indignación se va desvaneciendo gradualmente conforme le va entrando el miedo. Nunca le han faltado las palabras, ya sea como servidor de la ley en una sala de juicios o como mecenas atento que proporciona capital y conexiones a emprendedores visionarios del mercado oscuro de la industria farmacéutica. Sin embargo, cuando Woodbine mira a Calaphas a los ojos ve algo en ellos que lo deja en silencio y ante lo que no se siente capaz de apartar la vista.

—Tengo tu iPhone. Necesito la contraseña —dice Calaphas.

De hecho, quizá no le haga falta usar el teléfono de Woodbine, porque es probable que pueda encontrar el Bentley por otros medios que no sean localizar la señal del AirTag. Pero como es un hombre prudente, le gusta tener siempre un plan alternativo en caso de que la apuesta segura finalmente resulte no ser tan segura.

—¿Santana? —dice el abogado, en vez de darle la contraseña.

—Muerto.

—¿Harris?

—Muerto.

—¿Y si te doy la contraseña?

—Muerto —tiene el placer de decir Calaphas.

—Entonces ¿por qué debería cooperar?

Ambos conocen la respuesta. En esta fortaleza por lo demás desierta, con su insonorización de última generación y ventanas de triple panel con un diseño actualizado por un laminado resistente a las balas de medio centímetro de grosor, no se cuelan los sonidos del mundo del otro lado. Ningún volumen de gritos que surja dentro de estas habitaciones será suficiente para llamar la atención de nadie al otro lado de sus paredes.

—¿Disfrutas del dolor tanto como para querer que me pase la noche poniéndolo en práctica? —dice Calaphas, sencillamente.

En vez de contestar a esa pregunta, Woodbine le proporciona la contraseña del teléfono. Después de contestarle a unas cuantas preguntas más, cuando siente que el breve interrogatorio ha llegado a su fin, sus ojos se anegan con lo que podría ser un desolador y amargo dolor. No habrá más testigos de cualquier posible debilidad suya que el hombre que va a asesinarlo, pero el abogado contiene cualquier súplica de clemencia que desearía expresar con desesperación. Por mucha arrogancia que le hayan inculcado en la facultad de Derecho de Harvard, está claro que no ha sido allí donde adquirió su actitud de macho. Resulta evidente que han sido sus años de asociación con gente de la ralea de Santana y Harris los que han suscitado en él la idea de que la respuesta apropiada a una muerte inminente e ineludible es la austera fortaleza, incluso aunque tenga que fingirla.

—Me gustaría entenderlo —es lo único que dice.

—¿Entender qué?

—Eres de la ASN.

—Me pagan, sí.

—Crees en la Nueva Verdad.

—Tal y como yo la interpreto.

Calaphas busca bajo su abrigo y saca una pistola de la cartuchera que lleva en la cadera izquierda, el arma con la que les ha disparado a los hombres que ahora están empezando a presentar *rigor mortis* en la cocina.

El abogado vuelve la cabeza a la derecha y contempla la borrosa multitud de Carter Woodbines reclinados en la pared cubierta de espejos. Quizá esté sopesando esa infinidad de sí mismos y se esté replantando el desprecio que siente por quienes creen en el alma inmortal y en la vida eterna.

—Bueno, entonces somos aliados —dice, dirigiéndose a los reflejos de Calaphas.

—No hay aliados en este juego —lo corrige Calaphas.

—Ya te he ofrecido los tres millones.

—No es cuestión de dinero, aunque por supuesto me alegrará tenerlo —dice Calaphas, después de permitirse un suspiro.

—¿No se trata de dinero? Y entonces, ¿de qué se trata?

—De la cuenta. Se trata de la cuenta.

Volviendo la cabeza para encarar directamente a su ejecutor, Woodbine parece sentirse molesto, como si fuera injusto que, mientras está oprimido por el temor y la desesperación, tenga también que hacerle sitio en su centro de control emocional a ese tipo de ansiedad llamado perplejidad.

—¿La cuenta? Hace menos de media hora que nos conocemos. ¿Qué te he hecho yo? ¿Qué cuenta tienes que saldar conmigo?

—No es eso lo que quiero decir con «cuenta» —dice Calaphas y le dispara a su desconcertado cautivo en la cara.

Enfunda la pistola, saca un par de guantes de un bolsillo del abrigo y se enfunda en ellos las manos. No son de ese cuero fino que excita a quienes ejercen ciertos fetichismos. Noventa y dos por ciento de algodón, ocho por ciento de lycra: son para limpiar las superficies que ha tocado e impedir seguir dejando huellas dactilares. Como ha tocado poco en el apartamento, le hacen falta menos de dos minutos para completar la tarea.

Seguro de que esta noche el edificio no está vigilado entre una empresa de seguridad y otra, que las cámaras están cegadas y que las grabaciones de vídeo están apagadas y las alarmas calladas, Calaphas sale del apartamento y atraviesa la oficina del difunto abogado. En la oficina de recepción introduce los números en el teclado del ascensor que vio introducir antes a Santana. Baja hasta la planta baja y sigue el pasillo desde el recibidor al vestíbulo trasero. En el garaje, se dirige al cubículo del aparcacoches, en el que cuelga de un gancho una llave de repuesto del Bentley robado; se la mete en el bolsillo. Vuelve al vestíbulo, donde está colgado su impermeable. Se lo pone, se levanta la capucha y sale a la oscuridad de la noche a través de la puerta trasera.

Aunque otros negocios tienen cámaras de seguridad exteriores y las cámaras de tráfico vigilan muchos —pero no todos— de los cruces, sabe cómo detectarlas, cómo calibrar con precisión su campo de visión y cómo evitar la mayoría de ellas. Por un camino enrevesado, oculto por el impermeable, encapuchado y con la cara tapada, cruza las calles a mitad de las manzanas para evitar los cruces, hace uso de los callejones estrechos de servicio entre los edificios, donde no hay puertas y, por tanto, no hay cámaras, y vuelve al aparcamiento junto al restaurante en el que había dejado el coche.

Nadie en la ASN espera un informe de su reunión con Carter Woodbine hasta al menos mañana por la mañana. Si Calaphas tiene razón sobre lo que hay, además de los tres millones de dólares, almacenado en el compartimento secreto del Bentley y que con tanta desesperación quería recuperar el abogado, si logra localizar el transpondedor en el fajo de dinero ahuecado —y puede, lo hará, en pocos minutos—, entonces encontrará y matará a Michael Mace mucho antes de que llegue la mañana. Si ya ha muerto en una ocasión puede hacer que el fugitivo muera otra, esta vez de manera permanente. Se haya convertido en lo que se haya convertido Mace, independientemente de los dones que le haya concedido la Singularidad, no es inmortal, porque si lo fuera, no estaría huyendo para salvar la vida. Cuando Mace vuelva a estar muerto, y será antes del amanecer, podrá atribuirle a él los asesinatos de Woodbine, Santana y Harris. Una vez hecho esto, Calaphas habrá ganado el premio gordo.

No tiene ninguna duda de que este es el nivel más alto de la partida y de que esa cuenta de puntos que lleva acumulada, cosechada a lo largo de los años, no tardará en convertirlo en el rey del juego. Todas las señales están ahí para ser leídas. Un gran tesoro casi a su alcance. Y escondido con el tesoro, un algo secreto —la llave mágica, el Arca de la Alianza, el cristal del poder infinito, un único anillo para controlarlos a todos… lo que sea— cuya posesión es todo el meollo del juego. Y vigilando la llave o el arca o el anillo está Mace, con poderes que podrán vencer a cualquiera, salvo al jugador más astuto y decidido. Y ese es Durand Calaphas. Todas las señales están ahí para ser leídas. El mundo es real a su manera, aunque sea una realidad virtual, una simulación, creada por seres de un orden superior. El mundo es un juego. Quienes habitan en este constructo no son seres imaginarios, como creyó él en otro tiempo; están tan vivos como lo está Calaphas, y para uno de ellos hay un juego y un premio que ganar.

Tras el volante de su coche se echa hacia atrás la capucha y enciende el motor. Activa el sistema de navegación, que tiene características exclusivas de la Agencia de Seguridad Nacional. Una lista de las direcciones introducidas anteriormente aparece en la pantalla. Ignorándolas, introduce casas seguras/Condado de Los Ángeles. Le proporcionan una nueva lista con ocho localizaciones, tres precedidas por un asterisco, lo que indica que ahora mismo están en uso, ya sea para cobijar a fugitivos de la ley a quienes la agencia desee proteger o para servir como centros secretos de interrogatorios en los que los agentes les sonsacarán información a los enemigos del Estado. Hace una selección, rechaza las orientaciones de voz, pulsa «empezar» y las primeras indicaciones aparecen en letras blancas en el parabrisas.

Mientras se advierte a sí mismo que no debe confiarse demasiado y que debe respetar el ingenio de los que han diseñado este reto, sale del aparcamiento, se adentra en la noche, en la lluvia y en la ciudad, hacia la esperanza del triunfo, hacia un escape del juego, hacia una nueva vida en la que el jugador se convierte en protagonista de una realidad superior —y más verdadera— que trasciende a esta.

LOS ROEDORES DE OJOS ROJOS
SE ARRASTRAN

Desde hoy y para siempre ya sin manzanas, los árboles del pomar se alzan en orden solemne, como monolitos que alguna vez tuvieron un poderoso significado. Ahora, torturados por el tiempo, la enfermedad y las malas políticas acuíferas, ofrecen justo el único mensaje acerca de la vida que nadie quiere oír, con sus ramas esqueléticas, los troncos agrietados como antiguos cenotafios de piedra, las raíces muertas pudriéndose en el suelo sustancioso.

Nina y John chapotean por el sendero de cosecha en el que cuatro máquinas agrícolas oxidadas con una finalidad indeterminada ocupan un lugar preponderante, inclinadas sobre sus neumáticos partidos o sus ejes rotos, evidentemente abandonadas porque estaban estropeadas o ya no poseían ningún valor para la reventa. En la oscuridad, entre la lluvia y el manto de niebla, las máquinas evocan de manera inquietante unas formas de vida del periodo jurásico. Madre e hijo pasan corriendo por su lado, cruzan el sendero, pasan entre unos árboles marchitos de otro sendero más y llegan por fin a un claro donde bloques geométricos de oscuridad marcan en la tela más oscura de la noche unos edificios parecidos a graneros, algunos de dos plantas, otros de tres. Este es el complejo al que, en otros tiempos, se llevaban cientos de miles de manzanas recién cosechadas para que las lavaran, les sacaran brillo, las empaquetaran y o bien las despacharan o las procesaran de otras maneras.

Nina se imagina que, en una noche con luz de luna, estas paredes desgastadas hechas con tablones de madera, levantadas sobre cimientos hechos con bloques de hormigón, tendrán un suave brillo gris plateado y una cierta belleza melancólica. Ahora son negras y siniestras.

Los edificios no resultan tan amenazantes como para que renuncie a ellos en favor de ese páramo de madera seca que es la única otra opción que le queda. El mapa de su teléfono podría conducirla hasta la autopista que divide el valle en dos, pero a esta hora y con este tiempo, el tráfico en esta zona rural es mínimo. Es menos probable que se encuentre con un amable conductor a que caiga en manos de los compinches de Aleem; al menos dos de ellos habrán conseguido probablemente salir del pomar para patrullar la carretera a pie.

Por desgracia, salió huyendo de su casa sin el cargador del teléfono. La batería está al 26% y debe conservarla para que Michael la encuentre mediante la señal de GPS. Podría mirar el teléfono brevemente para orientarse hacia el oeste verdadero y seguir uno de los senderos para la recolección hasta el final, donde los llanos fértiles dan paso a tierras escarpadas y ascendentes. Más allá de esas pendientes salvajes y quebradas, a menos de dos o tres kilómetros, quizá cinco, viven multitudes ocupadas en la cadena de ciudades más cercanas a la costa. Sin embargo, incluso aquí, en el pomar, el suelo es traicionero; ambos, John y ella, ya se han tropezado y caído más de una vez. La aquejan dos puntos de dolor leve, uno en la rodilla izquierda y el otro en el tobillo izquierdo. No se ha roto nada, pero nada está como debería. En las colinas cubiertas de matas de más allá del pomar sufrir una fractura de tobillo o de una pierna sería un riesgo grave, aunque no estuviera ya cojeando. Además, tienen que quedarse en algún sitio para que a Michael le sea más fácil ir en su auxilio.

—Aquí —dice Nina.

—Sí —concuerda John—, pero ¿aquí dónde?

Se desplazan entre las edificaciones, de las que ninguna es de la misma escala o del mismo estilo que las otras, lo que sugiere que la construcción se realizó a lo largo de varias décadas, a medida que iba creciendo el pomar y requiriendo más mantenimiento, con una cosecha inmensa que debía procesarse a tiempo. Algunos tienen enormes letras de molde sobre el frontispicio, encima de los grandes portones, y aunque la pintura blanca está muy descolorida, todavía se pueden leer las palabras que parecen servir para identificar diferentes estrategias de procesado: en un edificio pone SIDRA & ZUMO y en el de más tamaño se anuncia FRUTAS ENTERAS; aquí están las CUENTAS ESPECIALES y allí están los PRODUCTOS DE ESPECIALIDAD. La más pequeña está etiquetada como OFICINAS y la segunda más grande, sin letras de molde, pudo haber sido en otro tiempo un largo garaje en el que se almacenaban los vehículos y el equipamiento agrícola de la empresa.

Sus perseguidores probablemente decidirán no dedicarle una valiosa hora o más a esos edificios dispersos. Para empezar, en la oscuridad y bajo el amparo de la tormenta es posible que Nina y John se desplazaran de un edificio al otro, alargando el juego del gato y el ratón. Lo que es más: Aleem sabe que Nina nunca se esconde de nada, que siempre se mantiene firme. Como no sabe que se ha hecho daño y que la cojera la ralentiza, lo más probable es que asuma que se ha ido deprisa hacia el sur, hacia esa ayuda que queda al otro lado del pomar, en las primeras casas de las afueras de la única ciudad de importancia que hay en el valle.

Nina prefiere el edificio más grande porque con lo enorme que es parece que les proporcionará más escondites por si se produce una búsqueda en este complejo en ruinas. Conduce a John a las fauces que en otro tiempo cerraban con una gran puerta y luego hacia su interior. En todos los edificios faltan las grandes persianas enrollables, quizá las salvaran de la quiebra. Mientras el chiquillo sofoca dos estornudos con una mano y se suena la nariz con un kleenex, Nina enciende la Tac Light, protege el haz de luz con la mano ahuecada e indaga en la oscuridad. Se topa con un suelo de hormigón desigual que, en una noche seca, podría revelar sus huellas sobre la gruesa capa de polvo y detritos. Sin embargo, como el techo tiene goteras y los desagües del suelo no funcionan, el agua se eleva hasta los umbrales de las puertas que faltan; hay hasta unos dos centímetros y medio de profundidad en casi todas partes.

Dándose la vuelta, recorre el suelo que tienen detrás con el haz de luz encapuchado por la mano. La superficie fangosa, cubierta por una alfombra de hierbas silvestres muertas, apenas conserva las impresiones de su paso antes de que la escoba húmeda de la tormenta borre todos los rastros.

Conduce a John hasta el agua maloliente, que les llega hasta los tobillos, de la planta de envasado. La noche es fría, pero más fría es la piscina que está atravesando y que le provoca un estremecimiento tanto físico como mental. Se detiene, preguntándose si este lugar les ofrecerá el refugio que necesitan.

La linterna Tac Light revela una construcción cavernosa más larga que un campo de fútbol, quizá de treinta metros de ancho. Las columnas de apoyo se elevan unos nueve metros hasta el techo. La maquinaria para el procesado hace mucho que ha desaparecido. A lo largo de la pared, a mano derecha, hay lo que puede que fueran una serie de oficinas y almacenes.

Nina se vuelve para mirar hacia atrás a través del espacio en el que en otro tiempo colgaba la gran puerta. Esto no es un problema de contabilidad que pueda resolver encontrando el error de una suma o una resta. No sabe con qué matemáticas calcular y comparar los riesgos de las dos formas de proceder que tiene a su disposición. Mira a John, que se aferra a la bolsa de deporte, con la cara mojada por la lluvia reluciente. Casi le pregunta qué piensa él —«este edificio o la noche»—, pero no quiere asustarlo más expresándole sus dudas.

—Esto es mejor —dice John, como si pudiera leerle el pensamiento. Y quizá pueda, hasta cierto punto. El amor que se tienen el uno al otro los une no solo de corazón a corazón, sino también de una mente a otra—. Con el tobillo como lo tienes esto es mejor, mamá.

Las únicas ventanas que hay están a nueve metros sobre el espacio de trabajo, cerca del techo. Poca luz puede atravesar esos cristales, ocluidos por la mugre y el diligente trabajo de generaciones de arañas. No obstante, Nina atenúa el haz de luz de la Tac atravesando dos dedos delante de la gran lente.

Quiere decirle a su hijo que todo va a salir bien, que saldrán a salvo de esa noche, pero nunca le miente. En su imaginación puede ver a Aleem y a sus compinches, ratas con las caras endurecidas por esa lujuria de poder y de odio que es su esencia, desafiándola con aquella mirada dura que ellos llaman «la mirada roja», que exige sumisión y amenaza con el asesinato. No hay ningún lugar seguro esta noche. Le da un beso a John en la frente y lo conduce a través del agua maloliente de esta laguna amurallada hacia las habitaciones a lo largo de la pared que les queda a la derecha.

REFUGIO

Esta propiedad particular de la cartera de la ASN, más que una casa segura, es una mansión segura que se extiende a lo largo de mil metros cuadrados de terreno, tras los muros de una urbanización cerrada, en una comunidad protegida de residencias multimillonarias. El estilo arquitectónico es toscano, tal como se lo imagina el comité de diseño de la comunidad, aunque parecen tener en mente una Italia diferente a la que hay en Europa. La casa tiene siete dormitorios, diez cuartos de baño, un cine en casa, así como piscina interior y exterior, entre otras comodidades.

Calaphas baja la ventanilla del coche y saca la mano húmeda para introducir los nueve dígitos de su número de identidad de la agencia en el teclado. Las hermosas cancelas se abren mientras él sube la ventanilla. Sigue el camino de entrada hasta el pórtico de la entrada principal.

Varias personas peligrosas de interés para la agencia han sido interrogadas en esta residencia durante días o incluso semanas sin descanso, sin ser acusadas de delitos y sin la interferencia de los abogados. Por lo general se los trae aquí sedados, en el maletero de un coche, y se los encierra en una habitación sin ventanas que hay en el sótano. Una vez se les sonsaca la información crucial y se confirma su culpabilidad, se los procesa en un horno crematorio PowerPak que los reduce a cenizas y a trozos de huesos obstinados, restos humildes que son más fáciles de desechar que los incómodos cadáveres.

El propósito principal del lugar, sin embargo, es albergar, de manera temporal, a gente de otros países —a menudo familias enteras—, individuos que sirven al movimiento de la Nueva Verdad y a quienes la agencia quiere tener en Estados Unidos sin informar a los funcionarios de inmigración sobre sus antecedentes. Aquí se les asignan nombres nuevos, se les da historias de vida para que las memoricen, se les proporcionan documentos que respaldan sus nuevas identidades y se los mete en nómina en la agencia. En unos cuantos casos, se les proporcionan los servicios de un soberbio cirujano plástico.

Después de dejar el coche bajo la protección del pórtico, Calaphas asciende cuatro escalones e introduce los nueve dígitos de su número de identidad de la agencia en un teclado que hay junto a la puerta principal. La cerradura electrónica desbloquea un trío de cerrojos de seguridad, la puerta se abre de par en par y Calaphas entra.

La casa segura está supervisada por Bob y Joy Klink, quienes tienen allí un apartamento. Habiendo sido informados de su llegada cuando Calaphas atravesó la cancela principal, están esperando para saludarlo en el recibidor. Conocen a Calaphas, pero, de todas formas, Bob examina su documento de identidad de la agencia y Joy le pide que se someta a un escáner de retina con un dispositivo manual.

—Toca al timbre si necesitas algo —dice Bob, y se marchan.

Calaphas se dirige a una oficina reservada para los agentes de visita. Necesita una estación de trabajo diseñada para proporcionar, con la mínima pulsación de teclas, acceso a todos los sistemas informáticos en los que la ASN ha instalado *rootkits* indetectables. Es decir, en todos los sistemas que tienen alguna importancia de los gobiernos federales, estatales y locales, así como en el sector privado.

Saca el teléfono de Woodbine del bolsillo del abrigo, lo enciende e introduce la contraseña. Activa el enlace al transpondedor que el abogado ha plantado en su dinero para darse a la fuga y aparece en la pantalla un mapa de la zona actual, pero no ocurre nada más. Quizá el transpondedor esté apagado.

Mientras deja su iPhone en el escritorio para prepararlo se da cuenta de que quizá Mace, con sus habilidades extraordinarias, haya averiguado el nombre del agente que le han asignado. Si tiene el número de teléfono de Calaphas podrá localizar su transpondedor. Usando el intercomunicador, Calaphas llama a Bob Klink para pedirle un nuevo iPhone de la reserva de la casa segura, especificándole que no esté registrado a su nombre.

La eficiencia de Bob es excepcional. Aparece con el teléfono en cinco minutos, junto con una refrescante botella de la cerveza de la marca favorita de Calaphas.

—También necesito un coche de tu parque móvil, uno que tenga desactivado el sistema de navegación, para que no puedan rastrearlo. Tendrás que guardarme el coche de la agencia que he traído hasta que vuelva a por él.

Usando el ordenador, Calaphas entra en el sistema satelital del Departamento de Defensa, capaz de rastrear cualquier transpondedor registrado, e introduce el número que obtuvo de Woodbine. Un minuto después, un mapa llena la pantalla. Una señal roja parpadeante sitúa al vehículo —y a Michael— al sur del condado de Orange, yendo a toda velocidad hacia el condado de San Diego, como si se dirigiera a México. Así que el transpondedor sigue activo, después de todo; el fallo estaba en la aplicación que lo vinculaba con el teléfono de Woodbine o en el teléfono mismo. Mientras Calaphas lo observa, el Bentley sale de la interestatal y avanza tierra adentro por una carretera estatal, que no es lo que haría Mace si su destino fuese la frontera.

El sistema de la Agencia de Inteligencia de Defensa puede rastrear unos cuantos miles de vehículos de forma simultánea y continua. Calaphas le da instrucciones para que siga al Bentley y lo vincule con su nuevo iPhone de la agencia hasta nuevo aviso. El mapa del ordenador aparece ahora en la pantalla más pequeña de ese teléfono, con la señal roja parpadeante. Calaphas sale del sistema del Departamento de Defensa y apaga el ordenador. Se mete en el bolsillo tanto su nuevo teléfono como el de Carter Woodbine, que planea colocar en el cadáver de Mace.

La armería de la casa segura se encuentra detrás de una puerta de acero que hay en el sótano. Se le permite el acceso a Calaphas al introducir su número de identidad de la agencia en el teclado. La habitación, que mide doce metros cuadrados, es el país de las maravillas de las armas. Selecciona un maletín de transporte ya preparado que contiene un AR-15 y cuatro cargadores con veinte balas cada uno, todo ceñido dentro de un forro de espuma preformada para poder transportarlo sin que se mueva. Un par de gafas de visión nocturna de última generación que podría resultarle útil, igual que un dispositivo policial de liberación de bloqueo. Aunque evita los pensamientos negativos, se lleva un botiquín del tamaño de una fiambrera para el almuerzo que contiene analgésicos de los que se venden con receta médica, antibióticos, un medicamento contra la náusea, coagulantes para ralentizar el sangrado de las heridas y otros artículos que podrían ser útiles en un momento de crisis.

Su coche de sustitución lo está esperando en el pórtico. Es gris oscuro en vez de negro, pero por lo demás es idéntico a su vehículo anterior. Coloca sus adquisiciones en el suelo de la parte de atrás. Una vez al volante, enciende el motor. Apoya el teléfono en el portavasos para poder ver la pantalla con el mapa y la señal parpadeante. El juego está en marcha, la partida final se acerca.

ESTAMOS RODEADOS DE SERPIENTES

Aleem y Kuba no tienen linterna, pero confían en su instinto animal superior, en sus habilidades de depredador. Son hombres entre los hombres, versiones andantes del tanque de batalla de setenta toneladas M1A1 Abrams alimentados con testosterona, como en aquella fantástica película, dispuestos a bombardear a cualquier idiota malnacido o puta estúpida que se pongan en su camino, saliendo siempre adelante, siempre ganando terreno. La noche no les da miedo. La tormenta tampoco. El truco es seguir yendo hacia el sur, hacia el final del pomar, hacia el pueblucho, que es la única esperanza que tiene Nina de encontrar ayuda. En cualquier momento, el chaval y ella aparecerán ante su vista, arrastrándose, porque ninguno de los dos tiene aguante suficiente como para escapar de sus perseguidores.

Aunque todos los árboles del lugar estén muertos, el pomar le recuerda a Aleem a la jungla de El Salvador; la última vez que estuvo entre tantos árboles fue allí. Ha viajado mucho. Ha estado en El Salvador dos veces, en Colombia una vez, en Venezuela incluso. Hubo un tiempo en que el jefe de una banda rara vez se alejaba del barrio más de lo que podía recorrer con medio tanque de gasolina. Si dejas tu territorio abandonado demasiado tiempo, algún idiota querrá quedárselo y entonces tendrás que arrebatárselo, cosa que te costará sangre y dinero. En estos tiempos, sin embargo, un hombre con el puesto de Aleem tiene que ser no solo un guerrero, sino también un diplomático. Ahora que a ciertos políticos y burócratas les resulta rentable abrir el país para permitirle la entrada al narcotráfico, las bandas de América Central operan por todas partes, desde los suburbios a la región central. Esos muchachos con machetes son locos violentos, pero hasta ellos reconocen que es mal negocio declarar una guerra abierta por el territorio, con batallas sin sentido. Es un país grande y, en un futuro próximo, seguirá siendo todavía lo bastante rico como para mantener a un gran número de criminales entregados a su trabajo. Con el fin de negociar las fronteras de los territorios en las ciudades principales para beneficio mutuo, algunos individuos especiales del Departamento de Estado, bajo su propia iniciativa, de vez en cuando mandan en avión al sur a líderes como Aleem, a tierras con más humedad, más serpientes y una cantidad verdaderamente increíble de insectos enormes, para cimentar la confianza y el sentimiento de comunidad con otros que trabajan en su mismo campo.

Por lo general, estas conferencias se desarrollan en entornos urbanos, pero en una memorable ocasión, el jefe entre los jefes, Pepe Blanco, con el que Aleem pasó dos días de conversaciones, ofreció su lujosa hacienda de caballos de ochenta hectáreas en una llanura cubierta de hierba rodeada por la jungla. Ocuparon los días enteros con negociaciones, pero las largas veladas las reservaron para fastuosos banquetes regados con los mejores vinos, a los que asistían las muchachas más bonitas que habían encontrado y traído a la hacienda los batidores de Pepe, después de habérselas comprado a sus familias o de haber matado a los padres que resultaron ser demasiado virtuosos para semejantes negociaciones. La segunda noche, como parte del entretenimiento, Pepe y su círculo más cercano llevaron a Aleem y al hombre del Departamento de Estado desde la meseta al interior de la jungla, a un claro al que habían llevado a tres activistas —conocidos por haberse resistido a un gobierno dirigido por gánsteres— para lo que Pepe llamaba «su penitencia».

Eran un cura joven, un profesor universitario y novelista de algún renombre y una doctora cuyo trabajo con los pobres incluía hacer proselitismo contra las drogas ilegales y los hombres que las vendían. Cada uno de los penitentes fue atado a un árbol distinto siguiendo el perímetro del claro. Había unas antorchas altas y fragantes que producían poco humo, pero cuyos vapores aromáticos repelían eficazmente a los insectos voladores. Por todo el suelo y desde las copas de las palmeras, la luz palpitante se hinchaba como velos de seda desechados. Las mesas cubiertas con manteles blancos ribeteados con arabescos de encaje ofrecían una atractiva variedad de tapas, fruta fresca y quesos. Las botellas de Dom Pérignon se enfriaban en cestas con hielo y se servía en elegantes copas de champán Lalique. Habían cavado tres agujeros de unos dos metros de profundidad con una retroexcavadora. Y ahora seis hombres fornidos con palas estaban allí listos para rellenarlos. La doctora, atada de pies y manos, fue arrojada a una de las tumbas; maldijo a sus verdugos mientras los laboriosos obreros le tiraban paletadas de barro húmedo y después empezó a gritar los nombres de sus hijos mientras desaparecía, aún viva bajo la tierra. Pepe y sus invitados se divertían mucho, aunque el hombre del Departamento de Estado, T. Denby Danford, expresó su preocupación. Le preocupaba que semejante crueldad fuese innecesaria, cuando pegarle un tiro en la nuca daría el mismo resultado que enterrarla viva. Cuando hasta el mismo Denby se dio cuenta de que su desagrado por aquella velada estaba ofendiendo a los celebrantes y agriándoles el humor hasta el punto de que quizá se pusiesen a cavar una cuarta tumba, comenzó a guardarse sus opiniones, se puso en modo encantador y se refugió en el champán. Poco después, no salían de la tumba de la doctora ni siquiera gritos amortiguados. En cuanto los obreros terminaron de llenarla y de apisonar la tierra, un hombre con una guitarra clásica y otro con unos bongoes les ofrecieron música festiva hasta que llegó el momento de enterrar al profesor que era también un novelista conocido. Mientras lo enterraban con ejemplares de sus libros les gritó acusaciones desafiantes usando palabras que desconcertaron a Aleem y a la mayoría de los presentes. Por fin se le llenó la boca de tierra a aquel idiota y fue incapaz de encontrar aire que respirar, después de lo cual los músicos volvieron a sus instrumentos, muy animados. El cura joven resultó ser, con mucho, el favorito de los invitados a la fiesta. Fue el que más risas provocó cuando recurrió al padrenuestro mientras los ocupados obreros rompían a sudar, sobre todo cuando pronunció las palabras que Cristo había dicho mientras lo atravesaban con clavos: «Padre, perdónalos, porque no saben lo que hacen». Fue una velada para recordar, una celebración de los valores que los unían, la celebración de sus vínculos afectivos. Aleem estaba eufórico, lleno de orgullo de ser como un hermano para Pepe, lleno de esperanza por el futuro, rebosante de ambición. Cuando volvió a la casa señorial en mitad de la meseta cubierta de hierba, le ofrecieron para esa noche a una muchacha de dieciséis años, Margareta. Aleem le dijo a Pepe que dos días en aquel lugar lo habían templado, igual que se templa el acero para mejorar una espada; ahora era un hombre tan duro que podía hacerle un daño irreparable a una sola amante; por lo tanto, por consideración con la salud de Margareta, sería mejor que le proporcionaran una segunda muchacha, para no dejar estropeadas para siempre a ninguna de las dos durante el proceso de satisfacerlo. Aquella baladronada burlona encantó a Pepe. Enviaron a la habitación de Aleem a Selena, que tenía diecisiete años, junto con Margareta. Las usó bien, largo rato y sin ningún respeto, pero cuando por fin se fueron antes de que amaneciera se quedó desvelado al comprender que los momentos más estimulantes y emocionantes de la noche no era los que involucraban a aquellas muchachas libidinosas, sino a las tres personas que yacían a dos metros bajo la tierra en la jungla sin la ventaja de un ataúd.

Ahora, en aquel pomar de manzanos muertos en el que había dejado de oírse el eco de *La Macarena*, calado hasta los huesos por no tener ropa adecuada para la lluvia, con los zapatos llenos de barro que iban pesando más cada minuto que pasaba, con cuatro vehículos fuera de servicio que a saber cómo iban a arreglar, arrancar y llevárselos, con nada menos que ocho teléfonos desechados que tendrían que recuperar, la paciencia de Aleem se ha agotado. Ya no quiere violar a Nina a medias con Kuba ni mirar cómo Kuba tarda varias horas en desmembrarla. La furia que siente hacia Nina por haberle puesto en semejante situación le quema en la mente con tanta intensidad que terminará consumiéndolo si no consigue pronto hacer que pague, le quema con tanto calor como la ira de Pepe Blanco, que condujo a aquel hombre justo y orgulloso a ajustar las cuentas como lo había hecho con la doctora, el novelista y el cura. Ni meterle una bala a Nina en la cabeza ni apuñalarla cien veces bastará para reparar el daño que ha infligido en el orgullo de Aleem. Nada que no sea enterrarla viva logrará satisfacerlo.

A ella y al chaval. John ha sido testigo de la falta total de respeto que su madre tiene por su padre y de la humillación que ha sufrido Aleem a manos de esa mujer testaruda. Después de tantos años en compañía de Nina, seguro que al chico se le ha contagiado su terquedad. Meterlo en la banda, intentar reformar a ese pequeño mocoso educado en una escuela cristiana y enseñarle las duras verdades de la vida tal y como te las encuentras todos los días en la calle sería como intentar que César adoptara a Judas antes de que Judas lo apuñalara por la espalda. O quien fuera que apuñalara a César, si es que fue César al que apuñalaron y no al tipo ese que tocaba la lira mientras ardía Roma... o quizá fuera París. En su serie favorita de la televisión, el jefe de una banda, duro de pelar, tiene un hijo de dieciocho años que es todavía más implacable que su viejo, pero leal, cien por cien leal. Aleem se da cuenta ahora de que, en este caso, la vida no va a ser como en la televisión. John se ha echado a perder, su madre lo ha echado tanto a perder que es imposible enderezarlo como para que sea de alguna utilidad. Además, el chaval está en un equipo de béisbol. En opinión de Aleem, el béisbol es un deporte de maricas, no menos que el polo o el voleibol. A los hombres de verdad les gustan el fútbol americano y el baloncesto. La vida es demasiado corta para llevar a un chaval a ver el béisbol o ir a un partido para ver cómo lanza la pelota. Y John va a clases de piano, que no es un instrumento que Aleem apruebe. Cuando piensa en el piano, Aleem piensa en Liberace, un tipo que murió y cuyos vinilos coleccionaba su abuela, y piensa en Elton John. No quiere que a sus compinches se les ocurra la idea de que el chaval es de la acera de enfrente. La paternidad no es como la pinta la televisión. Aleem se tragó esa mierda de los padres de la tele porque tiene un lado sentimental. Tu lado sentimental te puede matar. Si mete a la puta y al mocoso en un agujero y lo llena y compacta la tierra, la vida volverá entonces a la normalidad.

Frente a ellos, hacia el este, aparece en la oscuridad un resplandor repentino. El haz de luz detalla la silueta oscura y sin rasgos de Kuba antes de pasar a la cara de Aleem.

—Creíamos que a lo mejor ibais a ser ellos —dice Hakeem Makuda mientras la luz se desliza rápidamente hacia abajo por el cuerpo de Aleem hasta quedarse flotando en sus pies y él se acerca con su lugarteniente, Carlisle Sharkey.

—¿De dónde habéis sacado la linterna? —pregunta Aleem.

—Llevábamos una en el Aviator por si acaso —dice Carlisle.

El peor defecto de carácter de Hakeem es su ridículo sentido del humor, que deja al descubierto al decir:

—Un hombre nunca sabe cuándo va a terminar en un campo de manzanos muertos, de noche, en mitad de una tormenta, y se le va a estropear el coche mientras tiene que buscar a una fulana.

—Te pasa mucho, ¿a que sí? —pregunta Kuba, siguiéndole la corriente a Hakeem.

—Lo bastante como para no ir a ninguna parte sin mi buscador de perras, Carlisle. Si fuera el último hombre que quedara en la Tierra y hubiera una mujer en alguna parte en Francia, Carlisle olfatearía su localización exacta.

—Y sabría qué hacer con ella —les asegura Carlisle.

Otra luz va creciendo y sale de los árboles al oeste y luego otra más cuando Jason James y su lugarteniente, Speedo Hickam, llegan para que haya *quorum*.

Lo más probable es que Orlando Fiske y Masud Ayoob hayan regresado a la autopista para vigilar el perímetro del pomar.

—Todo el mundo tiene una puta linterna —dice Kuba.

Es obvio que, además de tener linternas, todos llevan impermeables con capucha, salvo Kuba y Aleem.

Antes de que nadie pueda comentar nada sobre eso, Aleem le echa la culpa del estado en que se encuentra a quien le corresponde.

—No esperaba tener que andar por ahí correteando bajo la lluvia a la caza de esa perra. Nos creíamos que la íbamos a joder con la barricada.

—Pues no —dice Hakeem.

—No me digas.

—Ojalá fuera verdad que puedo rastrear a esa perra con el olfato, Aleem, pero no es más que una estupidez de Hakeem —dice Carlisle, que no tiene nada de sentido del humor.

—¿Qué mierda les ha pasado a los coches que se han parado todos al mismo tiempo? —dice Speedo Hickam.

—No lo sabemos —dice Kuba.

—Carlisle cree que tiene una explicación sobrenatural —dice Hakeem.

—He dicho antinatural —lo corrige Carlisle—. Eso no quiere decir que sean fantasmas ni toda esa mierda. No soy de esa clase de idiotas.

—Entonces ¿de qué estás hablando? —pregunta Kuba—. ¿De extraterrestres?

—Lo que estoy diciendo es que no sé qué está pasando, no deberíamos meternos a ciegas.

—¿Entonces salimos corriendo sin más, huimos asustados? No estás hablando como un Vig. Eso lo diría un Blood o un Crab.

Crab es como llama a veces a los Crips. Carlisle se ofende.

—No me toques las narices, Kuba. No le tengo miedo a nada más que a un tigre que se mea encima cuando ve su sombra.

—Menudo montón de palabrería, hermano. ¿Nos lo traduces? —dice Hakeem.

—No hables como si fueras un fumador de *crack*. Ya sabes lo que he dicho —responde Carlisle, evitando admitir que no sabe traducirlo.

Speedo Hickam cambia de tema.

—¿Qué pasa con aquellos graneros o plantas de envasado o lo que sean?

—¿Qué plantas de envasado? —pregunta Aleem.

—Después de la siguiente fila de árboles. Hay un montón de recovecos allí en los que se puede haber escondido.

Aleem niega con la cabeza.

—Nina no es de las que se meten en escondites. Seguirá adelante.

—Sí, bueno —dice Jason James—, digamos que sigue adelante.

—Acabo de decirlo.

—Entonces tenemos un mundo entero donde buscarla —sigue diciendo Jason—. ¿Es verdad o no es verdad? Así que digamos que la muy perra se ha escondido, porque entonces solo hay que buscarla en esos edificios. ¿Te salen las cuentas?

—Tienes razón —dice Kuba.

—El motivo por el que duermo tan tranquilo por las noches —dice Hakeem— es porque contamos con Jason, su mente es como un rayo a la hora de calcular cosas.

—En Las Vegas ya no me dejan jugar al *black jack* —desvela Jason.

—Venga, muy bien —dice Aleem—. Enséñame esas plantas de envasado.

ESCONDITE

El agua fría agrava el dolor del tobillo que se ha torcido Nina, lo que le impide apoyar todo el peso en el pie izquierdo. Se sostiene contra una pared mientras John se apresura delante de ella con la Tac Light, agitando el agua y los desechos empapados que flotan en ella, abriendo puertas e inspeccionando los espacios tras ellas, llamándola bajito para informarle de lo que va encontrando.

De las siete habitaciones que hay a lo largo de la pared de la planta envasadora que queda a mano derecha, dos son pequeños servicios. Las otras cinco son más grandes, cada una mide unos nueve metros de ancho y casi lo mismo de largo. Dos deben de haber sido oficinas, porque tienen ventanas que dan a la vasta planta de trabajo. Las otras tres es probable que fueran depósitos.

Dos de los almacenes están vacíos, pero cuando John abre la puerta del tercero susurra:

—Aquí mamá, mira esto.

Cuando Nina entra por la puerta descubre una cámara medio llena de basura apilada de cualquier manera en un rincón. Escaleras rotas, quince o veinte cajas de madera descomponiéndose, tambores de metal oxidados de veintitrés litros, contenedores de plástico que parecen cestas grandes para la colada, una carretilla con un puntal doblado y una rueda de menos, una silla de oficina de cuyo asiento rasgado se levanta una cobra blanca hecha del relleno de espuma, grandes paneles de madera contrachapada, bolsas de arpillera vacías desperdigadas, láminas de plástico opaco enrollado en un tubo de cartón de metro y cuarto de largo...

—Podemos escondernos debajo de estas cosas o escondernos detrás —dice John—. Puedo mover las cosas, hacer espacio para los dos.

—Todas esas porquerías podrían resbalarse y se te caerán encima.

—No, mamá, sé cómo hacerlo —insiste John—. Nos meteremos detrás con cuidado, nos sentaremos con la espalda apoyada a la pared. Abren la puerta, no ven más que basura y se van. Se van.

—No hay tiempo.

—Tres minutos, es todo lo que necesito —dice John, apoyando la linterna Tac Light sobre un cubo dado la vuelta y poniéndose a trabajar—. Quizá cuatro. Sé cómo hacerlo.

—Date prisa —dice Nina, saliendo de la habitación. En el extremo opuesto del edificio, cada uno de los frontispicios donde en otro tiempo estaban las grandes puertas enrollables está abierto a la noche. Nina cierra la puerta tras ella mientras tapa la luz que se desborda de la linterna Tac Light, y aunque la oscuridad la arropa en su manto se siente expuesta.

QUÉ VIDA TENÉIS
SI NO TENÉIS UNA VIDA JUNTOS

Michael se acuerda del difunto Shelby Shrewsberry impro-
visando un discurso sobre cómo, desde la perspectiva humana, las tormentas parecen caóticas, aunque en realidad no lo
sean porque resultan la consecuencia inevitable de las leyes
meteorológicas de la naturaleza. La ineluctable influencia
mutua de la temperatura en la velocidad de las corrientes
de aire y de la velocidad de las corrientes de aire en la temperatura. El equilibrio entre la presión y la fuerza gravita-
cional. La fricción entre el viento y la tierra. La intrincada
acción de las olas y las mareas en la atmósfera. El estado de
la interfaz atmósfera-océano. Todo eso y mucho más forma
un mecanismo tan complejo que percibimos muchos de sus
elementos móviles y de cómo interactúan entre ellos sin ser
capaces de predecir nunca con certeza qué clima producirá
esa máquina al día siguiente y todavía menos cuál nos brin-
dará el mes que viene. *Cuando el sol está en una fase activa,* decía Shelby, *la Tierra se calienta, y cuando el sol está en una fase de
actividad muy baja, toda la vida en la Tierra se ve atraída hacia el
ecuador para soportar los largos siglos de una edad de hielo. El sol
es el único dueño del clima, y aunque sus reacciones termonuclea-
res parezcan caóticas, no lo son más que el clima al que afectan en
la Tierra. La verdad es, Michael, que la única cosa genuinamente
caótica del universo es la humanidad.*
   Y así parece, mientras Michael va acelerando a lo largo
de la interestatal, ya que el tráfico pesado avanza más rápido de lo que permite el clima, como si todo el mundo que

va en un vehículo esa noche, y no solamente él, estuviese yendo a la carrera hacia alguna parte para intentar salvar una vida. Aunque no tengan los reflejos mejorados de Michael, los conductores van unos detrás de otros dejando solamente el espacio de uno o dos coches entre sí y cambian de carril sin señalizarlo. Compiten temerariamente por un puesto, como si no hubiera nada más importante que llegar a sus destinos diez segundos antes de lo que lo harían si condujeran siendo conscientes de su mortalidad.

Se descubre llorando la muerte de Shelby, y no es la primera vez desde que ha resucitado, aunque sí de manera más conmovedora que las anteriores. El grandullón era una luz en su vida, tan segura como el sol. A pesar de ser de la misma edad que Michael, durante treinta y ocho años había representado el papel de su hermano mayor. La extraordinaria inteligencia de Shelby lo convirtió en un marginado desde temprana edad; durante la secundaria, cuando se volvió alto y fuerte, su naturaleza pacífica y su humildad se convirtieron en otro motivo más que la mayor parte de los niños encontraron para ridiculizarlo. En el colegio al que iban y por las calles de su barrio, el poder físico se respetaba más que la inteligencia o el talento. Lo que se esperaba de cualquier tipo del tamaño de Shelby era que lo utilizara para intimidar y salirse con la suya en todo. La fuerza bruta combinada con la voluntad de dominar a los demás resultaban muy admiradas. La delicadeza de Shelby era como una invitación a la burla, a la que él reaccionaba con una sonrisa o un chiste. En las estrechas mentes de sus torturadores, su reacción confirmaba que era precisamente lo que lo acusaban de ser —un débil, un flojo, un cobarde, un perdedor—, a pesar de que Shelby muchas veces interrumpía las peleas cuando a un niño más pequeño lo atacaba alguien mayor o varios en grupo. En esas ocasiones, reprendía a los instigadores de la violencia y decía algo que era verdad pero que, sin embargo, hacía que se burlasen de él más todavía: ¿Qué vida tenéis si no tenéis una vida juntos?

Durante la infancia y la adolescencia, a Michael lo habían marginado por motivos diferentes a los que habían condenado a Shelby a ese estado. Su madre, Beth, era conocida en todo el barrio por ser una chiflada. Algunos adultos la llamaban «Beth la pirada», pero para la mayoría de los niños era «Beth la majareta» o cosas peores. Ella se ganaba los motes a pulso. Como no cometía actos de violencia física —solo de tipo emocional, siendo su hijo su objetivo principal— no la habían internado en un hospital psiquiátrico y, por lo tanto, nunca la habían diagnosticado. Quizá no hubiese sido siempre una excéntrica pintoresca, pero Michael no la había conocido de otra manera. Se había casado con solo diecisiete años. Su marido, Lionel —el padre de Michael— tenía siete años más que ella, era funcionario del ayuntamiento en el departamento de urbanismo. Poco antes del primer cumpleaños de Michael, Lionel murió porque a una hidrolimpiadora, uno de esos camiones para limpiar las calles de los que llevan agua, le fallaron los frenos y lo aplastó contra el muro de un edificio. Como se demostró que el mantenimiento de la hidrolimpiadora dejaba mucho que desear y que la negligencia resultaba evidente, el ayuntamiento evitó el juicio llegando de inmediato a un acuerdo con la madre de Michael: le pagarían a Beth una parte en efectivo y el resto como una renta anual, de modo que Beth recibiría una suma mensual durante el resto de su vida. A lo largo de los años, Beth se quejaba de que su abogado la había traicionado y de que había recibido un pago bajo cuerda a cambio de aceptar mucho menos de lo que se merecía. Quizá fuera ese el caso, quizá no. Una cosa era cierta: Michael nunca la oyó decir que quería a Lionel o que lo echara de menos. Cuando Beth estaba de buen humor llamaba a su hijo «Mickey» o «Mickey Mouse» o «Ratón». Los días en que su contacto con la realidad se venía más abajo y se le ensombrecía el ánimo, o no le hablaba o lo llamaba «el crío ese» o groserías varias.

Ese ambiente inestable, con la pesada carga de la humillación que lo acompañaba, despertaron en Michael un interés por la industria de la seguridad, cuyo objetivo, a sus ojos, era el de ponerse a salvo y tener estabilidad para impedir que los irracionales les arruinaran la vida a los racionales. Cerrojos de seguridad, cerraduras electrónicas, alarmas perimetrales, detectores de movimiento, cristales antibalas, habitaciones del pánico, las estrategias y las tácticas de los guardaespaldas: quería saber todo lo que se pudiera aprender sobre cómo conseguir que la vida fuera más segura para otros y, durante ese proceso, también para él. Más tarde de lo que debería, hacía solo un año, terminó por comprender que el tiempo que había vivido con su madre también habían infundido en él el miedo de que si se casaba podría quedar atrapado en una situación doméstica similar a aquella de la que se había escapado cuando tenía dieciocho años. Había habido mujeres en su vida, había querido a algunas de ellas, pero cuando una relación se volvía demasiado prometedora, él se alejaba.

Ahora, mientras sale de la autopista para entrar en una carretera estatal, se mete entre el escaso tráfico y se aleja de las luces de los suburbios, la noche se vuelve inmensa. Parece como si el viento y la lluvia estuvieran barriéndolo todo para sacarlo de la órbita de la Tierra y lanzarlo al vacío. Vuelven a él las palabras que Shelby había pronunciado hacía tanto tiempo, con mayor poder que nunca: ¿Qué vida tenéis si no tenéis una vida juntos? Aquellas no eran, decía Shelby, sus propias palabras, sino las de un poeta que hacía más de medio siglo había predicho el aislamiento creciente que impondría una sociedad cada vez más mecanizada sobre quienes existían dentro de sus bobinas y circuitos: ¿Qué vida tenéis si no tenéis una vida juntos?

Michael se ha convertido en la Singularidad largamente anunciada, un mutante mucho menos mutante de lo que esperan llegar a ser quienes desean una transformación así, pero un mutante al fin y al cabo. La nanotecnología insertada en todas las células de su cuerpo, en su genoma, lo ha vuelto, en algunos aspectos, más inteligente que todos los demás seres humanos. Pero al mismo tiempo corre el riesgo de volverse tan distinto del resto de hombres y mujeres que no podrá vivir en comunidad con ellos. Internet y los millones de ordenadores asociados a él, la realidad virtual que existe allí dentro y que se volverá más vívida en los años que vendrán no son una realidad en absoluto: vivir en semejante invención es como vivir enterrado vivo, sin la liberación de la muerte. La gente desesperada, vacía y confundida quizá elegiría una existencia así. Pero esa elección no conduce a Shangri-La, sino a un vórtice de locura. Los avatares no crean comunidad; son solo sombras de gente, no gente. Kilómetro tras kilómetro, Michael va comprendiendo mejor la verdad de ese futuro que podría sobrepasarlo y se le hiela hasta el tuétano. Nina lo necesita y John lo necesita. Michael los necesita a ellos todavía más de lo que ellos lo necesitan a él. Su compromiso con ellos debe ser total, aun corriendo el riesgo de morir por segunda vez, esta de forma permanente, si quiere tener la esperanza de vivir en verdadera comunidad con otros.

Cuatro: el punto fijo

JINETES

Como no llevan luz, Aleem y Kuba, Hakeem y Carlisle, y Jason y Speedo salen de los árboles muertos como si fueran fruta estropeada en su caída final.

Frente a ellos, bloquean el espacio abierto los edificios, más oscuros que la noche y sin detalles, grandes, pero dando la impresión de ser todavía más grandes, magnificados por su misterio.

Aleem se acuerda de un videojuego muy chulo cuya última secuencia ocurre dentro de un castillo en ruinas en un reducto secreto en cuyo interior la Princesa del Tiempo yace hechizada durante las últimas horas del mundo. Solo ella tiene el poder de hacer retroceder el tiempo hasta una época de paz y plenitud. Como jugador puedes elegir ser el príncipe Endymion, en cuyo caso tu objetivo es encontrar a la princesa y despertarla para que viva en el mundo y lo salve, o puedes ser uno de los cuatro Jinetes del Apocalipsis —la Peste, la Guerra, el Hambre o la Muerte—, que están buscando a la princesa para asesinarla y completar la destrucción del mundo. Como las armas que llevan Peste y Hambre tardan más tiempo en aniquilar a alguien, Aleem siempre elige ser Guerra, que cabalga sobre un caballo rojo, o Muerte, que lo hace sobre un caballo pálido. Los caballos parecen poderosos sementales, pero en realidad son máquinas equipadas con todo tipo de armas alucinantes. Con su habilidad para diseñar estrategias y tácticas, con sus excelentes reflejos, lo habitual es que Aleem consiga un recuento de bajas tan elevado matando a los caballeros que defienden a la princesa que el príncipe Endymion queda condenado, la princesa permanece dormida y el mundo toca a su fin en un frenesí de lo más gratificante, repleto de ratas, murciélagos y bombas explotando.

Aquí no lo espera ninguna princesa. Solo una zorra altanera a la que necesita poner de rodillas para que se disculpe y le suplique que no la mate para luego enterrarla viva con ese niño que ha convertido en una nenaza inútil. Por muy satisfactorio que resulte enterrarla viva, Aleem sabe que a lo mejor tiene que renunciar a ese placer porque tienen que encargarse de los SUV. Aunque Kuba lleve bastante tiempo esperando abusar de Nina, tendrá que contentarse con empapar el cuchillo de combate en la madre y el hijo y dejar las fantasías sexuales para más tarde.

Aleem tiene mucho en qué pensar. Así son las cosas cuando eres el lobo jefe de la manada y todo el mundo tiene su confianza puesta en ti. Si los vehículos no arrancan, entonces habrá que limpiarlos para eliminar las huellas dactilares. Cuando recuperen los teléfonos, si funciona uno al menos, Aleem llamará a alguien para que venga hasta aquí y se lleve a la banda a casa. Si no, mandará a Jason a que vaya deprisa al pueblo y encuentre un teléfono público. Por la mañana habrá que denunciar el robo de los vehículos acusando a una banda rival. Si ninguno de los ocho ha estado aquí nunca no hará falta que den explicaciones sobre el Explorer de Nina. De todas formas, nadie salvo los colegas de Aleem sabe que John es hijo suyo. Cuando Nina se quedó embarazada y Aleem no quiso encargarse del niño, ella se avergonzó de haberse tragado sus dulces arremetidas, de enamorarse de un gánster como él y no le contó a nadie quién era el padre. Y si algún capullo entusiasta en la brigada de homicidios o algún abogado de la acusación moralista y novato se oliera algo, Aleem tiene un amigo que también es amigo del fiscal del distrito; el fiscal es un hombre razonable que sabe lo valioso que es el tiempo y no malgastará ni el suyo ni el de su oficina en casos que no se pueden —o no se deberían— demostrar.

Mientras los seis hombres están bajo la lluvia, mirando el complejo de edificios, Jason James les revela que ha estado pensando en la situación, igual que ha estado haciendo Aleem.

—Bueno, digamos que la encontramos.

—Digámoslo —lo anima Aleem.

—Le damos una lección, nos llevamos al chaval y lo convertimos en un hermano como dios manda. ¿Es eso?

—A esa no se le puede enseñar nada —dice Aleem.

Kuba les recuerda un hecho fundamental de la vida.

—Una zorra puede humillar a un hombre hasta cierto límite, pero pasado ese límite, si él se sigue tragando todas las mierdas que ella quiera no podrá decir que sigue siendo un hombre.

—Has dicho el evangelio —concuerda Carlisle.

—Entonces ¿le pegamos un tiro y nos llevamos al chaval? —dice Jason.

—Los matamos a los dos —dice Aleem.

Durante un largo momento, los únicos ruidos que se oyen son la lluvia cayendo y el soplo del viento y el crujido de las articulaciones muertas de los esqueletos de los árboles.

Speedo rompe el silencio.

—Eres un tío duro, Aleem.

—¿Ahora te enteras?

—Siempre lo he sabido —dice Speedo—. Solo que no sabía hasta qué punto.

—Será mejor que sepas hasta qué punto.

—Ahora lo veo.

—Ya no es mi hijo. Es demasiado tarde para él. Es demasiado tarde para que lo sea. Su madre lo ha convertido en un caniche amaestrado.

—Es una tragedia —dice Kuba.

A Jason le preocupa la logística.

—Así que les pegamos un par de tiros. ¿Y qué hacemos luego con los dos fiambres?

—Ponemos en marcha mi Aviator —dice Hakeem—, los podemos atar a la baca.

Carlisle desaprueba la frivolidad con la que se plantea la situación.

—No sé a quién estás intentando imitar, Hakeem, pero desde luego no puede ser ni a Kevin Hart ni a Dave Chappelle.

—No podemos dejar aquí a los dos muertos con nuestros coches —dice Jason.

—Llamamos a Modeen y a Lincoln para que vengan a buscarnos —dice Aleem—. Que traigan plásticos y cinta de embalar, los envolvemos a los dos y nos los llevamos. Les prendemos fuego a los coches parados, decimos que los Crips o los MS-13 nos los han robado. ¿Que por qué han conducido hasta aquí y los han quemado? ¿Y nosotros cómo vamos a saberlo?

Speedo quiere demostrar que de verdad entiende —y aprueba— la clase de tipo duro que es Aleem.

—Cuando hayamos vuelto a casa llamamos a Héctor Salazar y le llevamos a él los cuerpos.

Héctor —de Servicios Marítimos Salazar— es el propietario de dos barcos de categoría. Siente predilección por correr riesgos de toda clase, tiene talento para escapar de las autoridades y no tiene ningún escrúpulo moral.

—Héctor se lleva los cuerpos al mar —sigue diciendo Speedo— y los corta en trozos como carnaza para alimentar a los tiburones.

—A mí me parece un planazo —dice Jason.

—Lo único —dice Kuba— es que nadie va a pegar ningún tiro, porque entonces tendremos que tirar la pistola con historial y a lo mejor tenemos que recoger los sesos y trozos de cráneo que queden sueltos. Una navaja no tiene historial como una pistola. Y si se hace bien es más limpia.

—No es solo un plan —declara Hakeem—, es un episodio de *Los Soprano*.

—Tres equipos —dice Aleem—, dos hombres por edificio, hasta que los hayamos registrado todos. Recordad que esa zorra tiene un arma, una treinta y ocho, y que sabe cómo usarla.

Jason y Speedo tienen cada uno una linterna, así que Aleem se lleva una para Kuba y para él.

Se alejan de los árboles y van hacia los edificios, les falta un hombre para ser los siete magníficos, como en esa película vieja del oeste que Aleem ha visto varias veces. A pesar de que son solo seis, tienen una ventaja importante que no tenían aquellos siete: no se ven limitados por el absurdo sentido de los valores comunitarios, el honor, la piedad... o por nada, en realidad.

Hay pocas posibilidades de que encuentren a Nina y a John en uno de esos edificios y todavía menos probabilidades de que funcione el plan que se ha inventado Aleem para solucionar lo de los cuatro SUV. Sin embargo, este mundo no premia a los que dudan. Puedes cambiar de camino si al llegar a una bifurcación aparece otro más prometedor, pero no puedes dar marcha atrás y volver a pensártelo, porque, en este negocio, eso les parecería una retirada tanto a tus enemigos como a tus amigos. Retirarse es una debilidad, y los débiles mueren jóvenes, que es lo que se merecen. La debilidad es lo único que desprecia Aleem. Cuando te comprometes con una operación tienes que tirar para adelante con fuerza, sin dudar nunca, sin transigir nunca. Si el resultado no es lo que te esperabas, incluso aunque sea un desastre, ya aprenderás de él cuando hayas terminado. De cualquier manera, no hay error que pueda cometer que sea tan malo como para no poder borrarlo con suficiente dinero y violencia. Con una burrada de dinero puede comprarse una escapatoria para la mayoría de los problemas y, cuando el dinero no basta, uno siempre puede escapar matando, que para eso tiene al respeto de sus compinches y no solo de sus compinches, sino también el de todos esos que son gánsteres bajo el disfraz de ser pilares de sus comunidades, de amigos de los trabajadores y las trabajadoras. No puedes ganar la guerra si no tiras para adelante con fuerza y más fuerza, aunque la lucha parezca desesperada. Y para Aleem Sutter, la vida es una guerra.

LA ÚNICA SABIDURÍA QUE PODEMOS ESPERAR ADQUIRIR

Nina siente a John pero no puede verlo; está sentado a su derecha, metido en cinco centímetros de agua fría, apretado contra ella, en la profundidad de su escondite, debajo de la basura que con tanta habilidad ha reorganizado, con la espalda contra la pared. Está abrazado a la bolsa de deporte que descansa en su regazo, menos para salvaguardar el dinero que para aferrarse a ella y así hacer frente a los espasmos nerviosos de sus músculos, que podrían hacer tambalear el vertedero que los rodea.

La Tac Light está apagada, Nina la sostiene sobre los muslos. Tiene la pistola agarrada con ambas manos, aunque no se puede imaginar cómo podría usarla de forma efectiva. La pistola tiene un cargador de diez balas. Nina no tiene mala puntería, pero no puede eliminar a ocho hombres armados hasta los dientes. A su izquierda está la entrada a su escondite, oculta por un tablero astillado y decapado de madera contrachapada, plagado de hongos y cubierto con un trozo largo y arrugado de plástico opaco incrustado de mugre que parece el ectoplasma descartado de algún fantasma que por fin ha dejado de vagar por este mundo.

Se siente agotada y desamparada, la habitación está tan oscura como el vientre de una ballena. El aire apesta a muchas formas distintas de materia pestilente y a la putrefacción de algunas ratas muertas. Nina tiembla y siente temblar a John contra ella. Duda de si advertirle que su respiración es rápida y ansiosa. John es listo y valiente, y cuando oiga que entra alguien en el edificio, cuando se abra la puerta de la habitación, se quedará callado y quieto.

En algunos momentos casi no puede creerse que haya acabado así, siendo una fugitiva que se ve acorralada junto a su hijo. Pero esos momentos se convierten en otros en los que le parece que lo que le ha sucedido es lo único que se podía esperar que pasase. Durante un largo rato mantiene a raya el terror recordando otros momentos anteriores de oscuridad que ha tenido que superar y las verdades que la han sustentado.

Que Aleem la sedujera cuando Nina tenía dieciséis años no fue el triste paso en falso de una chica que por lo demás fuera por buen camino, el de la seguridad y la sensatez. Había empezado a rebelarse contra sus padres cuando tenía trece años. Tanto su padre como su madre tenían empleos remunerados, trabajaban muchísimo y llevaban una vida sencilla, pagaban sus impuestos, iban a la iglesia, bebían poco y estaban satisfechos con sencillos placeres como la televisión, los libros que sacaban de la biblioteca y los juegos de mesa. Vivían sin quejarse y según las normas, pero ¿de qué les servía? El dinero era una preocupación constante. Sus únicos bienes eran un Ford que tenía veinte años y una diminuta casa azul en un barrio en el que nadie vivía por elección propia. En la fiebre de la adolescencia, Nina terminó pensando que sus padres eran unos tontos de buen corazón y que se contentaban con su suerte, de hecho, porque se habían rendido ante la maldad del mundo. Veía a otros que no eran tan débiles, que se negaban a aceptar lo que les había tocado en suerte, que iban detrás de lo que querían usando todos los medios que hiciesen falta. Conducían coches ostentosos y se vestían con las últimas tendencias, tanto los hombres como las mujeres, y algunos de ellos solo tenían unos pocos años más que ella. Nina sabía a qué se dedicaban, con qué traficaban, y sabía que estaba mal. Pero si la pobreza era la recompensa por hacerlo bien y el éxito era la recompensa por hacerlo mal, entonces la órbita terrestre se había distorsionado de manera tan grave que nadie tenía poder para devolverla a su forma original. En sus sueños, era una más de la pandilla de los que vivían a mil. Y en su vida diaria se entregaba a rebeliones mezquinas: utilizaba un lenguaje que a sus padres les habría parecido chocante de haberlo escuchado, le daba unas cuantas caladas al porro de su amiga, salía de casa con la camisa abrochada hasta el cuello, pero luego enseñaba el escote al llegar al colegio. Tantos años después, no se acuerda de cómo todas aquellas pequeñas insubordinaciones se convirtieron de golpe en una revolución contra ese futuro que veía que sus padres estaban construyendo para ella, pero le pareció que había llegado el momento y que el nombre de aquel momento era Aleem.

Su fibra moral se había estirado con facilidad elástica, pero no se había roto y recuperó la forma apropiada cuando Nina por fin terminó entendiendo la crueldad inherente de la vida que vivía la pandilla de los que vivían a mil. La reacción de Aleem ante su embarazo fue fría, insensible.

—*¿Que me case contigo? Los únicos que se casan son los enanos mentales, los calzonazos. Cualquier idiota que se case está poniendo un chocho cualquiera como tú por encima de sus colegas. Eso nunca acaba bien. No acaba bien para nada. Yo no tengo tiempo para la paternidad, bonita. Aleem Sutter va camino a lo más alto. Nadie me va a echar abajo. Esa cosa que llevas dentro no es más que un tumor: eso es todo lo que es para mí. Es tu problema. Sácatelo con una ducha vaginal, usa una percha, haz lo que tengas que hacer, pero a mí no me vengas a buscar más. Hemos terminado, ¿me oyes? Un hombre que tiene un futuro no puede dejarse arrastrar por eso. Y tú presióname, que te dejaré tumbada en el suelo igual que te tumbé para hacerte un bombo. Ninguna zorra que lleve nueve meses muerta ha parido a un bebé. ¿Me oyes? Si quieres vivir, entonces el cerdito es tuyo, mío no.*

Hasta cuando Nina tenía dieciséis años y era tonta entendía la ironía de adónde la había llevado su hambre por vivir la vida a tope: a la humillación profunda y al refugio del abrazo de sus padres, a su casa pequeña pero estable, en la que con el tiempo llegó a entender que sus padres no eran los perdedores que ella creía. Eran lo bastante sabios como para saber que el alcance limitado de su educación y la naturaleza de sus capacidades, si trabajaban mucho, les proporcionarían un refugio ante las turbulencias, y lo bastante sabios como para saber que eso era una gran bendición en un mundo siempre turbulento. Los placeres sencillos no son menos placenteros que otras actividades que cuesten más. El placer está todo en el corazón, es un asunto de deleite más que de dólares. Un perro fiel puede darte más momentos felices que un yate. El resto no es más que envidia, una enfermedad de la mente que provoca el desprecio por las cosas sencillas y que sobrevalora de forma desmedida las extravagancias. Gracias a los amorosos cuidados de sus padres, con el tiempo y con algún esfuerzo, Nina alcanzó la única virtud esencial para la paz mental: la humildad. Podemos trabajar mucho para mejorar nuestras vidas, pero no nos corresponde gobernar el mundo ni darle una forma distinta de la que le fue dada. La madre de Nina decía que no había sabiduría mayor que la humildad, y su padre decía que era la única sabiduría que podemos alcanzar que nos permite progresar en la vida con éxito y felicidad.

Ahora, ocho años después de haber perdido a sus padres, los echa en falta no menos de lo que lo hizo en su día. No se entrega al engaño de que su madre y su padre sigan cuidando de ella ahora que ya no están en este mundo. No necesita fantasmas guardianes. No los llamaría para que regresaran desde ese lugar superior en el que ahora están a este otro mundo inferior ni aunque supiera cómo. Sin embargo, siente —o necesita sentir— que John y ella no están solos en ese miserable lugar, que hay misericordia en lo más profundo del mundo y que algún acto de gracia los protegerá hasta que se vayan los pandilleros y llegue Michael.

Mientras, los minutos se van acumulando hasta que pasa media hora. Cuando la segunda manecilla de la esfera radiante de su reloj los arrastra a John y a ella hacia un futuro incognoscible, está tan impregnada del penetrante olor de la muerte que puede sentir también su sabor en la lengua.

AQUÍ EN EL REINO DE ENSUEÑO
DE LA MUERTE

El edificio más pequeño con la palabra OFICINAS con letras grandes escritas en blanco parece ser el más fácil de registrar, pero en cuanto Aleem y Kuba se meten dentro descubren un laberinto de habitaciones repartidas en dos plantas. El sitio es un colador, hay entre cinco y siete centímetros de agua por toda la planta baja. Hay porquerías flotando en la corriente fétida y viscosa: latas de cerveza vacías, bolsas de aluminio antes llenas de patatas fritas o aperitivos de maíz, condones pálidos inflados como medusas o serpenteando como víboras traslúcidas.

—Aquí debe de ser donde los chavales del campo se cuelan a escondidas a montar fiestas —dice Kuba.

—A lo mejor deberías coger una muestra de esto y mandarla a tu aplicación de salud a ver con qué te has contaminado —dice Aleem haciendo muecas cuando el haz de luz de la linterna Tac Light se cruza con el bagazo y la basura.

—Mira todas estas oficinas. Quién habría dicho que las manzanas eran tan buen negocio.

—Desde Adán —dice Aleem.

—¿De qué Adán hablas?

—No seas ignorante. Del de Adán y Eva.

—A Adán lo conozco, anda con Simone.

—No había Simones entonces, solo Evas.

—Simone tiene el culo bonito.

Después de comprobar con cautela las oficinas de la planta baja, Aleem conduce a Kuba escaleras arriba.

—Tienes un iPhone, colega —le dice mientras sube.

—Por ahí, tirado en el fango, en alguna parte.

—Me refiero a que conoces el símbolo.

—¿Qué símbolo?

—El símbolo de la empresa. El símbolo de Apple.

—¿No es una manzana?

—Una manzana con un bocado. Es un símbolo de la ciencia.

—Yo no quiero una manzana a la que le hayan pegado un bocado. No es un símbolo de la ciencia, es un símbolo de la basura.

—Te estoy hablando de la primera manzana que arrancaron del árbol de la ciencia.

—¿El árbol de la ciencia? ¿Te comes una manzana y es como si hubieras ido a la universidad y luego ya puedes ser dentista? Eres el jefe, Aleem. Te respeto, pero joder... Otra de tus ideas raras, hermano, como la de la sal que explotaba.

Avanzan unos cuantos pasos por el vestíbulo de la planta de arriba, algo cruje bajo sus pies antes de que Aleem se detenga y haga un barrido lento con la luz de rodapié a rodapié. Aquí todo está seco. La pintura del suelo de madera machihembrado se ha desgastado y las tablas están ahuecadas. Cientos de escarabajos muertos yacen en regimientos, como un vasto ejército vencido, bajo un delgado sudario de polvo gris. Nadie podría pasar por aquí sin dejar un rastro de polvo removido e insectos desperdigados.

—Sé que has oído hablar de la Biblia —dice Aleem encabezando el camino escaleras abajo hasta la ciénaga.

—También he oído hablar de la enciclopedia. ¿Y qué?

—Lo de la manzana del árbol de la ciencia es una historia de la Biblia.

—¿Desde cuándo lees tú la Biblia?

—No la he leído nunca. Pero cuando era pequeño, mi abuela Verna me contaba algunas de sus historias.

—¿La misma abuela Verna que lleva lo de las putas de lujo en el Westside?

—¿Quién tiene dos abuelas que se llamen Verna? —dice Aleem mientras mete el pie en las aguas lúgubres de la planta baja.

—Y esa mala vieja, que lleva unos implantes dentales con los que se podría romper una nuez y más diamantes que los que han vendido en Tiffany's, ¿qué hace dándole a la Biblia?

—No es que le dé tanto. Solo le parece entretenida. Como lo del gigante Goliat.

—¿El luchador ese que mide dos metros diez, el que tiene un tatuaje de una serpiente saliéndole del ombligo?

—Te estoy hablando del primer Goliat, tío. Medía tres metros.

—Y ese Goliat, ¿vive en un castillo entre el árbol del conocimiento y el árbol de la sal? —dice Kuba mientras van chapoteando entre los deshechos de la fiesta, donde en otro tiempo se llevaban a cabo actividades comerciales y los atareados empleados mantenían a sus familias gracias al suministro de un producto real y nutritivo.

Speedo Hickam los está esperando justo delante de la puerta principal. Con su largo impermeable negro y la capucha puesta, a Aleem le recuerda a una monja, es demasiado blando para resistir al mal tiempo como un hombre.

—Hemos encontrado algo.

—¿Qué algo?

—Tienes que ir a verlo. Allí, en FRUTAS ENTERAS.

—Otra cosa: con todo el respeto, nadie nunca ha medido tres metros —dice Kuba, mientras los tres se encaminan hacia el edificio más grande del complejo.

—Speedo, ¿sabes algo de Goliat? —dice Aleem.

—¿Que es un luchador que le arranca de un bocado la cabeza a los pollitos?

—Ese es —confirma Kuba.

—No son pollitos de verdad —dice Speedo—. Son pollitos de malvavisco, como los de Pascua.

—Son de verdad verdadera —insiste Kuba.

—Si quieres creértelo, por mí bien —dice Speedo.

—Mi abuela Verna cuenta la historia de un renacuajo, David, que se cree que se puede enfrentar a Goliat y derribarlo. Goliat levanta al pequeño David, lo carga en una honda grande como la mierda y lo despachurra por todo un lado del templo.

—¿Qué templo? —pregunta Speedo.

—Qué más da qué templo. Lo importante es que a David le han enseñado la moraleja.

En FRUTAS ENTERAS, Jason, Hakeem y Carlisle están esperando justo delante de la gran apertura donde en otro tiempo había una puerta seccional. Jason dirige la luz a lo que han encontrado pasado el umbral.

—El que ha dejado eso no ha sido el Ratoncito Pérez. Esa zorra está por aquí en alguna parte.

Aleem casi puede sentir la cabeza de Nina entre sus manos mientras le aprieta con los pulgares la gelatina caliente de los ojos.

SUERTE

La oscuridad es tan densa que parece tener sustancia. Nina la siente presionando sobre ella, enroscándose en sus oídos. El aire está como aceitoso de esa oscuridad, es como si le dejara un residuo en sus pulmones al exhalar.

De vez en cuando cree oír voces, paquetes ordenados de sonido diferentes al aullido del viento y a la cháchara de la lluvia que las paredes de la planta de envasado amortiguan. En esos momentos, la presencia humana que sospecha no parece emanar del interior de este edificio. Son voces tan breves como débiles, como si vinieran de algún más allá sin nombre como el que esperaría escuchar durante una sesión de espiritismo. El tiempo pasa sin que se abra la puerta del almacén.

John sufre alergia y este ambiente pone a prueba su determinación para quedarse en silencio. El pobre niño ahoga un estornudo y minutos después otro, quizá tapándose la cara con las manos o pellizcándose la nariz —Dios no permita que eso pase cuando uno de los colegas de Aleem entre en la habitación—, y ambas veces susurra «Perdón» y Nina susurra «No pasa nada».

Quizá han pasado diez minutos y John hace un ruido furtivo, seguramente al meter la mano en un bolsillo del abrigo para rebuscar un pañuelo, porque después se suena la nariz con discreción. Después de un silencio sin disculpa, John desvela un problema con una voz tan queda que a Nina le cuesta escucharlo.

—Oh, no. No está...

—¿El qué? —susurra Nina.

—El billete de cien de la suerte —dice John, apenas exhalando la respuesta.

Durante un momento, las palabras de John no le cuadran a Nina, pero entonces se acuerda. En la cocina. Antes de que huyeran de su casa. John sacó un billete de uno de los fajos y lo examinó, maravillado. Era de verdad. Introdujo los billetes de cien sujetos con una goma en los bolsillos interiores de su abrigo, pero dobló el billete suelto y se lo metió en un bolsillo exterior. «Es como un penique de la suerte, salvo que vale diez mil veces más». Quizá fuera el mismo bolsillo en el que se había guardado los pañuelos de papel. Ahora andará por el agua que los rodea.

—Olvídalo —susurra Nina—. Tenemos muchísimos más.

—A lo mejor no lo he perdido aquí —dice John, después de un silencio cargado. La primera vez que se ha sonado la nariz ha sido cuando entraron en el edificio, justo en el umbral.

—El viento se lo habrá llevado lejos —le asegura Nina.

—A lo mejor no.

—El viento se lo habrá llevado —insiste ella.

EL BOCADO AMARGO

Michael dobla la curva a una velocidad considerable, el pesado Bentley presiona el pavimento como si poseyera una gravedad mayor que la que acompaña a todas las cosas de la Tierra. En el giro súbito, sus brillantes haces de luz se estrellan contra los troncos y ramas bajas del bosquecillo sin hojas agrupado sobre la tierra elevada. Los árboles se sacuden como si la luz los golpeara y los estremeciera físicamente, y después se disipan en la oscuridad cuando los faros delanteros se alinean con la recta de asfalto resbaladizo sobre la que bailan las gotas de lluvia reluciente como si fueran diamantes derramados.

El Michael en la sombra vive en la nanotecnología que teje en una red todas las células de su cuerpo, y esas madejas están entrelazadas con el espectro de ondas electromagnéticas cargadas de datos que es la red de redes de internet y todos los ordenadores conectados a ella. Cuando el coche baja la velocidad con el pomar yermo a ambos lados, una estilizada y luminosa brújula aparece en el cuadrante superior derecho de su visión. Este buscador de señales lo conduce no indicándole el norte magnético, sino señalando al transpondedor del teléfono de Nina.

Se desvía al arcén, estaciona el coche y apaga las luces y los limpiaparabrisas. Se encoge para meterse en el impermeable Helly Hansen que le llega al muslo y pertenecía a alguien de la casa en la que pretendía pasar unos cuantos días, un respiro puesto patas arriba por Aleem, pandillero y perro rabioso. En los bolsillos con cremallera hay espacio para los tres cargadores de recambio para el rifle, así como para un cúter que encontró en un cajón del escritorio de la residencia de Corona del Mar. Se sube la capucha y se la amarra debajo de la barbilla con la tira de velcro. Cuando comprueba en los espejos retrovisores la carretera que tiene detrás, hacia el norte, está oscura y en ese momento no hay viajeros. Apaga el motor, recobra el AR-15 y sale adentrándose en la tormenta.

La puerta está abierta y él está tras ella. Cuando mira por encima del borde para asegurarse de que no viene tráfico del sur ve a alguien acercándose, a doce o quince metros de distancia. El tipo es alto, lleva un impermeable negro hasta los pies con una capucha profunda que le oculta la cara. Es una silueta medieval, como de un monje mendicante o un peregrino que fuera a la antigua Roma, que ha cruzado medio mundo y mil años de un paso al siguiente. No va por el arcén, sino que camina por mitad del carril que va hacia el sur.

—¿Necesita ayuda, señor? ¿Se le ha estropeado el coche? —le grita a Michael.

No es la capacidad analítica de alta tecnología de su personalidad en la sombra la que le advierte a Michael del peligro. Es la intuición profunda con la que nació, el sólido reconocimiento del mal. Este desconocido no es un generoso samaritano que se ha aventurado con este tiempo de perros y en la oscuridad con la esperanza de poder tener un gesto de amabilidad con alguien. Sin embargo, Michael no es capaz de abrir fuego sobre el hombre sin estar seguro de sus intenciones. Además, el chasquido del rifle llegará lejos a pesar del aullido del viento y el crepitar de la lluvia, anunciando su presencia a otros de los perseguidores de Nina antes de lo que sería ideal. Levanta la voz por encima de la tormenta y mediante sus palabras asevera tanto que sabe lo que está pasando aquí como que lo han llamado para ayudar.

—Estoy buscando a Aleem.

La aparición se detiene a seis metros de distancia. Todavía no se puede discernir su cara dentro de la capucha ni el más mínimo vestigio del brillo de los ojos.

—¿Quién es Aleem?

No hay curiosidad en la pregunta, como sería el caso si fuera un ciudadano cualquiera, sino solo un toque frío desafiante, que básicamente identifica al hombre como a uno de la banda del gánster.

Mientras responde, Michael mete la mano de nuevo en el coche, tantea buscando en la columna de dirección el interruptor de apagado añadido, lo encuentra y lo gira rápidamente, activando el GPS y el sistema de navegación.

—Me han dicho que Aleem necesitaba transporte. Aquí estoy.

—¿Te han dicho cómo?

—Aleem ha llamado por teléfono a Brett Bucklin y Brett me ha llamado a mí. Vivo por la zona. ¿Conoces a Brett Bucklin, el abogado de Aleem?

—¿Cómo te ha llamado Aleem?

Cuanto más tiempo pasa Michael tras la puerta abierta del coche, más parece que la está utilizando para protegerse y menos que es quien dice ser. No puede avanzar con el AR-15 en la mano y esperar que la reacción sea razonable. El desconocido no ha visto el rifle y se lo podría tomar como una amenaza, sin que importe la indiferencia con la que lo lleve. Michael apuntala el arma contra la puerta abierta, con la placa de tope de la culata sobre el pavimento, y entra en el carril orientado al sur.

—No, no me ha llamado a mí, ha llamado a Brett Bucklin, su abogado, a la ciudad.

—Todos nuestros teléfonos se han quedado hechos una mierda.

—Es evidente que el de Aleem no.

—El viento te tapa la voz, tío.

Michael levanta la voz.

—El teléfono de Aleem no se ha quedado hecho una mierda.

Una ráfaga de lluvia se mete en la capucha de Michael y él pestañea para sacársela de los ojos. El pandillero a lo mejor está sosteniendo algo con la mano derecha. Michael no puede estar del todo seguro. La oscuridad y el clima contribuyen al engaño.

—Entonces dices que Aleem ha llamado a Bucklin.

—Eso es.

—Después Bucklin te ha llamado a ti.

—Eso he dicho. ¿Podemos pasar a otra cosa ya? Este tiempo es un asco.

—Estás aquí como transporte, para llevarnos ¿dónde?

—Donde sea que necesitéis ir.

—¿Cómo?

Michael vuelve a levantar la voz.

—Adonde queráis ir.

—Ocho además de ti en un coche.

Michael intenta que el viento le tape la voz sin que sea demasiado obvio que lo está haciendo.

—Uno de mis socios está de camino en un Escalade. Estará aquí dentro de unos minutos.

—Más alto, tío. ¿Quién qué?

—No puedo gritar más fuerte que la puta tormenta —dice Michael y avanza hacia el hombre. Solo están a cinco o seis pasos de distancia—. Me llamo Easton Ellis. ¿Tú quién eres?

—Masud. ¿Por qué llama Aleem a un abogado en vez de a otro colega?

—Ninguno de tus colegas vive aquí en el valle de los destripaterrones —dice Michael entrando en internet mientras habla, penetrando en el sistema de navegación, mandando la señal del transpondedor al Bentley y haciéndose con el mando de sus controles electrónicos.

La alarma del coche aúlla y los faros delanteros destellan sobresaltando a Masud, que levanta la pistola que tiene en la mano y apunta al coche. A lo mejor no es el matón más intelectual que tiene Aleem, pero solo le hacen falta tres segundos para darse cuenta de que si hay alguien en el Bentley que suponga una amenaza, entonces también lo es el hombre que lo iba conduciendo.

A Michael le hacen falta menos de dos segundos para abrir con el pulgar el bloqueo del cúter que lleva escondido en la mano derecha y rajar la muñeca que Masud deja expuesta cuando la manga del impermeable se desliza hacia atrás por el brazo extendido del arma. El corte fino de una hoja provoca un dolor vivo e instantáneo, como un calambrazo, peor que el corte de un cuchillo, una conmoción en el sistema. La pistola repiquetea sobre el asfalto.

Cuando el coche se queda a oscuras y en silencio, Michael le da un costalazo al hombre herido. Masud cae en mitad de la masa inflada y el crujido del impermeable, golpeándose con fuerza la parte de atrás de la cabeza sobre el pavimento, y Michael se tira sobre él, sujetándolo contra la carretera. El temido momento le sobreviene, tiene que cumplir con la tarea mortal para la que está entrenado, pero para la que nunca le ha surgido la necesidad ni, por supuesto, el deseo. A una distancia de meros centímetros, por fin ve la cara dentro de la capucha, un rostro con unos rasgos tan humanos como los suyos, con los ojos nublados un instante por la contusión. Masud es un monstruo, uno de los ocho que no deben alcanzar a Nina y a John antes de que Michael pueda llevarse en secreto a la madre y al hijo. La crueldad, la brutalidad y el asesinato son esenciales para el modelo de negocio de estos hombres y no hay manera de boicotearlos salvo por la fuerza. Coge la pistola de Masud caída en el asfalto, la agarra por el cañón y la levanta por encima de su cabeza. Los ojos de Masud se aclaran, Michael duda y los rasgos inmóviles de Masud se deforman por el odio. Michael lo golpea con la culata de la pistola con un gruñido repentino y la mirada feroz de la furia homicida, lo golpea una vez y otra y otra vez más, hasta que el hombre que forcejea bajo él se queda flojo.

La autopista está poco transitada a esa hora y con ese tiempo, pero no ha habido un Armagedón que haya convertido el mundo en un cementerio: lo más probable es que en algún momento pase alguien.

Michael se pone de pie y tira el arma a la zanja de desagüe, donde desaparece bajo el torrente de agua fangosa. Agarra al hombre muerto por los tobillos, lo arrastra por el asfalto hasta la cuneta de la autopista y lo hace rodar hasta meterlo en la misma zanja. Aunque la corriente es rápida y la escorrentía es lo bastante profunda como para cubrir a Masud, no arrastra al cadáver. A causa del aire que ha atrapado, un trozo del impermeable negro se hincha por encima de la superficie turbulenta de la escorrentía, tembloroso y extraño, como si un espíritu vengativo forcejeara para liberarse del cuerpo en el que ya no puede disfrutar de la vida.

Muy conmocionado por lo que ha hecho, Michael mira las siluetas torturadas de los manzanos, que se yerguen como testamento críptico de la historia de la humanidad. Se acuerda de Nina diciéndole que este valle se parece tanto al Edén como ningún otro sitio que ella haya visto; eso debió ser cuando el pomar era productivo. El conocimiento es transformador y enriquecedor, pero no es un fruto en cuya dulzura se pueda confiar. Dicen que, desde el primer Edén, los inocentes entraron desnudos en la oscuridad exterior con el amargo conocimiento de la inmortalidad perdida y el lúgubre reconocimiento de una vida nueva que se mide en los años escasos que se van apresurando hasta llegar a la tumba; lo peor es que pronto aprenden que, aunque deben someterse a la muerte, también pueden someter a la muerte a otros por tan poco como un capricho, y para algunos, eso se convirtió en un placer. A Michael no le produce ningún placer y espera no tener que matar a nadie más. Su deber para con Nina y John, sin embargo, le exigirá que haga lo que tenga que hacer. Matar y asesinar son cosas diferentes, y matar a hombres malos para impedir que asesinen a otros no es un trabajo perverso. De todos modos, preferiría no tener que cargar con el peso de recuerdos tales como el sonido de la carne cuando se abre y los huesos faciales desmenuzándose bajo el martilleo de la culata de una pistola.

Vuelve al Bentley, recupera el AR-15 y cierra la portezuela del conductor. Va deprisa hacia el sur, buscando una entrada al pomar que puentee la zanja de desagüe inundada.

DESCONCERTADO POR LOS RECUERDOS

Un extremo del billete empapado de cien dólares flota en la superficie ondulada de la inundada casa de envasado y el otro extremo está pegado al umbral de hormigón sobre el que el agua turbia chapalea y retrocede. Los ojos tristes y sabios de Benjamin Franklin contemplan la luz con la que Jason desvela esta evidencia, que es más que una pista, pero menos que una prueba de que Nina y el niño quizás se estén refugiando en este lugar. El billete no está ni sucio ni medio deteriorado, sino limpio y entero, como si lo hubieran dejado caer allí minutos antes.

Empapado, helado y embarrado, privado de las comodidades del SUV y de las ventajas de un teléfono, burlado por *La Macarena*, frustrado y humillado por una mujer que parece tener los poderes de una verdadera bruja, Aleem está de un humor homicida. Su furia es tan grande que no se atreve a mostrarla. Un hombre en su posición no se puede permitir que su banda lo vea embargado por la emoción. En todo momento deben percibir que se controla con mano de hierro, que es desapasionado y obstinado a la hora de perseguir sus objetivos. A un hombre emocional en exceso —incluso aunque la emoción sea una rabia furiosa expresada con despiadada crueldad— se lo considera un hombre débil, un hombre contra el que conspirar de manera implacable. Cuando encuentre a Nina la matará deprisa, por miedo a que el deleite de verla retorcerse de dolor se vuelva demasiado grande para poder contenerlo. Para compensar esta abstención forzada del placer de torturarla, le destruirá el espíritu. La sumirá en la desesperación disparándole dos veces a John en la cara, delante de ella, antes de volarle los sesos, matándola así dos veces, y lo hará con aparente indiferencia.

—¿Me sigues? —dice Jason, desconcertado por el silencio de Aleem y su persistente concentración en el billete de cien dólares.

—Speedo —dice Aleem—. Vuelve, encuentra tu teléfono y mira a ver si ahora funciona. Si no, date una caminata hasta el pueblo, llama a Modeen y a Lincoln.

Speedo es un cabroncete de lo más rudo, pero es también el más bajito de la banda, el menos útil para esta operación. Además, de todos ellos es el que puede pasar con más facilidad por un monaguillo cuya única pandilla es Dios y todos sus ángeles. Las chicas piensan que es dulce y divertido. Las señoras mayores lo miran y se imaginan que se pasa el tiempo repartiendo comida a gente que está confinada. La mayoría de los hombres parecen verlo como un joven buscavidas sincero, que es probable que antes de ir a clase repartiera periódicos, a última hora de la tarde cortara céspedes y los sábados trabajara en el lavadero de coches.

—Acuérdate—dice Aleem—, que traigan telas protectoras de plástico y cinta de embalar para que podamos envolverle los dos burritos a Héctor Salazar.

A Speedo eso le divierte.

—Le daremos a Héctor comida para que se lleve para su tarde en el mar. Voy de camino, hermano.

Todo ese tiempo, el billete mojado a sus pies ha tenido absorto a Aleem, así que Jason dice:

—¿Vamos a entrar?

—Dame un minuto —dice Aleem—. Estoy pensando una estrategia.

Es mentira. Los acontecimientos del pomar han provocado la primera grieta minúscula en la autoestima de Aleem. El billete de cien dólares parece ser un presagio, como el cuadro del lobo en *The Portent*, que debería haber sido una película con secuelas, salvo que mataron a todo el reparto y no dejaron opción para que la historia siguiera por ninguna parte. Después de ver esa película se preguntó si el concepto del karma podría tener algo de verdad, si quizá toda la mierda que le has hecho a los demás tarde o temprano te la hará alguien a ti. La idea lo había estado molestando un día entero, quizá dos, hasta que la superó. Pero ahora el billete de cien dólares le ha vuelto a traer el recuerdo y lo ha asustado.

Cuando Aleem tenía diecisiete o dieciocho años, el jefe de la banda era Tatum Krait, aunque nadie lo llamaba nunca Tatum: todo el mundo lo llamaba Mamba o a veces doctor Mamba. Todo el mundo menos su padre, Walter Krait, que lo despreciaba y lo llamaba Tumtum. Entonces una mamba de verdad mordió a Walter y murió. Después de que se desvelaran los resultados de la autopsia, el médico forense declaró que la causa de la muerte era la picadura de una serpiente de cascabel porque, para empezar, las mambas no eran nativas del sur de California y, para seguir, entendió que tenía que declarar eso para asegurarse de que no le pasaría nada horrible a su hija de once años. Mamba consideraba que Aleem era un joven lleno de promesas y lo fue preparando para que ocupara un puesto de liderazgo, asignándole primero y en secreto el trabajo de exterminador en el departamento de recursos humanos. A veces a los camellos les pica la avaricia y resulta muy frecuente que adulteren una remesa cortándola de más con laxante para bebés hasta que se queda hecha mierda. O un traficante autorizado encuentra su propio proveedor y declara menos ventas de las reales. O alguien ve a una mula en un muelle fingiendo pescar codo a codo con un conocido agente de la brigada antidrogas. Entonces había que rescindir contratos. Así que el joven Aleem cultivaba una imagen de juerguista y de ser un tío de trato fácil. Cuando quedaba con alguien a solas, nadie sospechaba adónde acabaría llevando la cita. Cuando estaban los dos solos, Aleem abría una botella de lo que sea que prefiriera su víctima y la servía diciendo que hablaba en nombre de Mamba, que quería expresar su agradecimiento por un trabajo bien hecho. Con la segunda ronda, a veces con la tercera, Aleem exageraba las alabanzas, intercambiaba anécdotas, compartía unas risas. Cuando los ánimos ya se habían caldeado sacaba tres fajos de billetes de cien envueltos en plástico: el agradecimiento de Mamba, treinta mil dólares. Los condenados sabían perfectamente lo que habían hecho, pero se creían que se habían salido con la suya y siempre disfrutaban de las alabanzas, llevándose con agrado su bonus. Benjamin Franklin los contemplaba con sus ojos tristes y sabios desde todos los fajos de billetes. Cuando iban a salir de la habitación, Aleem rodeaba con el brazo a su invitado, mientras le decía cuánto lo valoraban, y es entonces cuando lo embestía con el estilete entre dos costillas y dentro del corazón. Era parte de su trabajo meter el cuerpo él solo en una furgoneta, cosa que podía hacer porque era fuerte y tenía el equipo apropiado, incluida una carretilla hidráulica manual. Conducía la furgoneta a la funeraria con la que Mamba tenía un acuerdo. Había una cremación. Durante los tres años en los que ejerció de exterminador resolvió siete problemas semejantes y así empezó su ascenso.

Ahora, después de los acontecimientos inexplicables del pomar, en el estado agotado y desaliñado en el que se encuentra, el billete de cien dólares que ha aparecido en este improbable lugar rescata de su memoria aquel trabajo de exterminador que con tanta satisfacción desempeñó al final de su adolescencia y despierta en él algo parecido a la superstición. En las películas del género de *The Portent,* esta vasta y solitaria extensión de árboles muertos y edificios abandonados es el lugar en el que un psicópata deforme con una máscara de cuero resulta tan imparable como un robot exterminador.

Aleem se recuerda a sí mismo que no cree ni en los presagios ni en el karma. Igual que un perro viejo, se sacude para deshacerse de la estupefacción que lo ha abrumado. Levanta la mirada del dinero y se queda observando a sus compinches. Allí reunidos ante él, le parecen conocidos pero misteriosos por algún motivo que no puede explicar.

—Hakeem, Carlisle, dad la vuelta por el otro extremo, bloquead esa puerta grande que está abierta. Cuando estéis en vuestros puestos haced una señal con la linterna. Jason, Kuba y yo entraremos por este lado y despejaremos el lugar. Si Nina aparece con su treinta y ocho no os andéis con cuentos: intentad pegarle un tiro en las rodillas a esa zorra. Dejadme el tiro en la cara para mí. Me lo he ganado.

GIRANDO EN EL VÓRTICE

Michael se guía por la estilizada brújula que brilla en la esquina superior derecha de su visión, similar de alguna manera a la forma en que los datos de la batalla se proyectan en el parabrisas de un avión de combate. Corre a través de falanges de árboles aniquilados por la muerte que se yerguen como tótems sin rostro de una raza hace tiempo extinguida. Allí donde la hierba se ha agotado, el suelo está fangoso y le succiona los zapatos como si la tierra misma estuviera dotada de sentido, fuera malevolente y deseara arrastrarlo a la profundidad subterránea y sepultarlo entre las raíces podridas que en otro tiempo transportaban el sustento a las ramas innumerables del pomar.

Cuando pasa entre dos árboles demacrados y entra en otro sendero para la recolección casi se choca con una figura que se mueve con rapidez, pésimamente revelada en la penumbra azotada por la lluvia, que podría ser o un hombre o una mujer, quizá un muchacho, aunque es demasiado alto para ser John o Nina. El individuo se sobresalta, casi se cae sobre la alfombra resbaladiza de hierba muerta, recupera el equilibro y emite un nombre y una consulta con una voz masculina y desconocida.

—¿Orlando?

Sea quien sea, no se trata de un inocente que anda de paseo por el pomar en esta noche de entre todas las noches. Es uno de la banda de Aleem, un asesino experimentado. En cuanto el desconocido habla, Michael agarra el AR-15 por el lado inverso al que lo llevaba, da el último paso que hay entre ellos y le pega un tajo en la cabeza con la culata del rifle. El contacto es firme y el hombre se derrumba.

Michael cae de rodillas sobre el pecho del desconocido, oye un crujido sutil y una exhalación explosiva, pero el hombre todavía tiene fuerza para sacudirse y girarse, para extender ambas manos, intentando encontrar la cara de su atacante. Mientras gira la cabeza para protegerse los ojos, Michael sujeta el rifle por el cañón y la culata y lo emplea como herramienta aplastante, apretando hacia abajo con todo su peso y su fuerza sobre la garganta del hombre, a quien atrapa una espantosa y primitiva desesperación nacida no del miedo por su vida, sino de un arrepentimiento intrínseco por haberse visto reducido a esta brutalidad; no cede, sin embargo: no debe ceder. Nada salvo un sonido como de gárgaras se le escapa al desconocido y, conforme va disminuyendo su fuerza, agita las manos hacia abajo sobre el rifle y se encuentra con las manos de Michael. No se aferra a ellas para pedir socorro, sino que las aprieta como si ese encuentro hubiera hecho nacer un vínculo inesperado; su tacto es suave y suplicante, como expresando un ruego de misericordia, aunque quizá él mismo no se la haya concedido nunca a nadie. Michael aprieta hacia abajo incluso después de que las manos flácidas del hombre se deslicen soltándose de las suyas, aprieta hacia abajo con un respeto cauteloso, porque las maneras humanas suelen ser engañosas. Cuando por fin levanta el rifle de la garganta, la única respuesta del desconocido es el olor creciente de la sangre y el vómito que le llenan la boca, que conforma un grito silencioso.

Michael hace rodar el cadáver hasta un charco fangoso, donde se queda boca arriba durante un momento, mientras la lluvia le golpea la cara, con el rifle cruzado sobre el pecho. El viento veloz tiene muchas voces, como si tocara la gaita por encima de Michael, como si tuviera opiniones cambiantes, indulgentes e implacables al mismo tiempo: hablan de honesta necesidad, pero también de penitencia, del

vino embriagador de la violencia y del pan de la paz que trae
la sobriedad, y Michael encuentra verdad en todo aquello.

Se pone de pie y duda mientras se queda sopesando el
cadáver. No existe ninguna zanja cercana a la que arrastrar
el cuerpo. En la inmensidad del malogrado pomar, la probabilidad de que uno de los acompañantes del hombre muerto se tropiece con él es escasa. Sin embargo, como parecía
tener una tarea urgente, seguro que no tardan en echarlo
de menos. Su desaparición sin explicación les advertirá a los
otros de la existencia de una potencial amenaza.

Alterado, nada tranquilizado por el resultado de sus dos
primeras escaramuzas, con la sensación de que se le acaba
el tiempo, Michael avanza. Se guía por la brújula virtual,
que lo único que demuestra es que el teléfono de Nina está
encendido y mandando señales, pero no que ella siga viva.
El viento disminuye de manera significativa mientras Michael se dirige a la siguiente fila de árboles, como si la tormenta estuviera en proceso de agotarse, pero, a pesar de
que la lluvia cae ahora a plomo como una manta, desciende con no menos volumen que antes. Pasa entre árboles tan
desfigurados que no parecen creados por la naturaleza, sino
más bien ensamblados por algún artista de vanguardia que
con los huesos astillados de abundantes especies, tanto te-
rrestres como extraterrestres, esculpe farsas de la creación.
Más allá queda el terreno abierto, un complejo de edificios
y cinco hombres apiñados en la pálida estela de la luz de
dos linternas que apuntan al suelo. Están delante del edificio de mayor tamaño, en una entrada sin puerta sobre la
que Michael distingue las palabras FRUTAS ENTERAS en
espectrales letras blancas contra el oscuro revestimiento de
tablas de madera. La brújula virtual que brilla hacia la peri-
feria de su visión señala directamente a esa planta de envasado y ahora cambia de color de ámbar a rojo.

Nina y John deben de estar en alguna parte dentro de
ese edificio, arrinconados o ya capturados. Es esencial que

Michael sepa cuál de las dos. Quieto entre dos árboles, aunque no tiene teléfono, se introduce en el sistema de telecomunicaciones con el que Nina tiene contratado el servicio y la llama. Es evidente que Nina está sujetando el teléfono, porque contesta a la primera señal.

Aunque los cinco hombres están a cuarenta y cinco o cincuenta o cinco metros de distancia, Michael susurra.

—¿Te han encontrado?

—No —susurra Nina—. ¿Dónde estás?

—Mirando un edificio que se llama FRUTAS ENTERAS.

—Dios mío. Gracias a Dios.

—Hay cinco de ellos fuera. Puede que estén a punto de ir a por ti. Creo que puedo cargarme a la mayoría de ellos. ¿Puedes no asomar la cabeza y quedarte escondida?

—No por mucho tiempo. Estamos...

—No asomes la cabeza, quédate escondida —la interrumpe Michael y desconecta.

Por lo que puede ver, los cinco hombres están apiñados en FRUTAS ENTERAS y concentrados los unos en los otros, ninguno parece estar escudriñando la noche en busca de amenazas, pero no puede estar seguro. Aunque parecerá solo una pequeña silueta negra moviéndose a través de la vasta oscuridad rural bajo cortinas de lluvia, se resiste a abandonar el refugio que le proporcionan los árboles. Sin embargo, esos hombres están a cuarenta y cinco o cincuenta y cinco metros de él, y necesita acortar distancias antes de abrir fuego. La única oportunidad que tiene de eliminar a esos cinco —y a otro más que estará en alguna parte; los seis que quedan de los ocho— es mantener la ventaja del elemento sorpresa hasta que haya reducido su número de manera significativa.

Después de matar a Masud esperaba no tener que matar a nadie más, aunque sabe que es una esperanza que es poco probable que se cumpla. La segunda muerte, todavía más íntima que la primera, ha pesado no menos sobre él.

Le ha recordado que el verdadero fundamento del deber no es la esperanza, porque es humano esperar que pase algo malo. El deber se basa en algo más profundo que la esperanza: en la fe de que lo que resulta demasiado malo como para soportarse tendrá que enderezarlo y rectificarlo ese sistema judicial que subyace a toda la naturaleza, muy por debajo del nivel subatómico; un sistema que puede enmendar un error en un día o con el paso del tiempo o más allá del tiempo. No nos corresponde protestar por el calendario o avalarlo. El deber de Michael es actuar con toda la pericia y la sabiduría que posee, no con esperanza, sino con convicción.

El edificio más cercano está directamente al sur y a unos veinte metros de donde se encuentra Michael. FRUTAS EN-TERAS está quizá treinta metros más allá hacia el sudoeste, después de un edificio más pequeño que lleva la palabra OFI-CINAS en grandes letras de molde. No puede ver el nombre del edificio contra el cual pretende refugiarse, porque se le presenta de flanco y la palabra o las palabras estarán estampadas en el frontispicio, como pasaba en los demás sitios.

Habida cuenta de lo traicionero del terreno y porque incluso una silueta oscura cruzando un paisaje oscuro es más probable que atraiga la atención si avanza corriendo, Michael sale de los árboles y se dirige hacia el edificio sin nombre a paso ligero pero prudente, agachado, temiendo oír un grito de reconocimiento. Llega a la construcción sin que lo hayan descubierto y se queda de pie con la espalda contra la pared, a seis metros de la esquina y fuera de la vista del grupo de hombres.

Lo ideal sería que hubiese tenido tiempo para practicar con el rifle para conocer las idiosincrasias de su funcionamiento. Ha practicado mucho con rifles AR-15, pero cada arma tiene su propia y única personalidad. La precisión depende hasta cierto punto de conocer íntimamente la pieza concreta con la que se está trabajando.

Incluso ahora que está mucho más cerca no puede oír las voces de los hombres por encima del siseo-plaf-plof-tamborileo de la lluvia, aun en una casi ausencia de viento. El tañido apagado de su laborioso corazón impulsa la sangre de la vida a través de decenas de miles de arterias, arteriolas, capilares, vénulas y venas, una construcción asombrosa ante la que la adición de la nanotecnología en el seno de sus células, que compone su personalidad en la sombra, resulta poco más que un añadido complementario extra de confort, igual que equipar un Tesla con alfombrillas WeatherTech.

Va con cautela a la esquina del edificio y mira hacia FRUTAS ENTERAS. Los cinco hombres siguen bien apiñados, de manera ideal para que reciban la justicia debida justo aquí y justo ahora y no más allá del tiempo.

UN BREVE DEBATE

—… un tiro en las rodillas a esa zorra. Dejadme el tiro en la cara para mí. Me lo he ganado —concluye Aleem.

Jason, Hakeem y Carlisle no tienen problema con eso, pero Kuba sí.

—Digamos que cogemos a Nina sin tener que dispararle.

Eso es decisión suya —dice Aleem.

—Entonces no tenemos que ir directamente a pegarle un tiro en la cara.

—Ya veo por dónde vas —dice Jason.

—Con todos los problemas que nos está dando esa zorra se merece llevarse más venganza y no solo un cuarenta y cinco en la cara —dice Kuba.

—Aunque ese billete de cien fuese suyo es probable que solo tenga otro más. Ese cuchitril azul en el que vive, llevándoles las cuentas a las lavanderías y los salones de uñas… No tiene ni la mitad de lo que hace falta para pagarnos la mierda por la que nos está haciendo pasar —dice Carlisle.

—Amigo mío —dice Hakeem—, solo los estúpidos paletos ignorantes se creen que el dinero es lo único que hace girar al mundo.

Impaciente con los prejuicios geográficos de su colega, Carlisle dice:

—¿Dé qué mierda hablas, Hakeem? La gente de Filadelfia no es más idiota que en cualquier otra parte.

Kuba aclara a qué se refiere.

—Aleem y yo nos pusimos de acuerdo cuando veníamos de camino hacia aquí en que ella para él no es más que…

—Y nunca lo ha sido —aporta Aleem, para asegurarse de que a ninguno de los presentes se le ocurra la idea de que él permitiría que cualquier mujer fuera para él algo más que una fuente de satisfacción sexual—. Siempre ha sido un polvo de primera, nada más.

—A una mujer como ella que convierte a un chaval como John en la putita que es —sigue diciendo Kuba— hay que enseñarle el error que ha cometido. Al que no quiera enseñárselo, es que algo malo le pasa en la cabeza.

Jason asiente pensativo, sacudiendo la lluvia que tiene en el borde de la capucha.

—¿Estamos hablando de que nos la tiremos todos?

—Si conozco a Kuba —dice Hakeem—, no estamos hablando de leerle pasajes morales de la Biblia.

Por mucho que Aleem solo quiera ver muertos a Nina y a su mocoso para poder dejar de pensar en ellos y seguir con su vida, se resiste a retractarse de su promesa de dejar que Kuba no solo abuse de ella, sino que también la destroce. Kuba es su brazo derecho y están muy unidos, pero eso no significa que le falte el potencial para ser el próximo Antoine. Cuando desea algo con mucho ahínco presiona a Aleem de una manera en que no debería, y quizá Aleem lo ha consentido demasiadas veces por afecto fraternal. Eso puede corregirlo en los siguientes días, no en este lugar extraño y con todo el mundo alterado por lo que ha pasado. Necesitan aliviar la tensión y volver a sentirse bien consigo mismos, sentirse poderosos.

—Ese edificio, el de sidra y zumo, está seco. Es un buen sitio para montar una juerga si te consigues a una tía buena como Nina —dice Jason.

—Van a pasar horas hasta que Modeen y Lincoln lleguen aquí, después de la una —observa Hakeem—. Digamos que no tenemos a Nina para entretenernos, ¿cómo vamos a pasar el tiempo sin hacer algo de lo que luego nos arrepintamos?

—Primero —dice Aleem, reconociendo la cuestión—, tenemos que agarrar a esa zorra sin hacerle agujeros extra. Hakeem, Carlisle, dad la vuelta por el otro extremo, bloquead esa puerta grande que está abierta, como os he dicho. Jason, Kuba y yo entraremos desde este extremo.

Justo entonces, la cara de Jason sale fuera de la capucha. Como el sonido del disparo llega una fracción de segundo después del borbotón de desechos biológicos, amortiguado por el torrente de lluvia, este acontecimiento radical parece sobrenatural, diabólico. Durante un fatídico instante, mientras la vida corpórea de Jason parece evaporarse dentro de su impermeable y la amplia prenda se pliega sobre el suelo como si se hubieran desecho de ella, Aleem y sus colegas están desconcertados y perplejos, como si Jason hubiera demostrado ser un mago con un poder asombroso. Cuando se dan cuenta de la verdad, se dan la vuelta alejándose del hombre muerto. Los tiros segundo y tercero golpean a Kuba por la espalda y este se lanza a tierra delante de Aleem, retorciéndose como una cucaracha a la que han pisado pero no han aplastado del todo, gritando desde el interior del charco en el que se le ha quedado clavada la cara.

Aleem Sutter conoce las armas como un carpintero conoce un martillo, no como las conoce un hombre que tenga formación militar. Cuando Aleem recurre a un arma de fuego en vez de a un arma más íntima mata a aquellos que necesita matar en almacenes desiertos y fábricas abandonadas donde los cuerpos pueden descomponerse durante años, o los sorprende en callejones oscuros o los acribilla desde un vehículo en movimiento. Pero nunca ha tenido que participar en tiroteos en los que la supervivencia dependa, en parte, de la capacidad de deducir rápidamente el punto desde el que provienen los disparos ajenos. Aunque ha visto la pistola que posee Nina, aunque ha registrado su casa mientras ella no estaba y sabe que no tiene —o antes no tenía— un rifle de tanta potencia, lo invade el convencimiento, por muy improbable que sea, de que es ella la tiradora que los está liquidando desde el escondite de FRUTAS ENTERAS. Se agacha y se aleja deprisa de la cavernosa abertura del frontispicio. Gira la esquina del edificio grande, se pone en pie y corre hacia el oeste a lo largo de una pradera de hierba marchita y fango de seis metros de ancho que hay entre FRUTAS ENTERAS y PRODUCTOS DE ESPECIALIDAD, lejos del campo de matanza, mientras el rifle dispara tiros con tanta rapidez como el tirador puede apretar el gatillo.

UNA LLAMADA TELEFÓNICA

Para Nina, los disparos suenan como si las balas fueran lo bastante poderosas como para atravesar las paredes, y es probable que las paredes de madera de este sitio ya estén debilitadas por las termitas y el tiempo. En su escondite, John y ella se deslizan lo más hacia abajo que pueden.

Después del último de los disparos y los gritos y chillidos se instala el silencio, salvo por la lluvia incesante. Durante un minuto o así, la ausencia de disparos es peor que su repiqueteo, porque le preocupa que hayan alcanzado a Michael devolviéndole los disparos —cinco contra uno— y esté muerto o malherido.

Entonces le vibra el teléfono en la mano. Responde a la llamada con la voz queda. Está bien. No le han dado.

—Cuatro de ellos han caído —dice Michael, su voz tan queda como la de ella.

—¿Muertos?

—O como si lo estuvieran. Más dos a los que me he cargado antes.

Conformada por las malas experiencias, Nina se ha convertido en una mujer religiosa de corazón, en una persona hogareña que hace galletas, aficionada a la jardinería, que se gana la vida haciendo números, no es amante de las emociones, aspira a la tranquilidad y a los placeres sencillos, valora las vidas de los demás no menos de lo que valora la suya propia. Por eso se queda sorprendida cuando siente que la recorre una emoción sedienta de sangre al oír las noticias de que Michael, el asombroso Michael, ha matado a seis.

Sorprendida, pero no consternada en lo más mínimo. Conoce la traducción original y exacta del mandamiento —*No matarás*— y son Aleem y los de su clase los que transgreden todas las prohibiciones que hacen posible la civilización. Si no hay nadie que detenga a los de su clase, que mate a los de su clase, entonces ellos asesinarán, asesinarán y asesinarán hasta que no quede nadie que pueda convertirse en su víctima. Los violentos se saldrán con la suya.

—Uno salió corriendo —dice Michael—, ha dado la vuelta por el lado de FRUTAS ENTERAS. Al octavo hombre no lo he visto todavía. Quédate donde estás hasta que los pille.

—O te pillen ellos a ti.

—Este no es su territorio. No saben quién soy, de dónde salgo. Sus coches, sus teléfonos, ahora esto… Están aterrorizados.

—Esa gente no se aterroriza.

—Llevan aterrorizados toda su vida. Los cobardes le tienen miedo a fracasar si tuvieran que vivir de su trabajo y hacerle frente al mundo cada uno por su cuenta.

—A lo mejor. Pero siguen siendo peligrosos.

—Cuando no van en manada, no tanto. Quédate donde estás, Nina. No tardaré mucho y nos pondremos en camino.

Michael termina la llamada.

Nina ha tenido el teléfono un poco apartado de su oído para que John pudiera escuchar toda la conversación.

—Yo quiero ser así —dice John.

—¿Así cómo?

—Como él.

—Ya vas por ese camino.

—No me refiero a la cosa de la Singularidad.

—Sé a qué te refieres, cariño.

—Seguiría siendo quien es sin eso. Eso no es lo que importa.

Nina alarga la mano en la oscuridad para acariciarle la cara a su hijo.

—¿Qué piensas tú? —pregunta él.

—¿Sobre qué?

—Sobre él.

—Es increíble —dice Nina.

—Lo es, ¿a que sí? —dice John, con la esperanza chispeándole en la voz.

Nina no dice nada más. Sabe hacia dónde se inclina su corazón, que es algo que ha ocurrido de manera inesperada durante este día alocado; sin embargo, todo tiene su tiempo y ahora no es momento para eso. Si no ha llegado el tiempo de que suceda algo, desearlo con mucha intensidad es una afrenta al orden del mundo. Se la podría acusar de ser supersticiosa por pensar eso, pero eso piensa de todas maneras. Solo se permite una plegaria en silencio: *Líbralo del mal.*

EL VINO DE LA VIOLENCIA

Mientras patrulla la carretera a pie para impedir que Nina y el niño lleguen a la ciudad desde la sección sur del pomar, Orlando Fiske tiene la sensación de que lo han excluido de la contienda, si es que acaso hay contienda alguna después de la avería de los coches y la cosa extraña que les ha pasado en los teléfonos. Masud Ayoob patrulla la sección norte, a unos cuantos centenares de metros de distancia, y de vez en cuando se confirman el uno al otro su presencia silbando tan fuerte con dos dedos metidos en la boca que se oye su sonido estridente a través de todo el ruido que hace el clima, incluso a cierta distancia. Orlando sigue silbando de vez en cuando, aunque ha pasado ya tiempo desde que Masud le contestara. Eso le preocupa, pero no sabe qué hacer al respecto. Si se dirige al norte para ver qué le ha pasado a Masud y como consecuencia Nina y el chaval logran escapar y encuentran ayuda, Aleem le dará una paliza. Orlando es un jugador de equipo, un tipo que hace lo que le dicen. No se siente cómodo tomando la iniciativa.

Por otro lado, también es un tipo al que le gusta la acción, que la necesita casi tanto como un yonqui necesita sus drogas. Orlando tiene un umbral de aburrimiento bajo. Le gusta andar en pandilla porque así siempre está pasando algo, siempre hay territorio que proteger. Camellos que han desviado fondos y a los que hay que romperles un brazo o cortarles un dedo. Putas huidas que hay que encontrar y traer de vuelta y a las que hay que hacerles entender el futuro tan distinto que van a tener si por lo que sea les cae un chorro de ácido en la cara. Idiotas a los que hay que exprimirles el dinero que han pedido prestado a un veinte por ciento de interés al mes. Orlando y Masud son ejecutores de amplio espectro: les enseñan las lecciones difíciles a los socios y clientes de varios de los negocios que a la banda le parecen más importantes para su balance de cuentas.

Hubo un tiempo en el que Orlando lamentaba que su jornada laboral tocase a su fin y soportaba sus horas de descanso sintiéndose desolado y desamparado. Nunca le ha hecho falta dormir más de cinco horas cada noche, lo que le deja por lo menos otras ocho que ocupar en lo que sea antes de salir en compañía de Masud con la lista diaria de ejecuciones. Durante muchos años, Orlando no ha sabido qué hacer cuando no estaba trabajando. La televisión no le ofrece nada de interés. No tiene aficiones; una vez decidió aprender a tocar la guitarra, pero el esfuerzo que requería lo frustró tanto que terminó rompiendo el instrumento a martillazos. Para cuando tenía seis años, el rostro que la naturaleza le había moldeado hizo que hasta su madre desconfiara de él, y aunque su cuerpo de brazos largos, piernas cortas y articulaciones toscas estaba completamente falto de elegancia atlética, ha logrado llenar algunas de sus horas de soledad con chicas, chicas dispuestas a cambiar sexo por drogas, aunque no fueran nunca de las de primera clase, y a veces de ellas no solo obtenía placer, sino también alguna infección.

Su vida había cambiado tres años antes, cuando llegó Alana. Orlando tenía entonces treinta y cuatro años y Alana veinticinco. Era natural, más guapa que ninguna otra chica que hubiera visto nunca, sexy, pero sin ser una fresca; *cien por cien portátil*, como decían sus colegas, lo que quería decir que se podía llevar a cualquier parte sin pasar vergüenza, aunque no es que Orlando fuera a sitios a los que no pudiese llevar a cualquier zorra. Se conocieron gracias a una página para buscar pareja, Enchantment Now, y a Alana no la asustó la cara de Orlando, a pesar de que su foto era de verdad. La presentación de Orlando en su perfil, escrita por su madre, atrajo a Alana solo dos horas después de que la subiera: *Espero conocer a una mujer que trabaje mucho como yo, que no tenga secretos y vaya a misa. Si eres hogareña como yo, si bebes con moderación, pero huyes del mundo falso de la fiesta, si tu mayor deseo es llenar las horas de soledad con alguien que te cuide muchísimo, por favor, piensa en mí.* Su madre creía —y sigue creyendo— que Orlando trabajaba en un banco verificando los datos de las solicitudes de préstamo. Se sintió raro en la primera cita con Alana, le pareció que no había ido bien, pero al día siguiente ella lo llamó para concertar una segunda cita. Llevan juntos desde entonces y es una relación preciosa.

Alana es buena cocinera y a Orlando le gusta ayudarla a preparar la cena en la acogedora cocina de su bungaló de estilo Craftsman. Muchas noches, Alana le lee novelas, y aunque Orlando nunca ha sido muy lector, la escucha con placer. Las historias que elige ella son siempre apasionantes y a veces Orlando se conmueve hasta las lágrimas, que no supo jamás que era capaz de derramar hasta que Alana le leyó *Mujercitas*. Juegan a juegos de mesa y al rummy 500. Dan largos paseos y hablan de cosas que él no se había imaginado que le iban a interesar nunca, pero que ahora le interesan. El sexo es genial, mejor de lo que había experimentado antes, y Alana nunca le ha pegado ninguna infección. Alana es profesora de inglés del segundo curso de la secundaria, aunque es muy ambiciosa. El año pasado le dieron el premio a la mejor profesora del año de California. Tiene un máster en gestión educativa. Pretende ser subdirectora dentro de dos años, cuando cumpla los treinta, directora del colegio para cuando cumpla treinta y dos, directora de todo el distrito para cuando tenga treinta y seis, y secretaria de educación de California cuando tenga cuarenta y pocos: los directores y secretarios estatales son los funcionarios que supervisan las mayores sumas de fondos públicos del sistema de educación y tienen tan poca supervisión efectiva que podrá trasvasar decenas de millones de dólares y el riesgo de que los descubran es muy bajo. Alana pretende retirarse cuando tenga cincuenta años, si no antes.

Es prueba de la inteligencia y la perspicacia de Alana el hecho de que, a pesar de aquella presentación que la madre de Orlando había escrito para su perfil, e independientemente de lo sumamente incómodo que estuvo él en la primera cita, aquella encantadora mujer hubiese descubierto la verdad de su profesión y de su necesidad inextinguible de lo que él llamaba «acción». Cuando se conocieron, a ella le faltaban dos años para convertirse en la profesora del año de California. Debido a su belleza y a su alto nivel académico, se había convertido en blanco de unos cuantos alumnos, muchachos de catorce años trastornados por las hormonas que no tenían ningún interés por aprender, llevaban navajas y creían que la mejor manera de demostrar su masculinidad era interrumpir a su profesora en clase, lanzarle abiertamente sugerencias lascivas y atormentar a los demás alumnos. Con buen olfato para detectar las ambiciones de Alana y resentido porque había rechazado sus insinuaciones románticas, el director del centro no le prestó ayuda alguna y se abstuvo de castigar a los malhechores. Con la clase sumida en el caos, Alana perdió la esperanza de preparar a sus mejores alumnos para que ganaran los concursos académicos, lo que conseguiría que tanto ellos como su profesora llamaran la atención de las autoridades educativas estatales. Sin el apoyo de la administración del colegio se arriesgaba a granjearse la reputación de ser una pusilánime entre aquellos alumnos propensos a decir «Lárgate, zorra» en vez de «Sí, señora». Empezó a buscarse un caballero defensor. Cuatro meses después conoció a Orlando gracias a Enchantment Now.

Hace no tanto tiempo, este era un país en el que los chavales de catorce años llevaban cortaplumas en vez de navajas, si es que llevaban algún cuchillo encima. En aquella época no veían pornografía, salvo los desnudos del *Playboy*, sanos en comparación. Para emborracharse optaban por la cerveza, en vez del batiburrillo de drogas que tenían ahora a su disposición. Antes, los sociópatas que había entre ellos eran tan pocos que los tiroteos masivos en los institutos eran tan raros como las grabaciones auténticas del Bigfoot. Tras las últimas décadas de rápido avance este ya no es el país que era.

Algunas noches, Orlando sale de su casa feliz a participar en una sesión de asesoramiento estudiantil, aunque la mayoría de las veces añade una cita a la lista de ejecuciones diarias que comparte con Masud. Ningún chaval de catorce años ha repetido su comportamiento grosero en clase después de haber sido abordado por dos hombres enormes con un aspecto tan serio como son Orlando y Masud. Meten al chaval de un empujón en una furgoneta, lo llevan a un almacén abandonado, lo desnudan, lo atan con bridas a una silla, le ponen un cuchillo de combate en el paquete y le informan con todo detalle de cómo va a tener que orinar durante el resto de su vida, si es que la hemorragia no lo mata antes. Si es lo bastante afortunado como para que le practiquen una cirugía de derivación urinaria, el flujo de orina irá a una bolsa de recogida que tendrá que vaciar de forma manual. Orlando siempre concluye el encuentro advirtiéndoles a los jóvenes despistados que no hablen de ese encuentro con nadie y que sean amables con su profesora de inglés, indefectiblemente amables y obedientes; en caso contrario, no recibirán otra advertencia. No hay segunda oportunidad. La próxima vez les desprenderán todas sus partes colgantes, y si alguna vez consiguen tener un momento de alegría como para ponerse a cantar, lo harán con voz de ultrasoprano.

Alana le ha explicado a Orlando que no es un hombre malo, no en comparación con tantísimos otros que hay en este mundo cada vez más oscuro. Sí, elige embriagarse con el vino de la violencia, pero esa violencia solo la dirige contra quienes creen estar por encima de las reglas; por lo tanto, ayuda a mantener el orden en su barrio, cuando podría desatar su violencia sobre los inocentes con la misma facilidad, como hacen tantos otros. Alana dice que es un azote, como lo fue Moisés en la Biblia. Los azotes proporcionan un servicio sin el que no podría existir la civilización. Cada vez que Alana le dice eso, se lo tira hasta que Orlando se queda exhausto. Orlando cree que algún día será una secretaria de educación increíble.

Ahora desearía poder estar en casa, escuchándola leer una novela, en vez de patrullando esta carretera solitaria, y se maravilla de que él, que nunca ha llegado al segundo año de la secundaria, pueda tener como amante a una mujer tan hermosa y brillante. Si se ha ganado el amor de un ángel como Alana, seguramente podrá aprender a tocar la guitarra; a lo mejor se compra una nueva.

Una serie de rápidos disparos de rifle interrumpen la ensoñación de Orlando. Se agacha de manera instintiva, pero los tiros no van dirigidos contra él. Unos gritos atraviesan la noche, tan agudos por el dolor y el terror que parecen ir acompañados de destellos de luz, como de un pedernal, mientras acuchillan todas las cosas que encuentran a su paso. Otros disparos y gritos de agonía más le permiten percibir por intuición y conjeturar la ubicación de los hechos. Desenfunda su SIG P245, cruza de un salto la zanja de desagüe y corre a través de la lluvia, la oscuridad y la plenitud estéril, pero ordenada, de los árboles.

LA VIDA LA PUEDES EVADIR, PERO LA MUERTE NO

Michael sabe que este lugar es una empresa destrozada por funcionarios con mucho poder y ninguna sabiduría que se ha arruinado por la falta de agua y que ahora se ha anegado en una inundación porque no se ha hecho ningún esfuerzo para canalizar el agua hacia los embalses. Sin embargo, mientras avanza furtivamente entre los edificios de FRUTAS ENTERAS y PRODUCTOS DE ESPECIALIDAD, manteniendo la espalda contra la pared del primero, las construcciones parecen albergar algún otro significado distinto al de ser meros edificios abandonados de hormigón y tablas de chilla y acero corrugado, como los edificios de los sueños que son a la vez tan normales como edificios de oficinas y, sin embargo, tan siniestros como templos en honor de dioses desconocidos en la Tierra.

Sus ojos se han adaptado completamente a la oscuridad. El cuarteto de hombres muertos y las linternas tiradas en el fango con los haces de luz sobrevolando el agua encharcada con los que se había cruzado un momento antes no han mermado su visión nocturna en absoluto, porque había entrecerrado los ojos para que no le afectaran. No obstante, la profunda penumbra no termina de aclararse del todo y Michael se queda inmóvil repetidas veces cuando percibe siluetas oscuras que resultan ser fantasmas.

Cuando era muy pequeño, tendría entre cuatro y cinco años, le daba miedo la oscuridad. Por alguna razón que solo tenía sentido para Beth, su perturbada madre, ella lo atormentaba insistiéndole en que su padre, a quien había aplastado un camión del ayuntamiento antes de que Michael cumpliera un año, había regresado de entre los muertos. Su madre le contaba que Lionel, aunque estuviera pudriéndose y plagado de gusanos, vigilaba su casa por la noche, ansioso por llevarse a su hijo, volver con él al cementerio y llevárselo al fondo de su tumba, al ataúd del que había salido abriéndose camino a zarpazos.

—*Tu padre era un hombre mezquino y celoso. No quiere que huelas ni una flor porque él ya no puede, está resentido porque disfrutas comiendo dulces cuando él no puede ni saborear ni tragar. Si te atreves a salir solo cuando caiga la noche, nunca volverás a ver el amanecer.*

Si sonaba un golpeteo en una ventana tal vez fuera una polilla atraída por la luz, y los ruidos extraños en el porche tal vez fueran de un mapache investigando, que es lo que hacen los mapaches, y el estrépito en el techo tal vez fuera el gato del vecino persiguiendo a una rata… pero su madre siempre estaba convencida de que era Lionel tanteando el pestillo de la ventana, la cerradura de la puerta o comprobando si la chimenea podría servirle de medio para entrar en la casa. Demasiado pequeño para entender que su madre, en el mejor de los casos, tenía una enfermedad mental y, en el peor, disfrutaba atormentando y manipulando los nervios de un niño para someterlo, vivió aquellos dos años preescolares cautivo de su madre y temiendo en silencio la puesta de sol. Beth dio credibilidad a sus desvaríos sobre el muerto viviente pagándole a un cerrajero para que pusiera dos cerrojos de seguridad en la puerta principal y dos en la de atrás, además de renovar todos los pestillos de las ventanas.

Cada tarde, antes de que cayera la noche, Beth se llevaba a Michael a que hiciera con ella el recorrido ritual por la casa para asegurarse de que todas las cerraduras y pestillos estaban echados. Corría muy bien las cortinas para garantizar que el muerto envidioso no pudiera atisbar a su hijo de modo que se intensificara su ansia por reunirse con él. El pequeño Michael dormía con una lamparita nocturna y cuando se despertaba después de medianoche, las sombras que se agolpaban en este o en aquel rincón o la oscuridad que se veía tras la puerta abierta del armario asumían la forma de un hombre al que se quedaba mirando diez minutos, veinte, media hora, temiendo el movimiento que confirmase que su padre había conseguido acceder a la casa.

Casi cuatro décadas más tarde, aunque hace mucho tiempo que se ha despojado del miedo que le daban los muertos vivientes, Michael recela de los fantasmas que le regala esta noche lluviosa, ya que a lo mejor uno de ellos demuestra tener sustancia y pistola. Cuando llega al final del largo edificio mira al norte, pasada la pared trasera de FRUTAS ENTERAS, y luego hacia el sur a lo largo de la parte de atrás de PRODUCTOS DE ESPECIALIDAD. Hacia el oeste, continúa la interminable procesión de árboles muertos. Esas vistas lo deprimen cada vez más porque respaldan la teoría de que hay gente que crea y construye, y otra gente que solo sabe destruir, y que es esa gente la que va ganando porque su labor requiere menos reflexión y menos trabajo.

Lo más probable es que Aleem no haya girado a la derecha y entrado en FRUTAS ENTERAS, delante de donde yacen sus compañeros muertos. No sabe seguro si Nina y John están escondidos allí ni dónde encontrarlos. Aleem querrá poner distancia con el lugar del tiroteo, encontrar un refugio donde sopesar la situación. Cree haber pasado de tener siete colegas de refuerzo a solo tres, cuando de hecho solo le queda uno. En cualquier caso, está dotado de una mentalidad pandillera: decide las tácticas dependiendo de la fortaleza de sus números; no se le dan bien los encuentros cara a cara. Estará descolocado porque las circunstancias han cambiado y porque es incapaz de identificar quién ha acudido al rescate de Nina y del niño. No menos importante, este ambiente le es ajeno; su mundo es la ciudad y sus suburbios, y lo único que este pomar tiene en común con su territorio habitual es su estado degradado y descompuesto. Está acostumbrado a ir a la batalla con atrevimiento y arrogancia, pero aquí la persecución requiere sigilo y paciencia, un panorama que seguramente lo inquietará. Como siempre ha creído estar por encima de los demás, se sentirá más confiado si se coloca literalmente en una posición elevada, una atalaya desde la que pueda mirar hacia abajo —y disparar— a la zona común a la que dan todos los edificios, donde tenga vistas de pájaro al camino principal a lo largo del que podría aparecer alguien buscándolo.

Cuando el viento vuelve a levantarse, Michael se desplaza hacia el sur hasta la parte trasera del edificio de PRODUCTOS DE ESPECIALIDAD.

* * *

A lo largo del flanco oriental de la embarrada zona común, de norte a sur, se emplazan SIDRA & ZUMO, CUENTAS ESPECIALES y el edificio de una sola planta que servía de enorme garaje para los camiones y la maquinaria del pomar. SIDRA & ZUMO da frente al edificio llamado OFICINAS. El garaje se encuentra frente a PRODUCTOS DE ESPECIALIDAD. En el medio, CUENTAS ESPECIALES está en el lado opuesto a FRUTAS ENTERAS, donde hay cuatro hombres muertos tendidos con sus voluminosos impermeables negros ondulados por el viento como si fueran las alas membranosas de unos reptiles prehistóricos transportados por el aire que hubieran caído a través del tiempo y del cielo. Los nítidos haces de luz blanca de las dos linternas caídas se cruzan formando una cruz griega de brazos iguales, como si fueran un irónico monumento conmemorativo en honor de los difuntos.

Desde una de las ventanas sin cristales que hay al final de un pasillo de la segunda planta de CUENTAS ESPECIALES,

Aleem domina las vistas de la zona común y de los amplios pasadizos que flanquean el edificio de FRUTAS ENTERAS. Los pasadizos entre los otros edificios quedan fuera de su vigilancia. No obstante, si el tirador ha venido a rescatar a Nina y a John, y si Nina y el niño están escondidos en FRUTAS ENTERAS, como parece indicar el billete de cien dólares, entonces a lo mejor intenta sacarlos cruzando la zona común. Lo más probable es que no esté buscando a Aleem y a los restantes miembros de la banda; estos edificios decrépitos no se pueden registrar en silencio o con esta oscuridad cegadora, y si usa una luz se convertiría en un objetivo fácil.

Aleem no comprende quién podría ser el pistolero. El tipo sale de la nada, abriendo fuego como John Wick en esas películas flipantes. Como no se puede confiar completamente en nadie, Aleem podría pensar que alguno de sus compinches que quedan vivos —Speedo, Masud u Orlando— está liquidando a todo el círculo íntimo de la banda para dejarse la vía libre hasta la cima. Pero el cerebro de Speedo es como una olla de sopa aguada que nunca ha llegado a hervir; es tan poco probable que se vea a sí mismo ejerciendo de líder de la manada como que decida salir corriendo a la universidad de medicina para convertirse en un cirujano cardiovascular. A Masud le encantan los gatitos; siempre tiene tres o cuatro y cuando se convierten en gatos adultos, los mata y se consigue gatitos nuevos. Un hombre que siente ternura por los gatitos no es un hombre con ambiciones políticas. Orlando Fiske es más duro que Speedo o Masud y disfruta agrediendo a la gente hasta que se quiebran. Sin embargo, estos últimos años, Orlando tiene una relación con una seductora profesora que le hace la comida como Julia Child y también como una estrella del porno, una relación inimaginable para un pateador de rodillas tan feo como él. Ha sido domesticado y no va a arriesgar lo que tiene por la oportunidad de conseguir algo que antes no parecía querer. Aleem no sabe nada de agricultura, ya sea de manzanas, maíz o soja, pero sabe lo bastante sobre liquidez de fondos como para estar seguro de que el dueño del pomar muerto no se puede permitir un guardia de seguridad que vigile si hay intrusos; además, ningún guardia de seguridad va a cargarse a gente sin compasión con la versión que sea del rifle ArmaLite que esté usando ese tipo. Entonces ¿quién demonios es?

De pie, esperando, mirando por la ventana rota, escuchando cómo la lluvia hace tictac sobre el techo como mil relojes que marcasen la cuenta atrás para algún acontecimiento funesto, Aleem otea la noche. Está buscando al tirador, pero se fija repetidas veces en los cuatro cadáveres y tiene que recordarse a sí mismo que debe permanecer atento a si hay algún movimiento. No tiene miedo. Está preocupado. Admitiría que está preocupado. ¿Quién no lo estaría en su situación? Hasta el asesino más intrépido, John Wick, estaría preocupado. Aleem tiene algunas dudas sobre su situación, una leve aprehensión que solo sentiría un hombre con un gran instinto de supervivencia. Se quedará esperando ahí hasta que aparezca el tipo con el rifle semiautomático y entonces abrirá fuego o no. Dependiendo de las circunstancias, quizá sea mejor seguir escondido y esperar al amanecer. Si Speedo, Masud y Orlando aparecen dentro de poco, como respuesta a los disparos del rifle, Aleem los puede llamar y revelarles que están buscando a un solo hombre, ya que está bastante seguro de que ese es el caso. Cuando sus compinches salgan en busca de la presa, Aleem se quedará en la ventana y dará la voz de alarma para que vengan corriendo si el hombre del rifle aparece arrastrándose sigilosamente por la zona común. Aleem es el equivalente a un general del ejército, y los buenos generales actúan mejor desde las alturas, mirando el campo de batalla a sus pies, para tener una visión del conflicto en su conjunto.

* * *

PRODUCTOS DE ESPECIALIDAD es tan grande como FRUTAS ENTERAS, pero tiene una segunda planta. No hay ventanas en la planta baja. Desde fuera, Michael ha visto ventanas en la planta de arriba. Falta la gran puerta seccional de la parte de atrás, pero el frontispicio no tiene una abertura grande. Está convencido de que Aleem no se ha escondido ahí; se habrá alejado corriendo del lugar donde ha visto a todos sus colegas ir al encuentro de su creador. No obstante, Michael procede con cautela. Lleva el AR-15 en la mano derecha, con la culata apretada entre el brazo y el costado. La linterna que tiene en la mano izquierda emite un rayo delgado como una cuchilla entre los dedos con los que la enmascara, disipando momentáneamente la oscuridad para desvelar la afluencia de la tormenta en la que se revuelca una miscelánea de restos incoloros, pequeñas formas que no son fáciles de nombrar.

A la derecha hay un gran hueco abierto por un extremo. Faltan la puerta y la cabina, pero los cables de izado colgantes y las poleas de tracción y una montaña de contrapesos caídos en el suelo confirman que, en otra época, este espacio alojó un montacargas. Hay una escalera de emergencia con los peldaños de acero incrustados en la pared derecha, aunque tiene que haber otro acceso más fácil a la planta superior.

Se aleja del hueco y cruza vadeando el lago en miniatura que le llega a los tobillos, deslizando los pies por el suelo de hormigón para minimizar el ruido del agua. Un obstáculo alargado se le enreda en el pie izquierdo, cree que es una serpiente, pero no es más que un cable del que se libera rápidamente. En la esquina delantera derecha del edificio, más allá de la abertura sin puerta, una escalera vallada con escalones amplios le abre la segunda planta. Michael apaga la luz y se queda ciego, escuchando por si oye algo que no sean su respiración y su corazón palpitante y el incesante susurro de la lluvia. Sube lentamente por la oscuridad vertical y, aunque debería estar agotadísimo y temeroso, se siente prácticamente ingrávido, como un humo negro que se elevase por el cañón de una chimenea lleno de hollín, como si la vida nueva que tiene desde hace cinco días, desde que se despertó de la muerte o algo así, se estuviera evaporando.

* * *

Desplazándose de un árbol a otro, Orlando Fiske pasa por el flanco de un edificio que queda a su izquierda y después llega a una zona abierta alrededor de la que se alzan otras construcciones. Dos linternas extienden conos brillantes por el suelo. Por todas partes yacen figuras sin forma que podrían confundirse con montículos de bolsas de basura de plástico negro si un haz de luz no terminara en una de las caras e hiciera aparecer de la mirada imperturbable resplandores ámbar gemelos con coronas rojas, como el brillo animal de los ojos de un coyote atrapado eternamente al atravesar una carretera en las luces de los faros de un coche. El otro cono revela una mano suplicante y un reloj de oro que rodea la muñeca.

Orlando sigue moviéndose a lo largo del biombo de árboles, alejándose del campo de matanza, hacia un edificio que tiene la inscripción OFICINAS sobre la puerta principal. Tiene agarrada la SIG P245 con las dos manos, atento a cualquier silueta amorfa que se mueva en la noche, preguntándose quién habrá eliminado a sus cuatro colegas y por qué. Se decía que Nina tenía una treinta y ocho, pero los tiros que ha escuchado eran demasiado fuertes, agudos y rápidos como para ser de un revólver. Nadie del círculo de compinches de Aleem se volvería en su contra o contra los demás. Orlando ha oído rumores de que Antoine estaba maquinando un golpe de estado, pero ese idiota no sabe que han viajado dos condados al sur persiguiendo a Nina y al niño. Cuando pasa de largo las OFICINAS sale de los árboles, se apresura a través de terreno abierto y se apoya contra la pared trasera del edificio.

Mientras estudia la oscuridad, espera que la intuición lo guíe, pero su intuición, de la que por lo general se puede fiar, se ha quedado sin voz. Aunque intenta recomponer el puzle de lo que ha oído y visto para hacerse una composición coherente, no le ve sentido a la situación. Eso es lo peor: sabe que hace falta matar a alguien, pero no tiene ni idea de a quién.

Entonces Orlando se pone en movimiento solo porque sentirse más seguro cuando está en movimiento forma parte de su naturaleza, elige siempre la acción frente a la inacción. Cuando llega a la parte de atrás del tercer edificio, de la que ha desaparecido la puerta seccional, atisba un tenue resplandor en ese espacio por lo demás sin iluminar, cavernoso. La pálida emanación se cruza de izquierda a derecha, luego de derecha a izquierda. El haz de luz es demasiado reducido como para producir una estela y no es posible distinguir una figura, ni mucho menos determinar si es amigo o enemigo. La luz está cerca del otro extremo del edificio, pero Orlando no puede deducir si quien la porta ha avanzado desde esta entrada del oeste o si acaba de entrar por el extremo este. La luz gira directamente a la derecha, fijada sobre algo. Cuando se apaga, Orlando cae sobre una rodilla, con el costado izquierdo apoyado contra el marco de la gran entrada, presentando lo mínimo posible de su perfil mientras mantiene la postura de disparo, por si la luz vuelve a parpadear y el hombre que la lleva se dirige en esta dirección.

* * *

Michael sale de la parte de arriba de las escaleras y se aparta a un lado.

Sea cual sea la cámara en la que está, el aire se mueve en corrientes frías y lleva el aroma de la lluvia, es evidente que estará entrando por algunas ventanas rotas y saliendo por otras. Hasta una noche sin luna ni estrellas es menos oscura que un espacio cerrado sin luz; no tarda en empezar a discernir los imprecisos rectángulos por los que la noche respira en la habitación. Mientras avanza hacia la parte delantera del edificio, los cristales de la ventana que cubren el suelo crujen bajo sus pies.

Un roce lo sobresalta, pero antes de que pueda pulsar el botón de la linterna, un suave uu-uu-uuuu define el sonido como el aleteo de un búho que vive allí, molesto por tener un visitante no solicitado, y que está enderezándose en su percha. Esta rapaz nocturna esperará hasta que deje de llover para aventurarse hacia el interior de la noche en busca de presas, pero si el ruido o la luz lo alteran demasiado podría salir volando por una ventana soltando un chillido de protesta. Si es un gran búho cornudo, con una envergadura de un metro veinte, su vuelo súbito será todo un espectáculo; es probable que Aleem y el otro pandillero que queda sospechen que la localización del misterioso pistolero ha sido revelada.

Michael avanza con cautela y se detiene a treinta centímetros de una ventana que da a la zona común y a tres construcciones que hay al este. Está justo enfrente de un edificio de una sola planta que podría ser un garaje. A la izquierda de ese está CUENTAS ESPECIALES. En el terreno abierto entre CUENTAS ESPECIALES y FRUTAS ENTERAS hay cuatro hombres muertos tumbados entre los haces de luz cruzados de las linternas, como si fueran sacerdotes satánicos con túnicas negras postrados esperando a la presencia demoníaca que no tardará en aparecer en la intersección de las luces como respuesta a su invocación.

Si Michael ha dado en el clavo con su análisis de la psicología de Aleem, lo más probable es que ese asqueroso esté en la segunda planta de CUENTAS ESPECIALES y no en otro sitio. Ahí tiene las mejores vistas a la zona común al completo y puede supervisar sobre todo FRUTAS ENTE- RAS, donde parece saber que se han escondido Nina y John.

El frontispicio cuenta con tres ventanas en la segunda planta. Ninguna está ya adornada con cristales. Michael se sitúa en ángulo con las tres. Tiene la vista más clara de la ventana más meridional y una buena línea sobre la de en medio, pero de la que está más lejos tiene poca o ningu- na. Si Michael ha tenido la suerte de deducir la reacción de Aleem después de la muerte de sus cuatro lugartenientes, quizá la suerte lo acompañe un poco más, justo el tiempo suficiente para poder mandar a Aleem Sutter al infierno junto con los demás.

El búho vuelve a agitar las alas y araña con sus garras la percha que está ocupando.

La corriente húmeda sigue manando de la noche y atra- vesando la habitación. Parece haber un tenue aroma a san- gre en el aire, pero es producto de su imaginación y de la sensación de culpa irracional, pero completamente huma- na, que siente por haber matado incluso a quienes lo ha- brían matado a él.

Mientras la lluvia se cuela dentro y tamborilea sobre el suelo, Michael desvía la atención desde la ventana más cercana de CUENTAS ESPECIALES a la de en medio y en esta última ve movimiento, una silueta. Demasiado ner- vioso o demasiado ansioso por vengarse, el hombre no puede contenerse y quedarse a una distancia prudencial. Ya sea Aleem o el otro bastardo que todavía no ha rendi- do cuentas, es uno de ellos y debe eliminarlo. Entonces se asoma por la ventana para echar un vistazo rápido al nor- te y al sur. No lleva capucha y su identidad deja de quedar en duda. Es Aleem.

Michael saca el rifle, lo emplaza y dispara cuatro tiros rá- pidos. El primero da en el blanco, quizá solo en el hombro izquierdo, y los gritos empiezan después del segundo, pero se detienen bruscamente con el tercero, que podría haber acertado o no. El cuarto disparo se desperdicia cayendo en el lugar en el estaba Aleem antes.

Desorientado por el estrépito de los tiros, el búho revolotea por la habitación desempolvando las paredes con las alas. Michael se agacha y el pájaro encuentra la ventana y se eleva lejos en busca de un refugio más seguro.

Aleem está muerto o malherido, pero el octavo hombre sigue allí fuera. Si el matón que queda está en un sitio desde el que haya podido ver lo que acaba de pasar o si, por el contrario, depende solo del sonido para determinar la posición, es probable que sepa desde dónde ha realizado Michael esos disparos. Dependiendo de las ganas que tenga de enfrentarse a él después de todo lo que ha ocurrido, quizá venga. Así que tiene que salir ahora, salir rápido.

Michael vuelve a las escaleras. Enciende la linterna. La hacer rodar hacia abajo hasta los viejos e inclinados escalones para iluminarse el camino. Sigue con rapidez el haz de luz giratorio, con la mano izquierda sobre el guardamanos del cañón del rifle, la mano derecha en la empuñadura del arma, el dedo flojo sobre el gatillo. En el rellano, con un pie, vuelve a hacer rodar la linterna, tirándola por el tramo inferior de la escalera. Cuando llega al pie, suelta una mano del AR-15 para recuperar la linterna del agua turbia, apaga el interruptor y se la mete en el profundo bolsillo de parche del abrigo.

Después de haber entrado en el edificio por la parte de atrás sale por la de delante y entra en la zona común, balanceando el rifle a izquierda y derecha. No hay nadie. Nadie a la vista. No va a cruzar a CUENTAS ESPECIALES, no va a subir a la segunda planta y confirmar que Aleem está muerto. No hay tiempo para eso y el riesgo es demasiado grande. Si Aleem no está muerto, lo estará dentro de unos minutos. Se desangrará. No hay nadie que llame a la ambulancia, la asistencia médica no está lo bastante cerca para salvarlo. Michael sigue moviéndose con rapidez, escondiéndose, con la cabeza agachada, volviéndose un blanco tan difícil como él sabe hacerlo, dirigiéndose hacia FRUTAS ENTERAS, en la puerta de al lado. Sigue quedando un tipo ahí fuera, en alguna parte, pero sería una locura ir a buscarlo por un terreno fangoso que no guarda las huellas, entre esos edificios que constituyen una telaraña tridimensional de trampas. Que sea el enemigo el que haga la búsqueda. Ese bastardo sabe dónde se han escondido Nina y el niño, así que irá allí igual que está yendo Michael; la ubicación del duelo ha sido decretada, cuando no el resultado.

Michael camina alrededor del cuarteto de pandilleros muertos iluminados por la cruz y se adentra en el edificio con valentía, la brújula en el rincón de su visión brilla ahora de color rojo sangre. Recupera la linterna y la sostiene sin apretarla con la mano con la que lleva agarrado el guardamanos delantero del rifle, lo que no es ideal, pero es la única opción que tiene. Cruza salpicando la riada poco profunda y llega a una serie de habitaciones que hay a la derecha, a una puerta que hace vibrar la aguja de la brújula. Abre la puerta de par en par.

—Soy yo, Michael —declara sin aventurarse a cruzar el umbral.

Bajo el influjo de la luz un trozo de plástico opaco se infla. Una plancha podrida de madera contrachapada se tambalea. Nina y después John salen gateando de debajo de lo que parece una masa sólida de basura. La imagen de la madre y del hijo provoca en Michael emociones que no comprende del todo, que le hablan de algo más que la satisfacción de haber hecho por ellos lo que Shelby habría querido si hubiese vivido.

Sea lo que sea que esté sintiendo y sea cual sea su significado, tendrá que dejar la reflexión acerca de su naturaleza para cuando hayan logrado salir del pomar y estén de camino a un refugio en el que puedan dejar atrás el pasado de forma segura. En ese lugar, también podrá resolver cómo usar su don para devanar las bobinas de destrucción que la humanidad ha enrollado sobre sí durante las décadas de progreso desde la razón a la sinrazón.

UN HUÉSPED AFLIGIDO
EN LA TIERRA OSCURA

Oculto tras la cortina de lluvia, amortajado por la noche, tapado por una capa como si portase esa sombra del engaño que el príncipe de este mundo le proporciona a quienes sirven a sus violentos propósitos, Orlando Fiske se escabulle sin ser visto, sin apartarse de la pared de la planta de envasado, hacia la zona común donde yacen los muertos. Se detiene solo cuando el tirador, con el rifle en la mano, abandona el edificio desde el que ha matado a Aleem y cruza la entrada del amplio pasadizo, agachado y veloz, hasta el frente de esa misma planta de envasado.

Orlando sabe que ha sido Aleem a quien han eliminado hace solo unos momentos, porque en el grito ha reconocido la voz de su colega. Es un entendido en gritos, ya que a lo largo de casi dos décadas ha oído muchísimos en las circunstancias más íntimas. La personalidad de un hombre y la cualidad tonal de su voz no se alteran por un dolor agudo o por el terror de la muerte inminente, sino que, de hecho, sus características únicas se amplifican, si uno tiene oído para ese tipo de cosas.

Mientras pasa por su lado el misterioso pistolero, Orlando no se plantea en serio pegarle un tiro. Su SIG P245 es un arma fiable y, sin embargo, cuando sopesa la distancia, el viento y la celeridad del objetivo, las posibilidades de matarlo son menos que cero. Y su presa tiene un rifle semiautomático, un arma con alcance y quizá con un cargador ampliado, lo que le permite responder a un disparo con una devastadora cellisca de fuego.

Orlando sigue a lo largo del edificio y llega a la esquina, entonces duda y se echa hacia delante, solo la cabeza, para hacer un reconocimiento. Reflejando los haces de luz cruzados sobre el suelo, las gotas de lluvia crean anillos efímeros de plata en el agua encharcada. Las valquirias, a las que conoce porque Alana le ha leído en voz alta una historia buenísima en la que las sensuales valquirias conducen los cuerpos de los soldados caídos hasta el Valhalla, todavía tienen que llevarse a los muertos. Al hombre del rifle no se lo ve por ninguna parte. A juzgar por el hecho de que los cuatro han sido acribillados a tiros aquí y que Aleem ha elegido como atalaya una ventana que daba a esta misma escena, Orlando conjetura que Nina y el niño se han escondido en la planta de envasado y que su anónimo rescatador se ha aventurado allí para sacarlos.

Gira la esquina, exponiéndose a cualquiera que esté al acecho en algún lado de la zona común, y avanza furtivamente a lo largo del frontispicio hacia la entrada de FRUTAS ENTERAS. Cuando mira dentro ve una luz pequeña y protegida desvaneciéndose y el indicio de una figura quizá a mitad de camino del edificio. De nuevo, la situación le sugiere que pegar un tiro sería demasiado arriesgado. Orlando se imagina varias cosas que podrían salir mal si intenta seguir al tirador hasta esa construcción oscura e inundada.

Como ejecutor de la banda, no se le ha pedido que fuera imaginativo en sus tareas cotidianas. Hay un número limitado de maneras de pellizcar, apalear, atravesar, desgastar y desfigurar a un individuo y aun así dejarlo en condiciones para que enmiende los males que le haya hecho a la banda. Y en caso de que la ofensa sea imperdonable, los métodos de resolución más sencillos son los mejores: una bala en la nuca o un garrote de alambre ceñido alrededor de la garganta con firme determinación. Pero una mujer cariñosa le ha ensanchado la mente. Durante los años en que Alana le ha leído casi todas las noches y las tardes lluviosas de los fines de semana, ha desarrollado un aprecio por los personajes ingeniosos y los giros inteligentes de las tramas. Uno de esos giros se le ocurre a él ahora y no se puede resistir.

Se aparta de la entrada abierta a FRUTAS ENTERAS, fuera de la vista del tirador, por si acaso el individuo mira hacia atrás, y estudia la distribución de los cadáveres: los ángulos en los que se extienden unos hacia otros, cómo están dobladas las piernas y si los brazos están plegados o no, cómo una capucha está echada hacia atrás desde una cabeza expuesta pero otras tres no, y otras sutilezas de la artística composición de la Muerte. Todos llevan puestos los impermeables negros con capucha, una cosa propia de la banda, igual que el suyo. Por desgracia, le falta tiempo para llevarse a uno a rastras y quedarse con su sitio.

De todas formas, cuando el hombre del rifle regrese con Nina y el pequeño John les hará rodear esa escena espeluznante lo más rápido posible. Estará escudriñando la noche en busca de amenazas, sí, pero se esperará que los peligros que haya vengan de pie, con una postura de tiro o moviéndose deprisa. No se concentrará en los muertos, que no pueden hacerle daño. Y como no se concentrará en ellos, no se dará cuenta de que hay cinco, en vez de cuatro.

La mente le va a la carrera, pero el corazón le late despacio y a un ritmo constante cuando se convence de que si planea una estratagema astuta la verá desarrollarse según lo previsto, exactamente igual que pasa en las novelas. Orlando decide que no debería encarar la puerta de la planta de envasado. Si por casualidad el hombre del rifle baja la mirada y ve algún movimiento en los ojos o parpadeo de pestañas, el truco no funcionará. Orlando se tumba de lado, cerca del difunto Kuba, fuera de los haces de luz cruzados de las linternas, dándole la espalda al edificio, con la cabeza girada hacia el extremo norte de la zona común, de donde cree que es más probable que provengan los tres. Se baja la cremallera del impermeable abierta hasta mitad del pecho, mete la mano derecha dentro, sostiene la pistola contra el corazón y la agarra con fuerza. Deja el brazo izquierdo tirado hacia atrás con la palma hacia arriba, como se imagina que podría haber quedado en su agonía de muerte, y la falda del abrigo dispuesta de la misma manera. Cuando hayan pasado por su lado, con ansia por huir del pomar en el vehículo en que sea que haya llegado el hombre del rifle, Orlando se incorporará y les disparará desde atrás, a quemarropa. Lo único que le hace falta ahora es un poco de paciencia.

* * *

Mientras reemplaza el cargador del AR-15 por uno de repuesto, Michael les advierte con una sola palabra susurrada.

—Silencio.

Agarrando la bolsa de deporte, John sigue a su madre y salen del almacén donde estaban escondidos.

—No queda nadie vivo —dice Michael.

Al ir a guardar su pistola, Nina decide seguir teniéndola ella a mano y, a cambio, meterse en el bolsillo la linterna.

En el tenue resplandor de la luz de la linterna que Michael lleva protegida con la mano, madre e hijo parecen flotar en el aire como si fueran meras imágenes de gente que una vez fue de este mundo, pero que ahora rondan por aquí para atormentarnos.

Con gestos, Michael les indica que irá él a la cabeza y que Nina debería seguir a John.

—Coge esto —susurra, mientras le pone al niño la linterna en la mano que tiene libre y la apaga—. Úsala solo si te lo digo.

—Vale —dice el niño, sin temblar ni vacilar, engullido por la oscuridad.

—Vamos a pasar por delante de unos hombres muertos —susurra Michael—. Tú aparta los ojos.

Dicho eso, los guía hacia la parte delantera de la planta de envasado, con una mano en la empuñadura del rifle, con la otra sosteniendo con firmeza el guardamanos a mitad del cañón, la culata contra el hombro.

* * *

Mientras finge estar muerto, Orlando se deleita con la perspectiva de contarle esto a Alana la próxima vez que la vea. Después de años escuchando las historias que le lee ella en voz alta ha aprendido a elaborar pequeñas historias sobre sus peripecias cotidianas que suelen provocar en su mujer gritos ahogados de sorpresa, estremecimientos de horror o risas de puro placer. Así, Orlando siente que le corresponde, que le devuelve algo del placer de contar historias que ella le ha mostrado. Ella le ha enseñado más de lo que podría haberse imaginado cuando tuvieron su primera cita, después de conocerse gracias a Enchantment Now, y la lección más importante que ha aprendido Orlando es que para que una relación funcione hay que dar algo a cambio. ¿Quién lo iba a decir? A Orlando le ha sorprendido sobre todo que esta verdad se aplique al sexo no menos que a los demás aspectos de la relación. Antes de Alana no había pensado para nada en lo que sentía una chica mientras se lo estaba haciendo. Le parece divertido darse cuenta ahora de haber supuesto que a las chicas no les produce ningún placer, que solo aseguraban estar encantadas para conseguir dinero o, cuando no eran putas, para evitar que les pegaran por no alimentar el orgullo de los hombres con falsos gritos orgásmicos. Unos días cree que quiere a Alana y otros días sabe que la quiere, pero ya no existen los días en los que dude de quererla.

Orlando se sorprende pensando en el tipo que ha salido de la nada, el hombre misterioso del rifle, preguntándose cuál será su motivación. Seguro que no es un agente de la ley, porque esos nunca van solos y porque no les disparan a siete tipos en un solo incidente sin sacar a relucir su placa y decirle a todo el mundo que bajen las armas. Además, en los últimos años, las bandas y muchos fiscales del distrito y políticos con las ideas claras se han tenido un respeto mutuo y han compartido intereses, también hasta algunos comisarios y jefes de policía, que se han dado cuenta de la futilidad que supone poner en riesgo sus propias vidas, cuando la clase dirigente, antes moralista, ha evolucionado y ahora incluye tanto a los que hacen las leyes como a los que las transgreden, y reconocen que lo más sensato es la cooperación.

En un momento de súbita iluminación, Orlando conjetura que ningún hombre solo se enfrentaría a ocho pandilleros armados solo por dinero, por venganza o por deporte y, desde luego, no por principios, sino por una sola cosa: por amor. Antes de Alana no habría llegado a este momento de revelación. Nina tiene un hombre del que Aleem nunca supo nada, un tipo que haría cualquier cosa por ella, hasta salir por ahí a volarle la cabeza al jefe de una banda y a sus adláteres. Es Romeo y Julieta otra vez, Harry encontrando a Sally, Bonnie y Clyde; es lo que hace que el mundo gire, incluso si a algunos tipos, como Orlando, les lleva media vida darse cuenta de que así es. Masud y Speedo están muertos, desde luego, que es lo que tiene que pasar si Romeo tiene un AR-15 y el amor le abrasa el corazón. Siete han muerto intentando desbaratar el amor de un hombre por una mujer. Es una epopeya que está al mismo nivel que las mejores novelas con una historia de amor, y Orlando está impaciente por convertirlo en un cuento que deje a Alana con los ojos como platos.

Es una noche de progresivas revelaciones, porque ahora se da cuenta de que si les dispara a los tres por la espalda y después les da el tiro de gracia metiéndoles una segunda bala en la cabeza no podrá hablarle a Alana del amor que el hombre del rifle siente por Nina ni nada de eso. Las anécdotas con las que la cautiva tratan de los extraños y a veces divertidos giros y vueltas de sus ejecuciones diarias. En ocasiones hay implicado un asesinato, pero Orlando nunca se ha cargado a nadie que fuera una gran figura romántica. Teniendo en cuenta cuánto le han faltado al respeto y los problemas que algunos chavales del último curso le han dado a Alana, a lo mejor le empezará interesando la historia del asesinato de John, pero se quedará helada al darse cuenta de que también ha matado al leal y apasionado hombre del rifle y a su verdadero amor, Nina. Si Orlando venga a sus colegas, pero quiere seguir viviendo junto a Alana mientras ella asciende en el sistema educativo hasta alcanzar puestos en los que controle el reparto de muchos millones de dólares, no se atreverá a compartir con ella los acontecimientos de esta noche. Inevitablemente, Alana se preguntará si Orlando de verdad cree en su amor por él y en el suyo por ella, si llegará el momento, por alguna circunstancia ahora mismo inimaginable, en que el sentido del deber hacia sus colegas le exija matar a su verdadero amor. Una tragedia así nunca sucederá. Como ella lo ha cambiado, ahora él es —y siempre lo será— incapaz de cometer semejante horror, aunque Alana no podrá sacarse de la cabeza a ese Orlando, tal y como era antes de conocerla. La sospecha. La sospecha envenena las relaciones.

La cosa es que no puede soportar no compartir con Alana la conmovedora historia del romántico hombre del rifle que, preso de la pasión, mató a muchos para que su amor verdadero pudiera vivir. Será la mejor historia que le haya contado nunca, y a ella le encantan las historias siendo profesora de inglés. De repente, otra revelación más lo estremece: si no mata a esos tres a los que está acechando, entonces podrá contarle a Alana una historia todavía mejor, todavía más emotiva, y así verá que Orlando y el hombre del rifle son de la misma clase, dos brillantes caballeros para quienes el amor de una mujer supera a todo lo demás, incluso el deber hacia sus colegas.

Ah… esto viola completamente el código, la ética funcional que ha marcado su vida en la banda. Puede seguir siendo un ejecutor y no hay duda de que disfrutará con su trabajo, pero si no mata a esos tres sabrá que no siempre ha sido fiel a la religión del pandillero. Mientras espera que pasen a su lado cuando los oye acercarse, angustiado por las emociones encontradas, con la conciencia atormentada, sobre todo por el miedo a ser incapaz de explicarles a los nuevos jefes de la banda por qué es el único que ha sobrevivido a los sucesos del pomar. Se aprieta la pistola contra el corazón. Aferra el arma con la mano. Desliza el dedo desde el protector del gatillo al gatillo. Saca con cuidado el arma del impermeable. Matar o no matar. Hombre, niño y mujer pasan de largo, inconscientes, dándole la espalda, siendo un blanco fácil para el quinto de entre cuatro cadáveres. A Orlando se le ocurre la manera de salir de este aprieto, otra revelación, y se queda mirando mientras los tres caminan hacia SIDRA & ZUMO, prosiguen hacia la fila más cercana de manzanos muertos y desparecen bajo la noche y la lluvia.

No ha sido fiel a la religión del pandillero. No ha vengado a sus compinches. Puede sobrellevarlo.

LLEGA UN MOMENTO EN QUE TODO ESTÁ QUIETO Y MADURA

Mientras se abren camino a través del pomar sin arriesgarse a encender la linterna deja de llover, pero el viento suspira un rato más. Los árboles sacuden sus extremidades desnudas como si fueran huesos secos, como si nunca se hubieran mojado bajo un chaparrón.

Michael guía a John y a Nina, que sigue cojeando un poco, y cruzan los torrentes crecientes de la zanja de desagüe, donde la escorrentía pasa a través de una alcantarilla. La carretera está oscura y sin tránsito, y parece que son las únicas personas que hay en el mundo.

El pandillero que queda no se abalanza sobre ellos en ningún momento. Quizá, antes de que empezara el tiroteo, lo mandaron a la ciudad a que pidiera ayuda.

Donde antes estaba el cuerpo de Masud, marcado por un trozo de su impermeable lleno de aire, hinchándose sobre la corriente de agua, ahora no quedan indicios. Puede que el abrigo se haya desinflado y Masud yazca esperando a quedar al descubierto cuando la inundación ceda o quizá el agua lo haya arrastrado más al sur.

El Bentley está al lado de la carretera, donde Michael lo dejó, un medio de transporte tan espléndido e inverosímil que se podría confundir con un espejismo. Están mojados y llenos de fango, pero da igual si dejan sucio el interior del coche, porque hasta un Bentley no es más que un coche.

John se mete en la parte de atrás del habitáculo con la bolsa de deporte que contiene casi cuatrocientos mil dólares y se desploma en el asiento trasero, bajo el que hay más millones.

—¿Se ha terminado? —dice el niño, mirando fijamente a Michael.

—Sí. Esta parte se ha terminado.

—¿Esto ha sido lo peor?

—Espero que sí.

El niño se encoge de hombros.

—Supongo que ya lo veremos.

Cuando Michael deja el rifle con el niño y cierra la puerta y se gira, Nina está ahí con él, aunque Michael creía que se había ido al asiento del copiloto. Nina lo rodea con sus brazos, apoya la cabeza contra su pecho. Él la abraza y se quedan en silencio. Llega un momento en que todo está quieto, cuando quizá está pasando algo que Michael no tenía previsto, pero que está dispuesto a aceptar.

POR PENA

En la lluvia y en ausencia de la lluvia después, en el viento sin lluvia y en ausencia de viento, Orlando Fiske yace entre los muertos. Se está tomando su tiempo para pensar en su dilema. También quiere asegurarse de que haya pasado bastante tiempo desde que se han ido quienes no ha logrado matar, de que no hay posibilidad de que se encuentre con el hombre del rifle y que este le dispare. Mientras Orlando descansa en compañía de los muertos, una agradable calma se adueña de él, porque nadie en ese momento y en ese lugar puede engañar ni ser violento. Sin embargo, no quiere quedarse dormido entre ellos.

Después de veintiséis minutos, según le dice su reloj digital, se levanta de la carnicería discretamente cubierta que lo rodea. El hombre del rifle no tiene motivos para quedarse allí con la mujer y el niño. Se los habrá llevado en el vehículo con el que haya venido hasta aquí. No obstante, por ahora, Orlando sigue con la pistola lista en la mano derecha.

Con la izquierda, deshace la cruz radiante cogiendo una linterna del suelo y deja la otra como memorial hasta que le fallen las pilas. Antes de marcharse pasa el haz de luz por los frontispicios de las seis construcciones para grabarse la escena en la memoria y así poder crear una historia para Alana llena de detalles vívidos.

Después de alejarse de los edificios, se dirige al norte y entra en el pomar. Lo abruma el extraño sentimiento de estar saliendo de un sueño, de que si se gira para mirar atrás solo encontrará el borde de un precipicio y un abismo sin fondo.

Que Alana le lea lo ha hecho tomar consciencia de la metáfora y de los símbolos; por lo tanto, tal vez el temor de que la escena que recuerda no haya sido real sea una expresión de su asombro por haber demostrado ser capaz de ser compasivo en nombre del amor. O quizá el precipicio y el abismo sean una metáfora que representa el destino que le espera si no es capaz de explicarles cómo ha sobrevivido a los que se alcen para cubrir los puestos vacantes en el liderazgo de la banda. Este asunto de la metáfora y el símbolo es complicado, con numerosas interpretaciones posibles en conflicto entre sí. Si hubiera terminado la enseñanza secundaria, quizá no estaría tan confundido en momentos como estos.

La luz con la que encuentra el camino también le desvela un cuerpo tumbado boca arriba en uno de los senderos para la recolección. Con la boca y los ojos abiertos de par en par, Speedo no dice nada, no ve nada. Qué noche.

El Aviator que conducía Masud, en el que Orlando había ido como copiloto, sigue estando donde se estropeó al unísono con los otros tres vehículos. La puerta del pasajero delantera sigue abierta, como él la dejó.

En el asiento está su iPhone, donde lo tiró asqueado mientras *La Macarena* aullaba sin cesar. La pantalla se ilumina. Orlando se estremece, pero no salta la música de baile. La batería está solo al veinte por ciento.

Quien quiera que sea el hombre del rifle era un mago también, no como Merlín con sus hechizos y pócimas o Gandalf el itinerante que va vagando por todas las regiones de la Tierra Media, sino un mago de la tecnología, no menos poderoso que los que ejercen la verdadera magia. En la historia que está creando Orlando —no la que es para Alana, sino la otra para Antoine— no se mencionará a ningún mago con un rifle.

Si el teléfono vuelve a funcionar, quizá también funcione el coche, si se han liberado ambos del encantamiento que pesaba sobre ellos. Orlando rodea el coche hasta el lado del conductor y se pone al volante. Las llaves está en el porta-vasos, donde Masud las había dejado, y cuando Orlando pulsa el botón de ignición, el motor se enciende enseguida.

Comprueba sus contactos y hace una llamada a Antoine. Falta todavía una hora para la medianoche. Antoine no se va a la cama hasta por lo menos las tres de la mañana.

—Sí —contesta Antoine con una sola palabra.

—Si vas a Disneylandia —dice Orlando— tienes que verme.

Antoine respira al teléfono durante unos segundos.

—Vale, te conozco —dice luego.

Orlando le da el número de un móvil prepago y cuelga. Saca el móvil de la guantera. Después de que lo encienda, llama durante poco más de un minuto, justo el tiempo suficiente para que Antoine encuentre su prepago.

—¿Qué pasa?

—Aleem ha estado planeando liquidarte.

—¿Qué mierda es esta?

—Mierda verdadera. Pasado mañana.

—Tú eres uno de los hombres de Aleem.

—Ya no. Aleem está muerto.

Antoine no dice nada.

—Así que ahora ya no te van a liquidar.

—Me estás haciendo un lío —dice Antoine después de estar un momento en silencio.

—Nada de líos, tío.

—Entonces, según tú, ¿qué ha pasado?

—Aleem quería quitarle el chaval a Nina. Pretendía colarlo en el grupo, que se espabilara.

—Ese niño canta en el puto coro de la iglesia, no es de fiar para ninguna banda.

—Estoy de acuerdo contigo —dice Orlando—. Así que Nina y el niño salen huyendo. Pero a Nina le estaban rastreando el coche. Aleem se consigue una cuadrilla y la persigue.

—¿Qué cuadrilla?

—Kuba y él, tres coches más, otros seis colegas.

—Todo eso por un niño que canta en el coro. Aleem ha perdido el norte.

—Estoy de acuerdo contigo —dice Orlando—. Ha dejado que sus mierdas personales se entrometan en sus negocios.

—Llevo diciéndolo un tiempo.

—Así que perseguimos a esa zorra hasta el condado de San Diego. Se esconde en un enorme pomar, viejo y muerto.

—¿Un qué muerto?

—Un huerto de manzanos. Como de cuatrocientas hectáreas, no sé, nada más que árboles muertos y edificios viejos destartalados.

—Esto se está poniendo muy raro, tío.

—Más raro se va a poner. Resulta que Nina nos había preparado una trampa. Entramos ahí y nos disparan desde seis sitios distintos, hay pandilleros por todas partes.

—¿Bloods? ¿Crips? ¿Contra quién vamos a ir a la guerra?

—Es probable que fueran mostachos. MS-13. La banda de la calle 18. ¿Quién sabe? Está lloviendo, oscuro, nadie lleva ni banderas ni bandanas. Oí a uno gritando en español, eso es todo. Qué guerra va a haber si no sabemos quiénes son.

—No queremos ninguna guerra.

—Se carga los beneficios —concuerda Orlando.

—¿Quién ha caído aparte de Aleem?

—Kuba, Hakeem, Carlisle, Jason, Speedo y mi lugarteniente, Masud.

—Jesucristo. Todos los colegas de Aleem menos tú.

—Ya no soy su colega. Le he pegado un tiro a ese cobarde de mierda.

A Antoine le está costando seguir la narración.

—¿Qué le has pegado un tiro a quién?

—Entramos, Aleem se pone en la retaguardia.

—Eso no está bien.

—Por supuesto que no, mierda, se supone que él es el jefe. Empieza el tiroteo, nuestros colegas están cayendo como moscas, él se da la vuelta y sale corriendo. Lo derribo, tenemos que responder a los disparos, pero Aleem me pega un puñetazo en la cara, se escapa y se pone otra vez a correr.

—Eso es algo que siempre he sabido sobre él —declara Antoine.

—Pierdo los nervios, tío. Están destrozando a mis colegas y él sale corriendo para salvar el culo flaco ese que tiene. Así que voy detrás de él.

—¿Qué va a hacer si no un hombre de bien? —dice Antoine.

—Pues eso —dice Orlando—. Así que acabo con él, estoy allí mirando a ese mamón, está muerto, y me doy cuenta de que se ha terminado el tiroteo. Soy el único idiota que queda por matar.

—Qué rápido.

—*Blitzkrieg*, tío. Así que me largo de allí.

—¿Dónde estás ahora?

—Volviendo a casa.

—¿Dónde está Nina?

—Donde sea que piense que no la va a encontrar nadie. ¿Sabes qué?

—¿Qué?

—Me importa una mierda dónde haya ido. Este follón es cosa de Aleem, no de Nina. ¿No te parece?

—A mí no me ha hecho nada —concuerda Antoine—. No tenemos tiempo de encontrarla e interrogarla cuando se nos está viniendo la casa abajo. Aunque ahora mismo no es decisión mía.

—Lo será, nos juntaremos todos en honor de Masud, Speedo y los demás. Tenemos que cerrar filas ahora mismo. Hace ya un tiempo que casi todos los colegas saben que deberías mandar tú, no Aleem.

—¿Por eso me llamas a mí en vez de a otro?

—Exactamente por eso.

—¿Cuánto te falta para llegar aquí?

—A tu casa, tres horas. Quizá menos.

—Tenemos esta noche para averiguar qué ha pasado —añade Orlando—. Y qué va a pasar.

—Hay que contárselo a los colegas antes de que salga en las noticias de mañana.

—Tal como yo lo veo —dice Orlando—, es lo que hay.

—Es lo que hay —concuerda Antoine.

—Vamos a ser mejor equipo de lo que éramos.

—Eso es más verdad que verdad. Una cosa más.

—Te escucho.

—Siento lo de Masud, hermano. Debe de ser duro, era tu lugarteniente.

—Esta vida es lo que tiene —dice Orlando—. Ya sabemos el precio que hay que pagar por ser libres como somos.

Termina la llamada.

Después de tomarse un tiempo para repasar la conversación, conforme con todo el intercambio entre Antoine y él, Orlando sale del Aviator, se arrodilla junto a él, respira hondo y se da un porrazo en el lado derecho de la cara con la puerta trasera. El dolor es lo suficientemente intenso como para ser reconfortante, pero Orlando repite el golpe. Hay bastante sangre, aunque no se ha roto ningún hueso de la cara. Para cuando llegue a casa de Antoine, los moretones serán importantes. Para ser un cobarde, Aleem daba unos buenos puñetazos.

Cinco: En el juego

INCLINACIÓN

La señal parpadeante en la pantalla del iPhone que lleva en el portavasos del coche de la agencia permanece inmóvil kilómetro tras kilómetro. Por qué se ha detenido Michael Mace en una zona rural del condado de San Diego y si se va a quedar allí a pasar la noche, Durand Calaphas no puede saberlo. Le preocupa que Mace, gracias a los poderes incognoscibles que le ha conferido la Singularidad, pueda descubrir el compartimento que hay detrás del asiento trasero y después el fajo hueco de billetes de veinte en el que está escondido el transpondedor. Es necesario que Calaphas encuentre al fugitivo antes de que Mace sepa que el agente de la ASN le va pisando los talones y meterle unas cuantas balas en el cerebro alterado antes de que se dé cuenta de que corre un peligro inminente.

Calaphas está a poco más de media hora de la localización de Mace cuando la lluvia deja de caer y el Bentley vuelve a ponerse en movimiento, llevándose sus millones de dólares en compañía del hombre más buscado del juego. Le resulta irritante haber dejado de acortar la distancia entre su presa y él. Mirando el lado positivo, sin embargo, el motivo por el que Mace se ha detenido, fuera el que fuese, no ha sido porque ha registrado el Bentley para confirmar alguna sospecha repentina de llevar un transpondedor activo.

Todo saldrá bien. Calaphas confía en que todo saldrá bien. Nunca se verá reducido a tales penurias que le haga falta ir a suplicarles a sus tediosos padres, Ivor y Phyllis. Nunca se verá arrastrado a tener que desempeñar el puesto de director de una —o de las tres— funerarias de sus padres, condenado al ambiente solemne y sofocante de las salas de atención del duelo, las salas de venta de ataúdes y las salas de los velatorios, ese mundo de gruesas alfombras y cortinas de terciopelo que acallan todos los sonidos que puedan distraer del duelo. La pesada y empalagosa fragancia de las rosas y demás flores le saturaba tanto las fosas nasales que a veces sentía que se estaba ahogando. Se había criado con su hermano Gifford en el apartamento que había en la planta de arriba de la funeraria más grande de las tres, en la que todas las noches descansaban en el sótano o en las cámaras de la planta baja «nuestros huéspedes silenciosos y respetados», ya maquillados y vestidos para protagonizar a la mañana siguiente el estreno pre-entierro o siendo preservados antes de que pasaran por vestuario para la función de gala del día posterior al siguiente. A pesar de lo opresivo que había sido aquel ambiente, Calaphas reconoce que gracias a ese lugar, a la edad de siete años, comprendió que le aguardaba un grandioso destino.

Halloween, en aquel entonces. Después de una velada de truco o trato con grandes recompensas, Calaphas cae en la cama exhausto a las nueve de la noche. Se despierta dos horas y media más tarde, somnoliento por culpa de un persistente subidón de azúcar, muy emocionado todavía por la parafernalia de la fiesta. ¡Gatos negros, murciélagos, brujas en escobas voladoras, vampiros con capa, lámparas hechas con calabazas con ojos con llamas de velas, fantasmas, necrófagos y monstruos de infinita variedad! Las amenazas sobrenaturales cautivan de una manera extrañamente romántica a los niños, sobre todo a un niño dotado con su gran inteligencia y una mente con puntos de vista únicos. Poco antes de irse a la cama habían traído del hospital a un anciano que había muerto de un infarto cerebral mientras Durand y su hermano estaban atiborrándose de chocolate. Gifford retó a Durand a que se encontraran a medianoche y bajaran al sótano, a la cámara de frío adyacente a la sala de embalsamado, a pasar la hora bruja con los difuntos. Como tenía prohibido aventurarse hasta aquel sitio si no era en compañía de su padre o de su madre, Durand rehusó. Como se había negado, Gifford se burló de él. Ahora que se ha despertado a las once y media, le parece necesario demostrar su valentía yendo al sótano él solo.

Descalzo y en pijama, con la sola luz de una linterna de bolsillo y del brillo ambiental de la ciudad empalideciendo las ventanas, se dirige a la planta baja llevando un bombón Kiss de Hershey envuelto en papel de aluminio con un propósito especial y atraviesa la funeraria hasta el sótano, un reino que siempre le parece inmenso. El suelo de la cámara de frío —que Gifford a veces, cuando no lo oyen sus padres, llama el «congelador de carne»— es de baldosas cerámicas blancas. De hecho, todo lo que hay allí dentro es o blanco o de acero inoxidable de acabado mate. Por lo general, la sala en sí no es tan gélida como esta noche. En una pared hay tres cajones refrigerados para depositar cadáveres que pueden albergar a los «huéspedes silenciosos y respetados». La muerte anda ocupada esta noche de Halloween: hay dos cajones que contienen entregas. Como el tercer cajón no funciona como es debido, la temperatura de la cámara se ha bajado lo suficiente como para provocar que el aliento de Durand salga formando penachos helados. El hombre de ochenta y cinco años, oculto bajo una sábana, está en una camilla en el centro de la sala. El padre de Calaphas y su equipo de técnicos se pondrán a trabajar a las cinco de la madrugada, y todos los velatorios y funerales se llevarán a cabo según el horario previsto.

No hay ventanas en este espacio. Después de cerrar la puerta y encender los paneles fluorescentes del techo, el pequeño Durand apaga su linterna de bolsillo. Tiene mucho frío y está un poco intranquilo, pero ha tomado la decisión férrea de esconder el Kiss de Hershey donde es poco probable que

lo encuentre su padre, así mañana podrá decirle a Gifford
dónde está y, por tanto, demostrar que ha estado allí. Abre
la puerta de un armario, se pone de rodillas y mete el bombón detrás de unas botellas de lo que sea, más escondido que
cualquier cosa que vayan a necesitar para el trabajo que les
espera ahora a los embalsamadores y los esteticistas.

Rodea la camilla en la que la forma aproximada de un
hombre yace debajo de una sábana. No ha visto a ese cliente
y quiere poder describir el difunto a Gifford, como prueba
absoluta de que no solo ha escondido el Kiss de Hershey y
se ha retirado a toda prisa. Ha visto a mucha gente muerta,
por supuesto, casi siempre en sus ataúdes abiertos después
de que los hayan acicalado y vestido para el Cielo. Por lo
general, no le dan miedo los cadáveres, sino que lo aburren.
Sin embargo, esta es una situación extraordinaria, ya que
es Halloween, el muerto acaba de fallecer y Durand está a
solas con él, así que se le eriza la piel de la nuca y se le hace
un nudo en la garganta.

El pequeño Durand pellizca la sábana con el pulgar y el
índice tres veces con la intención de tirar de ella y revelar la
cara del cadáver. Una, otra y otra vez suelta la mortaja sin
cumplir su propósito. Agarra el tirador de uno de los cajones
del depósito de cadáveres. Pero ya ha visto antes a los dos
fallecidos que entraron a última hora de la tarde. Si se los
describe a Gifford solo desvelará que, a pesar de haber llegado tan lejos con el Kiss de Hershey, le ha faltado el valor
para enfrentarse, cara a cara, con el cadáver para el que no
queda cajón disponible.

Le avergüenza su miedo. Nunca ha estado solo con los
muertos aquí en el sótano a una hora tan tardía, solo en las
salas para los velatorios de la planta principal. Esto es diferente. Quizá porque están en el subsuelo. Ahí es donde
van los muertos cuando terminan con la vida. El subsuelo.
Es su territorio. Sobre todo entre la medianoche y el amanecer. Durand tiembla. Su miedo lo indigna. Otros niños

de su edad, incluso mayores, lo tratan con respeto, casi con admiración, todo porque vive con los muertos, duerme en la planta de arriba sin inquietarse, mientras en el sótano los muertos están haciendo quién sabe qué. Algunos niños hasta le tienen un poco de miedo. Están ansiosos por oír sus últimas historias sobre vivir con cadáveres, aunque Calaphas se ha dado cuenta de que lo miran con cierta turbación cuando les cuenta alguna anécdota excepcionalmente extraña o espantosa. Disfruta de que lo respeten y que lo teman es todavía mejor. Con solo siete años, ya entiende que ser temido es una fuente de poder, y que por lo general a la gente, cuando está asustada, se la puede obligar a hacer lo que uno quiera más que lo que ellos quieren. El miedo es para los débiles. Su miedo lo enfurece y le avergüenzan las exhalaciones rápidas y heladas que le salen con forma de penachos. Por fin vuelve la sábana hacia atrás revelando un muerto al que, en principio, no hay que tenerle más miedo que a ningún otro.

Tiene la cabeza coronada por una maraña fina de pelo blanco y la frente casi toda lisa, salvo por un corte violáceo que tiene en el ojo izquierdo, que se habrá hecho quizá al caerse y darse contra algo cuando le dio el infarto cerebral. Hay una herida, un hueco en la carne, aunque no sangre; puede que alguien la haya lavado después de morir el viejo, cuando lo estuvieran preparando para mandarlo a la funeraria. Está tumbado boca arriba, mirando al techo, aunque tiene los ojos cerrados. Durand prefiere que tengan los ojos abiertos, porque así los puede contemplar; nunca pierde las competiciones de miradas contra un cadáver, sin que importe lo grandes que sean y el aspecto de malos que tengan. Este tiene la cara tan pálida como la tiza, está arrugada, erizada de la barba incipiente. Tiene la boca abierta, no de par de par, sino menos de dos centímetros y medio, como si tuviera la intención de desvelar algún secreto pero se hubiera olvidado de lo que quería decir. Durand es lo bastante alto, justo como para bajar la mirada hasta la camilla y verle la cara completa al huésped silencioso y respetado. Seguro de poder describir de manera satisfactoria el hombre a Gifford, pellizca la sábana para volver a ponerla en su sitio; es entonces cuando la cabeza se gira hacia él, se abren los ojos y el cadáver hace un ruido, un croar, como si tuviese una rana anidada en la garganta.

Durand deja caer la sábana y se echa hacia atrás del sobresalto. Los ojos del muerto no están vacíos, como muchísimos otros ojos a los que ha mirado fijamente, y se clavan en él. De la boca sale un vapor perlado mucho más tenue que las densas exhalaciones de Durand y de entre los labios agrietados y pálidos, una palabra susurrada: «Tú».

Aunque se siente compelido a correr, Durand es incapaz de moverse. Vuelve a sentir el miedo que desprecia, sumado a la vergüenza que le quema en las mejillas a pesar del frío intenso que hace en la cámara, vergüenza por el espanto que se enrosca alrededor de sus huesos y le atenaza las articulaciones y lo inmoviliza, vergüenza por la debilidad que representa ese espanto.

Al respetado pero ya no silencioso huésped le brillan mucho los ojos azules, le arden llenos de intención, tanto que parece que van a atravesar a Durand con dos agujeros gemelos.

—Dame —dice el hombre.

El padre de Durand les ha contado historias sobre el oficio de las pompas fúnebres de mucho tiempo atrás, de antes de que él empezara a ejercer ese arte arcano, de cuando en ocasiones una persona que se creía muerta y había sido entregada para ser embalsamada, de repente recobraba la conciencia, se incorporaba y pedía un trago de *whisky* o un sándwich de rosbif, preguntaba por el paradero de su mujer o dónde se encontraba el baño más cercano. Conforme fue avanzando la medicina moderna y se pudo confirmar con certeza el tránsito del paciente mediante monitores cardiacos y electroencefalogramas, tales acontecimientos ya escasos se volvieron incluso más raros y terminaron por volverse desconocidos en el mundo desarrollado.

Lo que Durand tiene delante, con la cara canosa girada hacia él, es tan extraordinario que representa uno de los peores errores que haya cometido un médico esta década o que una energía malvada de Halloween, mientras se acerca la medianoche, le ha devuelto la vida a un hombre muerto con algún propósito malvado.

Aunque la aparición no se levanta de la camilla y solo mueve la cabeza, contorsiona la cara y pasa de tener una expresión de súplica a otra menos benigna. Entrecierra los ojos y tuerce la boca con un gruñido cruel.

—¡Tú, tú, tú, DAME!

Meses antes, Pelagia, la tía abuela de Durand, sufrió un infarto cerebral que la dejó paralizada hasta que murió pocos días después. Si es eso lo que le pasa al hombre de la camilla, no representa ninguna amenaza.

A medida que el miedo que siente Durand disminuye un poco, lo abruma la sensación de que este extraño encuentro no tiene que ver con el viejo ni con el médico que haya metido la pata, es asunto de Durand y solo de Durand, porque es especial. No solo especial: es único. Ha escuchado la palabra «destino»; con su CI de 178 la entiende mucho mejor que un niño de siete años de menor inteligencia. Este extraño encuentro es un desafío, una prueba. Hay algo que está destinado a hacer, algo que determinará si se convertirá en un superhéroe o en un supervillano. Hace tiempo que sabe que va a ser un súper algo. No le importa lo que sea, solo que sea mucho más emocionante que criarse en una funeraria.

La expresión enfadada del hombre paralizado se desvanece dejando paso al desconcierto. Gira los ojos, asimilando tanto como puede desde su posición de la cámara de frío.

—¿Que te dé qué? —pregunta Durand.

El desconcierto se convierte en perplejidad.

—Yo… ¿Cómo…? ¿Dónde…?

—¿Que te dé qué? Dime. Dime lo que quieres —dice Durand, avanzando un paso hacia la camilla.

La luz fluorescente da un resplandor blanqueador. El respetado huésped está tan blanco como estaba la mortaja cuando Durand entró en la sala y la mortaja se va volviendo más blanca cada minuto que pasa. Las paredes son de color alabastro, como si la cámara frigorífica estuviera construida con nieve, como una construcción inuit. El suelo no sería más blanco aunque estuviera pavimentado con hueso. El miedo restante de Durand se evapora como un trozo de hielo seco y al chico lo invade la convicción de que debe haber algo que él pueda hacer para asegurarse de que se convertirá en el súper que sueña ser. Debe hacerlo antes de que la blancura llene la cámara hasta el punto de volverse tan cegadora como la oscuridad total. Los ojos azules son faros en mitad de la cara espantosa, el único color en la cáscara de huevo sin costuras que se está formando alrededor de Durand, un azul que lo atrae a la camilla y a la carga que hay sobre ella.

—¿Que te dé qué? —vuelve a preguntar y después repite la pregunta con una voz más desafiante—. ¿Que te dé qué, viejo?

—Ayuda —dice el viejo—. Ayúdame. No me puedo mover. Tengo miedo.

Por muy lastimero que suene tiene un aire engañoso, sin embargo. Parece taimado, como si no fuera el viejo que era antes, sino solo el cuerpo con el que se ha revestido algo demoniaco. Una certeza salvaje se apodera de Durand, un valor despiadado, la creencia de que puede hacer cualquier cosa que desee y que será recompensado por ello. La camilla tiene un dispositivo hidráulico que en ese momento no está bajado hasta el tope. Lo acciona para que se baje quince o veinte centímetros, hasta que no puede descender más.

—Ayúdame —repite el viejo. El azul que era feroz ahora es débil, un azul de huevo de petirrojo que a Durand le inspira desprecio—. Ayúdame.

—¿Que te ayude a qué? —dice Durand, mirando al viejo desde arriba, sintiéndose más alto y más fuerte de lo que se sentía solo un minuto antes—. ¿Eres tan estúpido que no sabes lo que quieres? —Le gusta cómo suena su voz al decir eso con el tono que quiere usar, pero no se atreve muchas veces con sus padres—. Este viejales estúpido no sabe siquiera decir lo que quiere.

—Llama —dice el vejestorio—. Llama.

—¿Que llame a quién? ¿Quieres pedir una pizza?

Divertido por su chiste, Durand se ríe, pero el viejales ni siquiera sonríe.

—No lo hagas —dice.

Esto es una prueba, un desafío, y si Durand la supera será un súper algo, no enseguida, pero más tarde, algo asombroso. Da la vuelta hasta la cabecera de la camilla.

El vejestorio gira la cabeza de un lado a otro, intenta inclinarla para ver qué está pasando, pero no puede.

—No —dice.

—Ah, sí. Sé lo que eres en realidad —dice Durand, porque ahora ve lo que tiene que hacer para demostrar que es especial, para demostrar que nada lo asusta. Debe demostrarle su valía ante esos amos secretos del universo que obran de maneras misteriosas.

Los paneles fluorescentes del techo blanquean al anciano hasta volverlo más blanco todavía y Durand le pone al respetado huésped la mano derecha ahuecada bajo la barbilla sin afeitar, cerrándole la boca a la fuerza. Al hombre le faltan las fuerzas para resistirse. Con la mano izquierda, Durand le aprieta las fosas nasales. El tetrapléjico no puede mover nada más que la cabeza; la gira de un lado a otro y durante un minuto defiende su vida vigorosamente, pero no es capaz de deshacerse del agarre de su agresor. Lo acertado de la intención del niño queda confirmada para él cuando, al aumentar la luz y difuminarse la sala en una esfera lisa de blancura, su pijama parece volverse de un tono más oscuro de amarillo, pasando del azafrán al limón, y las manos que son instrumentos de la asfixia se le sonrojan con el color de la vida que le otorga un corazón resonante. La resistencia del hombre se debilita. El pijama del niño tiene el color amarillo de la yema del huevo y su piel está todavía más bronceada con la urgencia de la vida, se le han hinchado los vasos sanguíneos de las manos para igualar su excitación, tiene las uñas tan rosas como si se las hubiera pintado. Cuando el viejales por fin se muere, el azul de sus ojos es una débil escarcha, pero Durand se ha vuelto más vívido y colorido todavía que en sus sueños nocturnos más febriles de superpoderes y aventuras violentas. Relaja la mano con la que tenía sujeto al viejo y abre los dedos apretados. La blancura cegadora se aplaca. Los detalles de la cámara de frío vuelven.

Ha pasado la prueba. Ha superado el desafío. No le tiene miedo a nada. A nada. Ni siquiera a un hombre que ha vuelto de entre los muertos o al demonio que ha poseído su cuerpo.

Habiendo demostrado que es especial tendrá al final el superfuturo con el que sueña. Solo tiene que ser paciente y acostumbrarse a su grandeza. La paciencia es otra prueba que debe superar.

Arregla la mortaja y la deja como estaba cuando entró.

Después de apagar las luces, entrar en el pasillo y cerrar la puerta, enciende su linterna de bolsillo. Hace el camino de regreso a su dormitorio.

En la cama, en la oscuridad posterior a Halloween, mientras coquetea con el sueño, si bien resistiéndose a rendirse ante él, repite mentalmente los acontecimientos del sótano hasta que se pone a temblar con el éxtasis recordado. A la larga, sabe más allá de cualquier duda que no ha sido un error que un médico incompetente haya certificado la muerte del viejo y luego lo haya enviado allí. Un hombre muerto ha vuelto a la vida, los amos del universo que buscan a aquellos capaces de vencer al miedo y son merecedores de recibir sus superpoderes lo han traído de vuelta entre los vivos. Durand, por los cómics que lee y las novelas gráficas más sofisticadas que colecciona Gifford, sabe que hay amos del universo; llevan nombres distintos en las distintas series y obran de maneras misteriosas. Saben de él, lo han elegido. Se le ocurre la posibilidad de haberse imaginado todo lo que ha pasado, pero la descarta, no se permite ninguna duda. Y después se duerme.

Así fue como comenzó la partida del juego.

Después de todos estos años, su final está muy cerca. Como al principio, los todopoderosos amos del universo le exigen que mate a un hombre muerto que ha regresado a la vida. Después de eso, Durand Calaphas se ganará salir del juego y avanzar al siguiente nivel, que según le asegura su fe inquebrantable es la realidad más alta y verdadera, en la que se convertirá en uno de los amos del juego. No tiene dudas. Las dudas son para los perdedores.

Su presa avanza hacia la costa.

Y así acelera él hacia el sur, persiguiendo la señal parpadeante que es Michael Mace. Vive para matar y mata para volver a vivir, producto de la Nueva Verdad, en la que no cree más de lo que cree en la antigua verdad.

UN MOMENTO EN LA TIERRA

A medida que se acerca la medianoche, los mantos de nubes se deslizan hacia el norte por el cielo y en la oscuridad clara y alta, las estrellas cartografían el universo más allá de la luna plateada.

Mientras el macizo y silencioso Bentley cruza flotando la noche empapada, John duerme en la parte de atrás, sobre una cama de varios millones de dólares. Con tanto que procesar de este día frenético tiene material para inspirarle pesadillas, pero si los sueños le asaltan, se los guarda para sí mismo. Está tumbado en silencio en posición fetal. Quizá el ronroneo del coche y el murmullo de los neumáticos sobre la carretera se asemejen a los sonidos de la vida en el útero, la avalancha sustentadora de la sangre umbilical, y le traigan paz.

—Es tan pequeño —dice Nina—. ¿Cómo va a poder hacer frente a todo esto? ¿Qué le provocará?

—Se volverá más fuerte —dice Michael.

—Espero que sea verdad.

—Así es él. La mayoría de los niños son adaptables, supervivientes, si les permiten que lo sean, si los adultos no les cargan sus propias neurosis a sus hijos. John no necesitará nunca espacios seguros, como exigen en estos tiempos esos lloricas de las universidades. No malgastará su vida ofendiéndose por «microagresiones». Sabe que el mundo es un lugar difícil para todos, que una manera efectiva de encaminarse a la desgracia para toda la vida es encontrar consuelo —o encontrar virtud— en ser una víctima. Encajará cualquier cosa que la vida ponga en su camino y siempre encontrará la manera de ser feliz.

—Ojalá pudiera estar segura de eso —dice Nina—. ¿Cómo puedes estarlo tú?

—Él es así gracias a ti.

Nina se endereza en el asiento no con orgullo, sino con humilde resistencia hacia lo que ha dicho Michael.

—No me bailes el agua. Le he dado tan poco.

Michael casi sonríe, pero no quiere que la sonrisa parezca condescendiente.

—Le has dado amor, estabilidad, consejos adecuados y confianza. Eso es lo único que necesitan los niños y aun así suelen recibir demasiado poco.

—Gracias a mí —dice Nina—, John tenía por padre a un asesino, a un monstruo.

—Te hiciste completamente responsable de tus actos. Gracias a ti, John vive y el mundo es mejor con John en él.

—Con qué facilidad me dejas que me libre.

—Te lo parece solo porque no dejas de echarte la culpa.

Nina cierra los ojos y se queda en silencio un rato. Cuando Michael la mira ve que se está mordiendo el labio inferior. Tiene las mejillas secas, pero las pestañas enjoyadas.

Nina abre los ojos.

—Es una sensación muy rara —dice.

—¿El qué?

—No tener el control. No saber qué viene ahora o dónde vamos.

—Yo soy solo un puente, ¿recuerdas?

—Sobre aguas turbulentas. Pero eres… más que un puente.

—Cuando hayamos cruzado la crecida tendrás pronto el control de tu vida, como siempre lo has tenido.

—Los de su clase —dice Nina— odian a las mujeres. Si creen que una les ha faltado al respeto no lo olvidan nunca.

Un día saldré a la calle a mirar el buzón y pasarán disparando desde algún coche.

—No, si no pueden encontrarte. No, si eres otra persona distinta a Nina Dozier, con un pasado distinto en los archivos públicos que resistirán cualquier escrutinio por muy intenso que sea.

Este es un silencio diferente y la esperanza de Nina es casi palpable. Al acordarse del poder de Michael dice:

—¿Podrías hacer eso?

—Tú solo piensa en qué nombre te gustaría tener. Y un nombre para John. Dentro de una semana o menos tendré partidas de nacimiento, tarjetas de la seguridad social válidas, un carné de conducir con tu nuevo nombre y archivado en el Departamento de Tráfico.

—Te debo muchísimo.

—No me debes nada. Yo tenía una deuda enorme con Shelby Shrewsberry y lo que he hecho ha sido pagársela gracias a ti.

A unos veinte kilómetros de San Diego giran tierra adentro desde el océano hacia Rancho Santa Fe, una comunidad residencial conformada en su mayor parte por casas grandes y fincas cerradas con una extensión considerable.

Con la mitad de ella a oscuras, la luna está alta frente a ellos, reflejando la luz del sol a lo largo de las redondeadas colinas que se van volviendo menos pobladas kilómetro a kilómetro, plateando la hierba silvestre que es dorada a la luz del día. Más allá de la luz de los faros, los árboles se ciernen como siluetas tenues, los pinos de piedra se yerguen inmóviles, las palmeras se balancean con el fluir de ensueño de las plantas que crecen en el seno del mar. Mayores en número y en altura son los eucaliptos que hacen de centinelas a lo largo de las laderas tanto como en los valles.

Nina rompe el silencio mutuo.

—¿Qué harás tú?

—Yo ya tengo tres identidades metidas en el sistema.

—No me refiero a quién serás. ¿Qué harás? No solo puedes hacer lo que has hecho por nosotros en nombre de Shelby. Me parece que quieres hacer más cosas. Muchas más. Sea lo que sea, no puedo ni empezar a imaginarme el… impacto.

La conversación los ha ido acercando a la cuestión personal más importante para Michael. No la va a presionar más en este momento. Hasta que hayan dejado atrás para siempre a la Agencia de Seguridad Nacional y a los pandilleros, el futuro es demasiado flexible como para estar haciendo planes.

—He pensado mucho en ello —dice—, en el impacto. Cómo provocar cambios importantes sin provocar destrucciones importantes. Casi todos los que quieren cambiar el mundo también quieren destruir primero lo que hay para luego volver a construir sobre los escombros. Son narcisistas y lunáticos. Me gusta pensar que yo no lo soy.

CON LAS ARAÑAS HICE AMISTAD

Para cuando Michael tenía nueve años, su madre casi no salía de su casa, y cuando lo hacía, era siempre para hacer el ridículo. Le vociferó a un indefenso empleado del supermercado por el precio de los tomates, llegando a tal pico de indignación que tiró la fruta al suelo y la aplastó con el pie. Se levantó en una reunión del ayuntamiento y se quejó por el aumento de las tarifas de los parquímetros, lo que la enfurecía a pesar del hecho de que había empezado a tener miedo de conducir y había vendido su coche; se negó a acatar el límite de tiempo para declarar; les lanzó exabruptos a los concejales, sin que hubiera epítetos demasiado groseros para ella, hasta que el sargento de armas tuvo que escoltarla a la fuerza y sacarla de la cámara. Un vecino tenía que soportar que lo pusiera como un trapo cada cierto tiempo —así como responder a las denuncias de bienestar animal— por un pit bull que no existía.

Un verano, antes de que Michael entrara en cuarto de primaria, a su madre empezaron a darle terror las arañas. Nunca le habían dado miedo. Sin motivo aparente, insistía en que se había vuelto alérgica a las picaduras de los arácnidos y que, si la mordían, sufriría enseguida un *shock* anafiláctico que la dejaría incapaz de respirar. No importaba si la especie era o no venenosa. Años antes, cuando Beth había asegurado la casa contra el cadáver reanimado de Lionel, que según ella quería entrar en la casa por la noche, la credulidad de la extrema juventud volvió vulnerable a Michael ante sus oscuras fantasías y el niño sucumbió al miedo irracional. Con nueve años ya entendía mejor a su madre, aunque en principio no sabía distinguir si su temor por las arañas era real o fingido. Si lo estaba fingiendo, quizá quería añadir drama a su vida —porque le encantaba el drama— o quizá estuviera psicológicamente trastornada, hasta el punto de que le causaba placer atormentar a un niño. Al final, Michael terminó creyendo que ambas cosas eran verdad.

Cuando despertaba a Michael por la noche para que se apresurase a ir a su dormitorio a matar a una araña que había aparecido mientras estaba leyendo para vencer el insomnio o sobre la hora de la cena cuando huía de la cocina por miedo a alguna invasora que se escabullía, la amenaza de ocho patas no siempre estaba donde ella la había visto. Aquello derivaba en una urgente caza de la araña. *Encuéntrala, Mickey. Encuéntrala y mátala. ¡Maldito seas, Ratón, niño de mierda, encuéntrala, mátala!* Si Michael encontraba a la criatura y la aplastaba para satisfacción de su madre, la vida seguía después de un período adecuado de lamentación de ella por la muerte que habría sufrido si la araña le hubiera picado. En las ocasiones en que no encontraban la araña —o si no había existido siquiera, para empezar—, la búsqueda fallida era una excusa para que su madre intentara calmarse los nervios con una copa tras otra de chardonnay o con su cháchara morbosa sobre cómo suicidarse con pastillas sería una manera mejor de morirse que ahogada si se le cerraran las vías respiratorias con el veneno arácnido. *Entonces me echarás de menos. Me echarás de menos cuando estés solo, el crío este. Solo porque eres demasiado estúpido para encontrarla y matarla.*

Michael no había hecho nada para ganarse su animosidad, salvo quizá haber nacido. Incluso después de haberse convencido de que su madre disfrutaba manipulándolo hasta que él admitía que sus temores tontos eran legítimos, Michael se exasperaba con ella a menudo, se impacientaba e indignaba constantemente porque se burlaba de él, pero no era capaz de odiarla nunca. Beth sería lo que fuese, pero era su madre. No podía amarla más de lo que la despreciaba, pero la compasión lo embargaba fácilmente. Se preguntaba si su madre habría padecido algo en su infancia que la hubiera convertido en lo que era. Si acaso no pudo devolverle el golpe a quien había sido cruel con ella, y quizá sentía por ello la necesidad de pasarle su desgracia a su hijo, por muy malo que fuera. Aunque su madre fuera una persona perturbada por naturaleza, era una figura patética, más que malvada. Al observarla con su angustia casi perpetua, en parte fingida, pero en gran parte real, Michael a veces se veía vencido por la ternura que sentía hacia ella y por el deseo de arreglar lo que fuera que tuviera roto aquella mujer, aunque sabía que no tenía poder para arreglarla. Sin embargo, día tras día, semana tras semana, año tras año, llegó a entender cómo consolarla sin correr el riesgo de volverse como ella; podía divertirse con ella, encontrar refugio en su divertimento sin faltarle al respeto. No era un camino fácil de seguir, pero en él encontró una satisfacción a la que no pudo dar nombre hasta que fue mucho mayor: compasión, piedad, perdón.

El año del terror por las arañas llegó a su tranquilo fin. Como tenía motivos para sospechar, Michael esperó a que su madre estuviera al otro lado de la calle, reprendiendo a los vecinos por alguna afrenta que no habían cometido, y se metió en el ático. Tenía prohibido entrar en aquel lugar, porque su madre aseguraba que albergaba nidos de avispas y ratas portadoras de numerosas enfermedades. No encontró ni avispas ni ratas, pero sí frascos de conserva de un litro con muchos agujeritos en las tapas. Uno estaba vacío. Los otros dos contenían moscas muertas y cochinillas de la humedad que su madre había provisto como alacena, unas cuantas gotas de agua y una variedad de arañas que a saber cómo había reunido y hecho prisioneras, diez en total, aferrándose a la vida en telarañas mal hiladas que se combaban al alejarse de las paredes de cristal. No siempre se puede contar con que la naturaleza proporcione arañas cuando más se necesita. Michael, Mickey, Ratón, Niñato, Niño de mierda, transportó los frascos a la planta de abajo. Se llevó los dos frascos ocupados al patio de atrás y liberó a las prisioneras. Huyeron corriendo por sus manos sin picarle. En la cocina, lavó los tarros, los secó con papel de cocina y los puso de pie sobre la encimera, junto a la puerta de la despensa. Se fue a su habitación y no tardó en perderse en su libro. Oyó a su madre volver a casa, dar un portazo y maldecir al mundo de camino a la cocina y al chardonnay. Su silencio repentino duró quizá dos horas, hasta que hubo bebido bastante para empezar a cantar bajito canciones celtas de las que no se sabía toda la letra. Más tarde, pidió a un restaurante de la esquina que le trajeran la cena, todos los platos favoritos de Michael, le permitió que leyera su libro en la mesa y no le molestó con su conversación. Esos eran los límites de su elegancia y su confesión. Michael sabía que hasta aquel reconocimiento tácito de la humanidad de otro era un tormento para ella y él no pedía nada más.

UN LUGAR SIN NOMBRE

Muchas de las fincas más grandes del Rancho Santa Fe tienen nombres, pero no esta casa de mil quinientos metros cuadrados sobre cinco hectáreas. Cambió de manos hace un año y los nuevos propietarios, a quienes no les interesaban nada los caballos, quitaron el nombre del monumento de la entrada porque hacía referencia a actividades ecuestres. Tienen tres casas en otras fincas y no viven en esta ahora mismo, pero están haciendo planes para reconstruirla y ampliarla considerablemente, así como para reemplazar los establos por un museo en el que exhibir su colección de coches antiguos. Mientras tanto, están sacándole provecho a la propiedad como alquiler vacacional, ya que sienten aversión por mantener activos que no produzcan ganancias.

Mientras salía del pomar muerto, Michael hizo una incursión en el ordenador de una empresa que gestionaba solo casas de lujo en alquiler vacacional para los inquilinos con mejores cualificaciones. Rara vez ha ganado Michael lo bastante en un cuatrimestre como para pagarse dos semanas de vacaciones en una residencia como aquella, pero esta vez el coste es cero. Una familia de Boston llegará dentro de cinco días. El administrador de la finca y los tres empleados del personal que se ocupará de los huéspedes están de vacaciones, pero volverán dentro de tres días para preparar la casa.

Para entonces, Nina y John habrán descansado y Michael habrá encontrado un refugio, con preferencia fuera de California, donde podrán recluirse durante unas cuantas semanas. En ese siguiente lugar ayudará a madre e hijo a que adquieran identidades nuevas. Allí también podrá pensar seriamente sobre lo que desea conseguir con su extraño don. Podrán pensar sobre cuánto tiempo y mediante qué arreglo seguir juntos, los tres contra el mundo. Espera que ellos lo deseen tanto como él, pero no le corresponde a él suponer lo que es mejor para ellos.

La propiedad cuenta con un vallado blanco de madera que se extiende desde un par de descomunales columnas revestidas de piedra que flanquean una formidable verja de bronce. Un poste junto al camino de entrada ofrece un botón de llamada y un intercomunicador, así como un teclado iluminado. No hay nadie en la casa para contestar a la llamada, o no debería haberlo. Mientras John se despierta y se incorpora en la parte de atrás, Michael acciona la ventanilla del conductor e introduce el código para los invitados que se le ha asignado a la familia que residirá allí durante dos semanas. La mitad de la verja ornamentada se balancea lentamente hacia dentro.

—¿Aquí vive un rey? —dice el niño.

—El propietario es un rey de la tecnología. Ha desarrollado unos microchips que procesan los datos cinco veces más rápido que los que había antes.

—Qué locura. Imagínate si hubieran sido diez veces más rápido.

—Sería el dueño del mundo —dice Michael.

Sobre el largo camino de entrada se inclinan las columnatas de robles vivos. Farolas bajas con forma de seta derraman charcos de luz sobre el pavimento de adoquines, que termina en una gran entrada para los coches bañada por la luna.

La casa de dos plantas recuerda un poco a la obra de Frank Lloyd Wright, con un tejado de poca inclinación, anchos aleros voladizos y mampostería lineal. Michael aparca cerca de la escalinata de la entrada.

Michael recupera el AR-15 y los dos cargadores de repuesto que no ha usado. El niño lleva la bolsa de deporte y, cuando suben los escalones, Nina desplaza la luz de su linterna Tac Light sobre el porche delantero de estilo terraza.

Todas las ventanas están oscuras y ninguna voz les grita para pedirles que justifiquen su presencia allí. Los grillos y varios pájaros nocturnos interpretan sus eternas corales.

El paquete de medidas de seguridad no ha sido modernizado; no hay ninguna cerradura electrónica que Michael tenga que desbloquear. Usa la culata del AR-15 para hacer añicos uno de los paneles de cristal de la puerta. Es evidente que la detección de la rotura de ventanas no forma parte del sistema, ya que no suena ninguna alarma. Tantea por dentro, busca palpando el cerrojo, encuentra el tirador y suelta la cerradura.

Cuando abre la puerta, la alarma se pone a pitar y empieza a hacer una cuenta atrás de un periodo de gracia durante el que Michael puede introducir el código de desactivación. El que tiene es el del administrador de la finca, que ha buscado antes en los archivos de la empresa de seguridad. El pitido se detiene.

Nina enciende las luces, que revelan un suelo de piedra caliza. Paredes de madera oscura con barniz acabado piano. Una alfombra persa en tonos suntuosos y vivos. Se desplazan por las habitaciones principales, que ofrecen más de lo mismo, muebles de estilo Lloyd Wright colocados sobre alfombras con un valor de un par de cientos de miles de dólares cada una.

—Yo viviría aquí —dice John.

—Solo estamos de visita, cariño —le informa su madre.

En la cocina se encuentran con que los dos frigoríficos marca Sub-Zero están repletos de cosas al parecer pedidas por los huéspedes que llegarán próximamente. John se queda encandilado sobre todo con un compartimento del congelador lleno de helados italianos de primera calidad.

Michael entra en el garaje y enciende las luces. Encuentra seis puestos y dos vehículos, un Lincoln Continental y un Range Rover. Ha llegado el momento de abandonar el Bentley en algún sitio donde no lo vayan a encontrar hasta dentro de un tiempo, antes de que se les acabe la suerte. Si se llevan el Range Rover y salen de allí tan pronto como pasado mañana a primera hora, tendrán dos días antes de que vuelvan el administrador de la finca y el personal doméstico. Para entonces, podrían estar en otro estado y haber encontrado un coche nuevo, así como un refugio para un plazo más largo que este.

Cuando Michael vuelve a la cocina, Nina ha encontrado cuencos y cucharas que está colocando sobre la isla de la cocina, ante la que John ya está encaramado en un taburete.

—Estamos lisa y llanamente muertos de hambre —declara Nina—. Helado italiano de cereza, chocolate y almendras es el primer plato que hemos acordado.

Michael pone el AR-15 en una encimera y abre la puerta de la despensa para buscar bolsas de basura.

—Me apunto —dice—. Voy a salir a coger el dinero del compartimento escondido del Bentley. Mañana nos desharemos del coche. —Encuentra una caja de bolsas de setenta litros y saca una—. Ahora mismo vuelvo.

¿QUIÉN CABALGA DE NOCHE, QUIÉN CABALGA TAN TARDE?

Consciente de que está perdiendo la concentración debido al agotamiento, a Calaphas le gustaría detenerse en alguna parte para tomarse un café bien grande, tan negro como lo haya. Sin embargo, la señal parpadeante le indica que está a menos de quince minutos del Bentley, diez si pisa más el acelerador y confía en su entrenamiento en persecuciones a alta velocidad.

Lleva el botiquín de la casa segura en el asiento de detrás. Cuando llegue adonde necesita llegar, puede abrirlo y buscar el bote de pastillas de cafeína que seguro que hay. Si la agencia no ha cambiado la lista de accesorios comunes que incluye en ese tipo de equipos, también habrá un paquete de cuatro anfetaminas, pastillas de Benzedrina de cinco miligramos. Una de esas pequeñas anfetas, colocada bajo la lengua para que se disuelva, le dará rápidamente cuatro horas de estado de alerta agudizado.

Las colinas serpentean y la carretera cae en picado, y las colinas serpentean y la carretera cae y asciende entre la oscuridad de la medianoche del Rancho Santa Fe, aliviada solo por cúmulos de luces suaves muy separados, ninguno de los cuales desvela nada significativo. Aparte del pequeño centro del pueblo, la comunidad no tiene ni farolas ni aceras. Es difícil creer que este remoto puesto fronterizo rural suele figurar entre las comunidades más ricas de Estados Unidos.

Calaphas tarda en darse cuenta de que la señal roja de la pantalla de su iPhone no se está moviendo. No está seguro de cuánto tiempo hace que se ha detenido. ¿Cinco minutos? ¿Diez? Suelta el acelerador y saca de un tirón el teléfono del portavasos. El Bentley está a menos de ochocientos metros.

Dejando que la velocidad baje a cincuenta, treinta, quince kilómetros por hora, Calaphas circula por la cima de una colina y baja por una larga pendiente, siguiendo un cercado blanco de madera. El Bentley está en algún sitio a la izquierda, fuera de esta carretera. En la pequeña pantalla es difícil juzgar cuánto se ha alejado el coche de la carretera estatal. El vehículo de Calaphas mismo está representado como una señal azul que no parpadea, y cuando se pone a la altura de la señal roja parpadeante ralentiza hasta casi pararse. Justo delante, a la izquierda, la cerca blanca de madera conduce a unos pilares revestidos de piedra que enmarcan un par de altas y majestuosas verjas metálicas unidas por un medallón ornamentado. Un camino de entrada bordeado de árboles, iluminado sutilmente por farolas bajas, transcurre entre unas empalizadas de lo que podrían ser robles. Cincuenta y cinco o sesenta y cinco metros más allá, la oscuridad cede un poco más antes las luces de la casa. El Bentley está en las inmediaciones de esa residencia.

Como no quiere llamar la atención, Calaphas acelera al pasar por delante de la verja. Doscientos o trescientos metros más adelante llega al camino de entrada de otra residencia. Este lugar carece de verja y está la mitad de lejos de la carretera que la casa anterior. Es, no obstante, una casa grande. Aunque la mayoría de las ventanas están a oscuras, hay luces encendidas en habitaciones tanto en la primera planta como en la segunda.

Hasta que comprenda mejor la situación, a Calaphas no le interesa acercarse a la finca en la que el transpondedor metido en la reserva de efectivo del Bentley sigue mandando su señal. Michael Mace, la tan esperada Singularidad, es un adversario formidable por derecho propio. ¿Con quién habrá unido fuerzas? No hay lugar mejor para enterarse de más cosas que en casa de un vecino de quien le ha dado refugio a Mace.

Sigue conduciendo otros cien metros hasta que llega a una zona de aparcamiento en el hueco formado por un semicírculo de eucaliptos. Estaciona fuera del pavimento y apaga los faros.

Rebusca en el botiquín y encuentra las anfetas. Saca una del blíster. Si se la disuelve debajo de la lengua, la Benzedrina producirá un efecto un poco más rápido que si se la traga.

No le importa el sabor amargo.

De la guantera saca un silenciador a rosca para su Springfield Armory 45 y lo ajusta en la pistola. La cartuchera del hombre tiene sitio para el arma con el silenciador. Mete las manos en los suaves guantes grises de algodón y lycra que llevaba cuando limpió las superficies en el apartamento de Carter Woodbine, después de la muerte del abogado y de sus socios.

Apaga el motor, sale a la noche y cierra el coche. El aire tiene aroma a aceite de eucalipto. Hace unas cuantas inhalaciones profundas y estira y gira la cabeza para solucionar un tirón que tiene en el cuello. Ya se le está pasando el agotamiento.

Sin impermeable, vestido con traje oscuro, camisa blanca y corbata, podría ser un mensajero ambulante de los pentecostales que va llevando la verdad de los sagrados Evangelios de puerta en puerta, sin reparar en el clima o la hora.

UN ASUNTO DE CIERTA IMPORTANCIA

Nina y John están sentados en unos taburetes, el uno junto al otro, en la isla de la cocina, con cuencos de helado italiano ante ellos, usando las cucharas con placer. El de cereza, chocolate y almendras está delicioso, quizá más porque hace poco más de una hora han escapado de ser asesinados. Esa verdad es casi imposible de procesar de ninguna manera que tenga sentido o que no les haga correr el riesgo de perder el apetito. Nina podría comerse un kilo entero ella sola.

—Rico —dice el niño.

—Muy rico.

—¿Y ahora qué?

—A lo mejor hay tarta.

—Eso también estaría rico. Pero no me refería a eso.

—Ya sé a qué te referías. El problema es que no tengo ni idea de lo que viene ahora, cariño.

—Siempre lo sabes.

—Bueno, en este caso, lo único que sé es que Michael lo sabrá.

—No son solo los Vigs que nos persiguen a nosotros. A él también lo persigue alguien.

—El gobierno —dice Nina—. Lo persiguen con ahínco.

—¿Por lo que le ha pasado, por lo que se ha convertido?

—Y por lo que es capaz de hacer.

—¿Te ha contado eso mientras yo estaba durmiendo?

—No. Me lo contó el primer día que vino a verme y me dijo que le debía esto a Shelby. Ha sido sincero conmigo desde el principio.

—¿Vamos a estar siempre huyendo?

—No. Vamos a estar bien. No sé cómo ni cuándo. Pero Michael lo sabrá.

Justo en ese momento, Michael entra en la cocina con una bolsa de basura llena de dinero que pone sobre la isla.

—¿Sabéis qué?

—¿Y ahora qué? —dice John.

—Esa cuchara es tuya —dice Nina—. Tienes tu cuenco en una estantería en la nevera que tienes más cerca, para que no se derritiera demasiado pronto.

Michael coge su porción del frigorífico marca Sub-Zero, se queda de pie con el cuenco en la mano y atiende a su golosina durante unas cuantas cucharadas.

—Desde aquí, pasado mañana —dice entonces—, deberíamos salir del estado. Perdernos en una ciudad, a lo mejor en Phoenix, durante diez días o dos semanas, hasta que podamos conseguir identidades nuevas para vosotros y usar parte de este dinero para comprarnos un coche legítimo.

—¿Puedes hacernos invisibles? —pregunta John.

—Hasta cierto punto, sí, pero no como en las películas.

—¿Van a encontrarnos?

—La semana que viene será complicada. Después de eso, una vez que os consiga una nueva vida, estaréis a salvo.

—¿Te quedarás con nosotros? ¿En nuestra nueva vida?

Con el tono de su voz, Nina informa al niño de que su pregunta no es adecuada.

—Basta, John.

—Siempre estaré disponible para vosotros. Siempre —dice Michael, mirando a Nina—. Nada menos de eso. Si seguimos por un solo camino o por caminos separados… es algo que tendremos que resolver juntos.

—Vamos a resolverlo ahora —dice el niño.

—Cuando toque —dice Nina.

—¿Por qué no ahora? —persiste John.

—En este momento, el señor Mace tiene muchas cosas en la cabeza.

—Todos las tenemos.

—Eso seguro —concuerda Michael.

—Si lo resolvemos ahora —dice John— será una cosa menos que tengamos en la cabeza.

Esa observación le provoca una sonrisa a Michael y un suspiro de vergüenza a Nina. Casi le dice a John que el asunto no es de su incumbencia; es entre Michael y ella. En un sentido, es cierto, pero no es toda la verdad. De hecho, sea lo que sea que decidan Michael y ella que son —o podrían ser— el uno para el otro, ya sea amigos o algo más, tendrá un impacto enorme, incalculable en la vida del niño.

—Yo quiero lo que quiera tu madre, John —dice Michael en mitad de la vacilación de Nina—. Pero ahora tienes que escuchar y comprenderme. Si se les deja tiempo, las personas tan especiales como tu madre siempre toman la decisión correcta. Los tipos como tú y como yo, no tanto. Lo mejor que podemos hacer, lo único inteligente, es callarnos la boca y ser pacientes. Si la sigues fastidiando con esto, a lo mejor toma la decisión demasiado rápido, una decisión de la que se arrepentirá. No queremos que viva arrepintiéndose. Queremos que sepa que ha elegido el camino correcto, ¿no es verdad?

—Supongo que sí.

—¿Supones que sí? ¿Quieres explicar eso?

—Sí. Quiero decir, quiero que sea feliz.

—Eso es.

Michael le sonríe a Nina casi con timidez. Nina podría adorarlo. Pero Michael tiene razón al decir que Nina necesita tiempo. Se siente como si estuviera en la cuerda floja, avanzando muy despacio hacia algo tan correcto y adecuado que es casi seguro que quede fuera de su alcance, dados los pasos en falso que ha dado en el pasado. Si se apresura, perderá el equilibrio.

—Te has terminado el helado. A mí me queda todavía —dice Michael, mientras desliza la bolsa de basura por la isla hacia John—. Empieza a contar a ver cuánto tenemos. Luego tendremos que guardarlo en algo que parezca poco importante.

John se baja del taburete y abre la bolsa. Por la encimera de granito se desparraman gruesos fajos de dinero en efectivo, cada uno protegido individualmente con plástico de envolver o algo equivalente.

—Parece haber doscientos en cada fajo —dice Michael—. Veinte mil dólares.

—Más dinero que en un banco —dice John—. Tenemos la vida solucionada.

Michael niega con la cabeza.

—A lo mejor. Pero se acerca el día en que intentarán ilegalizar el dinero en efectivo, nos obligarán a usar el dólar digital sin privacidad *blockchain*, el gobierno tendrá el control total de las cuentas y las finanzas de todo el mundo. Si eso no puede detenerse es importante que juntemos todo el efectivo que podamos mientras se pueda seguir gastando y usarlo para aislarnos lo máximo posible.

—¿Es eso verdad? ¿Lo sabes? —dice Nina, presa de una fría inquietud—. Cuando has estado… navegando por internet o lo que sea que haces, ¿has visto pruebas de que estén tramando eso?

La expresión impávida de Michael no es tranquilizadora.

—Eso y más. Las peores personas viven por el poder. Se afanan por él con tanta aplicación como abejas en una colmena. He descubierto tantísimo en los últimos cinco días que me asombra que el pelo no se me haya vuelto blanco como la nieve.

Mientras apila los paquetes de dinero de cinco en cinco —cien mil dólares en cada pila— John se demora con un fajo más grueso en la mano.

—A este le pasa algo. Son billetes de veinte.

—Sigue siendo dinero —dice Nina.

—Sí, y había otros dos con billetes de veinte. Gordos como este. Pero este está como raro. Suelto. El plástico no lo sostiene bien.

—Déjame verlo —dice Michael.

Frunciendo el ceño, le quita el paquete a John. El fajo de billetes es lo suficientemente inestable como para que la cinta adhesiva se haya despegado. El plástico no está tan ceñido como debería. Quita la cinta adhesiva, dobla hacia atrás el plástico de envolver y levanta una cantidad de billetes enteros de un centímetro veinte de grosor, desvelando que el centro del fajo de ocho centímetros de alto ha sido ahuecado. Dentro hay un objeto que Nina no puede identificar alojado entre dos pilas triple A.

—Un transpondedor con fuentes de energía de reserva —dice Michael.

LA NOCHE NO ES OSCURA;
EL MUNDO ES OSCURO

Activos después de la tormenta, los grillos y los pájaros nocturnos celebran el mundo recién lavado.

Mientras camina por el lado de la carretera desierta hacia la residencia que tiene por objetivo, Durand Calaphas se pregunta si la realidad superior que está por encima de este nivel del juego se verá afectada por los mosquitos. Si no alberga bichos de ningún tipo, a lo mejor tampoco tiene pájaros, ya que el propósito principal de muchos pájaros es comer insectos. Por supuesto, algunos pájaros comen pescado o, como los búhos, roedores. Si no hay insectos en el nivel en el que residen los diseñadores del juego, a lo mejor los roedores tampoco tienen lugar allí, lo que dejaría solo a los pájaros que comen peces. Los murciélagos se comen a los insectos, así que no tendrían motivo para existir en el mundo superior. A Calaphas no le importa si habrá o no bichos, pájaros y murciélagos en su siguiente vida, solo siente curiosidad. Lo único que le importa es que habrá gente que usar y que matar, que se habrá ganado una licencia incondicional para usarlos y matarlos, y que no tendrá que responder ante estúpidos burócratas como Julian Grantworth y Katherine Ormond-Wattley.

Cuando gira para meterse en el camino de entrada no queda ningún jirón de nube envolviendo la luna. En ese frío resplandor, las rosas blancas y las calas que abundan en el jardín delantero no se pierden en la penumbra como las demás plantas, sino que brotan de la oscuridad entre zarzas espinosas y tallos carnosos. No son bonitas, sino espantosas, aunque no sabría decir por qué.

Está a mitad de camino de la casa cuando se percata de la estremecedora quietud. Los grillos y los pájaros nocturnos se han quedado en silencio, como hacen cuando penetra en sus dominios algo que los llena de temor. Alarmado por este silencio repentino e inquietante, Calaphas se queda inmóvil como una estatua, escuchando con atención. Sea cual sea la amenaza que ha apagado la canción nocturna, podría ser un peligro para él. No le tiene miedo a nada; sin embargo, en momentos como este, un jugador inteligente ha de tomar precauciones en el juego. Las ventanas llenas de luz de la planta baja están cubiertas con cortinas transparentes, pero las de una de las habitaciones de la planta de arriba no. Tampoco se vislumbra ninguna cara ni ninguna sombra en el cristal ni en la planta baja ni arriba. Después de que pase un minuto, cuando no aparece ninguna amenaza saliendo del amplio patio, del jardín o de entre los árboles, sigue hasta la parte trasera de la residencia.

Reflejos fragmentados de la luna rielan sobre el agua negra de una piscina grande. Hay un mástil sin bandera. Sillas blancas, tumbonas y mesas amueblan el patio. Todas las ventanas de la parte trasera de la casa están a oscuras.

A través de los cuatro paneles de cristal de la mitad superior de la puerta de la cocina ve los números verdes de los relojes digitales de los hornos. Prueba el picaporte, pero no se mueve. Desliza la púa fina del dispositivo de desbloqueo dentro de la ranura, aprieta el gatillo tres veces, vuelve a probar el picaporte, aprieta el gatillo una cuarta vez y la cerradura se desbloquea. Saca su pistola.

Entra, echa el cierre de la puerta y se queda con la espalda apoyada en ella, escuchando. El frigorífico zumba. El aire caliente suspira a través de las paletas de un conducto de la calefacción que hay en lo alto de una pared. Si la familia tuviese un perro, Calaphas ya lo estaría oyendo venir.

Salvo por la influencia de la luna, casi se le han acostumbrado los ojos a la oscuridad mientras venía hacia aquí. Espera hasta que los detalles de la cocina se destaquen más en la penumbra. Luego se dirige con cautela hacia una entrada abierta que está vagamente definida por la luz que emana de otra habitación más apartada, siguiendo por el vestíbulo principal. El pasillo mismo no está iluminado y una lujosa alfombra de pasillo que tapiza el centro del suelo de madera garantiza que avance de manera silenciosa.

La luz sale de un estudio con las paredes forradas de libros, un espacio masculino. Un precioso escritorio de caoba. Un sofá de cuero rojo burdeos adornado con botones. Cuadros con paisajes marinos con barcos de vela.

Un hombre de cincuenta y tantos años, con el pelo blanco, bastante fornido y en forma, en pijama y bata, está sentado en un sillón de cuero, con las pantuflas que lleva puestas en los pies apoyadas sobre un escabel; tiene un libro de tapa dura entre las manos, lleva unas gafas de lectura a media altura en la nariz prominente. Levanta la vista, sin sorpresa aparente, desde luego sin sobresalto, pero con interés y cálculo. Tiene la compostura de un militar que ha tenido que permanecer en calma en tiempos de crisis y caos.

—Deberías tener un perro —dice Calaphas cuando entra en la habitación y cierra la puerta tras de sí, con la pistola preparada.

—Teníamos una. Buena chica, murió hace un mes.

—Qué inoportuna —dice Calaphas.

—Era una golden retriever. Me habría avisado de que estabas entrando, pero aun así te habría querido si la hubieras dejado.

—¿Quién más hay en la casa?

—Solo Colleen, mi mujer. Sea lo que sea esto, no tiene nada que ver con ella.

—Por eso estoy hablando bajo —dice Calaphas. El instinto le advierte que este es uno de esos personajes del juego por quien el destino del jugador puede dar un giro inesperado—. No he venido a hacerle daño a nadie. Solo necesito alguna ayuda, información. ¿Tienes nombre?

—¿Para qué preguntármelo cuando seguramente lo sabes? Vincent.

—Entonces, Vince, ¿en qué cuerpo estabas? ¿En la armada?

—Es difícil creerse que hayas venido sin conocer mi historia. En inteligencia de la marina.

—Esto no tiene que ver con tu tiempo de servicio. La verdad es que no tiene que ver contigo, ni tampoco con Colleen.

Vincent marca el sitio por el que va en el libro con una solapa de la sobrecubierta, cierra el tomo. En vez de ponerlo en la mesa auxiliar, bajo la lámpara, se lo pone en el regazo, sigue sosteniéndolo con la mano derecha ahuecada. Si tiene la oportunidad, pretende lanzarlo —por débil que sea como arma, es lo único que tiene— y después levantarse del sillón rápidamente.

—No eres un vulgar ladrón.

—Se trata de tu vecino, de la propiedad con la verja grande.

—Eres de alguna agencia, aunque no me imagino de qué agencia.

Con la mano izquierda, Calaphas saca la cartera donde lleva la identificación, la abre, muestra la insignia.

—ASN. Es un asunto de seguridad nacional.

—Muy bien. Entonces conmigo no te hace falta un arma.

—Te estás preguntando si mi identificación es falsa. No lo es.

—Te tomo la palabra.

—Te has pasado toda tu carrera sin tomarle la palabra a nadie. Esa es la formación que has recibido. Igual que yo —dice Calaphas, guardándose la cartera.

—Ahora estoy jubilado.

—Pero sigues siendo el mismo hombre —dice Calaphas—. Con el debido respeto, esta situación es demasiado apremiante como para arriesgarme a que me quites el arma y pongas trabas a la operación. Los minutos importan.

—Llama a tu compañero. Soy un viejo, no puedo con los dos.

—¿Quién vive en la casa de al lado? —dice Calaphas.

—Seguramente tendrás acceso a todo lo que quieras saber. Las agencias lo tienen. No me necesitas.

—Desgraciadamente, sí te necesito. Es una situación muy especial. Te sigue importando la seguridad nacional, ¿no?

—Por supuesto.

—Entonces ¿quién vive allí?

—Sanjay Chandra y su mujer son los dueños de la propiedad, pero no viven ahí todavía. Lo usan de alquiler vacacional de lujo para estancias cortas, hasta que estén listos para hacer la renovación.

—¿Lo está alquilando alguien ahora?

—Me parece que no. Pero no lo sé seguro.

—¿Personal doméstico?

—Sí, el personal se ocupa de los inquilinos cuando hay alguien en la residencia.

—No querría que el personal ni nadie supiera que estaba allí...

—¿Quién no querría?

—Solo estaba pensando en voz alta.

Como si fuera lo más natural, Vincent baja las piernas del escabel.

—Vuelve a subirlas —dice Calaphas, haciendo un gesto con la pistola.

Vincent obedece, pero hay una nueva tensión en su cuerpo.

—Estás pensando demasiado —dice Calaphas—. Ayúdame y a lo mejor hasta recibes un reconocimiento del presidente.

Vincent no dice nada.

—¿Tienen perros allí? ¿Perros guardianes?

—Nunca he oído ningún ladrido.

—Esa es una respuesta de político.

—No estoy intentando engañarte. Hasta donde yo sé, no hay ningún perro, perros guardianes ni mascotas.

Ahora Vincent tiene tensión también en los ojos, un nefasto convencimiento.

—Tengo curiosidad —dice Calaphas—. ¿Qué acaba de cambiar?

—Estás persiguiendo a un fugitivo.

—¿Y?

—Si es un asunto de seguridad nacional tendrías aquí un equipo. No solo a un compañero. A un equipo.

—Lo tengo. Están vigilando la casa de al lado.

—Me encantaría que fuese verdad. Eres de la agencia, pero estás fuera de control. Esto es una *vendetta* personal. O te has vendido. —Coloca con cuidado el libro sobre la mesita que hay junto al sillón, resignado ante su propio destino—. Cuando termines conmigo no te hará falta Colleen.

—Podría bajar y encontrarte, llamar a la policía, que de pronto la noche se llene de sirenas. Pierdo el factor sorpresa con mi presa.

—Se ha ido a la cama. A leer hasta que se pueda dormir. Nunca baja después de haberse ido a la cama.

Calaphas lo estudia.

—Creo que me estás contando la verdad.

—Lo estoy. No bajará hasta por la mañana, faltan horas para eso.

—Eres un hombre de honor.

—La casa está bien insonorizada. El sonido no se desplaza de una habitación a otra ni de una planta a otra. Si ese silenciador que llevas en el arma es efectivo, Colleen no oirá nada.

—Es el mejor. Una pregunta. Con una carrera en el ejército, ¿cómo te has podido permitir una casa como esta?

—Me casé bien, en todos los sentidos de la palabra.

—Te casaste con alguien con dinero.

—Los dos teníamos veintitrés años. Ella renunció a muchas cosas para ser una esposa de la Marina. Es una mujer maravillosa, una excelente persona.

—Entonces correré el riesgo con ella.

—¿Lo harás?

—No hago esto por diversión.

—¿Quién lo haría? —dice Vincent.

—Vivirá para guardarte luto. No soy un hombre de honor —dice Calaphas—, pero esta promesa la cumpliré.

—Podrías confiar en mí también.

—El problema de eso es que no estaba vendiéndote humo. Me parece que está claro que eres un hombre de honor.

—La vida es más importante que el honor.

—Para la mayoría. Para ti no. No lo es todo para ti, pero es algo. ¿Es verdad o no es verdad?

—Es verdad —dice Vincent con un pequeño sonido que es casi una risa irónica.

Levantando la pistola, Calaphas se adentra más en la habitación. Aprieta dos veces el gatillo. Un tiro a quemarropa en el pecho. El otro en la cabeza. Los disparos son como dos toses de un paciente de tuberculosis en estado terminal, a quien le falta el aliento suficiente como para emitir más que el más pequeño y discreto de los sonidos.

Calaphas apaga la lámpara de la mesita. Antes de salir de la habitación apaga la luz del techo. Entra en el vestíbulo y cierra la puerta tras él sin hacer ruido.

Se queda escuchando. La casa está en un silencio tan profundo como las salas de la funeraria en las que se crio, las únicas diferencias son la falta de fragancia floral en el aire y el hecho de que no hay programado ningún velatorio. Al parecer, Colleen no ha oído nada.

Como conoce esta situación por los videojuegos, porque un jugador no puede avanzar hasta el siguiente encuentro programado si se ha dejado un objetivo sin resolver y seguir esperando ser un ganador, se dirige a la segunda planta para matar a Colleen.

Las escaleras son de construcción sólida y si hay unos cuantos crujidos sutiles, la alfombra los amortigua con eficacia.

El dormitorio principal está en la parte delantera de la residencia, es la única habitación en la planta de arriba con la luz encendida.

Cuando cruza la puerta abierta encuentra un vestíbulo y más allá la cámara más grande, toda en tonos melocotón con toques en verde pálido. Con un pijama verde a juego, perfectamente coordinada con su elegante entorno, Colleen está apoyada en un montón de almohadas, el libro se le ha resbalado de las manos hasta el regazo cuando se quedó dormida. Es una mujer hermosa que está envejeciendo bien y que sin duda seguirá siendo bastante guapa a los ochenta. O lo habría seguido siendo.

Calaphas siente la tentación de despertarla para ver cómo sería su conversación. Sospecha que será tan imperturbable como su marido y entretenida. No se le está agotando el tiempo, pero es esencial, así que le dispara dos veces en el pecho, dejándole la cara intacta. Cuando Colleen hace la transición instantánea del mero sueño a la eternidad, la expresión se le vuelve grave, aunque solo brevemente, y entonces, una vez más, parece como si solo estuviera soñando.

LUCHAR O HUIR

Quizá estén a salvo y nadie sepa dónde están, pero se sienten tan vigilados como si estuvieran en una pecera. Las ventanas disponen de persianas motorizadas con un mando manual en cada habitación.

—Cerraré todas las de la planta baja —declara Nina mientras baja las cortinas de la gran cocina. La puerta delantera se puede cerrar, pero cualquiera puede abrir el cerrojo pasando la mano a través del cristal que Michael ha hecho añicos—. Usaremos una silla para apuntalar la puerta, apilaremos encima un montón de cosas que hagan ruido —dice y sale corriendo con el niño detrás.

Michael se queda mirando el transpondedor embalado en el fajo hueco de billetes de veinte. Woodbine lo ha metido ahí, por supuesto, para encontrar su dinero en el caso improbable de que alguien se llevara el Bentley. La navegación por GPS del coche estaba apagada, así que el vehículo no se ha podido rastrear de ese modo, pero este transpondedor lleva marcando a Michael como una diana durante veintiuna horas, desde que se llevó el coche. En todo ese tiempo, un hombre con los recursos del abogado —incluidos un pequeño ejército de sanguinarios traficantes de drogas y su íntima relación con la ASN— debería haberlo encontrado, matado y recuperado el Bentley. No es lo bastante tonto como para creer que la suerte lo ha salvado, que el transpondedor se ha agotado. Por algún otro motivo, el abogado ha sido incapaz de encontrarlo.

Se acuerda de la conversación que había oído entre Durand y Julian Grantworth, la que el director adjunto de la

ASN había grabado en un restaurante mientras el agente estaba cenando. Si Durand ha ido a las oficinas de Woodbine, Kravitz, Benedetto & Spackman como estaba previsto —hace más de cuatro horas—, el frustrado abogado seguramente le habrá hablado del transpondedor oculto. De lo contrario, Woodbine parecería no tener motivos para dirigirse a la ASN y reclamarles el favor que le debían. Si el problema del transpondedor fuera algo así como alguna cuestión sobre el alcance de la transmisión relacionada con la aplicación que lo enlazaba con el teléfono de Woodbine, lo que fuera, la ASN posee recursos de búsqueda inconmensurablemente superiores a los que pudiera reunir el abogado. La agencia habría localizado la señal en poco tiempo. La ASN es como un hongo imposible de erradicar que se ha extendido por todo el país a lo largo de quince años. Su deseo de atrapar a Michael y encarcelarlo o matarlo es más poderoso y urgente que el deseo insignificante de Woodbine de recuperar sus tres millones de dólares y exigir venganza. Michael es el hombre más buscado del país. En cualquier momento de las últimas dos horas, una vez identificado el transpondedor, la ASN debería haber mandado un tsunami de agentes que habrían caído sobre él. En cambio, nada. Nada todavía.

Calaphas. Él es el agente asignado, el hombre principal que había en escena en la Investigación sobre el Embellecimiento cinco días antes. Él es el Javert del Jean Valjean de Michael.

Mientras estuvo en la casa de Corona del Mar, Michael instaló desencadenadores de datos en el sistema de la ASN que le informarían en cualquier momento si su nombre y el de Calaphas aparecían a menos de doscientos caracteres de distancia el uno del otro en informes escritos o a menos de treinta segundos en declaraciones o conversaciones grabadas. Como no ha recibido ninguna alerta desde que salió de allí hacia el sur, ha supuesto que el agente no ha hecho ningún progreso.

Tiene en su posesión el identificador de GPS del teléfono de Calaphas y se ha colado previamente en ese dispositivo para explorar los contactos del agente. Ahora se conecta a internet, entra en el sistema de Verizon, donde ya ha estado antes, y encuentra la señal de localización de ese teléfono. Calaphas parece no estar cerca del Rancho Santa Fe, en ninguna dirección cercana al extremo sur del condado de Los Ángeles, quizá a dos horas y media de allí.

Parece no estar. El teléfono no es la persona. Si Calaphas ha estado especulando acertadamente sobre las habilidades extraordinarias de Michael, es probable que haya llegado a la conclusión de que no debería llevar un teléfono que pueda establecer su localización y permitir que su presa siga todos sus movimientos. Si lleva ahora un teléfono que no esté vinculado a su nombre, Michael no tiene manera de encontrarlo, pero Calaphas bien puede ser capaz de rastrear el transpondedor de este taco de billetes de veinte dólares. De hecho, ni siquiera Pollyanna sería tan ilógicamente optimista como para pensar que Calaphas podría no hacerlo.

Michael alcanza el transpondedor con la intención de destrozarlo a martillazos, pero duda. Mira las persianas que cubren todas las ventanas de la cocina y se pregunta si Calaphas podría estar ahí fuera en ese momento, vigilando la casa, esperando refuerzos. O quizá los refuerzos ya han llegado y una veintena de agentes de la ASN está tomando posiciones ahora mismo. En el momento en que el transpondedor deje de transmitir, llegarán a la conclusión de que lo han encontrado y quizá aceleren cualquier asalto que tengan planeado.

En una fracción de un minuto, Michael revisa el extenso expediente sobre Calaphas que se había bajado antes en la vasta capacidad de almacenamiento de datos de Michael en la sombra y está a su disposición para que lo lea con atención a alta velocidad. Calaphas, el sociópata manejable. Su total falta de consciencia. El gran placer que siente al aplicar la fuerza extrema. El asesinato de su hermano. Sus numerosos asesinatos sancionados. Las atrocidades que ha cometido y por las que le han concedido clemencia en el transcurso de su carrera incluyen la ejecución brutal no solo de sus objetivos, sino también en algunas ocasiones de las esposas y los hijos. En la mayoría de las misiones, Calaphas ha actuado solo. El porqué es evidente. En compañía de agentes cuerdos tiene que, hasta cierto punto, refrenarse, tiene menos capacidad para entregarse a su gusto por la crueldad bárbara. Su historial sugiere por qué no ha caído sobre Michael un pelotón. Calaphas tiene la intención de ir tras él solo. Y lo más probable es que el monstruo esté de camino al Rancho Santa Fe y acercándose rápidamente. O que ya esté aquí.

ESCRUTANDO HONDO
EN AQUELLA NEGRURA

Al volver al coche de la agencia, donde el arco de eucaliptos susurra débilmente incluso en el silencio posterior a la tormenta, Calaphas recoge el AR-15 cargado y tres cargadores de repuesto. Duda de que vaya a gastar tantas rondas, pero cuando sale de caza le gusta saber que posee mucha más potencia de fuego que su presa. Coge las gafas de visión nocturna ATN PVS7-3 —equipo con especificaciones militares de generación 4— y se las cuelga alrededor del cuello por si acaso las necesita luego.

Saca otra anfeta del blíster. La primera sigue todavía avivándole el motor. No necesita una segunda, en realidad, pero esta muerte lo excita mucho, la muerte que le hará ganar la partida. Quiere estar colocado cuando liquide a Michael Mace. Lo siente todo con más intensidad cuando está colocado. No suele tomar drogas, desde luego no cada vez que mata a alguien; una frecuencia así lo llevaría a la adicción. No es un consumidor recreativo. Se trata de aumentar el placer que obtiene de su trabajo y, por lo tanto, de hacerlo mejor. Si hace un trabajo perfecto se saldrá del juego y entrará en el nivel superior de la vida. Puede soportar una segunda dosis de cinco miligramos. Lo ha hecho antes. Nunca sufre temblores ni confusión y la droga no lo vuelve parlanchín como le pasa a la mayoría de la gente. Solo lo vuelve hiperatento y ansioso por actuar. Sí, se puede volver irritable y siempre le aumenta su agresividad, pero esos no son necesariamente efectos negativos. Se pone la pastilla debajo de la lengua.

Después de cerrar el seguro del coche se dirige a la casa de los Chandra a paso enérgico, listo para dar esquinazo saliéndose de la carretera a la primera señal de faros en la distancia. Aunque la luna está más alta que antes y debería parecer más pequeña que cuando está más cerca del horizonte, parece enorme, la luna más grande que ha visto nunca. La extraña enormidad de la luna debe de ser una señal, la manera de los creadores del juego de representar que a Calaphas le falta una muerte para ser el siguiente campeón que se gane la vida en la realidad superior que ha anhelado desde su infancia. Siente ganas de romper a cantar. No es de esos que cantan siguiendo la música de la radio. De hecho, no tiene una buena voz para cantar y nunca se lo permite. Se siente tan bien, sin embargo, que quiere cantar, y lo haría si no fuera a atraer la atención sobre él en un momento en el que necesita ser sigiloso. Incluso aunque no fuera previsible que si se pusiera a cantar pondría en peligro su misión, no lo haría porque tiene tan poco interés en la música que no se sabe la letra de ninguna canción. Está hiperatento y siente una agresividad más extraordinaria incluso que cuando estaba en casa de Vince y Colleen; está eufórico. Antes de llegar a la imponente verja se sube al vallado blanco de madera y baja al jardín de la casa de los Chandra. No va a ser tan audaz como para acercarse por el iluminado camino de entrada, pero le gusta la cubierta de los robles californianos alineados a todo lo largo del camino. Como esos árboles dejan caer hojas todo el año, en el suelo hay un manto de hojas pequeñas, secas, ovales como caparazones de escarabajo que crujen bajo sus pies. El sonido no es lo bastante fuerte como para llamar la atención de nadie de la casa, y a Calaphas le gusta tanto que da más pasos y más cortos de lo necesario; el sonido lo hace sentirse poderoso, como un gigante que ganara puntos al pisotear las endebles construcciones de los elfos, como un dragón gigantesco que aplastara bajo las garras de sus patas los huesos de los caballeros, convirtiéndolos en astillas y polvo.

Matar es siempre un trabajo satisfactorio. La patética súplica de misericordia, ya se exprese con palabras o no. El último grito desolado de dolor y miedo. El pálido empañamiento o bien el repentino brillo sangriento en los ojos. El ronquido de la garganta, el tartamudeo de una última palabra que no acaba de pronunciarse. La flexión final de las manos al aferrarse a lo que ya no pueden tener. La cascada terminal de fluidos. Los espasmos y estremecimientos antes del largo sosiego. Por gratificante que sea ejecutar y presenciar cualquier asesinato, las mejores experiencias con diferencia son aquellas en las que el trabajo es lo más activo posible. Últimamente, con los acontecimientos desarrollándose a la velocidad de una montaña rusa, las circunstancias han obligado a Calaphas a usar solo un arma y a terminar la tarea con mucha prontitud. Tiene la teoría de que se avanza con más rapidez por el juego cuando los asesinatos son íntimos y la emoción es, por lo tanto, mayor: estrangular con las manos desnudas, aporrear ya sea con los puños o con un martillo, apuñalar y rajar, asfixiar bien y largamente con una almohada, agarrotar con un alambre aplicado con una fuerza tan medida que la víctima es capaz de aferrarse a una falsa esperanza durante un minuto agonizante. Si el asesinato de Michael Mace es el que le hará ganar la partida hacia el que se ha estado dirigiendo la vida de Calaphas, quizá una herida de bala que lo deje inhabilitado será solo el preámbulo de un pequeño circo de dolor y sangre más prolongado y entretenido.

Colocado de anfetaminas, habiéndose convertido en un dragón, aunque sea solo en su mente, con un priapismo que se aliviaría solo mediante la violencia orgásmica, Calaphas llega a la entrada para los coches delante de la grandiosa residencia. Cerca de los escalones de la terraza está el Bentley de Carter Woodbine —el tesoro que simboliza el poder absoluto y que todo juego que merece la pena ser jugado llega a su fin— envuelto en un brillo sobrenatural, la luna favoreciéndolo entre todas las cosas.

En la casa, las ventanas de la segunda planta están a oscuras, pero la luz reina en la planta de abajo. Cuando Calaphas se aproxima al Bentley con la intención de detenerse en él a seguir reconociendo el terreno ve a una mujer en la ventana. Ha llegado hasta aquí bajo la presunción de que Michael Mace está huyendo solo, como lo estaba cuando se escapó de la Investigación sobre el Embellecimiento y como parecía seguir estándolo, al menos veinticuatro horas antes, cuando le quitó medio millón de dólares a Woodbine. Calaphas no conoce a esa mujer, no se imagina quién puede ser o por qué habrá unido su suerte a la de Mace. Entonces su asombro crece hasta convertirse en perplejidad cuando un niño pequeño aparece junto a ella. Parecen estar examinando algún pequeño dispositivo que sostiene la mujer. Entonces las persianas de la ventana se bajan y desaparecen de la vista.

Se agacha al lado del coche, en plena fiebre especulativa. No tarda en llegar a la conclusión de que no importa quiénes sean la mujer y el niño. Este es solo uno de esos giros repentinos que los diseñadores del juego incluyen para boicotear a los jugadores menos astutos y versátiles que Calaphas. El niño y la mujer no tienen otro propósito ni significado que los *bumpers*, las puertas y los agujeros del tablero de una mesa de *pinball*. Si aquí, en el penúltimo capítulo de la narración, debe matar a los tres para reclamar su premio no es un trabajo que exceda a su talento.

Mientras su priapismo se endurece hasta llegar casi al dolor, ve esta novedad menos como un reto que como una recompensa. Ya cuando caminaba hacia aquí por el bosquecillo de eucaliptos desde su coche iba lamentando la falta de intimidad de sus asesinatos recientes. Ahora, allí delante, le aguarda la dulce oportunidad de salir de la partida no solo como triunfador, sino en un prolongado estado de éxtasis. Si fuera él el que diseñara el guion para este nivel inferior de la realidad, terminaría así precisamente su existencia para empezar una más emocionante. El corazón le va a mil. Le gusta esto. Está colocado.

Con su cuchillo de combate pincha el flanco del neumático delantero del lado del pasajero. Repite este detalle de sabotaje en el neumático trasero.

Seis: Sin salida

POTENCIA DE FUEGO

Después de bajar todas las persianas de la planta baja, Nina y John se habían aventurado en el garaje a buscar algo con lo que empaquetar los tres millones de dólares y camuflar el tesoro. Cuando lo pongan en la parte de atrás del Range Rover podrá verlo cualquiera que mire por una ventanilla. La solución son dos grandes neveras isotérmicas de picnic que han llevado a la cocina. El dinero, ya precintado con plástico, se puede meter en el fondo de cada nevera y luego cubrirlo con papel de aluminio. Coger hielo de la máquina de hielo de la cocina, amontonarlo sobre el papel de aluminio, añadir cervezas y refrescos de la despensa y así nadie sabrá que hay una fortuna debajo de las bebidas.

—Todo lo rápido que podáis —les apremia Michael.

Los deja haciendo eso. Con el AR-15 hace la ronda por la planta baja, pensando con furia, deseando que la Singularidad le hubiera agudizado la mente como prometían los visionarios de la tecnología. Tiene tres opciones, ninguna buena.

Escaparse en el Range Rover. Si Calaphas llega después de que ellos se vayan no sabrá qué vehículo se han llevado, al menos durante una hora o dos. Sin embargo, si el agente está allí en ese momento, vigilándolos, esperando el momento adecuado para hacer un movimiento, los liquidará antes de que lleguen a la verja del final del camino de entrada. Calaphas no se meterá en esto solo con un arma corta. Michael está seguro de que tendrá el equivalente a un AR-15, quizá alguno modificado para que los disparos sean completamente automáticos.

Otra alternativa es que Michael vaya a la terraza del segundo piso, en la parte delantera de la casa. Que Nina conduzca el Rover, con John tumbado en el suelo de la parte de atrás. Que salga del garaje a toda velocidad. En el instante en que Calaphas se descubra, Michael acabará con él. El problema obvio es que el agente se descubrirá abriendo fuego, quizá matando a Nina antes de que pueda matarlo Michael. O digamos que Nina se escapa. Entonces esperará en algún lugar seguro. Michael tiene que encontrar y matar a Calaphas antes de poder llamarla para que vuelva a recogerlo. Calcula que tiene por lo menos un cincuenta por ciento de posibilidades de morir. En ese caso, Nina y John se quedarán solos. Y aunque tengan todo ese dinero, no tienen la capacidad de entrar en los ordenadores oficiales y crearse nuevas identidades.

La tercera opción es resguardarse y esperar a que Calaphas entre en la casa tras ellos. Que Nina se vaya arriba con John y se esconda en alguna parte. Tiene un arma corta por si la situación se tuerce. Calaphas entra. O hay una confrontación de inmediato entre Michael y él o acaban acechándose el uno al otro. Pero quizás Calaphas se canse de esperar y por el motivo que sea decida no ir en solitario esta vez y pida refuerzos. Además, hay otras veinte formas en que puede salir mal la situación.

El problema es la potencia de fuego. Michael necesita más. Necesita el tipo de respaldo que podría conseguir Calaphas con una llamada de teléfono. Pero no tiene a nadie a quien llamar, ninguna autoridad que no lo vaya a convertir, al final, en uno de esos desgraciados de la Agencia de Seguridad Nacional.

—¿Qué está haciendo aquí nuestro SOB?

La voz de Shelby Shrewsberry resuena en su memoria, refiriéndose al doctor Simon O. Bistoury. Unas dos semanas antes de la catástrofe.

Michael se detiene. Está en la sala de estar, pero en su memoria ve la cafetería de la Investigación sobre el Embellecimiento.

—*Maldita sea, se ha pedido un café y está viniendo para acá.*

—*Los bastardos de Encinitas la han sacado del estadio*— les había dicho Simon, mirándolos desde arriba.

—*Yo es que no sigo el béisbol.*

—*…robots con forma de perro… IA autónoma limitada o por control remoto… acción integrada en el modo autónomo.*

El condado de San Diego alberga varias instalaciones militares, entre ellas la Estación Aérea del Cuerpo de Marines de Miramar, la Base del Cuerpo de Marines Camp Pendleton de 50.600 hectáreas, la Base Naval Point Loma, la Base Aeronaval de North Island y la Base Naval Anfibia Coronado. Numerosos contratistas de defensa y empresas de investigación de defensa tienen instalaciones por todo el condado. Protean Cybernetics, situado en las afueras de Encinitas, ocupa ciento cincuenta metros cuadrados sobre dos hectáreas y media de terreno. La propiedad está rodeada por una valla de alambre de tres metros construida sobre una base de hormigón armado de un metro veinte de profundidad, rematada por un panel —en ángulo de cuarenta y cinco grados para impedir la escalada— recubierto de alambre de espino. La puerta este y la puerta oeste están vigiladas por guardias armados veinticuatro horas al día, siete días a la semana.

Protean Cybernetics tiene dos discretos sistemas informáticos a los que los expertos de la empresa se refieren de manera informal como Homer y Lisa. El primero permite que los empleados se comuniquen por correo electrónico con los proveedores y otras personas ajenas a la empresa; no tiene ningún vínculo con el otro sistema, de modo que incluso alguien tan estúpido y descuidado como Homer Simpson, de fama televisiva, podría utilizarlo sin riesgo de que se vea comprometida la información más importante y confidencial de la empresa. El segundo sistema es para la investigación en línea, la computación de laboratorio, las comunicaciones estrictamente internas y el almacenamiento de los datos del proyecto. Está protegido por una serie de cortafuegos y los empleados autorizados a utilizarlo deben acceder al sistema mediante un código de acceso y un escáner de retina; es el tipo de red a prueba de fallos que la Lisa adulta, que se podría decir que es con mucho el miembro más inteligente de la familia Simpson, podría diseñar.

Michael entra con la misma facilidad con la que se abre una puerta. Allí hay varios proyectos en marcha, pero a él solo le interesan los perros robot. En cuatro segundos se entera de que están alojados en el Edificio Cuatro, adyacente a un campo de pruebas de doce hectáreas en el extremo norte de la propiedad. Protean Cybernetics no tiene turno de noche, así que el edificio está en silencio y a oscuras. El sistema de seguridad se controla y maneja mediante un ordenador. Hay cámaras prácticamente por todas partes con capacidad de infrarrojos, lo que le proporciona a Michael suficientes detalles para su propósito y acceso a todas partes excepto a los baños. Como no está allí en el sentido corpóreo, no tiene necesidad de un cuarto de baño; además, no es probable que su visita dure más de dos minutos. Lleva catorce segundos en el lugar cuando encuentra a los robots caninos en una sala sin ventanas, de pie en sus estaciones de carga.

Miden noventa centímetros de alto, aproximadamente el tamaño de un gran danés, aunque son como perros solo en cuanto al esqueleto. Tienen cámaras en la parte de delante y de detrás de la cabeza, con visión tanto diurna como nocturna. Con la mejor IA actual, pueden actuar de forma autónoma y coordinarse entre ellos de manera impresionante o se pueden manejar por control remoto como los drones. Como están dotados de receptores auditivos y los han provisto de un vocabulario de órdenes, también pueden responder a un compañero humano cuyo patrón de voz esté en su programación reconocer y obedecer. Ocho pilas de litio les proporcionan energía para entre seis y diez horas de funcionamiento continuo, dependiendo del nivel de actividad. Son capaces de subir cuestas empinadas, vadear aguas poco profundas y correr a una velocidad máxima de treinta kilómetros por hora. Cada unidad lleva un fusil incorporado que dispara balas de 7,62 mm, con una velocidad de salida de setecientos metros por segundo. Un cargador de caja curva contiene cincuenta cartuchos. Pueden lanzar disparos tanto semiautomáticos como automáticos. Los cargadores están completamente cargados, preparados para una prueba de campo para la mañana siguiente. La intención a largo plazo es que un día los robots acompañen a la batalla a los soldados de infantería, tanto para aumentar la potencia de fuego como para reducir el número de soldados de carne y hueso que deban arriesgar sus vidas.

Vistos a través de cámaras que graban en el espectro infrarrojo, estos caninos de aleación de acero parecen siniestros. Cuando Michael se despliega para meterse en los controles de iluminación Lutron y sube las luces de la habitación, los exterminadores cuadrúpedos no son menos amenazantes, de hecho, son demoniacos. El ejecutivo de Protean que los nombró de manera oficial Gog y Magog o no sabe que esos nombres se mencionan en el Apocalipsis o es un reaccionario que se oculta entre las filas de los fanáticos de la tecnología con los que trabaja. La mayoría de la gente de la empresa los llama Rover y Spot.

Después de revisar los protocolos del modo teledirigido hasta que comprende perfectamente los métodos operativos y sus limitaciones, Michael toma bajo su control a Gog y a Magog. Les ordena que salgan de su plataforma de almacenamiento. Se desconectan de sus estaciones de carga y, con un movimiento de tijera-zanco de las patas de tres articulaciones, se dirigen rápidamente al centro de la sala y se ponen en posición de firmes, con las cabezas levantadas como dóberman atentos. Aunque solo tengan cuatro patas, cuando están en movimiento a Michael le recuerdan más a unos insectos que a los perros. Quizá esa comparación sea demasiado inquietante para los que desarrollan esas armas;

en cambio, pensar en ellos como compañeros con forma de perro quizá les evoque recuerdos de Lassie y Scooby-Doo.

Después de haber estado en Protean Cybernetics solo cuarenta y un segundos, transmite la dirección de la casa de los Chandra al centro de programación de misiones de los cerebros de Gog y Magog y designa la propiedad como campo de batalla único, para asegurarse de que no se produzcan daños colaterales entre aquí y allí. Usurpa la ficha de empleado de Durand Calaphas de la ASN y les transmite a Gog y Magog la fotografía del agente y designa al hombre como único objetivo hasta que Michael les diga lo contrario.

Mientras anula el sistema de seguridad, Michael abre todas las cerraduras electrónicas del edificio. Bajo su control, los robots se adentran con rapidez en la noche de luna.

Cincuenta y seis segundos y contando.

HOMBRE DE ACCIÓN

Yancy Norbert está trabajando en el turno de noche en el portón este de Protean Cybernetics. Tiene veinticinco años y cree tener el aspecto de un joven Brad Pitt. Se peina el pelo rubio como lo llevaba Brad en *Guerra mundial Z*. De vez en cuando, delante de un espejo, practica sonrisas bradianas y otras expresiones que cree que son únicas del actor, con miras a tener más éxito con las mujeres. Se ha aprendido de memoria numerosas frases de los guiones de las películas en las que Brad interpreta un personaje romántico, pero hasta ahora no ha tenido muchas citas en las que haya tenido la oportunidad de insertar esas palabras en la conversación de manera en que resulten naturales y efectivas. En verdad, no ha tenido tantas citas como cree que debería haber tenido. El motivo por el que tiene un historial tan pobre con las mujeres lo confunde, y en los últimos tiempos ha empezado a preguntarse si no será que a las mujeres de más o menos su edad Brad no les parece el monumento irresistible que les parecía a las de generaciones anteriores.

Además, Yancy aspira a ser un hombre de acción. En principio, su intención era ser policía. En su lugar, optó por aceptar este trabajo de guardia de seguridad armado, porque podía llevar un arma con mucho menos riesgo de que le disparara alguien. Sabía en lo más profundo de su ser que llegaría el día en el que se viera envuelto en tanta acción y aventura que iguale la de cualquier película de Brad, solo necesita ser paciente. Mientras tanto, como trabaja en el turno de medianoche hasta las ocho de la mañana, cuando ni entra ni sale nadie de Protean, tiene mucho tiempo para leer todo tipo de novelas de acción, desde novelas del oeste a novelas contemporáneas con héroes que miden casi dos metros diez con cuerpos tan duros que la densidad de sus pectorales puede detener una bala.

En esta ocasión está sentado en la silla de su caseta de vigilancia, sorbiendo un café con sabor a bollito clásico de canela que ha preparado en una cafetera Keurig facilitada por la empresa. Está leyendo un *thriller* en el que el héroe va a cargarse a seis matones en tres minutos. El tipo ya ha exterminado a tres en un minuto y medio —cinco páginas de acción violenta— cuando el iPhone de Yancy suena al recibir un mensaje de texto. Es de Buck Duncan, el guarda del portón oeste:

Tengo k cagar. ¿Me vigilas el portón?

Yancy puede vigilar el portón este a través de la ventana de la caseta de guardia. La videoconsola situada frente a él le permite acceder a cualquier cámara exterior de Protean que se encuentre en las inmediaciones de un detector de movimiento y enviar una alerta, lo que casi nunca sucede. Cuando ocurre, siempre es un pájaro nocturno el que activa la alerta. Yancy selecciona ahora las cuatro cámaras conectadas al portón oeste y la pantalla las divide en cuatro cuadrantes iguales para mostrarlas. Le manda un mensaje de texto a Buck:

Arreglado.

En la novela, donde el callejón tiene una luz escasa y mezquina, el héroe escucha el sonido característico de un arma corta al sacarla de la cartuchera del cinturón, seguida del tañido reverberante del metal golpeando el lateral de un contenedor cercano. Intuye que el cuarto asesino está a punto de salir de detrás del contenedor de basura, contra el que el asqueroso ha golpeteado por accidente su arma al desenfundarla. El héroe se tira y rueda...

El teléfono suena con un mensaje de texto de Buck:

¿Arreglado qué?

Yancy no va a soltar el libro en mitad de este emocionante párrafo. El héroe tiene unos reflejos agudísimos; una descripción completa de los movimientos que hace para esquivar el primer disparo del asesino, ponerse después en cuclillas para tirar y taladrar luego de un disparo el ojo izquierdo a su agresor ocupa casi una página entera. Quedan todavía dos asesinos más que eliminar, pero eso son otras tres páginas, así que Yancy suelta el libro y le responde a Buck Duncan:

Arreglado lo del portón. Así que vete a cagar.

El héroe se ha quedado sin munición cuando el quinto asesino irrumpe en el callejón a través de la ventana de la cocina de un restaurante pegando tiros antes incluso de conocer la posición de su objetivo, contando con que la cantidad de tiros haga el trabajo. Es uno de esos actos sin control que el héroe no haría nunca y por los que siente un gran desprecio. Así que no es ninguna sorpresa —aunque sea excitante— que una de las balas del asesino a sueldo rebote contra él, hiriéndole en el hombro y provocando que se tambalee, de modo que el héroe puede sacar su cuchillo e ir a por...

Suena el teléfono.

—Maldita sea, Buck —murmura Yancy, pero vuelve a soltar el libro y mira el mensaje de texto.

Me estás diciendo k me vaya a cagar ¿Te hace falta un café o estás borracho?

Frunciendo el ceño, Yancy echa un vistazo a las cuatro pantallas de vídeo de la entrada oeste de Protean. Luego mira la ventana de la caseta que tiene delante. El gran portón motorizado está a seis metros de distancia. Durante un instante, tiene la impresión de que se está moviendo, de que acaba de cerrarse a lo largo de los últimos centímetros del riel, aunque no puede, porque es el único que puede hacerla funcionar.

NADA HAY A MI ALREDEDOR
SALVO LA BESTIA

Gran parte del terreno está sin urbanizar, ya sea porque es de titularidad pública o está protegido por los ranchos, con unas ondulaciones tan elegantes que es evidente la poesía de la naturaleza hasta para aquellos a los que no les gusta la poesía y la naturaleza les es indiferente. Robles vivos, falsos pimenteros, olivos y abundantes eucaliptos dan testimonio del esfuerzo incansable del viento, el sol, la lluvia, las presiones sísmicas y la humanidad.

Mientras persiguen a un conejo, veloces y aullando, excitados por el olor de la carne caliente y de la sangre que saben que contiene, los coyotes renuncian a la persecución de repente y se dispersan al ver las dos formas brillantes como la luna que galopan al estilo de los lobos por la hierba silvestre. Los linces rojos dan bufidos al abandonar el terreno e ir hacia los árboles. Los intrusos pasan por debajo de las ramas en las que se han posado los grandes felinos y se alejan corriendo como depredadores tras el rastro de una presa, aunque lo único que exudan ellos sea un olor inerte.

Gog y Magog se guían por GPS y mapas internos, por la visión nocturna y por la dirección que Michael ha introducido en ellos. No necesitan que Michael los esté orientando permanentemente. Durante un momento, sin embargo, mientras está en el salón de la casa de los Chandra, se queda transfigurado al ver el paisaje a través de los ojos de los robots. El aparato de visión nocturna con especificaciones militares de generación 4 recoge la luz disponible, hasta la infrarroja que no es visible para el ojo humano, y la amplifica ochenta mil veces. El grado de visión de 120 grados se presenta en espeluznantes tonos verdes, la longitud de onda de la luz más cercana está a 550 nanómetros en el espectro, lo que permite que haya claridad con un menor consumo de energía y conservando la batería. La escena que le presentan es tan extraña que Michael tiene la inquietante sensación de estar mirando otra existencia todavía más siniestra más allá del mundo aparente.

En cuanto se le ocurre ese pensamiento sucede algo extraordinario. Cuatrocientos metros antes, saliendo de Protean Cybernetics, Gog y Magog han cruzado la carretera más cercana; están a dos kilómetros y medio de la siguiente carretera secundaria de dos carriles, entre ciudades y por terrenos accidentados. Llegan a la cima de una colina y al pie hay un todoterreno que acaba de llegar y está lo bastante caliente todavía como para proyectar un fuerte rastro de calor. Mientras los robots con forma de perros dejan atrás el vehículo, una silueta inquietante se materializa más allá de él, un hombre alto, casi sin cara en esta luz verde que favorece las formas más que los detalles. No brilla tanto como el todoterreno, aunque es más brillante que el resto de las cosas en mitad de la noche. En los brazos lleva lo que parece ser el cuerpo inerte de una mujer. Michael toma el control de Gog y Magog, los detiene, los hace volver hacia esa aparición. El hombre y las máquinas están frente a frente a una distancia de cuatro metros y medio. Por su manufactura, que contrasta con el salvajismo sin control de la hierba y la maleza, otro objeto deja clara su importancia: parece ser una pala con la punta clavada en la tierra y en pie.

Después de un momento de inmovilidad, la figura verde, que parece un espectro que hubiera surgido de las aguas oscuras y profundas de los huecos de la Tierra y estuviera a punto de desvanecerse de nuevo en ese mar de condensación, deja caer el cuerpo que lleva en los brazos y se vuelve hacia el todoterreno. La mujer muerta no cae al suelo y yace en un verdor pálido de extremidades enredadas, sino que desaparece completamente en la tumba que ha sido cavada para ella. La matrícula del todoterreno está borrosa, los números y las letras parecen tinta embadurnada sobre el fondo verde, pero son legibles. Gog y Magog la registran y Michael la graba en su memoria. Aunque no parece ser necesario ningún juicio para determinar la culpabilidad, Michael no les ordena a los robots que maten a tiros al asesino, así que vuelven al viaje en el que se habían embarcado mientras se enciende el motor del todoterreno y se aleja de la tumba abierta.

Antes de su muerte —o algo parecido a la muerte—, Michael se lamentaba del mal que consentía la humanidad. Desde que ha vuelto a la vida ha terminado comprobando que el mal que antes reconocía era como la ecografía de una masa sospechosa; con su nuevo don, ha abierto quirúrgicamente al paciente y se ha encontrado con que el cáncer está más extendido de lo que se imaginaba antes. Si es verdad, como dicen algunos, que una bestia de naturaleza sobrenatural es el príncipe de este mundo, entonces no hay tarea más importante que hacer justicia con él y su legión de principitos en nombre de los inocentes y de las generaciones que aún no han nacido. Desde que ha vuelto a la vida en el improvisado depósito de cadáveres, Michael no ha sido capaz de decidir cómo va a ser su futuro, de entender cómo usar mejor su poder. El encuentro en la tumba solitaria le ha aclarado sus intenciones. Si sobrevive a esta noche tiene una gran idea para ser el agente de la verdad en que lo han convertido los acontecimientos.

Ya se ha colado en los archivos del Departamento de Tráfico y se ha aprendido el nombre del propietario del todoterreno. Ha obtenido el código GPS del fabricante del vehículo y sabrá dónde se detiene cuando lo aparque el asesino dado a la fuga. También ha descubierto el localizador GPS de un teléfono que emite desde la misma localización que el todoterreno y que se mueve con él. Seguramente pertenezca al asesino.

Con el rifle en la mano va rápidamente a la cocina. Nina y John han llenado una nevera y la han cerrado. El niño casi ha terminado de poner la última capa de dinero en la segunda nevera y Nina está dándole forma a un trozo de papel de aluminio para colocarlo encima. Michael baja el AR-15 y ayuda con el hielo, después con las latas de refrescos y de cerveza. En dos minutos, han terminado la tarea.

Nina esperaba cargar las neveras en la parte de atrás del Range Rover, pero Michael le dice que no hay tiempo.

—Déjalas aquí y venid conmigo. Trae tu Tac Light.

—¿Ir adónde?

—Arriba. A la buhardilla, si la hay. Lo más lejos posible del campo de batalla.

John está confundido.

—¿Nos vamos a esconder?

—Os lo explicaré cuando estemos a salvo. —Coge el rifle del mostrador—. Están a menos de cinco kilómetros, quizá a ocho minutos.

Madre e hijo están igual de desconcertados y hablan simultáneamente.

—¿Quiénes? ¿Quiénes son?

—La caballería —dice Michael y los sobresalta todavía más abriendo la puerta trasera.

No soporta más demoras y los conduce a través de la planta baja hasta las escaleras delanteras.

Mientras estaban haciendo cosas en la cocina, Michael ha estado allí tanto como en otras partes, sacando hielo, aunque también navegando por las redes de datos compartidos de los proveedores de servicios de telecomunicación nacionales, buscando el nombre que coincidiera con la señal de GPS emitida desde el todoterreno que estaba aparcado cerca de la tumba. Para cuando sigue a Nina y a John hasta el rellano que hay entre las dos plantas sabe la identidad del hombre que posee el teléfono; es el mismo nombre que figura en el Departamento de Tráfico como propietario de ese vehículo. El asesino.

EL MISTERIO DEL MAL

Como un halcón en sus espirales de caza, Calaphas rodea la casa en círculos. La quietud de las criaturas de la noche le recuerda al silencio de la funeraria en la que se crio. No tardará en silenciar tres voces más y traerá una quietud todavía más profunda a esta propiedad aislada y fatídica. Su rifle viene con un silenciador acoplado, pero aunque el chasquido de un tiro alcance cierta distancia a través de estas colinas llenas de durmientes soñadores, si se despiertan unos cuantos no sabrán de qué dirección provenía el sonido y pensarán que formaba parte de las historias que se estaban contando a sí mismos mientras dormían.

La enormidad de la luna, tal como él la percibe, y su apariencia glacial le recuerdan a los ojos terribles de una mujer llamada Britta Holdstrom, a quien llevaron ante el padre de Calaphas una noche de diciembre, casi dos meses después de la noche de Halloween en que Durand dejó sin respiración de un pellizco al viejo en la camilla de la cámara de conservación del sótano. Britta era una maestra de veintiocho años, una belleza, que una noche llegó a su casa de hacer las compras navideñas cuando un alumno, Gerry Grady, de diecisiete años, que estaba esperándola al acecho en el armario de la caldera en el garaje, se abalanzó sobre ella después de que Britta abriera la puerta que había entre el garaje y el lavadero, y se produjo un forcejeo desde allí hasta la cocina, donde Britta cayó y se golpeó la cabeza con el frigorífico y otra vez al desplomarse en el suelo. No siendo el más brillante de los muchachos, Grady tenía la intención de matarla después de violarla y hacer pasar el asesinato por suicidio de alguna forma. Ahora parecía estar muerta. Copular con un cadáver no lo excitaba. Aterrado, decidió arrastrarla hasta el garaje, meterla en el coche, llevarla a la carretera de la antigua cantera y empujar el coche a las profundidades de la abandonada mina de piedra con ella al volante, lo que se imaginaba que se interpretaría como un accidente. La transportó hasta el garaje antes de que el pánico se apoderase de él, entonces huyó de la casa. Encontraron a Britta dos días después, tumbada sobre el suelo de hormigón junto a su coche, donde la temperatura había bajado hasta los cuatro grados bajo cero. El forense llegó a la conclusión de que no había muerto por las heridas de la cabeza. Seguía viva cuando Gerry Grady la arrastró hasta el garaje. Falleció por congelación —básicamente, se congeló hasta morir—, mientras estaba allí tumbada inconsciente.

Pasada la medianoche, la primera hora del veintiséis de diciembre, en aquella época. Como su aventura de Halloween lo había envalentonado, el pequeño Calaphas espera hasta que su familia está dormida y entonces va al sótano. Allí completará la transición de ser un mero niño a un niño con un gran destino que había empezado dos meses antes, aunque completar la transición no sea su intención consciente. Visita la cámara de frío con dos propósitos: primero, ver el aspecto que tiene Britta Holdstrom desnuda; segundo, para determinar qué daños, si hay alguno, le ha provocado la autopsia parcial.

Cuando saca el cajón del depósito de cadáveres y retira la mortaja de la cabeza se queda mirando unos ojos blancos como la nieve. Calaphas no sabe si se le han cristalizado mientras yacía agonizando en el gélido garaje o si hay otra causa que lo explique. Al encontrarse con esa mirada blanca como el hielo se acuerda de una película de dibujos animados sobre una hermosa princesa a la que embrujan para que duerma un sueño eterno, hasta que la despierta el beso de un príncipe. Si él, un niño de siete años, puede quitarle la vida a un viejo y salirse con la suya, quizá pueda devolverle la vida a esta mujer, lo que significará que es un príncipe o que se convertirá en uno. No tiene miedo. Su experiencia con el viejo lo ha curado del miedo. Presiona su boca contra los labios fríos de Britta, pero no consigue despertarla. Aunque un tanto decepcionado, no cierra el cajón y se va. Sigue sintiendo curiosidad por el tamaño y la forma de los pechos de Britta. Cuando retira más la mortaja hacia abajo, desvelando así los objetos de su curiosidad, entre esos montículos hay un Kiss de Hershey.

Su humillación es inmediata e intensa, le arde la cara de vergüenza. Gifford ha previsto este momento y con esta muestra de burla ha empañado el triunfo de su hermano pequeño cuando visitó esta cámara la noche de Halloween, cuando al esconder un Kiss de Hershey en un armario demostró su valentía. La mortificación sacude a Durand como si un viento surgido de sus huesos lo atravesara como una tormenta. Deja el bombón donde lo ha colocado Gifford, cubre a Britta con la mortaja, pero entonces se da cuenta de la genialidad de la trampa que le han tendido. Por la mañana, cuando su padre se encargue del embalsamamiento, encontrará la golosina. Gifford seguramente habrá tramado una manera de asegurarse de que la culpa recaiga en su hermano, aunque Durand no puede imaginársela. Si se lleva el Kiss, su padre no se indignará por la mañana y Gifford sabrá lo que ha pasado. Entonces empezarán los chistes y tormentos sin fin. Un amargo resentimiento inunda a Durand mientras vuelve a retirar la mortaja, recupera el bombón, cubre a Britta otra vez y cierra el cajón. Mientras vuelve a su dormitorio con la luz tenue de su linterna de bolsillo, cegado más por la ira que por la oscuridad, se tropieza dos veces en la escalera, evitando por poco chocarse con una consola del pasillo superior.

Cuando llega a la cama, en su almohada hay otro de los mejores chocolates de Hershey y una nota: «¿A qué sabían sus pezones, pervertido?». La ira siempre ha sido la debilidad de Durand, la ira y el orgullo. Ni la codicia ni la lujuria. Tampoco la envidia ni la gula. Ni la pereza. Ahora su orgullo sangra y su ira se inflama hasta que se convierte en rabia, en furia, una cólera tan ardiente que Durand siente que va a derretirse. Y entonces la transición se vuelve completa. El incidente de Halloween lo ha curado del miedo; la ira feroz lo ha extirpado de él para siempre. Ahora una ira incluso más ardiente le purga para siempre de cualquier capacidad de culpabilidad o vergüenza. Ni miedo ni vergüenza ni culpa, nunca más. Se advierte a sí mismo que no debe reconocer haber encontrado ninguno de los dos Kiss de Hershey ni la nota, ni responder nunca a las burlas de Gifford, que serán cientos. No debe darle nunca a su hermano la satisfacción de verlo enfadado. Si Durand sigue sin revelar su furia llegará el día, quizá dentro de muchos años, en que Gifford ya no espere venganza por esta burla. Entonces Durand podrá cobrarse su venganza.

Después de todos estos años, Gifford lleva mucho tiempo muerto después de haber recibido lo que se merecía, aquel intenso momento en su barco de lujo, cuando la puntuación de Durand en el juego se disparó. Ahora, aquí en el Rancho Santa Fe, el marcador de la partida marca la cuenta atrás hacia un final glorioso.

El recuerdo de Britta en el cajón del depósito de cadáveres y la nota maliciosa en la almohada ha incrementado la ira de Calaphas no menos que las dos anfetas. Ninguna bestia en la Tierra es tan fuerte, peligrosa y está tan decidida como él.

Además de las tres puertas seccionales de ancho doble, el garaje cuenta con una puerta del tamaño de una persona en la parte trasera. Calaphas se levanta las gafas de visión nocturna del cuello y se las ajusta a los ojos. El mundo pasa del negro de la muerte y el plateado de la luna al verde. Utiliza su dispositivo de desbloqueo, que usó antes en la casa de Vincent y Colleen, para vencer el cerrojo. Se guarda el dispositivo y abre la puerta. Entra.

Como esperaba, encuentra rápidamente dos cuadros eléctricos. Abre la puerta metálica del primero, desconecta con prontitud los interruptores uno a uno, después repite el proceso con los del segundo cuadro. Michael Mace y sus dos acompañantes sin nombre han quedado sumidos en la oscuridad. El triunfo lo aguarda en varios tonos siniestros de verde.

VIEJAS AMIGAS

Mientras sube el segundo tramo de escaleras, Nina enciende nerviosa la linterna Tac Light que lleva en la mano y vertiginosos patrones de sombra y luz ruedan hacia arriba por la pared. Mientras John la sigue y Michael pisa el descansillo, la oscuridad cae en cascada por las habitaciones de abajo. Los sistemas mecánicos de la casa se apagan; el débil murmullo-tictac-zumbido-suspiros de motores y bombas y ventiladores y circulación de aire, todos los sonidos amortiguados de un hogar vivo lo suficientemente monótonos como para parecer silencio, se convierten de repente en un silencio verdadero, tan profundo que provoca temor.

Calaphas está aquí. Ha cortado la electricidad de la residencia, lo que significa que está en el garaje, donde Michael ha visto antes los cuadros eléctricos. Estará dentro de la casa propiamente dicha dentro de un minuto o dos. A partir de ese momento, cualquier sonido que hagan servirá para ubicarlos más o menos, de modo que al agente no le hará falta irlos acechando con cautela habitación por habitación.

Es evidente que a Nina se le ocurre lo mismo, porque sube la escalera que queda de dos en dos escalones, despreocupada por el ruido que hace mientras el enemigo siga en el garaje.

Cuando Michael los alcanza a ella y al niño en lo alto de la escalera tienen un golpe minúsculo de suerte cuando la luz de la linterna Tac Light platea las fibras de un cordón que cuelga al fondo del pasillo de arriba: la cuerda de la trampilla del ático. Si tuvieran que buscar por todas las habitaciones y armarios para encontrar el camino a lo más alto no llegarían nunca al deseado refugio a tiempo.

El cabo de la cuerda atraviesa una bola roja de goma por un agujero y termina en un nudo. Michael tira de la trampilla hacia abajo y se despliega una escalera automática de tres secciones. Con la linterna, Nina conduce a John al alto reducto. Abandonado en la casi oscuridad, Michael los sigue seguro de que Calaphas está entrando en la casa o que ya está dentro.

En la buhardilla, Michael baja el rifle. Se da la vuelta, se arrodilla, mete la mano por la trampilla abierta y tira con fuerza de los raíles superiores de la escalera de resorte, revirtiendo su acción, devolviéndola a la fuerza a su posición. Las secciones se doblan hacia arriba con un poco más de estrépito de lo que se desplegaron, pero Michael impide que la trampilla cargada haga mucho ruido al golpear cuando vuelve a encajarla en su marco.

Este bastión de última hora, donde ahora mismo no hay nada guardado, se extiende sobre toda la planta alta de la casa, ofreciendo más de dos metros de alto de espacio libre. Está totalmente forrado con tableros de conglomerado fijados a los montantes del techo del segundo piso con tornillos empotrados que brillan con la linterna de Nina. La principal ventaja de este refugio es que solo hay una manera de entrar, por lo que si Calaphas tira hacia abajo de la escalera sabrán que viene; no podrá trepar corriendo e irá con la cabeza por delante, el blanco preferido. La principal desventaja es que solo hay una manera de salir.

Sin embargo, Michael lo prefiere a todas las demás opciones porque no puede estar absolutamente seguro de que Calaphas haya venido solo. Si se han unido otros agentes a la persecución, entonces el campo de batalla no será solo la casa, sino también las cinco hectáreas en las que se asienta, sin ningún lugar seguro en el que refugiarse de las ráfagas de disparos que se intercambien cuando lleguen los robots.

Como el calibre y la alta velocidad de la munición de todas las partes puede traspasar las paredes, tiene sentido poner tanta distancia y tantos tabiques como sea posible entres los combatientes y ellos tres.

Michael dirigirá a Gog y Magog para que entren en la casa por la puerta trasera que ha dejado abierta para ellos, que está en el extremo norte de la casa. Con eso en mente ha llevado a Nina y a John a la esquina sureste del ático, donde se sientan con la espalda apoyada en una pared que da fuera y que, por el lado exterior, está revestida de piedra y que por tanto es inmune a los disparos.

Nina barre la espaciosa buhardilla con el haz de luz de la linterna. Quizá quiera asegurarse de tener en la cabeza los detalles del lugar cuando apague la linterna Tac Light y deba esperar en la oscuridad, palpitante de amenazas. En estas circunstancias, incluso los muy experimentados con un corazón valeroso pueden imaginarse cosas que provoquen que les brote una fina capa de sudor en la frente y en la nuca.

A lo largo de la cumbrera, entre las vigas y los nudillos, las arañas han añadido su arquitectura a la de la casa. Michael recuerda un día cuando tenía nueve años, cuando llevó dos frascos al patio trasero y liberó a las prisioneras de ocho patas en el jardín. Les sonríe a estas residentes del ático mientras la luz se va fijando en una y después en otra, sus sombras exageradas se arrastran por la madera empalidecida por el tiempo detrás de ellos. Se toma su presencia como un buen presagio.

—Viejas amigas —dice.

La luz se apaga y, como no hay nada más que ver aquí, Michael vuelve a entrar en el sistema informático de Protean Cybernetics y a poseer a Gog y a Magog. Están corriendo a través de la oscuridad, con el único alivio de la luz de la luna y las estrellas que se reflejan en diferentes objetos en una miríada de maneras y se amplifica en tonos de verde que rara vez se ven en la naturaleza —fucsina ácida, glauconita, óxido de cromo—, moviéndose en paralelo a los dos carriles de asfalto, a menos de cinco minutos de la casa de los Chandra. De repente, un cañón de luz intensa los encuentra y los ciega, de modo que pasan de la visión nocturna a la percepción normal para poder seguir avanzando, pero la luz se desplaza con ellos.

ORGULLO E INDIGNACIÓN, SIEMPRE Y ÚNICAMENTE

En la puerta entre el garaje y la casa, Calaphas utiliza su dispositivo de desbloqueo para que las levas suban al tambor y conseguir entrar. El vestíbulo no ofrece ninguna luz que amplificar, salvo la infrarroja producida por la fricción de las moléculas que están en movimiento en todas las cosas, lo que basta para desvelarle las puertas cerradas a ambos lados cuando se acerca a ellas. Las fuentes de una habitación que hay al fondo producen un tenue resplandor espectral que en alguna película cursi podría representar a unos espíritus que animaran el alma de un hombre muerto para que recorriera un largo pasadizo entre la vida y el más allá.

Abre la puerta sin dudarlo. Despeja los umbrales como le enseñaron a hacerlo, barriendo con el rifle de izquierda a derecha y de derecha a izquierda. Explora sin turbarse, ya que hace mucho que ha conquistado todos los miedos, cuando le robó el aliento de un pellizco a un hombre muerto, descubrió el éxtasis del asesinato, se dio cuenta de que el mundo es una simulación y un juego y entendió que estaba destinado a abrirse camino a través de todos los desafíos hacia una existencia superior. Que tiene ahora al alcance de la mano. A la derecha, una puerta y un estrecho armario detrás. A la izquierda, la habitación con baño de la doncella queda revelada por la suave afluencia de la verde luz de la luna a través de una ventana en la que han dejado la persiana sin bajar. A la derecha, una sala común con una pequeña cocina en la que almuerza el personal doméstico.

A la izquierda, una lavandería iluminada por un reloj de pared con luz amplificada por su equipo.

Al final del pasillo empuja una puerta semicerrada para abrirla y se adentra en el resplandor espectral que no revela ningún más allá, sino una cocina con electrodomésticos que disponen de relojes digitales y lecturas. Las persianas de las ventanas brillan suavemente con la luz de la luna que les da por detrás.

En la isla central hay tres cuencos con cucharas. Toca uno de los cuencos y le parece frío al tacto. Pasa un dedo por el charco de frescor que hay el fondo y se lo lleva a la boca para probarlo. Quizá sea helado derretido. Chocolate. Cereza. Un tercer sabor que no puede identificar.

Al llegar, los fugitivos se han sentido lo bastante seguros como para darse este capricho, lo que disgusta profundamente a Calaphas. Cree entender lo bastante sobre los poderes de Michael Mace para estar seguro de que el antiguo especialista de seguridad ha entrado en el sistema informático de la ASN y sabe exactamente quién le sigue el rastro. En la casa segura, Calaphas ha cambiado de teléfono y de coche sin firmar por ninguno, dejando a su presa sin manera de rastrearlo mediante GPS. Que su perseguidor haya desaparecido del mapa debería alarmar a Mace y animarle a seguir en movimiento. En vez de eso, dos misteriosos acompañantes y él se meten en esta casa, sabiendo por algún motivo que está desocupada, y se sientan a tomarse un helado.

El disgusto de Calaphas se convierte en indignación porque esa gente parece no tomarse en serio la amenaza que él representa. Le ofende especialmente que lo subestimen. Que lo subestimen es equivalente a una bofetada, un acto imperdonable de desprecio y denigración, una afrenta que no se puede tolerar. La indignación estalla en exasperación mientras cruza una puerta abierta y se desplaza por el vestíbulo principal de la planta baja. Se ha conducido siguiendo las reglas del juego, logrando un número total de muertes impresionante a lo largo de veintiséis años, desde el viejo de la camilla, y ahora que ha llegado a la última muerte de esta simulación, al portal final y a la recompensa definitiva que hay detrás, de repente se presentan dos nuevos personajes, dos más a los que debe eliminar, lo que es una molestia. Calaphas lo disfruta, sí, y se deleitará con su miedo y su dolor, pero se pregunta —como ha hecho en unas cuantas ocasiones en el pasado— si el juego está amañado para no poder ganarse nunca si añaden nuevos retos adicionales justo cuando va a alcanzar su bien ganado anillo de oro, una nueva vida de mayor poder y prestigio. ¡Amañado! La posibilidad lo enfurece, sugiere que el juego no es un juego en absoluto, sino una especie de novatada interminable de colegio mayor, como si los diseñadores de esta simulación disfrutaran burlándose de su expectativa de ser elevado a su nivel. No es verdad, no puede ser verdad, no debe ser verdad que sus esfuerzos hayan sido una búsqueda insensata. La simulación no es, no es, no es, maldita sea, un carnaval sofisticado y cruel de humillaciones. ¿A qué sabían sus pezones, pervertido? No han diseñado el juego para mortificarlo interminablemente, sino para que trascienda. El odioso recuerdo del bombón entre los pechos de Britta Holdstrom transforma su exasperación en rabia, incluso aunque su priapismo sea tan doloroso como un forúnculo muy inflamado. Cuando mató a Gifford, la viuda de su hermano le dio el Rolex de oro macizo del muerto, lo que era un presagio —una señal, una promesa— de que se acercaba su hora, su glorioso futuro. Es necesario recordarles a los creadores del juego esa promesa. No se puede matar dos veces a Gifford, aunque sería un gran alivio si se lo pudiera matar una y otra vez. Aquí, ahora, Calaphas no encuentra a nadie a quien matar, a nadie en absoluto, para cuando llega al recibidor. Entonces se oye un estruendo como de madera golpeando madera en otro sitio de la casa. Su atención se fija en las escaleras, en la segunda planta, en la resucitada perspectiva de triunfo y alivio.

VIGILANCIA VECINAL

Juan tiene setenta y cuatro años y Walter setenta y cinco. Están jubilados y vivir sin trabajar no les sienta bien. Emprendedores de éxito en otro tiempo, el tiempo que pueden pasarse en el campo de golf, en las pistas de petanca, compitiendo en torneos de *pickleball* y jugando a las cartas con sus mujeres y amigos es limitado antes de que empiecen a añadirles chupitos dobles de vodka incluso a las tazas de plástico con Metamucil que se toman por la noche. En consecuencia, siempre están a la búsqueda de nuevas ocupaciones y proyectos, lo que Juan llama «motivos para no volvernos locos mientras esperamos al Alzheimer». Durante los últimos seis meses han estado haciendo de vigilantes vecinales no oficiales una o dos noches por semana, por lo general entre las once de la noche y las tres de la madrugada, recorriendo la comunidad en la ranchera F-150 de Juan.

En otra época, dos allanamientos de morada al año constituían una ola de crímenes. Ahora que las bandas de Centro América los han invadido a través de las fronteras abiertas, la vida aquí ha terminado siendo más una aventura de lo que fuera una vez, con dos allanamientos de morada al mes. Y los agresores ya no son lobos solitarios. Vienen en grupos de cuatro o más, en camiones tapados con paneles bien camuflados como vehículos que pertenecen a uno u otro servicio público o a una agencia federal como la Oficina de Alcohol, Tabaco, Armas de Fuego y Explosivos o la Agencia de Protección Ambiental, y tienen varios métodos de anular los sistemas de las alarmas. A diferencia de los ladrones de antes, estos chicos nuevos no van detrás de unas cuantas piezas de joyería buena, un poco de dinero en efectivo y tal vez un servicio de té de plata de ley que se pueda empeñar. Además, se llevan antigüedades, arte, equipos audiovisuales, grandes electrodomésticos y un automóvil de lujo o dos. Como la gente comparte como estúpidos su vida en las redes sociales, los tipos malos ahora son expertos en descubrir quién está de vacaciones. Si resulta que la gente está en casa, los golpean o amenazan a punta de pistola, los atan y los esconden en un armario mientras dura la operación, lo que puede tardar unas cuantas horas.

Juan y Walter no tienen paciencia para mierdas como esas. Se llaman a sí mismos «veteranos resentidos». El presupuesto de la comisaría ya no es lo que era, como pasa también en la mayoría de los cuerpos de seguridad en los últimos años. El número de patrullas se ha reducido sobre todo desde las diez de la noche hasta las seis de la mañana. Ni Juan ni Walter tienen un nombramiento ni van armados con algo más que gas pimienta, pero las atribuladas autoridades locales aprecian sus esfuerzos. Van circulando en busca de actividades sospechosas. Cuando la ven, avisan por teléfono al operador de la comisaría y él manda a un agente a que investigue. Hasta ahora, han ayudado a evitar tres allanamientos de morada, dos robos de vehículos y un intento de incendio provocado.

En esta ocasión, cuando Walter distingue algo inusual moviéndose entre la hierba y los matorrales, Juan enciende los dos focos motorizados fijados a la baca del vehículo y dirige uno hacia el *bogie*.

—¿Has visto eso? —pregunta Juan.

—Robots extraterrestres —dice Walter.

—A lo mejor están hechos en la Tierra —dice Juan.

—¿Has visto que los vendan en Costco?

—Y entonces… ¿qué hacemos?

—Un ladrón es un ladrón —dice Walter.

—Este planeta es nuestra casa, no la suya —concuerda Juan.

Los robots se alejan de la carretera.

—Espera —dice Juan y sale del asfalto para perseguir a los invasores.

TODO LO QUE ASCIENDE
TIENE QUE CONVERGER

A través de las cámaras de Gog y Magog, Michael Mace ve el número de la matrícula del Ford F-150. Sabe dónde encontrar lo que precisa y ya conoce tan bien el sistema del Departamento de Tráfico de California que no necesita imaginarse en un Bentley, conduciendo por las autopistas con infinitos niveles de Internet hasta llegar a su destino. Se cuela en el banco de datos del Departamento de Tráfico y en siete segundos tiene los nombres de los propietarios de la ranchera: Juan y Ángela Gainza. Espera que los archivos del fabricante —donde ha estado antes y a los que ahora vuelve— den como resultado el número identificativo del transpondedor de la ranchera. Aunque el vehículo no tiene un sistema de navegación, una característica que el comprador no quiso. En consecuencia, Michael no puede bajar una señal de microondas que no existe, no puede meterse en el F-150 y afectar a su funcionamiento.

* * *

Anfetas. Anfetas que caen del cielo. Se le acelera el corazón, se le tensan con fuerza los músculos con tanta fuerza que sus reflejos son cada vez más y más rápidos, es una bestia desenfrenada a la que no se puede rechazar: excitado, ansioso, enfurecido, con el rifle por delante. El estruendo que lo atrae dura solo unos pocos segundos, pero Calaphas sube por las escaleras, por escalones verdes vagamente definidos y contrahuellas negras, al pasillo del segundo piso, justo cuando termina el ruido. Incluso aquí, por encima del suelo, todas las habitaciones son una cámara de frío o una cámara de embalsamado. Los que no han muerto todavía son los que van a morir pronto. Sus presas están armadas, pero también ciegas. Él las ha cegado. Tres ratones ciegos. Las ventanas aquí arriba dejan entrar la luz turbia de la luna, una ayuda considerable para Calaphas, ya que su equipo de visión nocturna amplifica enormemente cada lumen, pero la luna no les sirve de ayuda ninguna a los ratones, los que van a morir pronto. Dispararán hacia cualquier ruido que haga, pero los verá antes de que fijen con precisión la proveniencia del sonido y los tumbará con una ráfaga extendida de fuego. Cuando hayan caído y estén gritando con la carne desgarrada y los huesos destrozados, con demasiado dolor para sostener las armas, caerá sobre ellos, los golpeará con la culata de su arma, convertirá por fin su encuentro en algo intensamente personal, desgarrándolos con su cuchillo. Cuando terminen los gritos y vuelva el silencio, Durand estará allí solo con los «huéspedes silenciosos y respetados», como tantas veces ha estado en el pasado. A solas con ellos incluso antes de que los embalsamen. Antes de que los preparen para el entierro. Antes de que llegue el esteticista para devolverle a sus rostros la ilusión del mero sueño. Entonces los besará, uno a uno, y, como Britta Holdstrom, ninguno de ellos despertará. Como Gifford ya no existe para burlarse de su hermano pequeño, el juego terminará por fin, terminará con el triunfo de Durand. Se elevará para salir de esta simulación y entrar en el reino superior de los creadores del juego.

Lo único que queda por hacer es encontrar la habitación a la que se han retirado, lo que conllevará pocos riesgos si sigue sus propias reglas y no la que enseñan los formadores de la ASN. Con los cargadores de repuesto tiene munición más que suficiente para pegar unos cuantos tiros a través de cada una de las puertas y echarse a un lado para ver si la respuesta es un grito o fuego de respuesta o el silencio.

Cuando está a punto de empezar, sin embargo, un objeto misterioso y oscilante le llama la atención en la calma del pasillo. Algo verde y fino terminado en una forma verde más grande. Oscilando de un lado a otro como el péndulo de un reloj. Haciendo la cuenta atrás para el final del juego. A medida que se acerca al objeto, va disminuyendo la anchura de su arco. No hay ni la más leve corriente de aire. Alguna acción pasada ha puesto esto en marcha. El estruendo que se produjo hace unos segundos y lo atrajo hasta aquí. El objeto es una cuerda que está enhebrada y anudada a una bola. Como un medallón colgado de una cadena en la mano de un hipnotizador, le provoca una fascinación cautivadora. Coge la bola con la mano y la aprieta. Goma. Apenas puede distinguir las líneas en la placa de yeso del techo que detallan el tamaño y la forma de la trampilla del ático.

* * *

A veces, para hacer una parte de su recorrido de vigilancia comunitaria, Juan y Walter encienden la radio y escuchan un famoso programa de entrevistas en el que se habla de viajes astrales, visitantes de otras dimensiones, seres sombra, combustión espontánea humana, desapariciones increíbles en el Triángulo de las Bermudas y en otras partes, fantasmas, viajeros en el tiempo, predicciones de videntes y profetas, versiones del fin del mundo y extraterrestres. Con una sola excepción, no creen en ninguna de esas cosas. Escuchan el programa sobre todo por su valor recreativo. La única excepción son los extraterrestres.

Ni Juan ni Walter han sido abducido por extraterrestres y llevados a bordo de ninguna nave nodriza. Nunca han visto a uno de esos grises sin pelo, con los ojos enormes y los dedos con forma de espátula que describen tantos abducidos. No han visto ningún objeto extraño ni inexplicable en el cielo. A lo largo de su infancia y adolescencia, las series de televisión como *La dimensión desconocida* y *Más allá del límite*, así como veintenas de películas como *Invasores de Marte* y *La invasión de los ladrones de cuerpos*, casi los han programado para que crean en los extraterrestres sin reservas. Esto les avergüenza un poco, ya que han sido perspicaces hombres de negocios a lo largo de sus carreras. Sin embargo, han convenido que es mejor creer en unos ovnis que les lave el cerebro que en cualquiera de las ideas malignas con las que políticos diversos han envenenado las mentes de personas que fueron felices en otro tiempo y habían tenido capacidad de raciocinio. Aquí, ahora, de repente, en presencia de máquinas extraterrestres, toda la vergüenza queda arrasada por la emoción, la maravilla, el misterio de un primer contacto y un miedo mesurado a lo desconocido.

Los robots son rápidos y ágiles, casi van deslizándose por el campo abierto a entre veintidós y veintiséis kilómetros por hora. A la luz de la luna, sus cuerpos exquisitamente diseñados son tan plateados y parecen casi tan líquidos como si fueran siluetas de mercurio coherente.

—No los pierdas —dice Walter, a pesar de que el F-150 tiene capacidad para ir a una velocidad mucho mayor de la que exhiben actualmente sus presas.

—No los voy a perder —declara Juan—. Serán exploradores, probablemente.

—Sí. Espero que nos conduzcan a la nave.

—¿Eso es bueno? —se pregunta Walter.

—¿Por qué no iba a ser bueno?

—¿Qué pasa si los extraterrestres son malvados?

—No son malvados.

—Y eso lo sabes… ¿cómo? —dice Walter.

—Soy más de Spielberg que de Ridley Scott.

—Así que para ti se trata de una cuestión de fe.

—No. Es lógica. Los extraterrestres de *Alien* no eran más que insectos. No eran capaces de construir robots, naves espaciales. Los extraterrestres con naves espaciales han evolucionado más allá de la violencia.

En lo alto de una colina, los robots se detienen, se giran y se levantan sobre sus patas traseras; a la luz de los faros parecen mantis y algo en su postura sugiere que podrían ir equipados con armas.

* * *

En la buhardilla sin luz con Nina y John a su izquierda, sentado con la espalda contra la pared, Michael Mace asume el control de Gog y Magog que están allí fuera en la noche, mientras entra también en la red universal de servicio que utilizan todas las empresas de telecomunicaciones. Localiza al proveedor del servicio de Juan Louis Gainza, a quien ha identificado previamente en los archivos del Departamento de Tráfico como propietario del F-150.

Quizá porque está sentada hombro con hombro junto a Michael, Nina siente que está reaccionando a la crisis.

—¿Qué pasa? —susurra Nina.

—Quédate tranquila. Tengo que hacer una llamada. Te lo explico luego —murmura Michael.

En cuanto tiene el número de Juan Gainza es capaz de identificar al fabricante del teléfono en seis segundos. Apple. Ya ha estado allí antes. Entrar en su sistema es fácil. Del océano de datos de Apple extrae el código del transpondedor integrado en ese iPhone concreto. Sale de Apple y salta de internet a un satélite en órbita del servicio de navegación desde el que busca la localización actual de la señal emitida por el teléfono de Gainza. La encuentra, la canaliza por la conexión de microondas hacia ese dispositivo y lo enciende. Consciente de que Calaphas está registrando la casa de debajo, habla con la voz lo más baja que puede sin susurrar y aun así seguir sonando autoritario.

—Juan Gainza, detente.

* * *

Evidentemente, la escalera de la trampilla la han replegado desde arriba. Calaphas no es tan estúpido como para bajarla y utilizarla. El sonido los avisaría. Mace estará en la posición más ventajosa que haya podido encontrar. Calaphas no puede subir con rapidez por una escalera empinada con un rifle en ambas manos. Nadie puede. Es imposible. Eso es acción de Hollywood. No es John Wick ni Jason Bourne ni Harry Callahan. Tampoco lo eran Keanu Reeves ni Matt Damon ni Clint Eastwood, no en la realidad. Las anfetas lo han levantado. Está tan tenso por la rabia que le zumban los oídos. Siente que le laten las arterias en el cuello. Siente el sabor de la sangre en la boca porque se ha mordido el labio de frustración, tal es su necesidad de acción. Pero cuando los que están en el ático sientan que se está acercando a lo alto de la escalera, lo inmovilizarán al menos con un haz de luz, probablemente dos, dirigidos por la mujer y el niño. Quizá ninguno de ellos esté cerca siquiera de Mace. Si Calaphas tiene puesto el equipo de visión nocturna lo cegará la luz amplificada. Si no lleva puesta esa unidad, quizá no pueda ver dónde está esperando en las sombras su objetivo principal. En cualquier caso, Mace no dudará: irá a por el tiro en la cabeza.

Calaphas se queda mirando la trampilla. La mente le va a toda velocidad, mejorada por la química. Gracias a las anfetaminas no se siente cansado. Tiene la mente despejada y todos sus pensamientos son ideas tan afiladas como una cuchilla que destella en una piedra de afilar. Sabe exactamente qué hacer.

* * *

Los robots se detienen, se giran y se levantan sobre sus patas traseras.

Juan frena hasta detener el coche a unos diez metros de ellos, a mitad de la cima de la colina.

—¿Sigues siendo de Spielberg con esto? —dice Walter.

—Ahora debemos tener cuidado —dice Juan—. Si cometemos un error y se malinterpreta podría quedar sellado el destino de la humanidad.

—Como en *Ultimátum a la Tierra*.

—A lo mejor. Aunque esa película era un rollo.

—Era un rollo —concuerda Walter.

El teléfono de Juan está metido en un dispositivo WeatherTech que cabe en un portavasos. La pantalla se ilumina mostrando la foto familiar de su muy querido golden retriever —y fallecido recientemente—, Jasper. El teléfono no suena ni vibra, sino que una voz surge de él:

—Juan Gainza, detente. Apaga el motor. Te has metido por accidente en una prueba de campo del Departamento de Defensa.

—Mierda —dice Walter.

—Detente donde estás. Iremos a tomarte declaración.

—¿Nos vais a detener? —pregunta Juan. Cuando la pantalla se oscurece le dice a Walter—: Angelina me matará si me detienen.

—No nos van a arrestar —le asegura Walter.

—¿Por qué no iban a hacerlo? —dice Juan mientras apaga el motor.

—Como él ha dicho, ha sido un accidente.

En los faros delanteros, los robots se quedan mirándolos por un momento. Después las máquinas se ponen a cuatro patas, merodean por la cima de la colina y se desvanecen en la noche.

* * *

Un sentido de las adecuadas proporciones arquitectónicas, como el que posee Calaphas desde hace mucho tiempo, tiene un gran valor.

Por ejemplo, las dimensiones del interior de un ataúd deben ajustarse con varios materiales y técnicas para exhibir al huésped silencioso y respetado de la mejor manera posible. Una persona baja y delgada no debería parecer menuda y cómica por yacer con mucho espacio vacío por todos los lados. Los huecos se pueden rellenar con mantas a las que se les da forma y escondidas con trozos de satén de brillo suave que sugieran la belleza y la calma de la otra vida a la que ha partido el difunto. Del mismo modo, no debe parecer nunca que una persona gorda está metida en un ataúd demasiado pequeño, como si fuera una salchicha en una tripa.

En una funeraria con cámaras de proporciones ideales, la sala para los velatorios es rectangular, de modo que el ataúd se coloca elevado contra la pared más corta y está más alejado de la puerta. Hay suficiente espacio a ambos lados del catafalco para acomodar los arreglos florales dispuestos en hileras. Delante del difunto se debe dejar una generosa zona abierta en la que la familia y los amigos se reúnan para expresar su pena y su pésame, con sillas plegables apoyadas contra las dos paredes largas.

Si la sala está bien proporcionada, un niño curioso tan pequeño como de cinco o seis años puede bajar de la vivienda de la planta de arriba, entrar en la oscuridad absoluta, cerrar la puerta y acercarse al difunto con la confianza de que no se va a chocar con nada y de que sabrá con precisión cuántos pasos lo llevarán hasta el ataúd, donde descansa sobre una plataforma. Hay un escalón extraíble oculto en ese catafalco bajo para ayudar a algún miembro bajito del personal que necesite llegar al otro lado del muerto para hacer los últimos ajustes al revestimiento o al lecho, y un niño que sabe que existe ese dispositivo quizá, incluso en la oscuridad cegadora, se acerque al huésped silencioso y respetado que tendrá el papel protagonista de las actividades del día siguiente. De hecho, el niño quizá se acerque tanto que pueda susurrarle al difunto en el oído más cercano y compartir confidencias. Si la ocupante del ataúd es una mujer guapa, el niño se besará dos dedos y, en la profunda oscuridad, los presionará con precisión contra los labios de ella y luego los apretará contra los suyos, no sea que sea una princesa que se pueda revivir. Visita solo a aquellos que se han muerto en su juventud o en la mediana edad. Ha aprendido que la gente muy vieja es espantosa; parecen tan… astutos.

Aquí en la casa de los Chandra, en un estado eufórico por las anfetaminas, una furia vivificante, Calaphas se coloca debajo de la trampilla, sonriendo y cambiando su peso de un pie a otro, repasando lo que sabe de la arquitectura de la residencia por haberse acercado a la casa y haberla rodeado para encontrar la entrada trasera al garaje. La planta baja es considerablemente mayor que el segundo piso. La inclinación del tejado sugiere que el ático se extiende por todo el piso superior. La trampilla no está centrada en el espacio superior, sino que está cerca del extremo oriental de la estructura. Como Mace querrá defender la única entrada de ese alto refugio, es probable que se quede tan cerca de la trampa como le parezca seguro, aunque quizá mande a la mujer y al niño al otro extremo del ático. Ya sea juntos o separados, se resguardarán en los rincones, porque el instinto les dirá que se protejan la espalda y porque Mace es lo bastante listo como para saber que los postes de las esquinas —con la estructura y la mampostería asociadas a esas ubicaciones— les proporcionan una mayor protección contra los disparos.

Moviéndose hacia una puerta que hay en el lado derecho del pasillo, murmura tan bajito que apenas escucha su propia voz.

—Estás muerto y yo no. Estás muerto y yo no.

Cuando era un niño pequeño les había susurrado aquellas palabras al oído de los «huéspedes silenciosos y respetados» en sus ataúdes. Esa provocación lo tranquilizaba entonces y lo excita ahora, era un mantra para cualquiera que —en opinión de Calaphas, sabiamente— no cree en nada más que en sí mismo.

Cuando entra en la habitación que hay en la esquina sudoeste de la casa, en la que las ventanas bañadas por la luna vuelven verde el espacio, oye una voz que parece venir de lo alto. La mayoría de las palabras suenan apagadas y las demás hacen una extraña afirmación: «estás… iremos… declaración».

* * *

Poco aliviada por la luz de la luna, la oscuridad se ha juntado alrededor de la acallada ranchera.

—Deberían hacer las pruebas de campo en una base militar —dice Juan en el momento en que los robots desaparecen de la vista.

—Esto no es terreno militar —dice Walter.

—Y esa llamada de teléfono no era una llamada de teléfono —dice Juan.

—No ha sonado en ningún momento —dice Walter—. Como si nos hubieran transmitido el mensaje.

—Transmitido —concuerda Juan.

—Tecnología extraterrestre —concluye Walter.

—Maldita sea, nos han hecho luz de gas —dice Juan, mientras arranca el motor y enciende los faros—. Son extraterrestres, está claro.

—Esos desgraciados —declara Walter.

—Es una cosa que no soporto —dice Juan.

Walter sabe a qué se refiere.

—Mentirosos.

—Malditos sean todos los mentirosos, da igual de dónde sean —dice Juan, mientras acelera hacia la cima de la colina.

—A todo gas.

—Eso hago.

—No nos llevan mucha ventaja.

—Esto es histórico —dice Juan.

La ranchera sale disparada de la cima de la colina y baja por la siguiente pendiente a más de ochenta kilómetros por hora, sacudiéndose y rebotando por el terreno accidentado, arrojando trozos de tierra y marañas de hierbas silvestres, el tanque del combustible y la transmisión se han salvado porque el Ford está subido a neumáticos descomunales. Al pie de la colina, con los esbeltos miembros ondulándose con la luz de la luna, los engendros de otro planeta giran a la izquierda en el estrecho valle y se dirigen hacia el este. Juan se inclina atravesando la pendiente mientras desciende por ella, acercándose rápidamente a las máquinas extraterrestres.

—¿Los vas a embestir? —pregunta Walter.

—Solo les voy a cortar el paso —dice Juan.

Walter concuerda con él.

—Hay que impedir que lleguen a la nave nodriza.

—Será mejor que llamemos al operador de la comisaría —dice Juan.

Walter saca el teléfono de su soporte —«¡Mierda!»— y lo deja caer al suelo.

—Está caliente como si hubiera salido del horno.

—Bastardos —dice Juan—. Usa tu teléfono.

—No lo he traído.

Están en un valle estrecho, paralelos a los robots que corren a toda velocidad.

—A lo mejor tienen armas —dice Walter.

—No voy a echarme atrás —declara Juan.

—Yo tampoco. Solo lo digo.

Adelantan rápidamente a los alienígenas. Walter los ve en el retrovisor lateral conforme se van quedando atrás.

—No cambian de rumbo.

—Ya veo a esos bastardos —dice Juan, pasando la atención de un lado a otro, entre el camino de delante y el espejo retrovisor.

Hace diez años que se jubilaron y desearían no haberse apuntado nunca al descanso y la relajación, hace tiempo que se han resignado al hecho de que la vida no volverá a regalarles nunca emociones nuevas de la mejor clase, que a partir de ahora les tocan las mecedoras en el porche y paseos por el parque y has-visto-esta-o-aquella-mierda en un servicio de *streaming* u otro hasta que caigan muertos de golpe por un ataque al corazón o una apoplejía o terminen en el hospicio durante su último mes. Este encuentro cercano es un regalo, un milagro, quizá una oportunidad de advertirle al mundo de —y frustrar—una invasión inminente. Vuelven a ser jóvenes —demonios, vuelven a ser unos chavales— llenos de asombro y valor temerario.

Cuando ha conseguido suficiente ventaja, Juan hace un giro de 180° con tanta brusquedad y destreza como podría haberlo llevado a cabo cualquier conductor especialista en una película y atasca el freno. Los robots que se acercan resplandecen con los faros se detienen y vuelven una vez más a levantarse sobre sus patas traseras.

El momento de la verdad.

* * *

La noche ha sido un viaje de una oscuridad a otra, cada una ha parecido ser absoluta hasta que la siguiente ha demostrado ser más oscura todavía, inspirándole el temor supersticioso de que su destino inevitable es una eterna falta de luz y que está a solo minutos de distancia.

Nina no está convencida de que el ático sea el lugar más seguro. Han abandonado cualquier otra opción que tenían, a menos que haya un camino desde aquí hacia el tejado. ¿Y desde el tejado?

A pesar de su preocupación ha seguido las instrucciones de Michael sin dudarlo, confiando en él plenamente. Ha aprendido a confiar sin reserva en sus padres durante los años anteriores a su muerte. Sin embargo, como es el caso con John, su confianza en Michael es algo más que una confianza implícita. Es una creencia, y no solo una creencia basada en la observación personal, sino una creencia del corazón; su confianza en este hombre es una cuestión de fe. El hecho de que sea así, cuando hace tan poco tiempo que lo conoce, la sorprende, aunque no la inquieta. A pesar del extraño poder que le ha sido concedido a Michael, es humilde. Hay algo en él que da la impresión de que es alguien que, durante muchos años, ha sufrido mucho y ha perdido mucho. Pero si sus pérdidas han dado paso a una pena asentada, su melancolía es un bajío más que un abismo. No es una persona triste o amarga; es todo lo contrario. Según la experiencia de Nina, excepto entre una madre y su hijo, el amor genuino no florece tan rápido como una rosa desde el capullo a la flor completa, sino que, al contrario, requiere años. Sin embargo, su fe en Michael es un anhelo tal del alma que la ha llevado al amor. No entiende por qué están en el ático, no sabe a qué se refiere al insistir en que la caballería está de camino, pero habrá tiempo para las explicaciones cuando haya pasado la amenaza y se haya garantizado su seguridad. La fe y el amor son la fuente de una esperanza que inspira valor y no deja lugar a dudas.

Uno, dos, tres, cuatro, cinco: los disparos desgarran el suelo del ático y el aire se llena de trozos de escombros lanzados por el aire.

* * *

—¡Luz! —dice Michael, y Nina la enciende, incluso aunque los disparos resuenan en las vigas, donde las arañas sobresaltadas tiemblan en sus construcciones de telarañas.

Están en la esquina sudeste del ático. Si hubieran estado en la esquina sudoeste, uno o más de ellos estarían desangrándose sobre el suelo agujereado y astillado.

Gog y Magog deberían estar aquí, pero Juan Gainza y su compañero desconocido los están demorando. El cuadrante superior derecho de la visión de Michael muestra la vista de las cámaras delanteras de uno de los robots: los faros cegadores de la ranchera, las polillas bailando en el aire lavado de la noche después de la tormenta.

—Al otro extremo. Rápido —susurra Michael, suponiendo que Calaphas pretende cubrir desde abajo el ático de tiros.

No pueden cruzar ese largo espacio en silencio, pero el ruido ya no importa. Calaphas ya sabe que están allí. El ruido que hagan se trasladará a lo ancho y a lo largo del suelo, de modo que su potencial verdugo no podrá localizarlos mientras están desplazándose de un lugar a otro.

Mientras sigue a John y a Nina al extremo norte del ático, Michael está actuando también en los campos de la noche, poniendo a ambos robots en posición erguida. En su postura más amenazante, son precursores de un futuro en el que la humanidad ha sido desecha por lo que ha hecho. Puede darles instrucciones para que eludan al F-150, pero la ranchera tiene la ventaja de alcanzar más velocidad que ellos. Gainza solo los retrasará todavía más o los perseguirá hasta la casa. Michael no puede permitirse tener testigos, ya sea de su presencia o de lo que Gog y Magog van a hacerle a Calaphas.

Se acomoda en la esquina nordeste del ático con Nina y John. No es necesario que apague la luz de la linterna de Nina. No pueden seguir esperando ya atraer a Calaphas a su bien merecido final. El agente no va a tirar de la escalera y a ascender hasta que crea que están todos muertos. Es evidente que tiene mucha munición, bastante para cubrir el ático hasta que la suerte esté de su lado y deje de estar del de ellos. Ahora la mayor esperanza de Michael es que los perros de Protean Cybernetics lleguen a tiempo para salvarles la vida.

* * *

Se escabullen como asustadas ratas en un desván. A diferencia de las ratas, que son capaces de pasar por cualquier rendija que tenga un centímetro veinte o más de ancho apretando sus esponjosos cráneos y flexibles cuerpos, Mace y sus compañeros no pueden escaparse de la prisión en la que se ha convertido su refugio. La promesa de la evolución humana acelerada por la tecnología, la cacareada Singularidad, solo ha producido un marginado desesperado, un hombre-máquina que es menos que un hombre y menos que una máquina, que se ha convertido en nada más que en un animal a la fuga.

Muy animado, Calaphas sale del dormitorio de la esquina sudoeste de la casa, cruza el pasillo y entra en la habitación de la esquina sudeste. Es el flautista de Hamelín y esta casa es Hamelín, y no tardará en estar libre de todas las ratas. Es hermano de la mujer del granjero con su cuchillo de trinchar y su colección sangrienta de colas de roedores. Él es el exterminador, el aniquilador, el extirpador, el destructor, y su momento de triunfo final está cerca. Nadie puede enfrentarse a él. En un destello de profunda perspicacia se da cuenta de que es la Muerte; o que siempre ha sido la Muerte aunque sin ser consciente de ello; o que es un aprendiz de la Muerte y se ha ganado la túnica con capucha y la guadaña gracias a su dedicación. El reino de la Muerte está en todas partes y siempre, no solo en esta presente simulación, sino también en el reino superior al que pronto ascenderá. Todo el mundo nace para morir, pero él no es de esa clase. Él es la Muerte y, por tanto, inmortal, y cosecha seres menores a lo largo de todo el tiempo. Cuando haya terminado la tarea de esta noche tiene que pensar en este nuevo conocimiento, en sus ramificaciones, su poder. La revelación es tan excitante que se pregunta qué satori incluso mayor vendría a visitarlo si se tomara otros diez miligramos de Benzedrina.

En la esquina sudeste de la habitación sudeste, Durand Calaphas apunta el rifle hacia el techo y dispara cinco tiros en rápida sucesión. Nadie grita, pero eso no le provoca decepción. No tardarán en gritar. Cuando por fin entre en el ático le impondrá a la mujer su priapismo, ya esté viva o muerta, y la besará en los labios. Besará al niño muerto y besará a la Singularidad muerta y este mundo virtual se disolverá a su alrededor y él ascenderá a su reino.

* * *

El momento de la verdad.

Juan y Walter comparten el mismo miedo y no es el miedo a la muerte, una perspectiva a la que se han ido adaptando durante sus largas vidas. Le tienen miedo a que esas máquinas extraterrestres se escapen, a no tener pruebas de que el encuentro ha ocurrido, por lo tanto, a no poder contarle a nadie el acontecimiento más asombroso de sus vidas por temor a que los descarten por mentirosos o por incautos que han caído en un engaño absurdo.

—Marty Bellock —dice Walter.

—Exactamente lo que estaba pensando —responde Juan.

Marty era un conocido suyo de hacía mucho tiempo, un próspero hombre de negocios que afirmaba hacerse acostado con la actriz más sexy de esa década, una estrella a la que millones deseaban. Los detalles de su historia se podían verificar hasta el punto de que él y la actriz habían estado en la misma ciudad en el mismo evento y habían reservado habitaciones en el mismo hotel. Tenía incluso una foto con ella, firmada con la dedicatoria «¡Qué noche!». Sin embargo, la actriz no le había dado ni su número de teléfono ni su dirección, y él no conservaba nada que tuviera su ADN que le diera cierta credibilidad a su historia. Además, Marty tenía la cara redonda y fornida, no era un dios griego por el que atrajera de manera irresistible a las mujeres. Aunque antes de eso todo el mundo pensaba que Marty era un hombre de principios, fiable y digno de confianza en todos los asuntos, su insistencia en cuanto a la veracidad de aquella improbable aventura de una noche dañó de manera irremediable su reputación y nadie nunca volvió a creerse realmente nada de lo que decía.

En consecuencia, cuando las máquinas extraterrestres avanzan a toda prisa, las dos sobre dos patas, cuando una de ellas demuestra tener un arma incorporada, cuando un hocico destella dos veces y cuando los disparos, con precisión guiada por láser, revientan los dos neumáticos delanteros del F-150, Juan se siente motivado para pisar el acelerador. La ranchera chirriante se dispara hacia delante sobre los neumáticos hechos trizas. Los robots caen sobre sus cuatro patas y despegan en direcciones opuestas. Uno se escapa. El otro recibe un fuerte golpe y se derrumba, lanzando lluvias de chispas multicolores, como si fuera un cohete del 4 de julio que, no habiendo conseguido despegar, malgastara sus maravillas en la hierba alta y mojada.

* * *

Sin una mano ahuecada que lo limite, el potente haz de luz LED extiende su brillante cono a todo lo largo del ático. Cuando la segunda descarga de disparos arrasa el suelo, los grillos de madera prensada saltan por los aires; mariposas de aislamiento de fibra de vidrio rosa revolotean y luego flotan en el silencio de la réplica.

Gog ha caído, pero Magog está a menos de un kilómetro y medio y viene hacia aquí, guiado por las coordenadas de la casa de los Chandra que le ha instalado antes.

La mente de Michael está procesando los datos más lentamente de lo que los procesaría un superordenador, pero está llegando a una conclusión con su cerebro húmedo no diferente a la que llegaría un circuito seco de silicio. La primera descarga de disparos se había hecho añicos contra la esquina sudoeste y la segunda había acribillado la esquina sudeste, con ninguna salva entre esos dos puntos diseminados. Debajo del ático, la segunda planta de la casa cuenta con habitaciones a cada lado de un pasillo. Después del primer tiroteo, Calaphas ha salido de una habitación y ha entrado directamente en la habitación al otro lado del pasillo antes de volver a abrir fuego. Los segundos pasan volando. Se mueve continuamente, los segundos pasan y no está disparando. Porque no está cubriendo todo el ático. Está yendo de esquina a esquina. Calaphas asume que tanto el instinto como algo de conocimiento sobre construcción los atraerá a la seguridad mayor de una esquina, la presunta seguridad. Primero sudoeste, luego sudeste. Ahora está recorriendo el segundo piso a lo largo, hacia la esquina nordeste. Están en la esquina nordeste.

John está agazapado y vigilante. Nina sigue de pie. Una plancha de aglomerado combada, suelta y quizás enmohecida cruje cuando cambia el peso de un pie al otro.

—¡Está justo debajo de nosotros! —dice Michael. Mientras habla, agarra al niño por la chaqueta y lo levanta de su posición de cuclillas, casi lo eleva del suelo y lo aleja de la esquina.

Un traqueteo de madera contra madera, un crujido: Nina se tropieza con el suelo suelto y grita de forma involuntaria.

Al volverse hacia ella, al verla caer con la linterna Tac Light firme en la mano y la plancha de aglomerado ahora torcida y superpuesta a la hoja adyacente, Michael no está en ningún otro sitio que no sea aquí, ni con Magog cruzando un tramo del vallado de un rancho ni dejándose llevar por la especulación espantada sobre lo que les depararán los próximos segundos, sino solo aquí, donde el pasado no importa y no hay expectativas de futuro. Nunca hay otro momento que no sea el actual; el puente colgante bajo tus pies es una construcción frágil, como si estuviera fabricada de cuerdas y listones de maderas, cada listón es un momento, tu travesía ha comenzado al nacer, el momento de la muerte está en un punto del trayecto, cuando un listón no puede soportar tu peso y cae en el desfiladero y tú con él. Y el tiempo de la muerte es siempre. Ahora el tiempo no se detiene para Michael Mace y él tampoco se sale del tiempo. En cambio, deja de pensar, se encomienda a la acción guiado por otro —no sabría decir quién—, pero no es solo el instinto. Después, es incapaz de recordar lo que ha hecho, cómo ha levantado a Nina del suelo en sus brazos como si no pesara nada, cómo ha recorrido seis metros desde la esquina en lo que parece un instante. Calaphas está tan seguro de su puntería intuitiva que el chasquido de los disparos del fusil suena cuatro veces, tres más, tres de nuevo. Mientras el suelo tiembla, mientras los escombros salen lanzados hacia arriba, aunque también se derraman del techo agujereado por las balas, Michael se planta delante del niño, que tiene los ojos abiertos de par en par por la conmoción, aunque no más que los suyos.

Mientras los ecos superpuestos de la descarga se desvanecen convirtiéndose en un silencio expectante y temible, Michael pone a Nina de pie. Mira hacia la cuarta esquina, que todavía no ha sido asaltada, después al suelo debajo de ellos y sabe que un sitio no es más seguro que el otro. Sabe, también, que no han sido la nanotecnología de sus células ni Michael en la sombra los que le han dado la fuerza y los reflejos extraordinarios para hacer justo lo que ha hecho. La inspiración para la acción que ha llevado a cabo, la fuente de su poder y su destreza, era lo más básico y humano que existe: el amor. Ha llevado su vida adelante sin comprometerse con ninguna mujer, por temor a que las consecuencias fueran el engaño, la traición, el tormento y la pérdida, que demasiado bien había conocido en su infancia. Pero aquí está. Está aquí por Shelby Shrewsberry, porque su amigo de toda la vida le exigía que se preocupara por una desconocida por la que Shelby sentía un profundo pero inexpresado afecto, y esa preocupación se ha convertido en un amor que Shelby no llegó a experimentar en vida. Hay una tristeza en eso, así como una culpa inmerecida pero sí sentida, aunque también hay una nueva esperanza. Aquí está, y Nina lo sabe, y él sabe que lo que siente por ella es igual a lo que ella siente por él. Ahora lo único que necesitan es sobrevivir.

* * *

Antes de abrir fuego, Calaphas oye el grito de una mujer que proviene de justo encima de él, en la esquina nordeste del ático, un grito de sorpresa más que de dolor, seguido de algo dejado caer o de alguien cayéndose. Quien quiera que sea, su exclamación lo entusiasma como si fuera la anunciación de su renacimiento como ángel oscuro de la Muerte, la confirmación de su identidad sagrada. Dispara cuatro tiros al techo, se detiene solo un segundo para disfrutar de los gritos, que no llegan, y dispara seis veces más. Incluso aunque tres balas hayan encontrado tres cerebros, no pueden haberse muerto todos en el mismo instante. Diez disparos no han provocado ni un solo grito de dolor, ni una sola queja de horror. Los únicos sonidos son pisadas rápidas cuando reaccionan a una nueva revelación de su estrategia, evitan las esquinas esperando que le falte munición para seguir acosándoles de un lado a otro a través de ese espacio elevado, hasta que se queden sin suerte.

Calaphas está impaciente por transcender. Quizá su rabia ha amainado al caer en la cuenta de su verdadera naturaleza inmortal, pero ahora vuelve a inflamarse una vez más. Si este juego tiene una regla es que en todas las situaciones y circunstancias la violencia es el único procedimiento ganador. *Los violentos arramblan*. El futuro le pertenece al violento. Arramblan con los que eligen no matar. Arramblan con todo lo que desaprueban, con todo el arte y la música y la escritura y la filosofía que les parece desagradable, todo pensamiento que les ofende. Arramblan con todas las tradiciones, instituciones y, en última instancia, toda la civilización, tal como fue una vez constituida. Calaphas conoce este juego. Es el maestro de este juego y le enfurece que, en este estadio tan tardío, cuando queda un movimiento para despejar el tablero, se lo estén frustrando.

Expulsa el cargador agotado. Mete uno nuevo de un golpe. Tiene veinte tiros adicionales disponibles en un tercer cargador.

Mientras entra en el pasillo vigila el techo, que es de un tono de verde más oscuro que las paredes. Ladea la cabeza a la derecha y a la izquierda, intentando calcular la ubicación del trío por los sonidos reveladores que están haciendo. Entra en la siguiente habitación de la derecha, deseando que ojalá los desvelara el calor corporal al trasladarse a través del suelo del ático y manifestarse como huellas verdes resplandecientes en este techo, un deseo irracional quizá relacionado con la Benzedrina. Dispara tres tiros sin ninguna consecuencia y vuelve al pasillo con la atención fija en lo alto.

Un sonido como de tijeras, de hoja contra hoja, y una serie de suaves chasquidos lo desconciertan. No comprende qué están haciendo Mace y sus compañeros allí arriba y entonces se da cuenta de que el ruido no proviene del ático. Cuando mira al sur, una sobrecogedora aparición sale de las escaleras y entra en el pasillo, una entidad tan extraña que evoca en él la cosa más parecida al miedo que ha sentido desde que tenía siete años y se había deshecho de esa emoción entorpecedora. Nunca lo habían perturbado con alucinaciones unas meras anfetaminas. Al principio, en la extraña luz que sus gafas hacen aparecer de la oscuridad, el intruso tiene aspecto de araña, el número de sus patas es difícil de discernir. Entonces se pone erecto sobre sus dos extremidades posteriores, desvelando que solo tiene cuatro patas, y su cuerpo parece reconfigurarse de alguna forma, con un suave zumbido y un *chonc chonc chonc* más suave todavía. Cuando Calaphas empieza a darse cuenta de que no es ni una alucinación ni un insecto monstruoso, que es una máquina, y cuando se enciende en él la alarma, el intruso proyecta un ancho haz de luz…

…*LUZ* tan brillante que el dispositivo de visión nocturna se ve desbordado. Calaphas no ve nada. Se arranca el aparato, lo tira a un lado y empieza a levantar el rifle, pero va más lento de lo necesario. El estruendo de los disparos —ninguno suyo— inunda el pasillo y Calaphas parece elevarse, parece ser arrastrado hacia atrás y hacia arriba en la ascensión que esperaba. El mundo, que era verde y después blanco, se vuelve todo rojo y después negro. Lo que parece una ascensión no lo es.

* * *

Cuando bajan por la escalera, John se queda maravillado con el robot y Nina se queda maravillada con Michael.

—Os lo explicaré en el coche. Démonos prisa —dice.

La máquina se pone a cuatro patas como para seguirlos, pero Michael le da instrucciones para que se apague y se quede en modo de conciencia mínima y espere allí. La escena debe quedarse como está para que el asesinato de Calaphas no pueda atribuirse más que a Magog.

Michael le da palmaditas en la cabeza.

—Buen perro —dice.

Los tiros se han disparado todos dentro y las paredes han amortiguado gran parte del clamor. La superficie alrededor de la residencia también sirve de amortiguador. Sin embargo, el sonido habrá viajado seguramente y alguien estará en este momento intentando determinar de dónde ha salido.

Cargan las hieleras en el Range Rover, cada uno elige una bebida antes de cerrar la tapa levadiza. Calaphas lleva muerto menos de tres minutos cuando parten hacia Arizona.

EN CASA ESTÁ EL CAZADOR

Royce Kinnel está tan conmocionado por los acontecimientos que, en cuanto llega a casa, se lava las manos hasta que se les quedan rojas, para calmarse los nervios elige un álbum de música fácil de escuchar de piano para el equipo de música ambiental de la casa, se toma una pastilla de Prozac, se prepara una tetera y abre una lata de galletas de mantequilla con glaseado de canela y espolvoreadas con sal marina.

Previamente a entregarse a este ágape antes del amanecer desciende a la habitación sin ventanas del sótano reformado, donde abre un pánel secreto con un cierre táctil y después abre la aislada puerta de acero, que así queda revelada. En el nidito de amor, le quita las sábanas a la cama y las mete en la lavadora que usa solo para esta tarea. Es quisquilloso en cuanto a meter sus propias prendas en la misma máquina que utiliza para lavar la ropa de cama en la que han yacido las mujeres que encierra aquí.

De nuevo en la planta de arriba, sentado ante la mesa de la cocina con el té y las galletas, llora la muerte de Lenore, a quien ha tenido encerrada en el sótano durante siete meses encantadores. Era especialmente bonita y, una vez debidamente adiestrada, exactamente tan sumisa como él requiere. Todas las cosas se terminan, sin embargo, ya que es un hombre que necesita un cierto nivel de variedad.

Royce tiene treinta años, es heredero de un fondo fiduciario que le libra de la necesidad de trabajar. Sin embargo, con la independencia económica viene la preocupación por esos a los que pareces caerles bien y son simpáticos contigo porque tienes dinero. Tener citas es una iniciativa peligrosa para un hombre joven de su posición. Por fortuna, tiene las habilidades y el valor para resolver el problema con chicas semejantes a Lenore. Adoptó este estilo de cortejo cuando tenía veintiún años, y en los últimos nueve años ha tenido el placer de tener a doce bellezas.

Da por terminadas estas relaciones mediante la estrangulación, que es menos desordenada que la mayoría de las alternativas, pero también estimulante por motivos que le resulta difícil explicar. Le disgusta el desorden, y cuando no está en la habitación de su novia en curso, involucrado en sesiones de seis u ocho horas de actividades lujuriosas, pasa mucho tiempo limpiando la casa. Afortunadamente, disfruta de las tareas del hogar, lo que elimina la necesidad de tener a una empleada doméstica. Su residencia está impecable. Royce cree en hacer las cosas bien, con diligencia y cuidado.

En el caso de sus once novias previas, después de romper con ellas, las había eliminado de su vida con tanta planificación y tanto cuidado que habían encontrado solo a una. Hasta hoy, no se puede imaginar cómo Jennifer —la segunda Jennifer, no la primera— salió flotando en el muelle de Dana Point un domingo por la mañana, después de que él, el viernes, la hubiera metido en un baúl de barco y la hubiera enterrado en el mar, a dieciséis kilómetros al sur de allí y a quince kilómetros por tierra. El baúl estaba atado con cadenas a las que estaban unidas seis halteras de nueve kilos; había necesitado una carretilla hidráulica de mano con una capacidad de carga de doscientos veinte kilos para subir ese paquete a su barco e izarlo después por encima de la borda para dejarlo resbalar hasta el mar. Si Royce creyera en los fantasmas, se preguntaría si el espíritu de Harry Houdini había liberado el cadáver de Jennifer por algún motivo macabro.

Después de estrangular a sus novias no las deposita nunca en un sitio donde haya dejado a otra. De hecho, ha trasladado a dos de ellas a Nuevo México envueltas en coberturas de plástico rociadas con lubricante antes de meterlas en antiguas tuberías de lava, largos tubos de aproximadamente un metro o metro y cuarto de ancho que descendían a través de piedra maciza, por la que había brotado lava en una época muy anterior a la creación de la humanidad. Esas preciosidades yacen a cientos —quizá miles— de metros bajo la posibilidad de ser descubiertas. A otra la incineró en Arizona, dejándola en una iglesia abandonada a la que le prendió fuego.

Había elegido enterrar a Lenore en terrenos públicos, en un valle solitario a más de cincuenta kilómetros de su casa. Había encontrado el lugar antes de estrangularla y había comprobado la textura del suelo para asegurarse de que podía cavar una tumba con bastante facilidad con un pico y una pala. Casi la había puesto en la tierra cuando aparecieron los robots.

Después de que hubiera pasado el tiempo suficiente, muchos episodios de la vida de Royce Kinnel parecen surrealistas, fantasmagóricos, demasiado extravagantes y estrafalarios para haberse desarrollado como lo hicieron, más como sueños vívidos que como experiencias de la vida real; revivirlos en la memoria es mucho más entretenido que cualquier cosa que pongan en la televisión. Al recordar, Royce suele asombrarse de lo que ha hecho y de haberse salido con la suya, aunque en aquellos momentos sus acciones parecieran tan mundanas como sacar la basura. Unas pocas horas antes, sin embargo, el incidente cerca del Rancho Santa Fe le había parecido surrealista incluso mientras pasaba. Robots. Tan grandes como unos grandes daneses. Aparecidos de la nada.

A Royce no le interesan ni la ciencia ficción ni la ciencia. No le interesan más que sus novias o las tareas del hogar; no le importa qué se lleva en el cine, la música, el arte o la moda y no tiene ideología política. La gente dice que habrá robots por todas partes un día, pero está seguro de que eso no pasará hasta por lo menos dentro de una década. Así que, extraterrestres. Al parecer, hay un montón de gente fascinada con los ovnis, pero Royce no. No podrían importarle menos los extraterrestres. Sean como sean las hembras extraterrestres, no es probable que sean sensuales de ninguna manera que lo haga estremecerse. Las chicas de la Tierra le bastan.

Desearía que los robots no lo hubieran puesto tan nervioso. Ahora no puede volver a rellenar la tumba. Eso sería como pedir que lo atraparon.

Aunque entró en pánico y aunque ahora encontrarán a Lenore tarde o temprano, está segurísimo de que nadie puede conectarla con él. Uno de los beneficios de su estilo de cortejo es que nadie lo ve nunca en público con ninguna de sus chicas. Ha dejado abandonados la pala y el pico, pero los pagó en efectivo en un mercadillo años antes. No pueden seguirles el rastro a las herramientas hasta él y siempre lleva guantes cuando las maneja. En cuanto a Lenore, después de romper con ella sumergió su hermoso cuerpo en un baño químico especial y tomó otras medidas para asegurarse de que no pudiera encontrarse ningún rastro de ADN en ella o dentro de ella. La manipulación adecuada de una exnovia es la labor doméstica más crucial de todas. Después de huir de los robots —¡qué loco suena eso!—, condujo varios kilómetros hasta otro lugar solitario, donde utilizó una potente aspiradora de mano para revisar el interior de su todoterreno, un Lexus. Compró el vehículo meses después de haber secuestrado a Lenore y ella ha estado solo una vez en él, después de que sellara su cuerpo con una funda de plástico; sin embargo, por si acaso uno de sus cabellos encontraba la manera de llegar al interior del vehículo, pasar una hora aspirando era lo adecuado. Se detuvo en un parque público a tirar la aspiradora de mano en un cubo de basura. Circuló con el todoterreno a través de un lavadero automático de coches que estaba abierto las veinticuatro horas y después volvió a pasar por él.

El Prozac, el té, las galletas y sus singulares hábitos domésticos le dan la confianza de que todo saldrá bien. Después de unos días de descanso, empezaría a investigar para encontrar a su siguiente novia. Necesitaba entre dos y cuatro meses, de media, para encontrar a una nueva compañera, investigar sus rutinas, planificar su adquisición, llevarla a su casa sin ser visto y enseñarla a sentirse feliz y realizada haciéndolo feliz a él. Es un proceso arduo —¡aunque divertido!— y gratificante cuando por fin ella está establecida y entrenada.

La aurora pinta arrecifes de color dorado y rosa coral por el cielo mientras Royce termina de lavar y de secar la tetera. Han dejado de perturbarle los acontecimientos surrealistas de la noche, está contento porque va a empezar una nueva fase de su vida, los robots no son más que una curiosidad que lo asombrará en los años venideros; recorre el trayecto del pasillo de la planta de abajo, exhausto y listo para irse a la planta de arriba a la cama, cuando el timbre le anuncia una visita.

Por una de las ventanas laterales que flanquean la puerta principal, un hombre con uniforme fisga el recibidor. Un policía. Por un momento, Royce se queda sin respiración. El policía sonríe, asiente y levanta una mano como para decir «hola». Como es imposible que exista una conexión entre Royce y Lenore en la tumba abierta, la cálida sonrisa del policía seguramente sea genuina, su intención benévola. Royce abre la puerta.

Dos agentes, no solo uno, entran, y el segundo no sonríe.

—¿Royce Kinnel? —dice.

Royce se dispone a disipar cualquier sospecha que tengan siendo respetuoso, educado, distendido y mostrarse desconcertado en vez de temeroso o enfadado. No obstante, el policía sonriente le entrega una orden de registro, le anuncia que van a incautar el Lexus e informa a Royce de que está detenido.

Royce se abrió camino en los colegios y la universidad privados copiando, y ni uno solo de sus profesores cayó nunca en la cuenta de sus fraudes y sus plagios porque los manipuló para que lo vieran como a un alumno serio —aunque no excepcional— y comprometido. De una manera similar, ha manipulado a sus chicas para que se creyeran que es un hombre muy perturbado, pero no violento, que terminaría liberándolas si hacían lo que él deseaba, aun cuando algunas cosas fueran asquerosas o incluso dolorosas. Es alto y guapo, su apretón de manos es firme y siempre mira a los ojos, tiene los dientes blancos, es muy educado y proviene de una familia de cierta relevancia. Eso es lo único que ha necesitado para salir de rositas en el pasado y cree que es lo único que necesita ahora, solo tiene que conservar la calma.

El agente que no sonríe saca una foto extraordinaria de veinte por veinticinco. Todo lo que ha capturado la cámara está en tonos espeluznantes de verde y gradaciones del negro. La perspectiva es desde un ángulo bajo. Una pala de pie con la punta clavada en la tierra. Un hombre alzado. Acunada entre sus brazos hay una mujer. La noche era demasiado oscura como para que nadie le hubiese visto la cara. Pero en esta versión verde de los acontecimientos, Royce Kinnel no tiene ninguna dificultad para reconocerse a sí mismo.

Mientras el sonriente oficial le dice algo de un abogado y del derecho a guardar silencio, Royce oye pasos tras él, se vuelve y ve que han entrado en el vestíbulo dos policías más desde la parte trasera de la casa.

El agente que insiste en ser sombrío devuelve la foto a un sobre de papel manila y se refiere a un informante anónimo en la empresa que proporciona el sistema de navegación del Lexus. Royce lleva mucho tiempo disfrutando de la comodidad de la navegación por GPS, pero no se ha dado cuenta de que existe un registro de todos los sitios a los que ha ido. No le gustan todas esas cosas de la tecnología. Es un aburrimiento. No tiene tiempo para eso, con sus tareas domésticas y su vida amorosa excepcionalmente enérgica. Aunque hubiera sabido que existía tal registro, no habría hecho nada distinto. Ha tenido cuidado, muchísimo cuidado, para asegurarse de que nadie lo viera nunca con ninguna de sus novias, porque si nadie las ve con él, no importa adónde vaya con su vehículo; no hay nada que lo conecte con las pobrecitas. Hasta los robots extraterrestres. ¿Y cómo de surrealista es eso? Ahora el Agente Con el Ceño Siempre Fruncido le informa de que los registros del GPS de sus vehículos anteriores están archivados y los reclamarán como pruebas.

Parecen esperar que Royce confiese, pero por supuesto él no tiene tal intención. Sigue siendo alto y guapo, su apretón de manos es firme y siempre mira a los ojos y tiene los dientes blancos y sigue siendo muy educado y su familia tiene la misma relevancia de siempre. Además, está la Constitución de los Estados Unidos y los derechos garantizados por ella. A Royce no le interesa la historia y no sabe mucho más sobre la Constitución salvo que existe, pero está bastante seguro de que ningún tribunal les permitirá presentar pruebas fotográficas proporcionadas por invasores extraterrestres cuya avanzada tecnología les permite falsificar las imágenes con un método que supera la capacidad de detectar las falsificaciones, igual que pueden piratear y juguetear con los archivos del sistema de navegación. Seguramente saldrá de rositas.

DE LO QUE HA PASADO,
ESTÁ PASANDO O POR PASAR

En el mar Caribe, las aguas de tonos de piedra preciosa son cálidas y límpidas. De las muchas islas, las Caimán están entre las más pequeñas.

En Gran Caimán hay un banco. En el banco hay una cuenta a nombre de Única Verdad, S. A.

En Idaho hay un rancho de cuarenta hectáreas de campos de hierba y bosques propiedad de Única Verdad, S. A. No es un rancho de labor, al menos no en el sentido tradicional.

En el rancho hay una casa modesta, pero con hermosas terminaciones, de estilo Craftsman.

En la casa residen Peter y Susan Pevensie, marido y mujer, quienes son independientes económicamente y que dicen haber dejado de trabajar para escribir novelas. Su único hijo, Edward, recibe educación en casa, y tienen una perra que se llama Lucy. Han pasado más de dos años desde que ninguno de ellos haya pronunciado por error los nombres Michael, Nina o John, ni siquiera en la intimidad de su casa.

En la propiedad hay también un establo para ocho caballos, aunque ahora mismo solo residen en él tres: Bree, Hwin y Puzzle, una yegua y dos sementales.

La familia cabalga junta, monta en canoa junta, esquía junta, va junta a la iglesia y participa en la vida del pequeño pueblo de Baskin Springs hasta tal punto que a ninguno de sus habitantes se le ocurre pensar que hay algo misterioso en ellos.

Por pacífica e idílica que pueda ser la vida en la parte rural del estado de Idaho, este es el peor de los tiempos y el mejor de los tiempos en la sociedad en su conjunto, una época de gran agitación, aunque los cambios que hay en marcha sean en su mayoría no violentos. Alguien a quien los medios de comunicación llaman *Superhacker* controla internet y tiene acceso a todos los datos de todos los ordenadores, teléfonos móviles, dispositivos y sistemas que dependen de internet; telecomunicaciones, entidades bancarias y redes sociales; la red eléctrica; empresas privadas; todos los departamentos y organismos gubernamentales: disfruta de acceso sin restricciones a prácticamente todo. En todo el mundo. El *Superhacker* no es nada tan ordinario en realidad como un pirata informático, sino algo más extraño y poderoso para el que no se ha encontrado todavía un nombre mejor. Se han invertido muchos miles de millones de dólares e incontables horas de trabajo intentando localizar al o a la *Superhacker* o arrebatarle el control, todo en vano. De alguna manera inefable, este villano ha reconfigurado internet para que aquellos que prosperan gracias al anonimato y las iniciativas ilegales solo puedan retractarse si pagan el precio insufrible de que se hunda su empresa o agencia y que les sea negada cualquier forma de comunicación electrónica por siempre jamás.

Mucho se ha dicho y escrito sobre la amenaza totalitaria que supone el *Superhacker,* pero esta no se ha materializado. El primer cambio impuesto por este individuo ha sido que sea imposible ser anónimo en las redes sociales o en ninguna otra parte. De un día para otro, todos los pseudónimos inventados se cambiaron por el nombre real del usuario; ahora fracasa todo intento de estar en línea de incógnito. El brusco desplome de la posibilidad de engañar y acosar mediante tales medios ha sido una conmoción social. Pero el fascismo crece en la oscuridad, no en la luz, y de esa manera no crece.

Solo una semana después, todo el que tenía una cuenta de correo electrónico —todo el mundo— recibió en su buzón toneladas de pruebas incontrovertibles de la considerable corrupción de quince miembros del Congreso, junto con los correos electrónicos y las conversaciones telefónicas grabadas de funcionarios del departamento de justicia y personal de los cuerpos policiales y figuras mediáticas que habían conspirado en secreto con aquellos políticos que les habían ayudado a eludir a la justicia y a conservar su poder y su reputación. Esos fueron solo los primeros quince.

Durante los últimos tres años, los nombres de políticos a nivel federal, estatal y local, así como burócratas, periodistas, directivos de los medios, profesionales de los negocios, jueces, miembros del clero, profesores, rectores de universidad y ciudadanos de todos los estratos sociales se habían hecho públicos por dar falso testimonio ante un gran jurado, por llenarse los bolsillos con millones de chanchullos, sobornos y malversación de fondos, por evasión declarada de impuestos, por vender secretos de seguridad nacional al gobierno de China, por violación o asesinato o, en dos casos, por traición. Imputados por sus propios correos electrónicos y llamadas telefónicas grabadas y registros bancarios, se enfrentan a tales montañas de pruebas que solo unos cuantos escapan de la cárcel; ninguno ha conservado su cargo o puesto anterior.

Estos acontecimientos han provocado mucha indignación, amenazas y una violencia limitada. Los criminales más notorios son lo que promulgan las negaciones de su culpabilidad con más escándalo y la insistencia más amarga. Como los malvados suelen tener un carisma que los ingenuos creen que es la divinidad y no la persuasión demoniaca, algunos malhechores, durante un tiempo, generan movimientos de masas en su defensa. En esos casos, *Superhacker* los vuelve a desenmascarar —como antes— con sus propias voces y con vídeos de ellos mismos envueltos en conspiraciones para manipular. De los ingenuos que se unen a esas cruzadas, la mayoría desaparece cuando ven que los han engañado, y solo los más ciegos se aferran a la fe que tienen en sus manipuladores sin fe.

Si durante un tiempo pareció seguro que la cohesión social del país iba a romperse debido a la tensión de estos cambios, se impuso un orden nuevo y mejor antes de lo que esperaba el *Superhacker*. En cuanto los jueces deprimidos o cínicos con inclinaciones honestas se vieron alentados por las destituciones y condenas de sus compinches —que sabían que estaban corrompidos por el dinero o por sus pasiones ideológicas—, se armaron de valor para hacerse con el control del colegio de abogados, de la oficina de los fiscales generales del Estado y hasta del departamento de justicia de Estados Unidos para luchar por un sistema más justo, limpiado de despojos y sinrazones salvajes. Las instituciones, una tras otra, están evolucionando, no siempre con entusiasmo, porque han perdido el poder de definir la verdad. El poder del Estado para gobernar mediante el miedo y la exhortación moral basada en mentiras se está desvaneciendo, en una sociedad que dispone de la verdad para que la vea todo el mundo, y en la que las mentiras se desvelan rápidamente gracias a las indiscreciones de los propios mentirosos y la certeza narcisista que tienen de su inteligencia.

El *Superhacker* está expandiendo sus operaciones a otros países, en los que ya ha estado habiendo cambios por la expectativa temida de que sus intenciones son ampliar su misión. Lo que tenga que ser, será, pero lo que había antes se había vuelto intolerable.

Hay quien dice que el corazón humano es, sobre todas las cosas, engañoso (lo que es verdad) y que mentir es esencial para engrasar los engranajes, por lo general chirriantes, de las relaciones humanas (lo que quizá sea cierto en lo que se refiere a falsedades relativamente inofensivas, como los cumplidos poco sinceros o la adulación). Pero cuando el *Superhacker* empezó a insistir en el punto de que la verdad y el derivado de la verdad llamado «sentido común» eran tan escasos como para ser una amenaza para el mundo, la civilización se había estado hundiendo en un abismo del que quizá no había retorno, un futuro de ilegalidad, odio entusiasta, ideologías irracionales y guerra. Quizá este experimento sobre la veracidad terminará fracasando, pero todas las encuestas muestran que a una gran mayoría del pueblo le parece que la vida es mejor ahora, y en este nuevo mundo las encuestas no se pueden amañar.

El invierno ha llegado a Idaho. Ayer el cielo estaba despejado y los pájaros planeaban por el cielo como si hicieran patinaje artístico. Esta mañana, las nubes son densas, grises y plomizas, con la advertencia de que el otoño no tardará en parecer haber sido un sueño. El gran termómetro colgado en la pared del porche trasero indica que la temperatura es de tres grados y está bajando.

Después de un desayuno con beicon, huevos, patatas fritas, gruesas rebanadas de pan tostado con pasas untadas generosamente con mantequilla, bajado con zumo de naranja o café, Peter, Susan y Edward montan a caballo. Cabalgan por los prados cada vez más y más alto, el aliento les sale en penachos más pequeños que los de Bree, Hwin y Puzzle.

Hablan rara vez, ya que los bosques de hoja perenne, los prados dorados y las grandes montañas que se elevan en cumbres de roca desnuda son la versión de la naturaleza de una catedral. Por muy conocida que les sea la escena, se les encoge el corazón. Las vistas son sumamente grandiosas, de modo que el mundo parece recién creado, cargado de promesas y libre de iniquidad en sus hemisferios, lo que no es más que una hermosa ilusión. Peter sabe que la Tierra no será nunca tan inocente como parece aquí y ahora. No se puede evitar el ajuste de cuentas, solo retrasarlo, pero así ha sido siempre.

Lucy, una golden retriever, los acompaña, muchas veces se aleja hacia un aroma u otro que la intriga, nunca se aventura demasiado lejos. Se adelanta a la carrera para revolcarse y juguetear en la hierba. Cuando llega la primavera, ese retozar enjoyará su pelaje con los pétalos de colores vivos de las flores silvestres arrancadas y pronto habrá nieve para vestirla de armiño.

Peter lleva un rifle enfundado en la silla de montar. Después de una larga ausencia, los lobos grises han vuelto a hacer su hogar en este territorio, aunque Michael vigila fundamentalmente en busca de un puma, que es la mayor amenaza para Lucy. No ha usado el rifle para ningún propósito que no sea disparar un tiro para ahuyentar a algún depredador. Espera vivir la vida sin matar a otro ser humano y prefiere pasar los años que le quedan sin matar a ninguna criatura en absoluto.

La visión de una Singularidad final, el sueño de trascendencia de hacía décadas, que es de hecho un anhelo por el poder absoluto, se ha cumplido en él. Y aquí está la ironía siempre presente en los asuntos humanos: Michael no quiere tener poder sobre los demás. Está usando su don para frustrar a aquellos que quieren controlar a sus semejantes, para usar la verdad para repartir el poder de manera más amplia que nunca, para que cada persona sea libre de las mentiras que antes han puesto trabas. Triunfe o fracase, será una buena aventura.

Cuando va terminando la segunda hora de su paseo, mientras se dirigen a casa, cae la primera nieve. Sin viento que les meta prisa, los grandes copos descienden rodando en elegantes espirales. Lucy se detiene, alza la vista maravillada y después cruza brincando el prado, dando saltos para morder los copos del aire como si fuera maná.

Peter recuerda las palabras de un poema de William Butler Yeats que le encantaba a Shelby Shrewsberry: *Debemos reír y debemos cantar / Estamos bendecidos por todo / Todo lo que contemplamos está bendecido.*

NOTA

Algunos de los títulos de los capítulos de esta novela están sacados de poemas que admiro. He aquí una lista para los lectores curiosos.

Río sobre aguas turbulentas, *Bridge over Troubled Water,* de Paul Simon.

Inclinándonos juntos, tocados llenos de paja, *Los hombres huecos,* de T. S. Eliot.

Voces tan sin sentido como viento en hierba seca, *Los hombres huecos,* de T. S. Eliot.

En el reino del crepúsculo, *Los hombres huecos,* de T. S. Eliot.

El dolor de vivir y la droga de los sueños, *Animula,* de T. S. Eliot.

Los roedores de ojos rojos se arrastran, *Un huevo para cocinar,* de T. S. Eliot.

Estamos rodeados de serpientes, *Coros de la Roca,* de T. S. Eliot.

¿Qué vida tenéis si no tenéis una vida juntos?, *Coros de la Roca,* de T. S. Eliot.

La única sabiduría que podemos esperar adquirir, *East Coker,* de T. S. Eliot.

Aquí en el reino de ensueño de la muerte, *Ojos que vi la última vez con lágrimas,* de T. S. Eliot.

La vida la puedes evadir, pero la muerte no, *Coros de la Roca,* de T. S. Eliot.

Un huésped afligido en la Tierra Oscura, *El santo anhelo,* de Johann Wolfgang von Goethe.

Llega un momento en que todo está quieto y madura, *Grappa en septiembre*, Cesare Pavese.

Con las arañas hice amistad, *El prisionero de Chillon*, de Lord Byron.

¿Quién cabalga de noche, quién cabalga tan tarde?, *El rey invisible*, de Johann Wolfgang von Goethe.

La noche no es oscura; el mundo es oscuro, *Partida*, de Louise Glück.

Escrutando hondo en aquella negrura, *El cuervo*, de Edgar Allan Poe.

Nada hay a mi alrededor salvo la Bestia, *El Infierno*, de Dante Alighieri.

Todo lo que asciende tiene que converger. Es el título de un cuento de Flannery O'Connor.

De lo que ha pasado, está pasando o por pasar, *Navegando hacia Bizancio*, de William Butler Yeats.

SOBRE EL AUTOR

El autor de superventas internacionales Dean Koontz estaba en el último año de la universidad cuando ganó un concurso de ficción de Atlantic. No ha dejado de escribir desde entonces. Koontz es el autor de *The House at the End of the World*, *The Big Dark Sky*, *Quicksilver*, *The Other Emily*, *Elsewhere*, *Devoted* y veintinueve libros que han entrado en la lista de superventas de *The New York Times*, catorce de los cuales fueron números uno, entre ellos *One Door Away from Heaven*, *From the Corner of His Eye*, *Midnight*, *Cold Fire*, *The Bad Place*, *Hideaway*, *Dragon Tears*, *Intensity*, *Sole Survivor*, *The Husband*, *Odd Hours*, *Relentless*, *What the Night Knows* y *77 Shadow Street*. La revista *Rolling Stone* lo ha ensalzado como el «novelista más famoso de Estados Unidos» y sus libros se han publicado en treinta y ocho idiomas y han vendido más de quinientos millones de ejemplares en todo el mundo. Nacido y criado en Pennsylvania, vive ahora en el sur de California con su mujer, Gerda, su golden retriever, Elsa, y el espíritu imperecedero de sus goldens Trixie y Anna. Para más información, visite su página web: www.deankoontz.com.

Índice